JN306276

伝書鳩クロノスの飛翔

(「クロノスの飛翔」改題)

中村 弦

祥伝社文庫

目次

伝書鳩クロノスの飛翔

序　章

昭和二十年六月——中華民国・広西省《こうせい》

坪井永史《つぼいえいじ》が上等兵の保科《ほしな》とともに、陣地の後方に置かれた炊事場へ飯上《めしあ》げにいった帰り道、だしぬけに敵の攻撃がはじまった。

弾が飛びすぎるなかを、飯盒《はんごう》や汁の桶《おけ》を手にさげた永史と保科は身を低くして走り、分隊のいる塹壕《ざんごう》へなんとか無傷でたどり着いた。

まだ夜が明けかけたばかりの時刻だった。薄明の彼方《かなた》に、この地方に独特の釣り鐘形や塔状をした奇妙なたたずまいの岩山が浮かびあがっている。奇峰の手前に長くよこたわる黒い帯は、濃い緑におおわれた亜熱帯の樹林だ。

その木々の合間から敵兵が湧《わ》き出し、窪地《くぼち》や灌木《かんぼく》のかげに隠れながら、こちらへ前進してきていた。これまで中隊の警備担当地区にしばしば出没していた民兵とはちがう。鉄帽と軍服を身につけた国民政府軍の正規部隊である。

日本軍側も中隊長の命令で、すでに応戦を開始していた。草原に掘られた塹壕から二百名の兵士たちが小銃や機関銃を撃っている。永史も三八式《さんぱちしき》歩兵銃をかまえ、射撃にくわわった。死にたくなければ、敵と戦うしかなかった。

陣地のあちこちで爆発が起こり、土砂が天にむかって舞いあがった。

「くそっ」永史の隣《となり》にいる岡部《おかべ》兵長が罵《のの》り声をあげた。「あいつら、迫撃砲をたんまり装備していやがる……」

その言葉が終わるか終わらないうちに、塹壕のそばに一発が着弾し、永史たちは顔をかばったり首をすくめたりした。

爆風が去ってしばらくすると、永史は穴のふちに手をかけて外へ這《は》い出そうとした。

岡部兵長がすかさず永史の帯革に手をかけ、塹壕のなかへ引きもどす。

「どこへ行くつもりだ？」

「鳩《はと》が――」と永史は答えた。「むこうの蛸壺《たこつぼ》に残してきた伝書鳩が心配です」

「馬鹿！　命が惜《お》しけりゃ、鳩なんか放っておけ」

「放ってなどおけません。自分は鳩係ですから、鳩を守らなければ！」

それまで飯盒の高粱飯《コーリヤンめし》を悠々と頰張《ほおば》りながら銃を撃っていた分隊長の柄本《えのもと》軍曹が、岡部をふりかえった。

「かまわん。坪井一等兵を行かせてやれ」

「ですが、分隊長殿……」

「そいつは敵の相手も満足にできん腰抜けのくせに、伝書鳩のこととなると目の色を変えやがる。死ぬほど鳩が好きなんだよ。望みどおり鳩と心中させてやりゃあいい」

柄本の口元には小馬鹿にしたような笑みが浮かんでいるが、目だけは笑っていない。永史のほうへ移した視線には、掛け値なしの憎しみがこもっていた。軍隊では一般に、永史のような高学歴の学徒兵は古参の兵隊たちに嫌われる傾向にあるが、とりわけ柄本の彼に対する態度は尋常でなかった。戦闘中でも容赦《ようしゃ》なく悪意をぶつけてくる。

だが、永史も負けてはいない。柄本の顔を睨《にら》みかえし、死んでたまるかと胸の内でつぶやいた。すくなくとも柄本軍曹、あんたより先にはぜったいに死なない。

柄本は何ごともなかったように前方をむき、飯盒の蓋《ふた》にすくった汁を口に流しこんで、銃の照準をまた覗《のぞ》きこんだ。

岡部兵長がしぶしぶ永史の腰から手をはなした。

永史はすぐに塹壕を出て、五メートルほどを匍匐《ほふく》前進し、飯上げに出かけるまえに使っていた蛸壺へころがりこんだ。穴の底に置いてある背嚢《はいのう》形の輸送籠《かご》を引きよせる。

「クロノス……クロノス……」と、鳩の名前を呼びながら、竹材で編んだ格子《こうし》のあいだへ瞳を凝《こ》らした。

内部で灰色の影が動いた。鳩は銃声や爆発にすこし動揺しているが、怪我《けが》はしていないようだ。

安堵《あんど》したとたん、迫撃砲の砲弾が近くで炸裂《さくれつ》した。今度は一発だけでは終わらなかった。何発も何発も降ってくる。四方から爆風とともに土くれや植物の破片が吹きよせてきた。

永史は片手で鉄帽を押さえ、穴の底へ身をかがめた。からだの下に入れて鳩の籠をかばいながら、地を揺るがす衝撃に歯を食いしばって耐えつづけた。

籠のなかにいるクロノスは、永史がとくに可愛《かわい》がってきた伝書鳩だ。その鳩がそばにいてくれたおかげで、これまでの絶望的な日々を正気を失わずに生きてこられた。永史にとってクロノスは親友にも等しく、恩人にも匹敵する掛け替えのない存在だった。身を挺《てい》してでも守り抜かねばならなかった。

そのうちに砲撃がやんだ。

永史はゆっくりと顔をあげた。

負傷者のうめきや悲鳴に混じって、「中隊長！」という怒声が聞こえてきた。

ややあって関根《せきね》小隊長の声がした。

「通信兵、大隊本部を呼び出せ！」

「通信兵は死にました」と、だれかが答えた。「通信機も壊れています」

「坪井！」柄本軍曹が叫んだ。「生きていたら、鳩を連れてここへこい」

柄本が上官である以上、その命令には逆らえない。永史は輸送籠をかかえて蛸壺から出た。散発的に飛んでくる銃弾に注意しつつ、腰を落として声のした方角へ走る。

後方に設けられた塹壕に、関根少尉や柄本軍曹をはじめ五、六人の男たちがいた。彼らの足元には、血と土にまみれた人間が折りかさなっている。中隊長と指揮班の人員たちだ。いまの砲撃でやられたらしい。

「中隊長は戦死された。おれが代わりに指揮を執《と》る」関根少尉がまわりの者に告げていた。「わが方は劣勢だ。大隊本部に援軍の要請をするしかない」

「通信機がだめなら、伝書鳩を使って駐屯地《ちゅうとんち》へ連絡しましょう」柄本が提案し、永史にむかって命じた。「鳩通信の用意をしろ、坪井」

永史と柄本の視線が、からみ合うように交差した。

憤怒《ふんぬ》のあまり永史の顔は蒼《あお》ざめた。——まったく何というやつだ！　日ごろから柄本は、鳩の世話なんて軟弱な兵隊のやる仕事だと蔑《さげす》み、ついさきほどは、鳩といっしょに心中しろと永史をあざけったのだ。

それればかりではない。数日前にも柄本は信じられないことをやろうとした。

最近このあたりで徴発できる家畜がなかなか見つからず、「たまには新鮮な肉が食いたい」と中隊長がこぼしているのを耳にして、柄本軍曹は関根小隊長と相談し、駐屯地の鳩舎にいるクロノスを中隊長の夕餉《ゆうげ》の食材として使おうとしたのである。永史は驚いて鳩舎のまえに立ちはだかり、この決定に異を唱えた。敵に兵站線《へいたん》を絶たれて飢えの危機に瀕《ひん》し、それで伝書鳩を食べようという話になったのだとしたら、まだしも理解できる。ところが柄本たちは、部隊の反転作戦がはじまれば伝書鳩は用済みだからという理屈をつけて、わがままな上官のご機嫌を取るためだけにクロノスを犠牲にしようとしたのだ。いままで危険を乗り越えて人間を助けてきてくれた伝書鳩に、こんな仕打ちをするのはぜったいにまちがっている。必死になって抵抗しつづけた永史は、柄本の怒りを買い、その場にいた古兵たちから顔じゅうが腫《は》れあがるまで殴《なぐ》られた。しかし結局はそれと引き替えに、かろうじてクロノスを救うことができたのだった……。

こうした経緯があったから、この期《ご》におよんでクロノスを飛ばせなどと白々《しらじら》しい態度で命令してくる柄本に対して、全身の血が逆流するほどの怒りを永史はおぼえたのだ。

いっぽうの柄本も、錐《きり》のように尖《とが》ったまなざしを永史に突きつけていた。小生意気なインテリめが！　生《なま》っちょろい二年兵の分際で、おれに楯突《たてつ》くなど百年早いと、ぎらぎら光る目が威嚇《いかく》している。

頭上を銃弾がかすめ、ふたりは呪縛が解けたように目をそらした。

永史は雑嚢《ざつのう》から通信用紙の綴《つづ》りと筆記用具を出した。柄本がそれを引ったくるように奪っていき、関根少尉が口述する援軍要請の通信文を用紙に書き取った。

柄本から渡された用紙を永史は折ってまるめ、通信管に突っこんだ。柄本への反感はあるが、クロノスに飛んでもらうしか方策がないことを彼も承知している。

籠のなかへ手を入れた永史は、折りたたんだ翼ごとクロノスの胴体をつかみあげた。柔らかな羽でおおわれた鳩のからだの感触が手のひらへ伝わってくる。

東の地平線から太陽がのぼってきた。その光線を受けて、鳩の背や首がつややかに輝いた。伝書鳩としての出番がきたことを悟ったクロノスは、決然とした目つきで前方の宙を見すえ、放たれる瞬間を待っている。

だが、そのとき——

クロノスの脚に通信管を装着しようとして、永史は不吉なことに気づいた。

軍鳩番号《ぐんきゅう》が刻印された左脚の脚環《きゃっかん》とはべつに、鳩の右脚にはとくべつな脚環が付いていた。いつでも無事に駐屯地の鳩舎《きゅうしゃ》へ帰ってくるようにという願いを込めて、永史がクロノスに贈った私製の脚環である。アルミの水筒の蓋の一部を切断して適当な大きさに加工し、鏨《たがね》の代わりに釘《くぎ》を使って「クロノス」の四文字を側面に刻みこんであった。通信隊から受領したとき六羽いた伝書鳩たちは、敵兵に撃ち落とされたり猛禽《もうきん》に襲われたりして一羽また一羽と失われていったが、私製の脚環に託した永史の祈りが天に通じたのか、クロノスだけはつねに元気なすがたで鳩舎へもどり、こうして最後まで残ったのだ。

しかし、その脚環がいま、クロノスの右脚からはずれかけている！

急いで手に取って調べてみると、何かに引っかかったらしく、切れ目の部分がめくれあがってCの字形にひらいてしまっていた。こんなときに何と間の悪いことか……。

脚環のめくれたところを爪《つめ》で押したり、歩兵銃の床尾板《しょうびばん》に強くあてたりして応急の修理を試みたが、細《こま》かなものだから思うとおりにいかない。小型のペンチでもないと直すのは無理なようだ。

「早くせんか！」背後から柄本軍曹が一喝した。

永史の全身に痺《しび》れるような緊張が走った。クロノスを守りつづけてきた幸運の脚環だ。それ無しにクロノスを飛ばしたくないが、もはやどうにもならなかった。

壊れた脚環を上衣のポケットに入れ、永史はクロノスの小さな瞳へ目配せした。

すまない、クロノス。今回は幸運の脚環がないけれど、なんとか無事に帰り着いてくれ。頼んだぞ！

投げあげるようにして、鳩をつかんでいる手をひらいた。

力強く羽ばたきながらクロノスは飛び立っていく。

と――

何が起こったのか見当もつかないうちに永史は、背後からものすごい力に押されて塹壕のまえの盛り土へ叩《たた》きつけられていた。口にはいった泥を吐き出し、掩体《えんたい》から身を引きはなす。耳鳴りがして何の音も聞こえなかった。ぼんやりと左右を見まわした。

赤黒いかたまりが壕のふちにのっていた。人間の上半身だ。千切《ちぎ》れかけた服に金筋三本・星一つの少尉の襟章《えりしょう》。関根少尉の死体だった。

すぐそばに柄本軍曹も倒れている。仰《あお》むけになった柄本は、首から胸のあたりを真っ赤に染めていた。死んでいるようだ。

敵の迫撃砲弾がまたもや塹壕を直撃したのだ。

さらに視線をめぐらせると、穴の底で潰《つぶ》れた輸送籠のあいだから、かすかな煙があがっていた。

永史ははっとして、壕の外へ目をやった。四、五メートルはなれた地面に、灰色の小さなものが落ちている。

——クロノス！

いっぺんに意識が張り詰め、周囲のさまざまな音がもどってきた。

鳩がいる場所にむかって永史は飛びだした。

——いま助けてやるからな！

敵の機関銃が、行く手の地面を点々とえぐりつつ永史を狙ってきた。

左の大腿部《だいたいぶ》に衝撃を感じ、永史は薙《な》ぎ倒された。反射的に腿《もも》へ手をやる。指のあいだから生暖かい血液があふれてきた。遅れて激痛に襲われたが、それでも半身を起こし、右足と肘《ひじ》を使ってクロノスのもとへにじり寄っていく。

腕を伸ばすと鳩の翼のさきに手が触れた。さらに伸ばすと翼の付け根まで届いた。永史はクロノスを引きよせた。

クロノスのからだからも血が流れている。永史の手のなかで、彼の血とクロノスの血がひとつに混じり合った。

永史は上衣のポケットから壊れた脚環を出して、クロノスの脚にはめようとした。なぜそんなことをしたのか自分でもよくわからない。幸運の脚環を付けてやれば、クロノスが生きかえるとでも思ったのか？　血に染まったクロノスを目にしたショックと、傷の痛みとで、彼の頭はひどく混乱していた。

ただでさえ壊れている脚環は、血糊《ちのり》のせいで滑って、なおさらクロノスの脚にはまらなかった。何度も取り落としそうになった挙げ句、永史はそれをきつく握り締めて、涙を流しながら絶望のうめき声をあげた。

クロノス……。

黄昏《たそがれ》をむかえたように視界が暗くなっていく。

この幸運の脚環さえ壊れていなかったら……。

どうしようもない後悔の念といっしょに、永史の意識は闇《やみ》の底へ沈みこんでいった。

＊

十年後

昭和三十年四月——東京・有楽町《ゆうらくちょう》

鳩舎のまえに永史は立っていた。

そこは国電有楽町駅にほど近い明和《めいわ》新聞社のビルの屋上だった。

うららかな午後の陽《ひ》ざしのもと、四棟の木造鳩舎がならんでいる。編集局連絡部の伝書鳩係の鳩舎だ。南側に建つ大型のふた棟は、鳩たちがふだん暮らしている小屋で、内部に合わせて二百羽から三百羽ほどがいるはずだ。北側の小振りのふた棟は、雛《ひな》の巣立室や病気の鳩の隔離《かくり》室である。

永史が明和新聞社に入社したのは、敗戦の年から数えて三年目の春のことであった。多くの新聞社がそうであるように、明和でも新人記者は地方の支局へまず出されて、一人前《まえ》になるための修行をさせられる。永史の場合は最初の四年が福島支局で、つぎの三年が前橋《ばし》支局だった。都合七年を地方ですごし、この春ようやく希望どおり東京本社の社会部への配属が決まり、こちらへ帰ってきたのだ。

目下のところは第三方面のサツ回りが担当だから、渋谷《しぶや》警察署の記者クラブを根城に、ほとんど一日じゅうを世田谷《せたがや》、目黒《めぐろ》、渋谷の区内ですごしているが、何か用があって本社へあがってきたときには、こうして屋上の鳩舎を覗くのが習慣になっていた。

新聞社で飼われている伝書鳩たちをながめていると、昭和二十年の六月の戦闘で受けた左腿や肩や背の古傷が疼《うず》きだす。それとともに軍隊時代の記憶がよみがえり、いつも複雑な気持ちになる。

――かつて永史は一銭《せん》五厘《りん》の赤紙一枚渡され、有無をいわせぬ状況下に立たされて意に染まない道を歩きだしたものの、はじめから軍隊も戦争も嫌で嫌でしかたがなかった。もちろん日本という国の風土や文化を愛する気持ちはあった。だが、国家としての大日本帝国を信じる気にはなれず、大東亜《だいとうあ》戦争の正義を叫ぶ声に耳を貸すつもりにもなれず、お国のために身を捧《ささ》げよという声にしたがうのも不本意だった。とにかく徹頭徹尾《てっとうてつび》、人を殺すことも人から奪うことも望んではいなかった。

そんな苦悩をかかえながら送られたさきで、伝書鳩と接することができたのは、永史にとって不幸中の幸いといえた。

中国に駐屯する部隊に配属された当時、永史はすでに軍の風紀を乱す反抗的な学徒兵という烙印《らくいん》を押されていた。伝書鳩の取り扱い係を命じられたのも「おまえは兵隊失格だから、鳩の相手でもしていろ」という、多分に懲罰的な意味合いのこもった人事だと考えられた。「鳩ポッポと遊んでいられて楽でいいよなあ」などと毎日のように周囲から皮肉られたが、それでも永史は意に介さずに黙々と職務をこなした。鳩係の仕事が彼は気に入っていたのだ。

軍鳩などと厳《いか》めしい呼称で呼ばれることはあっても、信書や要図を送るのに使役される、ごくふつうの伝書鳩だ。絶対的な権威主義と暴力とに支配された軍隊組織のなかにあって、鳩たちのまわりだけに暖かな陽光が差しているように感じられた。あるときは上から命じられ、またあるときは自分の身を守るために、戦場へきてから何人もの中国人の命を奪ってきたが、その罪の意識も、鳩という小さくて愛らしい生き物に触れているあいだだけは忘れていられる気がした。

伝書鳩たちのうちで永史の心をもっとも慰《なぐさ》めてくれたのが、クロノスだった。均整《きんせい》の取れた美しい体つきをしていて、伝書鳩としての能力にも優れたその雄《おす》鳩に、永史は出会った瞬間から惚《ほ》れこんだ。

そもそも、その鳩をクロノスと名付けたのも永史だった。クロノス（Chronos）はギリシャ語で「時間」を意味し、ギリシャ神話の巨神族《テイタン》のひとりであるクロノス（Kronos）と結びついて、時間の神の名にもなった言葉だ。まるで時間を自在に操《あやつ》れるように放鳩《ほうきゅう》地点から驚くべきスピードで鳩舎へもどってくる伝書鳩には、まさに打ってつけの名前だといえた。

クロノスのほうも永史によく懐《なつ》いた。彼の手から喜んで餌《えさ》をついばみ、腕や肩にのって楽しげに遊んだ。永史が気分がふさいでいるときなどに鳩舎へ行くと、クロノスが近づいてきて足首のあたりを嘴《くちばし》でつつき、「大丈夫ですか？」といった感じで見あげてくることがあった。そんな折に永史は、この鳩は自分の心が読めるのかと驚き、じつはクロノスは鳩のすがたをした人間か、人間の心をもった鳩なのではないかと本気で疑ったものだ。

永史はときおりクロノスを両手で抱いて、人間にそうするみたいにいろいろなことを語りかけた。内地に残してきた父母のこと、大学でやりかけていた学問のこと、まわりで死んでいった兵隊たちのこと、いちばん行きたい場所、会いたい人、やりたいこと、戦争の行く末や日本の将来のこと。クロノスは両目をまばたかせ、小刻みに首を動かして、うなずきながら聞いているように見えた……。

こうして当時をふりかえると、クロノスの思い出は尽きることなく浮かんでくる。クロノスが永史の手の届かないところへ去ってしまってから十年の月日がすぎたが、その記憶はけっして色褪《あ》せていない。

そのとき、物思いにふけっていた永史に、ふいに声をかけてきた者がいた。

「鳩を飛ばすには、もってこいの日だな」

ベージュ色の作業着をまとった、ひょろりとした体型の禿頭《とくとう》の男だった。伝書鳩係の佐々木《ささき》主任である。

佐々木は永史よりひと回りほど年上で、戦前から陸軍の軍用鳩調査委員会で伝書鳩の飼育や訓練に取り組み、満州《まんしゅう》で鳩通信の教官をしていたこともあるという。戦後は鳩飼いの腕を見こまれ、請《こ》われて明和新聞へやってきた。鳩係の名人として佐々木の名は、地方支局やよその新聞社にまで知れわたっている。

「ええ。鳩が喜んで飛びそうな天気ですね」

永史がそう応じると、佐々木主任は微笑した。

「うちの係長から聞いたが、あんた、むかし鳩兵《きゅうへい》をやっていたんだってな」

永史はうなずいた。

「師団の通信隊で短期の教育を受けて、あとは中隊の鳩係を務めた程度ですが」

「上等だよ。それでも立派な鳩兵だ」

佐々木は鳩舎のほうへ顔をむけてから、思いついたようにいった。

「そうだ、いま時間あるか？　今日は係の若いのが休んでいてな、ちょっと人手が足りないんだ。よかったら、この春に生まれたばかりのやつらに脚環を付けるのを手伝ってくれんか？」

「いいんですか、ぼくなんかが手を出しても？」

「鳩兵あがりなら大歓迎さ」

一時間程度であれば、ここで油を売っていても大丈夫だろうと判断し、永史は佐々木の頼みを引き受けることにした。

屋上の塔屋《とうや》にある事務室へ佐々木はいったん消え、道具をもって出てきた。よごれるからこれを着ろといって、用意した作業着を永史に投げてくれた。事務室のすみを借りて着替えながら、永史は久しぶりに心が弾《はず》んでいる自分に気づいた。

作業着姿になった永史は、佐々木のあとについて大型の鳩舎へはいった。鳩の雛は孵化《ふか》後一週間ほどで、生まれたときの数倍の大きさになる。軍隊の鳩もそうだったが、通常このぐらいの時期に、個体を識別するための番号を刻んだアルミ製の脚環がはめられる。むかし永史がクロノスのためにつくった私製の脚環とちがい、その脚環には切れ目がないので、成長してからでは装着できなくなるのだ。

壁に沿ってならんだ巣房《すぼう》のなかから佐々木は雛を順番に出し、左脚に脚環をはめていった。佐々木が読みあげる脚環の番号を、永史が鳩の管理台帳に記入していく。

しばらくして佐々木は、永史にむかって雛鳩を差しだした。

「あんたもやってみるかい？」

「ええ、ぜひ」

永史は台帳を置き、雛を受け取った。両手ですっぽり包みこめるほど小さい。伸びた産毛《うぶげ》の下から羽毛《はね》が生えだしてきている。

地方支局にいたころ取材先から伝書鳩を飛ばしたことは何度かあるが、雛に脚環を付けるなどという作業は軍隊以降はしたことがない。最初はすこし戸惑ったものの、佐々木がコツを指導してくれたおかげで勘をすぐに取りもどした。

「なかなか筋がいいじゃないか。記者なんかやめて鳩係へきなよ」

佐々木のそんなお世辞を真に受けたわけではないが、雛の可愛さに気分が浮き立ち、何羽もの脚に永史はつぎつぎと脚環を通していった。

七羽目ぐらいのときだったか、雛をつかもうと巣房に手を入れた矢先、指にいきなり電気が流れたような気がして、反射的に永史は手を引っこめた。

「どうした？」と佐々木が訊《き》いた。

「いや……なんだか、ピリッときたもんで」

「つつかれたんじゃねえのか？」

巣房のなかの暗がりに永史が目を凝らすと、巣皿の上にちんまりと座った雛鳩が、あどけない瞳でこちらを見かえしている。

永史はもう一度、警戒しながらゆっくりと手を差しこみ、その雛をすくい取った。

今度は大丈夫と思いかけた刹那《せつな》、いままで経験したことのない感覚が彼を襲った。まるで雛をのせた手のひらから腕を経由して、流動質の温かいものが全身へ流れこんでくるような感じだった。不快ではなかった。むしろ心地よかった。

同時に、胸の真ん中のあたりが、小さな火が点《とも》ったみたいにぽっと熱くなった。

遠くから迫ってくる力強い羽ばたきの音を聞いたような気がした。間近へきた羽音は、体内の温かい感覚と一体になり、二、三度大きく渦を巻いて、どこかへ吸いこまれるように消えていった。

驚きのあまり永史は目をしばたたかせた。いまのはいったい何だったのだろう?　どう説明すればいいのかわからなかったので、佐々木には黙っていた。平静をよそおって永史は作業をつづけた。

たいていの雛は、脚環を付けるときに嫌がって身動きをするが、その雛にかぎっては永史を信じきったように大人しく、されるがままに任せていた。ぽってりとして柔らかい雛のからだが手のひらに妙に馴染《なじ》むのを訝《いぶか》しみつつ、雛の左脚を脚環にくぐらせた。

「一三〇八」と番号を読みあげると、佐々木がそれを台帳に書き取った。永史の手のなかにいる雛鳩は、明和新聞社に所属する伝書鳩〈明和一三〇八号〉として登録されたのだった。

しばらくして、永史が事務所へはいって作業着を脱いでいると、胸の中央部にまた熱を感じた。そこへ手をやり、おや、と思った。

紐《ひも》に通した直径十ミリ程度のアルミ製の環を、彼は首からぶらさげていた。ほかでもない、それは十年前に永史がクロノスのためにつくった私製の脚環だった。刻みこまれた「クロノス」という文字の細い溝のなかが、ところどころ焦茶色になっているのは、最後の戦闘のさいに付着した永史とクロノスの血液の残滓《ざんし》である。意識をなくしたまま野戦病院へ運びこまれた永史は、こぶしのなかにこの脚環をしっかりと握り締めていたという。何か大切なものらしいと判断した衛生兵がそれを保管し、あとで渡してくれたおかげで、なくさずにすんだ。永史は傷が癒《い》えると、クロノスの形見となった壊れた脚環を修理し、以来こうしてお守りのように身につけておくことにしたのだ。

いま、首からさげているその脚環が、不思議な熱を帯びていた。火傷《やけど》するほどではないが、体温を超える温度になっているのは確実だった。さっきの雛〈明和一三〇八号〉に触れたとき、胸のあたりに熱を感じたのも、この脚環が原因のようだ。

だが、どうして脚環が熱くなったのか？　その理由がわからない。着替えをつづけながら永史はしきりと頭をひねった。

佐々木に挨拶《あいさつ》をして事務所を出たあとで、ワイシャツの上からさわってみると、脚環の熱はすでに消えていた。

＊

どういうわけかこの日を境《さかい》に、〈明和一三〇八号〉のことが永史の脳裏《のうり》をはなれなくなった。取材に赴《おもむ》くために街を歩いていても、記者クラブの席で記事原稿を書いていても、ついつい思いを馳《は》せてしまう。あの雛はどうしているか、何ごともなく順調に育っているだろうか、と。

〈一三〇八号〉は、灰胡麻《はいごま》の雄と灰二引《はいにびき》の雌《めす》とのあいだに誕生した、ごくふつうの雄の雛だった。脚環を付けるときに多少おかしな出来事があったにせよ、ただそれだけのことで〈一三〇八号〉に関心をよせている自分が、最初のうちは理解できなかった。

惹《ひ》かれる理由がじょじょに明らかになったのは、雛が成長してきてからである。灰胡麻の羽毛が生えそろってくるにしたがって判明したのだが、〈一三〇八号〉の後頭部には生まれつきの特徴的な逆毛《さかげ》があった。その逆毛に気づいて以降、〈一三〇八号〉を見る永史の目つきが変わった。彼はこれまで以上の頻度《ひんど》で、本社の鳩舎をおとずれるようになった。

孵化からひと月もしないうちに、すっかり鳩らしい体型になり、自力で歩いて餌を食べるようになったころ、〈一三〇八号〉は同時期に生まれた雛たちとともに巣立室へ移された。親鳩から引きはなされた雛のなかには、心細さのあまり巣立室のすみで小さく縮こまったり餌を摂《と》らなくなるものもいたが、〈一三〇八号〉はたちまち新しい環境に馴《な》れて活発にふるまった。この雛鳩は好奇心が旺盛で、環境の変化や人間の存在をあまりこわがらない質《たち》のようだった。

永史の〈一三〇八号〉に対する執着は、日に日に度を増していった。ほんとうは一日じゅう鳩舎にへばりついて観察していたかった。それは鳩係にでもならないかぎり無理なので、適当な口実をつくったり、朝の出勤の途上に大回りをしたりして、日に一度は本社へ立ちより、〈一三〇八号〉の成長を見守った。

巣立室でじゅうぶんな時間をすごした若鳩たちは、生まれた鳩舎へもどされ、伝書鳩としての訓練をほどこされた。紀元前のむかしから人は伝書鳩を使役してきたというが、鳩飼いの先祖たちが長い歳月のあいだに培《つちか》ってきた育成方法にもとづき、明和新聞の新米の鳩たちも鳩舎に馴れさせるところから、ひとつひとつ段階を踏んで慎重に育てられていった。ほどなく彼らは、朝夕の決められた時刻にいっせいに舎外運動に出され、有楽町の街の上を飛びまわり、食事を知らせる笛の合図でまた鳩舎へ舞いもどるという日課をくりかえすようになった。

はなれた地点から帰巣《きそう》させる放鳩訓練もはじまった。まずは新聞社の建物から四百メートル程度しかはなれていない皇居のお濠《ほり》のまえから放鳩される。無事に鳩舎へ帰ってくると、日を置いて今度は日比谷《ひびや》公園の南の端あたりから放される。そうやって距離をすこしずつ伸ばしていき、やがて数十キロ、数百キロの遠方からでも迷わず帰り着くように訓練されるのだ。

舎外運動に出た〈一三〇八号〉は、めざましい敏捷《びんしょう》さと勢いで一気に群れのトップに躍《おど》り出て、鳩の編隊を右に左に率《ひき》いて力強く飛んだ。まさに飛ぶために生まれてきたような鳩だった。桁外《けたはず》れの帰巣ルート判定能力や飛翔《ひしょう》能力をもっているらしく、放鳩訓練でもほかの鳩たちより格段に短い時間で帰還した。

頭部の逆毛という特徴がある上に、伝書鳩としての資質にも恵まれていたから、おなじ時期に生まれた数十羽のなかでも〈一三〇八号〉はとくに鳩係の係員たちに記憶され、一《いち》目置《もく》かれる存在になった。

そして永史は、係員たち以上に〈一三〇八号〉に心を奪われ、明けても暮れてもその鳩のことしか考えなくなっていた。

ある日、鳩舎を覗きにいったとき、決定的な場面に永史は遭遇した。

〈一三〇八号〉が、左の翼を折りたたんだまま、右の翼だけをひろげて、鳩舎の運動場に置いてあるバケツの周囲をぐるぐると反時計回りに歩いてまわったのだ。まるで滑稽《こっけい》なダンスを踊っているようだった。

それを目撃した永史は、喉元《のどもと》から笑いが込みあげてくるのを抑えきれなかった。同時に目頭《めがしら》がじんと熱くなった。

笑い声を聞きつけたのか、鳩舎のまえにいる永史のところへ佐々木がやってきた。

永史は急いで顔をこすり、表情を取り繕《つくろ》った。

「あんたは〈寝ぐせ〉に、ずいぶんとご執心《しゅうしん》のようだな」何気ない口ぶりで佐々木主任がいった。

〈寝ぐせ〉というのは〈一三〇八号〉のことだ。頭の逆毛が見ようによっては起き抜けの人の後頭部で跳ねあがっている髪の房に似ていることから、鳩係のあいだではそんな愛称で呼ばれていた。

「わかりますか?」と永史は問いかえした。

「そりゃわかるさ。あの鳩をながめるとき、あんたは恋しい人を見るような目つきをしているからな」

「恋しい人ですか……。これは参りましたね」

しばらく逡巡《しゅんじゅん》したすえに永史は、ほんとうのことを佐々木に打ち明けた。

「奇妙な話なんですが、じつは〈一三〇八号〉は何もかもが、ぼくが戦地で世話していた鳩と瓜二《うりふた》つなんですよ」

「戦地で世話していた鳩?」

「はい。中隊で飼っていた伝書鳩です。そいつも〈一三〇八号〉とおなじ灰胡麻で、ちょうどあんなふうに頭のうしろに逆毛がありました。それだけなら偶然の一致として片づけられることかもしれないですけど、性格や行動までがそっくりなんですよ。——ほら、たとえばあれです」鳩舎のなかでバケツのまわりを踊るように歩いている〈一三〇八号〉を永史は指し示した。「あんなことをやる鳩はめずらしいですよね? その鳩も、あれとまったくおなじ癖を披露《ひろう》して、ぼくをよく笑わせてくれました。ふだん鳩舎のなかでは呑気《のんき》で愛嬌《あいきょう》のあるやつでしたが、いったん空へあがると優秀な伝書鳩に早替わりしました。名前をつけて可愛がっていたんです。でも、最後にとうとう砲撃でやられてしまって……」

佐々木は腕を組み、しばらくのあいだ沈黙していた。それから、ぼそっといった。

「それじゃ〈一三〇八号〉は、その鳩の生まれ変わりなのかもしれんな」

はっとして永史は、佐々木のほうをふりかえった。

「生まれ変わり？そんなことがあるんでしょうか？」

「もしも人間に生まれ変わりというものがあるのだとすれば、鳩にあってもおかしくないだろうよ」

金網のなかにいる〈一三〇八号〉へ永史は視線をもどした。喜びと驚きがない交ぜになったような感銘が、彼の胸の内に滲《にじ》むようにひろがっていった。

「あんたの可愛がっていたその鳩、何か名前は付いてたのか？」

佐々木に尋ねられて永史は、クロノスと答えた。

「そうか。そいつは立派な名前じゃないか……。よし。〈一三〇八号〉を〈寝ぐせ〉なんて呼ぶのは、もうやめにしよう。今日からあの鳩は〈クロノス〉だ。それでいいな？」

永史はうなずいた。佐々木の気遣いに心のなかで感謝した。

佐々木が去ると永史はネクタイを弛《ゆる》め、ワイシャツの襟《えり》の内側へ手を入れて、クロノスの形見の脚環を取り出した。自分とクロノスの友情の証《あかし》でもあるその脚環と、鳩舎のなかの〈一三〇八号〉——新しくクロノスという名を授かった鳩を、彼は交互に見やった。

永史の東京本社への配属とまるで時期を合わせるかのようにして生まれてきた、クロノスにそっくりの伝書鳩。いわれてみると確かに、クロノスの生まれ変わりであってもおかしくないような気がする。

　クロノスは転生を遂《と》げて、自分のもとにもどってきてくれたのか？

もしかしてこの脚環が、何らかの神秘的な力で、遠いところからクロノスを呼びもどしてくれたのだろうか？

そういう奇跡が起こったのだと信じたい。

いや、信じるよりほかにない、という気持ちに永史はなっていた。

1　俊太《しゅんた》

平成二十三年七月八日（金曜日）——午前八時四十七分

その朝、溝口俊太《みぞぐちしゅんた》はJR有楽町駅のホームで山手線《やまのて》からおりた。大勢の通勤客に混じって階段をくだり、京橋口《きょうばし》の改札を出る。

昨日まで断続的に降っていた雨は、今朝方からやんでいた。街も人も梅雨空《つゆぞら》のもとで陰《いん》鬱《うつ》に翳《かげ》り、つぎにくるはずの油照《あぶらで》りの時季の予感に怯《おび》えて、ひそやかな吐息をついているように俊太には感じられた。今年の春の東日本大震災とそれに伴う原発事故の影響で、深刻な電力不足に見舞われ、いまだその危機から抜け出せていない。この夏は冷房の使用を控えめにしなくてはならず、これから先もまだまだ大変な状況がつづきそうだ。

朝刊販売部数七百万部の全国紙・明和新聞の東京本社は、外堀《そとぼり》通りのほうへむかってすぐの場所にあった。まえに従兄弟《いとこ》の優介《ゆうすけ》が送ってくれたメールには、駅から徒歩一分と書かれていたが、実際には三十秒もあれば到着する。

新聞社の敷地には、通りに面して旧館があり、そのうしろに新館が建っていた。旧館は昭和十年に建築されたという、たいへん古めかしいつくりのビルだ。今年の秋には取り壊され、新しいビルに建て替えられる予定だと聞く。一階には飲食店や雑貨屋や化粧品店などの店舗がはいっているので、二週間ほど前ここへ最初にきたとき、それが明和新聞の建物だとはすぐに気づかなかった。しばらくうろうろしてから見あげてみると、ビルの屋上の塔のようになった部分に「明和新聞社」の文字が大きく掲《かか》げられており、途中の階には明和新聞系列のカルチャースクールの看板もあって、それでようやく彼はこれがめざす建物だとわかったのである。

その旧館の七階が俊太の勤務地だが、出勤や退勤は裏の新館の建物から連絡通路を渡ってすることになっている。

旧館のよこを抜けて新館の正面玄関ロビーへ行き、いつもどおり受付で書類に氏名と用件を記入して、ＩＣカードを兼ねた入館証を受け取った。ふた月ばかりの短期アルバイトだから、専用のＩＣカードは支給されず、いちいち来客と同様の手続きを踏んで社内へはいらなければならない。この点はいささか煩《わずら》わしい。

俊太は入館証をセンサーにかざし、駅の自動改札みたいな感じのゲートを抜けた。そこで腕時計を見て、始業の九時半までにまだすこし余裕があるのを知った。向きを変えて右のほうへすすむ。突きあたりに「南通用口」と書かれた、正面玄関よりは小さい自動ドアがあった。そこからふたたび建物の外へ出た。

出たところは新館と旧館のあいだの谷間のような場所で、張りだした庇《ひさし》の下は車寄せになっていた。通用口のよこに「配車係」と標示された窓があり、そばにはベンチが置かれている。

むかい側の旧館の壁に沿って自動販売機がならんでいた。俊太はそこへ行って、つめたい缶コーヒーを買った。それを飲みながらベンチに座り、旧館のかげからあらわれて本館へ続々と出勤してくる社員の列をぼんやりとながめていた。

ややあって通用口の扉がひらき、がっしりとした体格の男が出てきた。

よく見ればそれは、明和新聞で記者をしている従兄弟の野間《のま》優介だった。彼は脱いだスーツの上着とコンビニのビニール袋を手にさげ、ワイシャツ姿のたくましい肩に重そうなビジネスリュックを引っかけている。

「優介さん。おはよう」と俊太は声をかけた。

「よう、俊太か」

ベンチのまえまできた優介は、俊太の隣《となり》に荷物を置き、自分も腰をおろした。高校、大学とラグビー部で鍛えた屈強な肉体がのると、プラスチック製のベンチが小さな音を立てて軋《きし》んだ。

野間優介の父親は、溝口俊太の母親の兄である。野間の家は東京都目黒区、溝口の家は千葉県佐倉《さくら》市と住んでいるところははなれていたが、俊太が子どものころから両家は親しく親戚付き合いをつづけてきた。姉はいるが男の兄弟をもたない俊太にとって、七歳年上の優介はむかしから兄のような存在だった。

俊太が京浜《けいひん》大学の工学部に合格し、東京で暮らしはじめたころ、優介はすでに明和新聞東京本社に記者職として採用されて盛岡《もりおか》の支局へ行っていた。それでもたまの休みにもどってきたときなど、俊太を飲みに誘い、大学のことを尋ねたり、自分の仕事の話を聞かせてくれたりした。その後、優介は何度かの異動を経て、現在ではこの東京本社の社会部にいる。

今回のアルバイトを俊太に紹介してくれたのも優介だった。明和新聞の社員専用サイトで求人の告知を見つけ、「七月から八月までの短期だけど、うちの総務でバイトを募集しているから、よかったらやってみないか?」と声をかけてきたのだ。新聞社内には外部に漏《も》れては困る情報もあるから、アルバイトには社員の身内や知り合いなどの身元がしっかりとした人間を雇うことが多いらしい。

昨年の二月に俊太はわけあって、四年近く勤めてきた会社をやめた。そのあと定職に就《つ》かないまま、もう一年半が経過している。いい加減そろそろ再始動しなくてはという気持ちは彼自身にもあるから、社会へもどるための予行演習と考えて、優介の誘いに応じることにした。明和新聞の総務局の係長と会い、その場で話がまとまると、形式的に明和グループの人材派遣会社に登録して、そこからの派遣というかたちで七月一日から仕事をはじめた。

俊太とならんでベンチに座った優介は、建物の上にひろがる空を仰《あお》いだ。

「今日はこのまま降らないといいがな」

「どこかへ出かけるの？」と俊太は尋ねた。

「三浦《みうら》半島まで取材だ。ここでカメラマンと合流してハイヤーで行く」

泊まり明けで朝飯がまだだから、と断わって優介は、コンビニの袋から調理パンを出し、紙パックの牛乳をストローですすりながら食べはじめた。

「三浦半島で事件か事故でも起こった？」俊太はまた尋ねた。

「先週、白壁島《しらかべじま》で見つかった例の人骨の件でな」

「何、それ？」

俊太が首をかしげると、優介は意外そうに眉《まゆ》をあげた。

「知らないのか？」もぐもぐと咀嚼《そしやく》しながら、事の経緯をかいつまんで話してくれる。

「三浦半島の剱崎《つるぎざき》の近くに、白壁島っていう旧日本軍時代に要塞だった島があるんだ。その要塞の跡をな、三浦市の文化財係と東京人文《じんぶん》大学の史学部が合同で調査していたところ、先週の木曜日に地下の縦穴の底から人間の骨が見つかった」

「へえ……」

「といっても、そんなに新しいものではないようだ。警察の調べでは、死後五、六十年はたっているらしい。いまのところ身元や死因は不明だ。それでな、ちょうどいま、うちの新聞では八月の終戦記念日にむけて『戦争遺産を語りつぐ』っていう連載物の企画を予定しているんだが、その何回目かで白壁島要塞のことにも触れる。せっかくだから、見つかった人骨についてもっと突っこんで調べて、何かのかたちで記事に盛りこめないかと担当のデスクがいいだした。で、その追加取材のお鉢《はち》が、遊軍のいちばん下っ端のおれにまわってきたというわけだ」

優介はいかにも大変だという口ぶりだが、表情は見るからに楽しそうだった。彼は好きなのだ、記者という仕事が。

そういえば、まえに優介は俊太にこんな話をしたことがある。――入社したてのころは記者の仕事がつらかった。就職のまえから漠然と予想していたことではあるが、抜いた抜かれたの取材合戦に明け暮れて、ろくろく家に帰れず休みも取れない。とんでもない職業を選んでしまったと後悔した。それでも入社三年目、盛岡支局にいたときに転機がおとずれた。優介は岩手県三津橋町《みつはしまち》で頻発している産業廃棄物の不法投棄について取材をすすめるうちに、町役場の助役と産廃処理業者との癒着《ゆちゃく》の証拠をつかんだ。それをもとに彼が書いた記事がきっかけで、警察が捜査に乗りだし、しばらくして助役と業者の社長は逮捕された。助役は業者から賄賂《わいろ》を受け取り、その見返りとして不法投棄を黙認したり、人に見つからずに捨てやすい場所を教えるなどの手引きをしていたのだ。人知れず進行していた悪事を結果的に優介が暴いたかたちになった。このとき優介は、新聞記者の仕事をつづけていくことの意義に目覚め、自分の性《しょう》に合っているのかもしれないとはじめて感じたそうだ。

そんな従兄弟にひきかえ、自分はいったい何をしているのだろうか、と俊太は考えた。思わぬところで躓《つまず》いて、いまもって立ち直れていない。このさきも立ち直れないままで何年もすぎてしまうのではないかと想像すると、いささかこわくなる……。

「で、おまえのほうはどうなんだ？」

突然そう訊かれて、わが身を顧《かえり》みていた俊太は、優介との会話へ引きもどされた。

「え？」

「倉庫の整理は順調にすすんでいるのか？」

「ああ……順調といえば順調だけど、けっこうな量があるからね。やってもやっても減らない感じだよ」

倉庫の整理というのは、いま俊太がやっているアルバイトのことだ。旧館の七階に、新聞社内でとうに使われなくなった古い物品を押しこんだ部屋がある。そこに置いてあるものを適当に仕分けして段ボール箱に詰め、どの箱にどんなものがはいっているのかというリストをつくるのが俊太の仕事だった。

「俊太がひとりでやっているのか？」

「いまはひとりだけど、今月の下旬になれば大学生のバイトが何人かくるって係長はいってたよ」

「旧館の取り壊しは九月だもんな。そろそろ本腰入れて整理しなくちゃ、運び出しだって間に合わなくなるよな」

朝食を食べ終わった優介は、包装紙や空の紙パックをビニール袋にまとめた。

そのあいだ俊太は口を閉じて、むかい側に建つ旧館の建物を見あげていた。

「それにしても、なんとなく残念な気もするね。昭和の時代から生き残っている古い建物が、あっさり消えてなくなるのは」

俊太の言葉に、優介は難しい顔つきになった。

「文化財という観点からすれば、たしかに残念なことかもしれない。けれど会社の事情を考えれば、致し方ないという気もするな。老朽化した建物を補修しながら維持していくのは、意外とコストがかかるんだ。壊して新しいビルを建てたほうが合理的な場合もある。それにくわえて、三月の震災やそのまえに起こったニュージーランドの地震のときのことを考えると、古い建物をいつまでも温存しておくというのもな……。おれにしてみれば、なぜもっと早くに取り壊さなかったのか、そっちのほうが不思議なくらいだよ」

「有名な建築家の設計による建物だとか、そういった事情じゃないの？」

「いや。旧館を施工したのは大手ゼネコンの矢向《やこう》建設だが、そこの社内の設計部で図面も引いたんだそうだ。だから、とくに有名な建築家がかかわった建物じゃない」

優介は言葉を切り、ちょっと考えこむようなしぐさをした。

「そうそう。もっとおかしな話を聞かせようか？」

「何？」

「むかし有楽町界隈《かいわい》には、うちのほかにも読売《よみうり》、朝日《あさひ》、毎日《まいにち》などの大きな新聞社が社屋をかまえていた。そういった新聞社のすべてが手狭になった土地をはなれて、大手町《おおてまち》だの築地《つきじ》だの竹橋《たけばし》だのの広い場所へ移っていったのに、どうして明和新聞だけが移転しなかったのか？　なぜそれほどまで、この有楽町にこだわりつづけたのか？　そのこと自体も大きな謎でね、明和の社内じゃ七不思議のひとつに数えられているんだよ。もちろん、よそへ移ろうという声が、これまで社内で起こらなかったわけじゃない。古参の記者から聞いたところでは、ほかの新聞社の移転に刺激されて、そういう話はむかしから何度ももちあがってきたんだそうだ。でも、どういうわけか実現に至らず、この新館が建てられた以外は何も変わらないまま、平成の現在まできてしまったというんだな」

「なるほど、興味深い話だね。――ところで優介さん。いまいった『明和新聞の七不思議』だけど、ほかにはどんな話があるの？」

「そりゃ時代ごとに異《こと》なるさ。いまの時代でいうなら、そうだな、さしずめ……」

優介がいいかけたとき、表の通りのほうから旧館の角を曲って近づいてきた黒塗りのハイヤーが、通用口のまえで停車した。

後部座席のドアがあき、ひとりの老人がおりてきた。

「お」優介が目を輝かせた。声を落として俊太に耳打ちする。「まさに、その七不思議のひとつがあらわれたよ」

ハイヤーのよこに立った老人は、痩《や》せ型のからだに白い麻のスーツをまとい、白い中折《なかおれ》帽子をかぶっていた。その装いは口元に蓄《たくわ》えた真っ白な髭《ひげ》と相まって、梅雨時のじめじめした空気とは対照的に、爽《さわ》やかな風を周囲に送りだすかに見えた。しかし、ただひとつ老人の装飾品のなかに、せっかくの調和を乱しているものがあった。目元をおおっている黒々としたサングラスである。サングラスのせいで容貌《ようぼう》はよくわからなかった。注意深く観察すると、けっこうな高齢のようである。頰《ほお》のあたりには茶色い染《し》みが目立ち、首筋にも縮緬皺《ちりめんじわ》が走っている。それでも背筋《せすじ》はまっすぐに伸びていた。杖《つえ》も使わずに彼は、しっかりとした足取りで通用口へむかって歩きだした。

途中で老人の顔が、ベンチに座っている俊太のほうをむいた。サングラスの奥からじっと見られているような気がして、俊太はなんだか居心地が悪くなった。

おりしも通用口から黒縁眼鏡をかけた男が出てきて、「おはようございます」と挨拶《あいさつ》したので、老人の顔は俊太からそれた。出迎えの者に先導され、老人は新館のなかへ消えていった。

老人が行ってしまうと、俊太は優介を見た。

「いまの人が、七不思議のひとつ?」

「そうさ。妙な雰囲気の爺《じい》さんだろう」

「だれなの?」

「おれが得た情報によれば、石崎研造《いしざきけんぞう》という富豪らしい。むかしブラジルへ移民した日本人で、むこうじゃ広大な農園やバイオ燃料の工場を経営しているそうだ」

「そんな人が何の用でここへきたのかな?」

「それがよくわからないから、七不思議のひとつなんだよ。三か月ほどまえから会社に出入りするのが目撃されるようになった。最初のころは週に一度か二度だったが、最近じゃ毎日のように通ってくる。曰《いわ》くありげな人物だから、社内でもあっという間に噂《うわさ》になった。変わったことを嗅《か》ぎつけたら調べずにはいられないのが、おれたち記者の性《さが》でね、社会部の何人かで手分けして社内のあちこちへ内密の聞き込みをやってみた。すると、どうだろう。あの爺さん、上条《かみじょう》社長のところへ通ってきているというんだな。さっきここへ出迎えにきた黒縁眼鏡の人が、社長秘書の奥寺《おくでら》さんだ。あの石崎という爺さん、ここへくると八階の社長室にこもって、上条社長や奥寺さんと何かこそこそやっているらしい」

「陰謀の匂《にお》いがするね」

「だろう？　だれだってそう考えるよな。よからぬ計画が進行しているんじゃないかって心配している連中もいる……」

そこまで話して優介は急に口をつぐみ、いささか用心深い目つきになった。

「おい、俊太。いまの話はオフレコだぞ。よそで話すな」

「はいはい、わかってますよ」いいながら俊太はニヤリとした。「でも、口止め料ぐらい欲しいな。今度どっかのビアホールで一杯――」

「くそ。こいつ、ちゃっかりしていやがる」

ふたりが笑っているところへ「野間さん、お待たせしました」と声がして、機材を入れた大きな鞄《かばん》と折りたたんだアルミ製の脚立《きゃたつ》をかついだ若いカメラマンがやってきた。

「じゃあ、行ってくる」と優介は俊太にいい、荷物をもって立ちあがった。配車係の窓口に配車依頼の伝票を出すと、地下駐車場に待機していたハイヤーがすぐにあがってきて車寄せへまわってくる。

優介たちがハイヤーに乗って走り去るのを見送ってから、俊太は腕時計に目をおろした。

九時十五分。そろそろ仕事に取りかかるとするか……。

コーヒーの空き缶を自動販売機のよこのダストボックスに捨て、通用口のセンサーに入館証をかざして新館へはいった。

上昇していくエレベーターのなかで、俊太の気持ちはじょじょに冷めていった。優介が取材しにいった三浦半島のほうの島の人骨のことも、これまで明和新聞社が旧館を取り壊さなかった不思議や、有楽町からよそへ移転しなかった謎も、さっきの石崎とかいう怪しい老人の存在も、たしかに面白い話ではある。が、しょせん、アルバイトとして一時期ここに身を置いているにすぎない彼にとっては、遠いところにある事柄だった。

立ちはだかる困難を押しのけて、この職場で自分の仕事に邁進《まいしん》している優介の力強さが、俊太にはすこしだけ羨《うらや》ましかった。

2　永史《えいじ》

昭和三十六年一月三十一日（火曜日）――午前七時五十五分

坪井永史はまぶたをひらいた。

薄汚れた天井の下に木製の事務机や椅子《いす》がならんでいる。窓際で蒸気暖房のラジエーターが、暖まりだしたときに特有のカチカチいう音を響かせていた。窓ガラスの外では、駅に出入りするチョコレート色の国電の車輛《しゃりょう》がレールを鳴らして高架線を通過していく。

ここは明和新聞の東京本社。その三階にある編集局の大部屋の見慣れた風景……。

永史が本社の社会部へきてから、もう六年近くになる。第三方面のサツ回りのあと、警視庁記者クラブ詰めをやり、昭和三十二年からは遊軍になって、いまはおもにこの建物で仕事をしている。

永史はすこしずつ思いだした。――朝刊の仕事が一段落したあと、社会部のデスクのひとりである清水秀輝《しみずひでき》に誘われて同僚たちと、すし屋横丁へ飲みにいった。最初の店を出たところで清水が帰宅し、残りは銀座へ流れてもう一軒ハシゴ。編集局へ舞いもどったのが午前四時ごろ。他社から届いた交換紙に目を通したところまではおぼえているが、その後の記憶があやふやだ。どうやら長椅子に倒れて、そのまま眠りこんでしまったらしい。

視界のなかに突然、上下さかさまの顔があらわれた。

「坪井さん、おはようございます」

覗《のぞ》きこんでそういったのは、社会部の後輩記者の上条肇《はじめ》だった。

「うなされてたみたいですね？」上条は半分からかうような感じで指摘した。「特オチの夢でも見ましたか？」

「特オチ」というのは、他紙のすべてがつかんでいる重要なネタを一紙だけが取りこぼすことである。「特ダネ」の反対であり、記者の世界では不名誉な失態とされる。

永史は上条の質問には答えず、毛布代わりにかぶっていたコートを押しのけて、長椅子の上に起きあがった。からだがひどくこわばっていた。寝ちがえたのか首の片側がずきずきする。頭の芯《しん》が痛むのは二日酔いだろうか？

室内を見まわすと、泊まり明けの記者のほかに、早出の連中がもう出勤してきていた。ザラ紙にさっそく鉛筆を走らせたり、電話でどこかと話している者もいる。

「いま何時だ？」自分の首を揉《も》みながら永史は尋ねた。

「ええと……」上条は腕時計を見た。「あとすこしで八時です」

上条はいつも陽気で人当たりがいい。上司に無茶な命令をされても、せっかく書いた原稿がボツになっても、怒ったり拗《す》ねたりしたところを見たことがない。温厚な性格の上に、ダブルの背広に身をつつんで身綺麗《みぎれい》にしていることから、「お坊ちゃま」などという渾名《あだな》を頂戴《ちょうだい》しているが、じつは両国《りょうごく》の煎餅屋《せんべいや》の三男で、中学のころには空襲で家を焼かれたりして人並みの苦労は味わっている男だ。それにしても、昨晩いっしょに飲みにいって会社にも泊まったはずなのに、上条は信じられないほど爽やかな表情をしている。永史は自分と上条を引きくらべ、三十代の終わりと初めとではこうも体力に差が出るものか、と、ぼんやりした頭で考えた。

永史はようやく長椅子から立ちあがった。タオルや歯ブラシをもって部屋を出る。廊下の奥の仮眠室のよこにある洗面台のまえに立ち、正面の鏡を見つめた。

さきほど上条は、永史がうなされていたといい、特オチの夢でも見たかと訊《き》いた。上条のいうとおり、目覚める寸前まで永史は夢を見ていた。といっても特オチの夢ではない。その程度ならまだよかった。

――夢で永史は、一面のぬかるみのなかにいた。周囲のすべてが地平線の彼方《かなた》まで茶色い泥の海だった。旧日本陸軍の完全軍装を身につけ、三八式歩兵銃を肩にかついだ永史は、足首まで沈みこむ泥に難儀しながら、どこかをめざして歩いていた。

泥濘《でいねい》のあちこちに人が倒れていた。ひとりひとり覗きこんでいくと、日本兵もいるし中国兵もいる。非戦闘員と思われる中国人の老婆や子どもまで混じっていた。みんな泥にまみれて動かない。死んでいるようだ。

ここに倒れている人間のうち、何人ぐらいをおれは殺したのだろうか？ そんなことに思いをめぐらして永史は恐ろしくなった。十人？ 二十人？ それとも三十人……。

その矢先、仰《あお》むけに倒れている日本兵のすがたが目にはいった。顔には乾いた泥や血がこびりついているが、なんとなく見おぼえがあった。見つめているうちに、だれだかわかった。柄本軍曹だ。そうだ。クロノスが死んだのとおなじ戦いで、この男も死んだのだ。

視線をそむけるようにして永史は、柄本の死体のそばをはなれかけた。

ところが――

突然、柄本軍曹の上半身が跳ねあがり、永史にむかって手を伸ばしてきた。

永史は悲鳴をあげそうになった。

柄本だけではなかった。気がつくと、いままで死体だと思っていた四方の人間たちが全員、かっと目を見ひらき、首をもたげ、低いうなり声を漏《も》らし、永史にむかって這《は》いよろうとしていた。

永史は後ずさり、迫ってくる手をよけようとした。死んでいるはずの者たちは右にも左にも前にも後ろにもいて、もはや逃げることはかなわない。やめてくれ、と叫ぼうとしたが、声が出てこなかった。死者たちは包囲の環《わ》をじょじょにせばめてくる。とうとう何本もの腕が、永史の足や腰にからみついた……。

さいわいなことにそこで目が覚めて、悪夢から解放された。

戦争からもどって十六年にもなるのに、いまだに永史はこういう夢を見ることがあった。出てくる場所は、鉛色の空のもとにひろがる枯れ野だったり、ねじくれた樹木が密生する暗い森だったりとその都度《つど》いろいろだが、かならずといっていいほど、そこには戦争で犠牲になった者たちのすがたがあるのだ。ときには、さきほどのように死者たちが動きだして永史を脅《おびや》かした。そんな悪夢にうなされて飛び起きるたびに、自分にとっての戦争はまだ終わっていないことを永史は思い知った。夢で見たような世界が心の奥底に存在して、いまも永史の魂《たましい》の一部はそこをさまよっているらしい。もしかすると生きているかぎり彼は、そこから逃れられないのかもしれない。

「おう、坪さん。どうした？」

急に声をかけられて、洗面台のまえの永史はびくっとした。

仮眠室から出てきたのだろう、首にタオルをかけた政治部の顔見知りの記者が、隣の蛇口のところに立って、こちらを見ていた。

「だいぶんお疲れのようじゃないか。どこか具合でも悪いのかい？」

「いや、べつに。飲みすぎただけだ」と永史は答えた。

「そうか。酒もほどほどにせんとな。おれも最近――」などと、政治部の記者は世間話をはじめた。

永史はそれに相槌《あいづち》を打ちながら、悪夢やその他諸々《もろもろ》のことを脳裏《のうり》から締めだし、水道の蛇口をひねった。つめたい水で顔を洗ううちに、頭がはっきりとして、気分も多少よくなった。

今日は昼に人と会う約束をしている。すこしは体裁《ていさい》を整えておかなくてはならない。髭《ひげ》を剃《そ》り、歯を磨《みが》き、髪に櫛《くし》を通した。

編集局へもどった永史は、これからどう動くかを考えた。社会部長の松坂《まつざか》はまだ出社していなかった。松坂がきてからでは出づらくなるのは目に見えている。今日は夜勤に割り振られているから午前中は社にいなくても大丈夫だ。いまのうちに消えてしまうのが得策だろう。

ネクタイを結び直し、上衣とコートを着て、永史は上条へ目をやった。上条は机の上に4Bの鉛筆をならべ、一本一本の芯をていねいに削《けず》っている。彼の朝一番の日課なのだ。それをやると脳が冴《さ》えて一日の仕事がはかどるのだそうだ。

「四時ごろまで出てくる」と永史は上条にむかっていった。

後輩記者はナイフを使う手を止めた。

「取材ですか？」

「まあ、そんなところだ」と永史は応じ、上条のほうへ顔をよせた。「部長に訊かれたら適当にごまかしといてくれよ」

万事心得ている上条は、「合点《がってん》承知之助《しょうちのすけ》」といって笑った。

＊

新聞社の玄関を出て、有楽町駅の方向へ歩いていくと、すれちがう人波のなかに松坂部長のすがたがあった。とっさに永史は顔を伏せた。

松坂は永史に気づかなかったようだ。もしも見つかっていたら、どこへ何のために行くのか、だれと会うのかといったことをくだくだしく尋ねられただろう。

もともと永史は、独裁的に仕事をすすめたがる松坂部長とは反《そ》りが合わなかった。両者の関係が本格的にこじれたのは、去年の夏の安保闘争のときに報道のあり方をめぐって衝突してからだ。松坂はそれ以降、永史のやることなすことに横槍《よこやり》をいちいち入れてくるようになった。

社会部長に嫌われていることは明々白々だから、遠からぬうちによそへ飛ばされるものと覚悟していた。ところが、そうはならなかった。清水デスクがかげで永史をかばってくれているらしい。永史としては虫の好かない上司のご機嫌を取ってまで現在の部署にしがみつきたいわけでもなく、思い切って飛ばされたほうがサバサバしたかもしれない。それでも清水の厚意には、素直に感謝している。

間一髪で部長をやり過ごせたことにホッとしつつ、永史は駅の改札口をはいった。ホームで電車の到着を待っていると、明和新聞の建物の屋上から伝書鳩たちがいっせいに空へ舞いあがるのが見えた。朝の舎外運動がはじまったのだ。

群れの先頭を切って飛ぶ一羽に永史は注目した。この距離からでもわかる。あれはクロノスだ。いつも先頭にいないとクロノスは気がすまない。

さきほどの悪夢や松坂との確執について考えるにつけ、永史はむしょうにクロノスと会いたくなった。一日に最低一度は屋上へあがって鳩舎《きゅうしゃ》を覗くのが、永史の日課になっている。彼の目当てがクロノスであることは、鳩係以外ではあまり知られていないが、鳩舎通いそのものは編集局内でも有名だ。永史のことを人間よりも鳩が好きな変人と評し、「半分鳩係」略して「半鳩《はんぱと》」などと呼んで笑っている連中もいるようだ。もちろん永史は、そんな陰口を気にしたりはしない。

ほんとうは午前中の空《あ》いた時間にクロノスのところへ行ければよかったのだが、永史の行方《ゆくえ》不明を察知した松坂が、もしかすると屋上をさがす可能性もある。だから、鳩舎へ近づくのはよしておいたのだ。昼の用件がすみしだい、なるべく早く帰ってきてクロノスに会うつもりだった。

京浜東北《けいひんとうほく》線の上り電車がきたので乗りこんだ。通勤時間帯の車内は着ぶくれた人たちで混雑していた。神田《かんだ》駅でおり、中央線に乗り換えた。

新宿《しんじゅく》駅に到着したのは、九時をすこしまわったころだった。

東口の木造の駅舎を出て、新宿通りに沿って歩きながら、このあたりの街並も昔とはずいぶん変わったなと考え、永史は感慨深い気持ちになった。

戦後に彼が復員してきた時分、新宿駅前から新宿三丁目に至る界隈《かいわい》には、焼け跡にできた闇市《やみいち》があり、木造バラックのマーケットや露店がひしめいていた。現在では闇市は整理されて新築のビルのなかへ移転させられ、代わりに垢抜《あかぬ》けた店や小綺麗なビルが建ちならんでいる。新宿通りを走っていた都電も靖国《やすくに》通りへ道筋を変更されたし、通りの地下には東京で二番目の地下鉄となる丸《まる》ノ内《うち》線が開通して、メトロポリタンプロムナードとかいう洒落《しゃれ》た地下通路も設けられた。

さらに戦前まで記憶をさかのぼれば、戦災に遭《あ》うまえの新宿の記憶は、永史の子ども時代の思い出とつながっている。永史が小学校を卒業する昭和十年の春まで、彼の家族は九州の福岡に住んでいたが、ある事情で東京の笹塚《ささづか》に転居してきた。笹塚から新宿までは京《けい》王《おう》電車に乗ればすぐだった。当時の京王電気鉄道はいまのように新宿駅が終点ではなく、甲州《こうしゅう》街道沿いに省線《しょうせん》の線路を越えて新宿御苑《ぎょえん》のそばまで伸びていた。父の鼎一《ていいち》はときおり母の末江《すえ》と永史を電車に乗せて、新宿の繁華街まで連れてきてくれた。三人で百貨店の売り場を冷やかしたり、映画を観《み》たり、書店の棚をあさったり、レストランで食事をしたりした。福岡にいたころは父の身辺にゴタゴタがつづき、家のなかには沈鬱《ちんうつ》な空気がただよっていたから、東京で新しい生活をはじめられたことが永史はうれしかった。

いまからふりかえれば、十二、三歳から二十歳ごろまでに新宿でさまざまな事物に触れた日々は、十五年戦争が日常に暗い影を落としはじめていたなかで美しい輝きを放ったひとときであった。あの時代によく行った場所のうちには、伊勢丹《いせたん》や三越《みつこし》、帝都座《ていとざ》や中村屋《なかむらや》などのように空襲でも焼け残って、現在もおなじ建物で営業しているところもあるが、それらを除けば以前の街の面影《おもかげ》はすっかり失われた。

そんなことを回想しているあいだに、伊勢丹のある三丁目の交差点まできていた。明治《めいじ》通りには乗用車やオート三輪やトロリーバスが行き交《か》い、警察官が笛を吹いて交通整理をしている。

信号が青に変わると、永史は通りを横断し、斜めむかいの裏通りへはいった。

めざす建物はそこにあった。「新宿浪漫館《ろまんかん》」という看板を掲《かか》げた映画館だ。封切り館ではなく、古い作品を二本立てや三本立てで上映する名画座だった。タイル張りの壁面の古めかしい外観からもわかるように、ここも戦前からの焼け残りである。

約束の相手は、人目につくところでは会いたくないという理由から、この新宿浪漫館のロビーを待ち合わせ場所に指定してきた。相手がどんな人間なのか、どういう種類の情報をつかんでいるのかといったことは、実際に会ってみないとわからない。

特ダネを提供できそうな人物がいるのだが、と、最初に永史に電話してきたのは、全学連の活動家である藤枝《ふじえだ》という男だった。藤枝の話ではその人物も学生運動の関係者らしい。それ以上のことを尋ねても藤枝は、とにかく本人と会って直接訊いてみてくれとしか答えなかった。安保の取材を通して知り合い、一年以上にわたって情報交換をつづけてきた経験上、ガセネタを持ち込んでくるような男ではないと知っていたので、永史は藤枝を信用することにした。彼にあいだに立ってもらい、くだんの人物と接触するお膳立てを整えた。

今回の件を永史が松坂部長に報告しなかったのは、いやがらせの一環として掻《か》きまわされる虞《おそ》れがあるからだ。難癖《なんくせ》をつけられて、せっかくの話をぶち壊されてはたまらない。かりに本物の特ダネだとわかっても、原稿のかたちになるまで松坂には知らせたくなかった。まずは清水デスクあたりに相談するつもりだった。

相手とは十二時半に待ち合わせる約束をしている。それまでどこかで時間を潰《つぶ》さなくてはならない。映画館の入口に張りだされた上映スケジュールへ目をやると、一本目は十時からはじまるアメリカ映画の「渚《なぎさ》にて」だった。終わるのは十二時十五分。「渚にて」を観れば、ちょうどいい頃合いになる。

すこし周辺をうろつき、十時まえに新宿浪漫館へもどってきた。チケットを買って入場する。ホールの照明はすでに落とされ、前座のニュース映画が上映されていた。暗がりに目を凝《こ》らしてみると、平日の午前中にもかかわらず三割から四割程度のシートが埋まっている。中央の通路ぎわに適当な空席を見つけて、からだを滑《すべ》りこませた。

ニュース映画が終わり、「渚にて」がはじまった。「渚にて」はたしか一年ぐらい前に封切られた作品である。学芸部の記者が書いたレビューを読んで内容は知っていたが、観るのはこれがはじめてだった。――核兵器を使った第三次世界大戦が勃発《ぼっぱつ》して北半球の国々が滅亡したあと、放射能による汚染が南半球にも刻々とひろがってきて、オーストラリアにいる者たちも死に追いやられていく。その最後の日々を、アメリカ海軍の軍人たちや地元の人々の人間模様に焦点をあてて描いた映画であった。面白くなかったら寝てしまおうと思ったが、結局ラストシーンまで目をあけて観ていた。

明るくなってからロビーに出た。どこかの隠居とその細君らしい年配のふたり連れ。仕事をサボってきているセールスマンといった感じの男。高校生か大学生と思われる学生服の若者たち。そういった連中が映画の感想を述べ合ったり、煙草《たばこ》を吸ったり、売店で買ったパンを頬張《ほおば》ったりしているあいだを永史は抜けていった。

奥のほうまで行くと化粧室の手前に、映写室へあがる階段があった。手すりに渡された綱から「立入禁止」の札がさがっている。階段のかげに藤枝がいっていたとおり、紅《あか》いビニール張りの長椅子が置かれていた。

長椅子に永史は座り、コートのポケットから折りたたんだ明和新聞の今朝の朝刊を出しホールへはいっていった。約束の相手は、その新聞を目印に声をかけてくることになっていた。

二本目の映画の上映五分前を告げるベルが鳴ると、観客たちは潮《しお》が退《ひ》くようにホールへはいっていった。ロビーに人気《ひとけ》がなくなった。ちょっとはなれた場所には売店があって売り子の女性がいるはずだが、階段のこちら側からは死角になって見えない。

十二時三十分ごろ、ホールの扉のひとつがあき、靴音が近づいてきた。

新聞越しに見ると、脱いだコートとバッグをかかえた若い女が、永史のまえを通りすぎて化粧室へはいっていくところだった。

しばらくして彼女は出てきた。さりげなくロビーをながめわたしてから、階段の下の長椅子へ歩みよってくる。永史とのあいだにひとり分の場所をあけて腰をおろした。

バッグの口をひらき、なかの品物をさぐるようにしながら、低い声で彼女はいった。

「明和新聞の坪井さんですね」

「ええ」と、視線をわずかに彼女のほうへむけて永史はささやいた。「きみが藤枝君のいっていた人？」

「そうです。――気をつけて。まだ新聞を読むふりをやめないで」

おろしかけた新聞をあわてて永史はもとの位置にあげた。

「きみ、だれかに見張られているの？」

「ときどき付けてくる人がいるんです」と彼女は答えた。

「何者?」

「さあ……はっきりとはわかりません。知らない人なの」

彼女はバッグをわきに置いた。靴のよごれを気にするふりをして上半身をまえへ倒し、玄関のほうへ目をやる。からだをもどすと彼女はいった。

「もう、ふつうに話していいわ。いまは大丈夫みたい」

永史は新聞をたたみ、はじめて彼女をまっすぐに見た。

長い睫毛《まつげ》に縁取られた棗形《なつめがた》の瞳が、永史を見かえしていた。肩のあたりまで垂《た》らした髪のあいだに、凛《りん》とした印象の細面《ほそおもて》が覗いている。白いブラウスの上からグレーのカーディガンをはおり、下は紺色《こんいろ》のプリーツスカートだ。

明和新聞社会部記者の肩書きがはいった名刺を、永史は彼女に渡した。

「差し支《つか》えなければ、名前を教えてもらってもいいですか?」

永史の問いに、山岸葉子《やまぎしようこ》と彼女は名乗った。

「藤枝君から聞いたけど、きみも学生運動にかかわっているそうですね。大学は?」

「開華《かいか》です」と、ためらいがちに彼女は答えた。「開華女子大の文学部の三年」

開華女子学院大学といえば、良妻賢母教育で知られる私立の名門女子大だ。明治期からつづく女学校を基礎にして戦後に設立された。付属の中学と高校があり、そこから大学へあがってくる学生のなかには、いうまでもなく上流家庭の子女が多い。

最初から質問攻めにするのもよくないと思ったので、永史は笑みを浮かべて相手の出方を待った。

ややあって山岸葉子は口をひらいた。

「今回のことで相談をもちかけたとき藤枝君は、自分の知っている記者のなかでは明和新聞の坪井さんがいちばん信用できるから、力を借りるならその人がいいといって、こうやって会えるように取り計らってくれた。でも、わたし、まだ迷っているの」

永史の顔にじっと視線を据《す》えたまま、山岸葉子はいった。

「あなたのこと、ほんとうに信じていいのかしら？」

短い沈黙のあとで永史は答えた。

「それは、ぼくには答えようのない質問だ。決めるのはきみだから……。納得のいく答えが見つかるまで話したいのなら、協力は惜《お》しみませんよ」

葉子は険《けわ》しい表情になった。

「それならいいますけど、わたし、新聞というものが信用できないんです。そうなったきっかけは、去年の六月十七日に在京の新聞各社が出した共同宣言だった。あれには失望させられました。議会制民主主義を守るために暴力を排せと、あの宣言を通してあなた方は訴えた。そう、たしかに暴力はいけないことよ。力をもって国会の構内に突入することで、わたしたちは日本の平和を脅かしたのかもしれない。でもそれをいうなら、岸《きし》首相と与党が大勢の声に耳をかたむけず、議会政治の手続きを無視し、絶対多数という力をもって安保改定を押し切った、あの粗野で無法な行為は――あれもまた国民の心を蹂躙《じゅうりん》する立派な暴力だったんじゃないの？　だから、何万、何十万という人たちが怒って、あちこちで抗議の集会をし、国会や首相官邸にも押しかけるような騒ぎになったのでは？」

はじめは静かだった彼女の口調も、話すにつれて怒気を含み、瞳の奥には熾火《おきび》のような暗い輝きが見え隠れした。

「六月十七日の共同宣言については、新聞社が政府や財界から圧力をかけられて、ああいうものを出したんだという噂《うわさ》も聞きましたが、それは事実なんですか？」

永史は自分が手にしている朝刊へ目を落とした。しかつめらしく取り澄ましたような感じの「明和新聞」の題字が、紙面の右肩で無言の主張をしているように見える。

「残念ながら、どのような経緯であれが載せられたのか、ぼくにもその真相はわかりません。あのとき、ぼくは取材で国会の周辺にいた。かりに社内にいたとしても、上のほうでどんなやり取りがあったのかを知ることはできなかったでしょう。しかしあれは、共同宣言に名をつらねた当の新聞社の記者の目から見ても、違和感をおぼえる内容だった。はっきりとは口にしなかったけれど、おなじように感じた記者はほかにもいたはずだ。ぼくのように現場で取材にあたっていた者ほど、きみたちへの共感や同情は強かったと思う」

「六・一五統一行動のとき――樺美智子《かんばみちこ》さんが亡くなった晩も、あなたはあの近くにいたんですか？」

「いました。南通用門のすぐそばだった」

「それじゃ見ましたよね、あそこで何が起こったのかを」

「ええ、見ました」そういった拍子《ひょうし》に、記憶のなかの光景が永史の脳裏にまざまざと呼び覚まされた。――スクラムを組んだデモ隊の頭上で揺れ動く旗や横断幕やプラカード。黒豆のようにつやつや光りながら国会の前庭を埋め尽くしている警官隊のヘルメット。門内に投げこまれる石つぶて。雨と放水とでずぶ濡《ぬ》れになった女子学生。警官たちの血走ったまなこ。彼らが手にした警棒。血に染まった白いワイシャツ。倒れた仲間を助け起こそうとして泥のなかへともに倒れこむ学生。よこ倒しにされて火を放たれた警察車輛。それらすべてのむこうで不吉な猛禽《もうきん》のように両翼をひろげていた議事堂の建物……。

あの長い一夜、群衆の勢いに押し流されまいと門柱にしがみつき、やがてその上へよじ登って一部始終を見つめながら、永史は全身が燃えるように熱くなるのを感じた。その感覚の底によこたわる心理の正体に気づいたとき、彼はあっと声をあげそうになった。それは取りも直さず、抵抗する者を踏みつぶしていく巨大な権力に対する怒りであり、記者としての立場を投げ捨ててデモ隊に身を投じ、警官隊を相手に闘いたいという欲求にほかならなかった。むかしは軍隊も戦争も嫌悪し、不戦をあれほど望んでいた自分のなかに、いつのまにかそんな気持ちが根づいていたというのは衝撃的だった。そのあと永史は、記者会館のなかに設けられた取材用の前線本部へもどり、何かに憑《つ》かれたように現場雑感《ざつかん》の筆を走らせた。その原稿はほかの記者のものといっしょに現場のキャップが目を通してから、連絡係のオートバイに託されて社会部へ送られた。

翌日の紙面を見ると、永史の書いた記事は原形を留《とど》めぬほどに書き換えられ、彼がぜひとも報道すべきだと感じていた内容はあとかたもなく削除されていた。永史がもっとも新聞の読者につたえたかったのは、警官たちがデモ隊に容赦《ようしゃ》のない暴力をふるったという事実である。投石などによって警察の側にもたしかに負傷者は出ていた。しかし、警官隊の装備はデモ隊のものにくらべたら圧倒的に勝《まさ》っていた。デモ隊の学生はヘルメットもつけておらず素手の状態で、敷石を剥《は》がして放るとかプラカードを振りまわすとかいった程度のことしかできなかったのに、そんな者たちを相手に警官隊はガス弾を撃ちこみ、逃げまどうところを追いかけて背後から警棒で叩《たた》き、無抵抗な者にも容赦なく殴《なぐ》りかかっていったのだ……。取材にくわわっていた同僚の記者たちも、それぞれの持ち場で永史が見たのと同様の場面を目撃し、同様の雑感記事を書いたが、警察側の過度の暴力に触れた部分はことごとく消し去られていた。

そうした箇所の抹消を指示したのが社会部長の松坂だということを、本社にあがってから永史は知った。「主観的すぎる」とか「デモ隊に感情移入しすぎている」というのがボツにした理由だそうだ。自分の目で見たままを書いたのに、そんな扱いを受けたことが永史には納得できなかった。ひとこと松坂に抗議してやりたかったが、そのときは清水デスクに諫《いさ》められて我慢した。

が、つぎの日の朝刊に載った例の共同宣言を読んで、ついに抑えきれなくなった。永史は部長を会社の廊下でつかまえ、明和の報道の姿勢について問いただした。死者を出すほどの流血の惨事につながる根本原因をつくりだしたのは岸政権なのに、その事実をいったん忘れろという宣言の論旨はおかしい。警官の暴力にかんして報道しないのも、政府に不都合なことを隠蔽《いんぺい》しているみたいでまちがっている、と。

松坂は永史を睨《にら》み、共同宣言掲載の判断をくだしたのは論説主幹なので自分に明確な返答はできないが、あえて私見をいわせてもらうならば、と前置きしたうえで、「目下《もっか》の時点でジャーナリズムが優先すべきことは混乱の収拾である。火に油をそそぐような報道は厳に慎《つつし》まねばならん」といった。なおも永史が食いさがると、部長は急に態度を変えて「正義漢もたいがいにしろよ、坪井」とドスの利《き》いた声でささやいた。さらに薄ら笑いのような表情を浮かべ、松坂はこんな言葉を投げつけたのだ。「いいか。おれやおまえのような世代の人間はな、とっくによごれちまってるんだよ。いまさら綺麗事をならべたって、はじまらねえじゃねえか……」

最後のその言葉を聞いて永史は、頭から冷水を浴びせられたような感じがした。意味はわかりすぎるほどわかった。永史より十歳年上の松坂も、兵隊として戦地へ送られた経験をもつ。徴兵制度による強要だったとはいえ、永史も松坂もかつては国家の手先として働いたのだ。デモ隊を駆逐《くちく》した警官たちとおなじように権力の側に立ち、敵対する者に対して徹底的な暴力をふるった。どんなに偉そうなことを吐《ぬ》かしたところで、おたがい脛《すね》に傷をもつ身だろうが、と、松坂はそう指摘したのである。

もちろん永史自身、おのれの罪を意識してこなかったわけではない。罪悪感や後悔の念があるからこそ、日本の国や社会を不幸な状態へ逆もどりさせないために新聞記者として何ができるかということに心を砕いてきたつもりだった。ところが松坂のひとことで、心の気張っていた部分があっけなく揺らいだ。そうした努力をいくら重ねたところで何の贖《しょく》罪《ざい》にもならないのではないか、いったん罪にまみれて沈んだ者は、明るい場所へは二度と浮かびあがれないのではないか、と絶望的な気分で考えだした……。

いま、映画館のロビーの薄暗いかたすみで山岸葉子という女子学生をまえに、そうした一連の出来事を瞬時にふりかえった永史は、自分と彼女のあいだの大きな隔《へだ》たりを感じずにはいられなかった。葉子は永史のように戦争へ行って人を殺した経験をもたない。まだ若く未熟な面もあるだろうが、彼女なりの純粋な気持ちで社会を変革しようとひたむきに努力している。そういう彼女がまぶしく、そして羨《うらや》ましかった。

ほんとうは葉子に信頼をよせてもらう資格など、現在の自分にはないのかもしれない。さっき「あなたのこと、ほんとうに信じていいのかしら?」と葉子に問われたとき、胸を張って「信じていい」と答えられなかったのは、そうした負い目を無意識のうちに自覚していたからではないのか？

永史の心中のそんな葛藤《かっとう》に葉子が勘づいたようすはなかった。ロビーの壁へ食い入るようなまなざしを彼女はそそいでいる。

「わたしたちはたくさんの犠牲を払った。でも負けてしまった。アイゼンハワーの訪日中止と岸首相の退陣はたしかに実現した。それをもって闘争の勝利という人もいるけれど、わたしはそうは思わない。あれは完璧《かんぺき》な敗北でした。わたしはもともとマルクス主義にも革命にもあまり興味はなかった。そういった思想よりも、反戦平和を希望して学生運動に参加したんです。朝鮮戦争、水爆実験、第五福竜丸《ふくりゅうまる》、砂川《すながわ》闘争……そういった出来事に対する問題意識が根本にあって運動をはじめたわたしにとっては、安保改定阻止《そし》がかなわなかった以上、完全に負けたとしかいいようがないんです」

永史はうなずいた。

「じゃあ、六月十九日午前零時《れいじ》の条約の自然承認のあとは、目的を見失ってしまったような感じですか？」

彼女のよこ顔に一瞬、さざ波のように通りすぎた変化を永史は見のがさなかった。明らかにそれは痛みに耐える者の表情であった。この女子学生はひどく傷つき、そして疲れ果てている。安保の敗北による一時的な痛手ではなく、これまでの闘争の日々のなかでくりかえし味わった不快や苦悩や挫折といったものの蓄積が、一個の巨大な重荷となって彼女を苦しめている。そんなふうに永史には思えた。

葉子は小さな溜《た》め息《いき》をつき、投げやりとも取れる口調でいった。

「じつはわたし、去年の秋から活動を休んでいるの。いままでの運動からはなれて、ちょっと落ち着いて考えてみたくなって……」

彼女の力になりたいという気持ちが、卒然として永史の胸に湧《わ》きあがった。

戦時中、永史は無力だった。自分を取り巻く不条理な流れに対して可能なかぎりの抵抗を試みたつもりだが、結局のところ何ひとつ変えることができなかった。彼は自分の闘いに負けたのだ。だが、目のまえにいる女子学生には、可能性がまだ残されている。彼女の努力しだいで、希望に満ちた未来を勝ち取れるかもしれない。自分に葉子を助けることができるのだとしたら、何を惜《お》いてもそうするべきだと感じた。

「山岸さん」と、永史は身を乗りだした。「きみがもっているのがどんな情報かは知らないが、それで何かを変えられると考えているのなら、ぼくに賭けてみないか？　できるかぎりのことをすると約束しよう」

葉子は永史のほうへゆっくりと首をめぐらせた。勝ち気な感じのするその目元に、かすかな光が宿りはじめていた。

「わかった。あなたを信じることにするわ」

「ありがとう」と永史はいった。「それじゃ、話を聞かせてくれますか」

周囲へさぐるような視線をむけ、それから葉子は切りだした。

「いまはまだ、すべてを明かすわけにはいかないの。でも、とにかくお話しできるところまではしますね。去年の終わりごろ、わたしはある人物から、つぎのような話を聞かされました。その人物を仮にAと呼びましょう。――Aは現在、ある行政機関の上層部にいるBという人間に仕えているのだけれど、最近ある場所でBの所持する一通の書類を目にした。その書類は特定の者にしか閲覧を許されない極秘の扱いで、ほんとうはAにも読むことのできないものだった。ところがAは、自分の仕事上の立場を利用し、たんに好奇心を満たす目的でそれを盗み読んだの。書類の中身はAの想像を超えるような内容でした。米軍による日本国内への核兵器の持ち込みについて、そこには記されていたんです」

反射的に永史は、上着のポケットの手帳へ手を伸ばしかけたが、寸前でその動作を思い留まった。話し手の不安をいたずらに煽《あお》らないよう、こういう場合には極力メモは取らないほうがいいのだ。

「もうすこし具体的にいうと、それはどんな書類だったのかな?」

「英文で記された報告書のようなもので、米軍の内部でつくられたものらしく、在日米軍司令部の将校の署名がしてあったそうです。ざっと目を通したところでは、日本へ寄港するアメリカ海軍の航空母艦には核弾頭が積まれていること、その核弾頭を装着した爆弾を艦載機に積み替え、地上の基地へ移動させる演習がおこなわれていることなどが書かれていたといいます」

そこで葉子は首をかしげ、永史の反応を窺《うかが》うようにした。

「書類の内容がほんとうなら、どういうことになるかしら?」

「昨年改定された新安保条約には、事前協議制にかんする付属の取り決めがある」永史の声には、抑えきれない興奮があらわれていた。「その取り決めによれば、いまだアメリカの占領下にある沖縄はべつにして、それ以外の日本本土へ米軍が核弾頭を持ち込むさいには、あらかじめ日本政府と話し合って了解をもらう必要があるとされている。安保改定を討議する国会でも政府はそのように説明していた。米軍が何の断わりもなく日本へ原水爆の類《たぐ》いを持ち込んでいるのだとすれば、それは明らかな違反行為だ。――いや、ちょっと待てよ。きみの話に出てきた報告書は、日本の行政機関の人間が所持していたわけだから、すると日本政府もとうぜん、米軍の違反について関知しているのではないかという疑いが出てくる」

「そうなんです」と、葉子は瞳を輝かせた。「つまり日本政府とアメリカ政府は、新安保条約というものを取り交わしておきながら、国民の知らないところでそれと食いちがう行為をおこなっていることになるのよ」

脳裏に浮かぶ疑問を整理しながら永史はいった。

「いくつか教えてほしいんだ。可能な範囲で答えてくれればいいから……。まず、その英文の報告書を見たというA氏だけど、あなたとはどういう間柄？」

　葉子は下唇をちょっと噛《か》んだ。

「それは、いまはいえないの。もしもAが作り話をしているのではないかと疑っているのなら、この話にかぎっていえば、Aは真実を述べているとわたしは確信しています」

「報告書の写しか何か、A氏の話の証拠となるようなものが手元にありますか？」

「いいえ……。残念ながら、そういうものはありません」

「今後、実物の写しを手に入れられそうな見込みは？」

　しばらく考えてから葉子は首をふった。

「難しいと思います。写しを取るにはAに頼むしかないけれど、そこまでの協力はしてくれないと思うわ」

「ぼくがA氏とじかに会い、話を聞くことはできないかな？」

「ごめんなさい。それも無理でしょう。わたしはAに内緒であなたと会っているの。わたしがこの件を新聞社の人に話したことをAは知りません。自分が秘密の書類を盗み見たり、その内容をほかに漏らしたりしたことが公になるのは、Aにとっては好ましくないから、こんなふうになったと知れば、きっと驚いて腹を立てるわ。取材など申し込んでも、拒否されるに決まっています」

「なるほど」永史は腕を組んだ。「いずれにしても、いまの話を新聞で世間に知らせるためには、問題の報告書が実在することの裏づけが必要だ。証拠がなくては説得力のある記事にはならないし、政府のほうにも知らぬ存ぜぬを決めこまれて、せっかくの報道も実を結ばないまま終わってしまう」

葉子は顔にかかった髪を耳のほうへ掻きあげた。

「たとえば、報告書の内容を実地に検証することはできないかしら？　じつはいま、わたしなりに試みていることがあって――」

そこまで葉子がいいかけたとき、ホールの扉がひらく音が聞こえた。そちらへ目を転じた彼女の動作が、一瞬ぴたりと止まった。

「あの人……」とつぶやいて彼女は顔をそむけた。永史にむかって切迫した調子でささやく。「すみません。もういっぺん他人のふりをしてください。わたし、やっぱり見張られているみたい」

ひらいた扉から、だれかがロビーへ出てきた。その人間の動きは、葉子の座っている側から見えるだけで、永史のいる場所からは階段にさえぎられ、気配だけしかわからない。

「今日はここまでにさせてください。また連絡しますから」

小さな声でそういい残し、自然なしぐさで葉子は立ちあがった。焦茶色《こげちゃいろ》のコートの袖《そで》に腕を通してボタンを留める。わざとのんびりした歩調でロビーを横切っていった。彼女が映画館の外へ出ていったのが足音から察せられた。

永史は腰を浮かせて、階段のかげから顔をすこしだけ覗かせた。

トレンチコートを着た男が、灰皿のまえに立って煙草を吸っている。まえの通りを歩いていく葉子の動きを、男は鋭い目つきで追っていた。

からだを引き、永史は長椅子に座り直した。その状態で息を殺していると、男の靴音が映画館の出口のほうへ遠ざかり、消えていった。

＊

永史は新宿浪漫館を出たあと、三丁目の交差点のそばにある食堂へはいって、遅めの昼食を摂《と》った。注文した焼き魚の定食が出てきて箸《はし》を遣《つか》っているあいだも、山岸葉子の語ったことに頭を支配されていた。

あれがほんとうの話で、明和で記事にできたとしたら、一大スクープになることはまちがいなかった。読者はどんな反応を示すだろう？　国民の怒りは再燃し、ふたたび安保闘争のときのような騒動がもちあがるかもしれない。

葉子が嘘《うそ》をついているということは、まずなさそうだが、Aという人物が偽りを述べている可能性はある。ここは慎重にかまえて、きちんと裏を取る必要があった。日をあらためて葉子と会い、もっと突っこんでいろいろ尋ねなくては……。

それにしても葉子は、彼女自身もいっていたとおり、だれかに監視されているようだ。尾行して映画館から出ていった男。あれは何者なのか？　彼女はAから極秘書類の話を聞いたせいで、そちらの関係者に見張られているのだろうか？

食事を終えて外へ出てからも、しばらく考え事にふけりながら永史は歩いていたが、一軒の和菓子屋のまえへ差しかかってふと足を止めた。思い立って店の暖簾《のれん》をくぐり、買い物をした。それから帰途に就《つ》いた。

帰りは国電ではなく丸ノ内線を使った。

西銀座駅で下車し、有楽町の新聞社までもどる。

エレベーターに乗ると、編集局のある三階ではおりず、いちばん上の七階まで行った。七階から屋上までの一階分は階段しかない。階段をあがりきったところに、鉄製の扉がふたつあった。ひとつは屋上へ出る扉で、もうひとつが伝書鳩係の事務室の扉だ。

事務室のほうをノックしてあけた。

室内には、電話番を兼ねて書類仕事をしている係員がひとりいるだけだった。

「佐々木さんは？」と訊くと、「外にいますよ」という返事がかえってきた。そろそろ三時をすぎるので、夕方の舎外運動の準備をしているのだろう。

永史は机のすみに、新宿の和菓子屋で買ってきた手土産《てみやげ》を置いた。

「これ、あとでみんなで食ってくれ」

「いつも、すみません……。お、どら焼きだ」

壁のフックにかかっている作業着を永史は取りあげた。鳩係では毎日のように遊びにくる永史のために、彼のぶんの作業着を用意してくれている。本来であれば、鳩は見知らぬ人間を恐れるから、係員以外の者を鳩舎へ自由に立ち入らせるようなことはしないのだが、永史の場合はとくべつに許されていた。「いっそのこと、鳩係へ転属しちまえよ」と同僚記者が彼をからかう理由もよくわかる。

着替えてから屋上へ出ていくと、大型鳩舎の到着台の下の暗がりで佐々木の禿頭《とくとう》が動いていた。べつの係員の青年といっしょに鳩のようすを見てまわっている。

永史に気づいた佐々木は金網越しに、はいってこいよと手で合図を送ってきた。

係員用の出入口を抜けて、永史は佐々木のところへ行った。

「どうですか、調子は?」

「うん、まあまあだな……。もうすぐ舎外だ。時間があれば見物していけや」

永史はうなずき、巣房のある室内に視線をめぐらせた。

クロノスはいつものお気に入りの場所にいた。巣房の上の窓に沿って細長い散歩台を設けてあるのだが、その台のいちばん奥まったところに佇《たたず》んでいる。

はじめて会ったときには、片手にのるほどの小さな雛《ひな》だったクロノスも、あとすこしで満六歳。伝書鳩の六歳といえば、成鳩としての最盛期にあたる。

首筋はすらりと伸び、艶《つや》のある灰色の羽におおわれた肩や胸の筋肉はたくましく盛りあがり、黒いまだらの散った翼もよく発達して、緩やかな弧を描きながら尾羽の上にむかって折りたたまれている。均整の取れた美しいすがたのクロノスが、真珠色の虹彩《こうさい》の瞳に澄んだ輝きをたたえ、高みから小屋のなかにいる鳩たちを睥睨《へいげい》しているさまは、なんとなく王者の風格が感じられた。

とはいえ、クロノスのそんな風情《ふぜい》も、永史が近よっていくと一変した。背伸びをするように首をもちあげて、からだをそわそわと動かしはじめる。翼をぱっとひろげ、永史のところへ飛んできた。しゃがみこんだ永史の膝《ひざ》や脛をところかまわず嘴《くちばし》でつつきまわす。

よう、クロノス、と永史は心のなかで声をかける。今日も元気そうじゃないか。

言葉で応じる代わりにクロノスは、活《い》き活きと目を輝かせた。

〈明和一三〇八号〉通称クロノスはいまや、帰巣《きそう》の確実さと速さをもって、明和新聞でもっとも優秀な伝書鳩の一羽に数えられている。ふりかえれば、一歳に満たない若鳩の時代からクロノスは、有望な鳩として鳩係の係員たちに目をつけられていた。

その存在を広く社内に知らしめたのは、昭和三十一年にクロノスがあげた二度の功績である。

一度目はクロノスが満一歳をむかえた同年の春、東京都西多摩《にしたま》郡の日《ひ》の出村《でむら》で起こった崖崩れの取材で、現場から写真のネガフィルムを運ぶという使命をあたえられたときのことだ。それがクロノスの初仕事であった。その務めをクロノスは難なくやり遂《と》げた。同時に放鳩されたのが場数を踏んだベテランの伝書鳩たちだったにもかかわらず、それらの鳩を遠く引きはなして真っさきに本社の屋上の鳩舎へ飛びこんできた。日の出村で放鳩された時刻と有楽町に着いた時刻を照らし合わせてみると、災害現場からの五十キロあまりをクロノスはわずか三十分で飛んだという事実が判明した。平均時速に換算すれば百キロ。伝書鳩の帰巣速度としては、かなりの速さだ。

二度目の手柄は、おなじ年の十月、静岡県の大井川《おおいがわ》上流に大和《やまと》航空のDC4型機が墜落し、その現場から飛んだときのものだ。クロノスを含む六羽の精鋭の伝書鳩をたずさえた明和新聞の記者たちは、夜通しかけて山を越え、事故の翌日の早朝、墜落地点に到着した。現場の上空には双発機やヘリコプターに乗った各社の取材陣がきていたが、一面に深い霧が立ちこめていたため、航空機からの取材はできなかった。地上にいる明和の記者たちは、事故現場のようすを撮影したフィルムを長さ十センチほどのプラスチックの通信筒に入れ、連れてきた鳩たちに背負わせて放した。何羽かの鳩は霧に怖《お》じ気《け》づいたり方向を見誤ったりして脱落したが、クロノスは果敢かつ正確に飛んだ。そして約二時間後、直線距離にして百六十キロ近くはなれた有楽町へ先頭を切って帰り着いた。クロノスの働きのおかげで明和だけが他紙に先駆け、旅客機の墜落事故を写真入りで報道することができた。この活躍をたたえられてクロノスは、取材に行った二名の記者とともに社長賞に輝き、明和の社史に名を刻んだのだ。

日の出町の災害や静岡の墜落事故があったころ、永史がいまのように遊軍記者の立場であったなら、あるいは彼自身がクロノスを連れて現場へ出かけていたかもしれない。けれども彼は当時、サツ回りや警視庁記者クラブ詰めをしていたので、クロノスとともに仕事をする機会を逸《いっ》した。いささか悔《くや》しかったが、それでもクロノスが大きな成功を収めて評価されたのは、わがことのように嬉しかった。

永史が遊軍になった昭和三十二年ごろからあとは、皮肉なことに鳩を取材に使う機会がめっきりおとずれなくなった。だから永史はいまもって、自分の手で取材現場からクロノスを放鳩したことがない……。

「さあ、そろそろやるか」と、鳩の体調を検査し終えた佐々木がいった。

永史も手伝い、到着台に面した引き戸をあける。

出口が開放された気配で、空を飛びまわる時間がきたことを察した鳩たちは、翼をひろげて動きだした。その慌《あわ》ただしさのなかへ、クロノスのすがたも溶けこんでいく。戸口を抜けて鳩たちは、つぎつぎと外へ躍り出た。

隣の鳩舎へも鳩係の青年が走り、同様にして鳩を放った。

おびただしい数の鳩が威勢のよい羽ばたきの音をあげて空へ舞いあがる光景は、いつ見ても全身に身震いが走るほど壮観な眺めだ。

なかには気分が乗らないのか、屋上へ引きかえしてくる鳩もいるが、係の青年が赤い旗のついた竹竿《たけざお》をすかさず打ちふって空へ追いやり、休ませないようにした。小屋に閉じこめておくだけでは体力が衰えるいっぽうだし、長距離を飛行できる持久力を養うためにも、こうして鳩たちには朝夕、なかば強制的に運動をさせるのだ。

永史と佐々木はならんで鳩舎のまえに立ち、飛びまわる鳩の群れを目で追いつづけた。群れはそれ自体がひとつの不定形の生き物のように、楕円形《だえんけい》に膨《ふく》らんだり帯みたいに長く伸びたりしながら新聞社の周囲をめぐっている。その先端のつねに揺るがぬ定点となってクロノスの灰色の影がある。集団をひとつの生物と見るなら、クロノスはその頭部であり脳であり中枢《ちゅうすう》神経だった。

「そういや、坪さんよ」ふいに佐々木が声をかけてきた。「鳩係の行く末については、もう耳にしたかい？」

鳩の群れから視線をおろした永史は、よこにいる主任を見やった。

「鳩係の行く末？　何のことです？」

「まだ聞いてないんだな。廃止が決まったんだよ」

あまりに唐突だったので、その意味が意識へ浸透するまでに時間がかかった。

――伝書鳩係が廃止になる？

「昨日の会議で本決まりになったそうだ。今朝、係長に呼ばれて教えられた」

「そうでしたか。とうとう……」といったきり、永史は黙ってしまう。

「しかたないさ」佐々木はとうに諦《あきら》めたような口調でつぶやいた。「技術の進歩にゃ勝てないよ。このあいだ、東京湾の上を飛んでいる本社機から撮影して無線で送ってよこしたという南極観測船の写真を見せてもらったが、びっくりするほど鮮明だった。あそこまでのものが電波でやり取りできるようになったのなら、わざわざ鳩を飛ばしてフィルムを運ぶ必要もあるまい。クロノスが社長賞をもらった大和航空機の墜落事故のときには、現場にたまたま霧が出ていたから伝書鳩が飛行機や無線を出し抜くような結果にもなったが、あんな偶然はそうそうあるもんじゃない」

編集局連絡部内の伝書鳩係を廃止しようという声は、じつは何年もまえから起こっていた。いずれこうなることは、ふだん口には出さなかったが、だれもが予想していた。

テレタイプや写真電送機が普及したあとも、地震や台風の災害現場とか山間部、離島など電話のつながらない場所から原稿や写真を送るために、伝書鳩は利用されてきた。しかし、ラジオカーやハンディ・トーキーといった超短波無線を使った通信手段が取材に活用されるようになると、どこの新聞社でも鳩の出動回数は目に見えて減った。明和新聞でも伝書鳩が活躍らしい活躍をしたのは、昭和三十一年の旅客機墜落事故のさいにクロノスが飛んだのが最後である。時代の変化に押されて本来の仕事を奪われた鳩たちは、何かの式典で放鳩されたり運動会のくす玉のなかに入れられたりする役目でよそへ貸し出されるぐらいしか、最近では仕事がなくなっていた。

そうした状況でも新聞社の人間たちは、ともに長く歩んできた伝書鳩に対する愛惜《あいせき》の情から、鳩小屋を撤去できないでいた。くりかえし廃止の提案はなされるものの、そのたびごとに決断を先送りにしてきたのだ。

だが、その執行猶予《ゆうよ》も打ち切られるときがきたようだ。二年前の春には共同通信社が鳩舎を閉鎖したし、朝日新聞東京本社も今年の五月で鳩通信をやめると漏れ聞く。ほかの新聞社でも時間の問題だろう。こうした各社の動きを見て、「明和でもそろそろ」と上のほうの者が判断したとしても不思議ではなかった。

我にかえった永史は、佐々木主任に尋ねた。

「それで、廃止の時期は？」

「今年いっぱいでお仕舞いにするそうだ。——おれはいいさ。もう定年間近だからな。かわいそうなのは若い連中だ。とくに道夫《みちお》は気の毒だ」そういって佐々木は、赤い旗のついた竿を手にして鳩舎のわきに立っている、十七、八の年ごろの係員へ顎《あご》をしゃくった。

須山《すやま》道夫という名の青年だった。須山は口下手らしく、永史もあまり頻繁《ひんぱん》に言葉を交わしたことはないが、彼が伝書鳩係の仕事を気に入っていることは、ふだんの熱心な働きぶりからも察せられる。

「坪さんだってクロノスとサヨナラしたくはないだろう」かさねて佐々木がいった。

もちろん、そのとおりだ。明和新聞の二代目クロノスが、戦場で死んだ初代クロノスの生まれ変わりだと永史は信じている。二代目クロノスと別れたくないという永史の気持ちは、疑う余地がないほどはっきりとしていた。

「鳩係が廃止になったら、ここにいる鳩たちはどうなるんですか？」

永史が問うと、佐々木は口をへの字に曲げた。

「たぶん、鳩レースの愛好家なんかへ譲られることになるだろう。でも心配するな。クロノスは、おれが責任をもって何とかする。あんたが自分で引き取りたいというなら、上へ口添えをしてやってもいい」

永史は佐々木に礼を述べた。廃止までにはまだ間がある。クロノスの処遇については佐々木とよく相談しつつ、ゆっくり考えて決めることにした。

それから永史は、なんとなく気の抜けたようになって眼前の光景を見わたした。

飛びまわる鳩たちの下に、広大な東京の街がよこたわっている。戦災の焼け跡から復興を遂げてなお、変化をやめない大都会。昭和三十四年のＩＯＣ総会では、東京での五輪開催が決定している。三年後にひらかれるオリンピックへむけて、この都市はもっと大きく変わっていくことだろう。

街は移ろうことをやめず、人は生き死にをくりかえす。明和新聞の伝書鳩係が廃止されることも、そうした大きな流れのなかの些末《さまつ》な挿話《そうわ》にすぎないのだ。

どこへ行くのだろうか、東京の街は？

この日本という国は？

そして、われわれ自身は？

新宿で山岸葉子が語った話の記憶とも相まって、茫漠《ぼうばく》とした未来に対する不安や虚無感のようなものが永史の胸にかすかな波紋をひろげていた。

3 俊太

平成二十三年七月八日（金曜日）——午前九時二十一分

読売、朝日、毎日などと肩をならべる大手の新聞社だけあって、明和新聞東京本社の新館社屋は巨大だった。地上十階建て、地下は四階まである。

一階には玄関ロビーや仕分場、トラックヤードなどがあり、二階はおもに福利厚生関係の施設になっていた。三階のすべてと四階の半分が編集局だ。四階の残り半分は制作局で、さらに五階から八階のあいだに広告局、販売局、メディア戦略局、事業局、経理局、総務局といったセクションがはいっている。地下一階は駐車場、地下二階から四階までが印刷工場だった。

八階でエレベーターをおりた溝口俊太は、「おはようございます」と控えめな調子で挨《あい》拶《さつ》をして総務局の部屋へはいっていった。旧館の仕事場へ行くまえに担当の係長から倉庫の鍵《かぎ》を受け取ることになっているのだ。

係長は気さくな人で、キーホルダーについた鍵を俊太に渡すときに、いつも何かしらの世間話をもちかけてくる。今朝は、今月の二十四日に予定されている地上アナログテレビジョン放送の終了にかんする話題をふってきた。きみのところは大丈夫？　もう地デジに対応済みなの？　あいにくと現在の俊太のアパートにはテレビというものがない。会社をやめてしばらくもどっていた佐倉市の実家からふたたび上京してくるさいに、テレビはむこうに置いてきてしまった。だからアナログ波が停波になっても何の支障もないのだが、テレビをもっていないと正直に答えると、珍しがられて、さらにいろいろ突っこまれそうな気がしたので、適当にごまかして俊太はそそくさと係長のもとをはなれた。

エレベーターで三階までくだる。おりたところの目のまえは編集局だ。旧館への連絡通路へ行くには、そこをよこぎるのがいちばんの近道だった。

編集局は、建物のほとんど端から端までをぶち抜いた感じのだだっ広い部屋で、ところどころに柱やキャビネットがある以外には視界をさえぎるものもなく、見晴らしがとてもよかった。文字どおりそこでは新聞の編集作業がおこなわれている。ほかの業種の会社ではちょっと目にすることのできないような、新聞社ならではの光景があちこちに見受けられた。ここへ通いだして一週間が経過した現在では新鮮味もだんだん薄れてきたが、最初のうちは何もかもが珍しく、行き帰りにこの場所を通るときには思わずきょろきょろしたものだ。

広い室内の天井には蛍光管《けいこうかん》が幾列にも破線のようにつらなり、人や机や機器類を明るく照らしていた。「社会部」「経済部」「整理部」などといった部署名を記した大きな札がぶらさがった下で、記者たちがめいめいの職務をこなしている。

大部屋の中央には腰高のキャビネットで仕切られた空間があり、そこに置かれた長方形の巨大なテーブルを、五、六十人の人間が取りかこんでいた。集まっているのは編集局とその配下にある各部の当番デスクたちで、「立ち会い」とか「土俵入り」などと呼ばれる編集会議を彼らはひらいているのだ。いまは夕刊制作の時間帯だから、そこでやっているのも夕刊の紙面をどういう記事で構成するかという話し合いだった。朝刊の制作でも、同様の会議が夕方の五時ごろにひらかれるという。

どうして俊太がそんな社内のくわしい事情まで知っているのかというと、従兄弟の野間優介に教わったからだ。——二週間前、かたちばかりの面接を受けに俊太が会社をおとずれたとき、優介は新館のなかをひととおり案内して、新聞社の仕事についてレクチャーしてくれた。新聞制作のしくみを知ったところで、今回の倉庫整理にあまり役立つようには思えなかったが、こういう機会でもなければ気軽に出入りできる場所ではないので、若干の好奇心も手伝い、俊太は素直に優介のあとについて歩いた。

新聞社では、個々の記事を紙面のかたちに組む工程を「上流」、印刷して発送する工程を「下流」と表現するそうだが、その「上流」から「下流」へと新聞制作の流れに沿って俊太は見学させてもらった。取材部門の記者たちがパソコンでつくって送ってきた記事の原稿はまず、各部のデスク編集機で手を入れられ、校閲《こうえつ》部のチェックを受けたあと、整理部のコンピューターへまわされて紙面上に割り付けられていく。そうして出来あがった紙面のデータは、地下の工場へおろされ、ダイレクト製版機でアルミの刷版《さっぱん》に焼かれて、オフセット輪転機で印刷される。折って裁断されて新聞のかたちになると、スタッカーという機械で部数ごとに束ねられ、梱包《こんぽう》されたのちに一階の仕分場でトラックに積みこまれて、それぞれの販売店へ送りだされるのである。

こうした一連の流れは俊太の見るかぎり、ほとんどすべてが機械化され、コンピューターの管理のもとに驚くほどの速さですすめられていた。まるで巨大な生物の体内にはいり、統一の取れた各器官の働きを観察しているような気がした。案内してくれた優介は、凄《すさ》まじい唸《うな》りをあげて猛スピードで紙面を印刷していく四色刷りのタワー機をながめながら、「いまみたいな技術が確立していなかった時代には、記者の手書きの原稿をもとに文《ぶん》選工《せんこう》が活字を拾って組み、そこからつくった鉛版《えんばん》を凸版《とっぱん》輪転機にかけて刷っていたんだ」と俊太の耳に顔を近づけていった。なるほど、俊太が目にした効率的で高速の制作システムは、速報性と正確さを追求しつづける新聞社が、長い歳月をかけて到達した進化の末のすがたなのだろう。そして、もちろんそれは最終的なかたちではなく、今後のネット社会のなかで、さらなる変化をつづけていくにちがいない……。

夕刊の編集会議がおこなわれている一角を迂回《うかい》するようにして右へ折れ、俊太は南側の廊下に出た。左手へちょっと行ったところに、旧館への連絡通路の入口がある。

連絡通路は全長が二十メートルほど。腰の高さから上がガラス張りになっていて、そこからは旧館と新館が対照的なたたずまいで向かい合っているようすが一望できた。昭和初期に建てられた旧館は、薄茶色のタイル張りで重厚なイメージであるが、昭和末期に建てられた新館は、ガラスのカーテンウォールに周囲の景色を映しこみ、建物自体の質量をほとんど感じさせない。

通路の突きあたりの扉を抜けて短いスロープをくだれば、そこはもう旧館だった。

旧館の内部は、新館にくらべてひっそりとしていた。

優介によれば、昭和六十年に新館が完成して新聞社の機能がそちらへ移ってからは、旧館は適宜《てきぎ》改装され、一階と地下は貸店舗に、二階から四階までは明和カルチャースクールになった。五階、六階、七階は関連会社や協力会社にオフィスとして貸しだされたり、明和新聞が会議室や倉庫に利用したりしてきた。旧館の取り壊しが今秋に迫り、上のほうの階を借りていた会社は移転をはじめて、すでに空室になっている部屋もけっこうあるようだ。やけに静かなのは、そのせいもあるだろうし、建物に染《し》みついた古めかしい雰囲気が、よけい陰気で寂しげな感じを煽《あお》るのかもしれない。

旧館のなかでは他の人間のすがたを見かけることがあまりないのだが、エレベーターのところまで行くと今日はめずらしく人がいた。ワイシャツにネクタイを締めた背の高い男と小太りの男が、エレベーターの到着を待っている。ふたりの足元には二台の台車があり、書類やパンフレットの束、巻いたコードやマイクを入れた段ボール箱、スピーカー、アンプと思われる装置などが積んであった。

ぼそぼそした声で何かしゃべっていた男たちは、あとからきた俊太に一瞥《いちべつ》をくれたが、見ず知らずの者だとわかると目をそらした。彼らのつづける内輪《うちわ》の会話が、俊太の耳にも自然とはいってきた。

「それにしても、新館から旧館へ機材を運ぶのは面倒だよな」と、背の高い男がこぼすようにいった。「そもそもこの連絡会は、いつも新館の九階の第一会議室でやっているだろう。今回にかぎって、どうしてあそこが使えないわけよ？」

話の内容から推《お》し量《はか》るところ、ふたりは明和新聞の社員らしい。自分たちが準備をまかされている会合が何かの都合で旧館のほうへ追いやられ、そのことを愚痴《ぐち》っているのだ。

「あの部屋はね、今日は一日、社長が使うんだってさ」と小太りの男が答えた。

「上条社長が？　いったい何に使うんだい？」

小太りの男は肩をすくめた。

「さあね。秘書室の女の子に訊《き》いたけど、知らないっていってたよ。——そういや、昨日《じい》の午後、第一会議室のまえを通ったらドアがあいてて、部屋のなかに上条社長が妙な爺さんとならんで立っているのが見えたっけ」

「妙な爺さん？」背の高い男が反応した。「それってもしかして、白いスーツを着てサングラスをかけた怪しい人じゃなかったか？」

聞きながら俊太もすぐにピンときた。男がいっているのは、さっき新館の外の車寄せのところで優介といっしょに目撃した、あの石崎某という老人のことにちがいない。

「うん、そうそう」と小太りの男がうなずく。「知ってるのか、あの爺さんのこと？」

「いや。おれもよくは知らないけど、なんでもブラジル在住の日本人で、このところ社長にちょくちょく会いにきているらしい」

「ふうん。たしかブラジルって日系人が多いんだよな。うちの会社、むこうで何か新しい事業でも立ちあげるつもりかな？」

「どうかね……。ともかく、おれたち下々《しもじも》のモンにゃ、上《うえ》つ方《かた》の考えてることはよくわからんよ」

エレベーターがきたので、ふたりの社員は口をつぐんだ。台車を押して彼らはケージへはいっていく。あとから俊太も乗りこんだ。

男たちは黙ったまま、六階でエレベーターをおりていった。

社内はいま石崎老人の噂《うわさ》で持ちきりだというようなことを優介が話していたが、ほんとうにそのとおりだと考えながら、俊太は七階まであがった。

俊太の仕事場の倉庫は、七階の西側にある。

鍵をあけてなかへはいると、俊太はまず窓をひらき、室内のむっとした空気を外へ追い出した。

つぎに蛍光灯を点《つ》ける。多少ちらちらする光のなかに、黒ずんだリノリウムの床とスチール製の棚が浮かびあがった。このビルがまだ明和新聞の本拠地だったころに何の目的に使われていた部屋なのかは知らないが、大きめの会議室ほどの広さがある。その空間にスチール棚がところ狭しとならんでいた。そしてどの棚にも、さまざまな品物が乱雑に押しこんであった。

この倉庫の整理をはじめて今日で六日目になる。

これまで整理してきたなかで、圧倒的に多いと感じたのは、紙媒体の書類だった。B6判の紙に手書きで書かれた記事の原稿、新聞制作の段階で生じたと思われる伝票類、社有車を管理する部門の業務日誌、販売店ごとの売上げ部数や金額を記した帳簿……そういったものが無造作に紐《ひも》で縛《しば》られたり、段ボール箱に入れられたりして、あちこちに積んであるのだ。取材の資料らしい書籍やパンフレットも、かなりの割合を占めていた。

紙以外の物品では、使いかけの事務用品や壊れた目覚まし時計など、明らかにガラクタとわかるものをべつにすれば、オープンリール式の録音機や、傘のかたちをしたフラッシュの発光器といった古めかしい機材があった。漢字テレタイプとか全自動モノタイプとかいった名称の装置も発見した。送稿や活字鋳造《ちゅうぞう》に使った機械らしい。それらは事務デスクほどの大きさで、スチール棚にはいらないから、倉庫のすみに突っこんでビニールシートをかぶせてあった。

雑然とした倉庫だが、新聞社の歴史にまつわる貴重な資料もあるから、旧館が取り壊されるまえに選《え》り分けておかなくてはならないのだと、面接のときに担当の係長は説明していた。といっても、捨てるものと残すものの選択を俊太にやれという話ではない。彼の職務はあくまで、その準備段階の作業である。

倉庫内にバラバラに置かれているものをおおむね整理し、段ボール箱に詰めて通し番号をふる。そののちパソコンの表計算ソフトを使って、あらかじめフォーマットの定められているリストに、箱の番号とその中身の物品の名称をかんたんに入力し、特記事項があれば備考欄《らん》にくわえる。すでに箱などにまとまっている物品や、機械装置のように大型のものについては、通し番号の札をつけてリストに記載するだけでよい。

俊太に課せられているのは、そういう単純な仕事だった。

＊

薄暗い倉庫にひとりで終日こもり、黙々と作業をしていても、俊太はそれほど苦にならなかった。日常的に人と接しつづける仕事よりも、こうして目前の事物にひたすら取り組む仕事のほうが、彼の性格には合っているのだろう。

正午までの二時間半のあいだに、大きめの段ボール八箱分を処理し、パソコンのリストに付け足した。

十二時をまわったころ倉庫を出た。扉に鍵をかけて三階までおりる。連絡通路を通って新館へむかった。新館の二階に小さなコンビニがあり、俊太はそこで昼食を調達することにしていた。

編集局を抜けると、ちょうどエレベーターがきたところだった。三階から二階へくだるだけだから、階段でもよかったのだが、せっかくなので乗りこんだ。

彼のあとから、濃紺《のうこん》のスーツを着た若い女性が乗ってきた。目元や口元にまだ少女のようなあどけなさの残る女の子で、黒いバッグを肩からさげ、明和新聞の社名が印刷された封筒を両手で抱くようにしている。その緊張した面持《おもも》ちやぎこちない態度から、彼女が社会人でないことが何となく感じ取れた。エレベーターの外には編集局の記者と思われる女性が立ち、いま乗ってきた女の子を見送っていた。その記者にむかって女の子は幾度《いくど》もお辞儀をし、お礼の言葉をくりかえした。おそらく彼女は就職活動中の学生で、会社訪問とか就業体験制度《インターンシップ》とかいった目的でやってきて、これから帰るところなのだろう。

扉が閉まってエレベーターが動きだすと、女子学生はホッとしたように肩の力を抜いて、かすかに息を吐いた。緊張の名残《なごり》なのか、頰《ほお》がこころもち紅潮している。二階でエレベーターをおりてからも、その女子学生のことが俊太の頭をはなれなかった。かなり以前の話になるが、自分もあんなふうにコチコチになって企業へ出かけていったことがあったんだなと、複雑な気持ちでふりかえった。

——京浜大学の工学部から大学院へすすみ、修士課程を修了した俊太は、いまから五年前、関西に本社のある電機メーカーの入社試験を受けた。研究室の教授の推薦状があったので、希望どおりに技術職として内定をもらい、研究スタッフのポストを得ることができた。最初の勤務地は東京支社の研究開発部だった。そこで俊太は、新世代移動通信の携帯電話端末に関連した研究に携《たずさ》わった。それまで学んできた情報通信の専門知識を活かせる仕事に就《つ》けて、彼はうれしかった。だれにも負けない意気込みで頑張った。休日もアパートで資料に目を通して懸命に勉強した。やる気のある新人として上司や先輩からも認められ、それがまた励みになった。

おなじ部署の研究スタッフで、俊太と同期に入社した小池《こいけ》という男がいた。俊太と小池は飲み友だちであり、良きライバル同士でもあった。東京支社の研究開発部では、大阪の総合研究開発センターへ異動することが優秀な技術職の証《あかし》であり、出世と安定を約束される近道になると考えられていたから、大阪への栄転をめざしてふたりは競い合うように仕事に打ちこんだ。

入社して三年近くがすぎて、総合研究開発センター行きを命じられたのは、俊太ではなく小池のほうだった。自分が選ばれなかったのは悔《くや》しかったが、それはそれとして俊太は、親しい同僚の成功を心から祝福した。ところが、そのころから小池はだんだんと元気をなくし、ぼんやりとしていることが多くなった。小池の変化に気づきながらも俊太は、きっと異動前の引き継ぎなどで疲れが溜《た》まっているのだろうと考え、彼を放っておいた。

ある日の夜、残業を終えた俊太が帰り支度をして職場を出ると、あとから小池が追いついてきた。ふたりは最寄り駅までいっしょに歩いた。改札口まできたとき、小池が「軽く飲んでいかないか？」と俊太を誘った。明るい口調のなかにも切羽《せっぱ》詰まった響きが感じられた。話したいことがあるのだと俊太は察したが、時刻はもう十一時に近かったし、何よりも彼は疲れていた。早く帰って風呂へはいり、布団《ふとん》にもぐり込みたかった。「近いうちにかならず付き合うから」と約束し、その晩は勘弁してもらうことにした。「そうか……。じゃあ、また今度な」といって小池は、唇のすみに寂しそうな笑みを浮かべた。帰る方向が逆だったので、駅の構内で彼らは別れた。

翌朝、小池はいつまでたっても出社しなかった。どうしたのかと案じていると、午後になってから「小池が今朝、自宅のそばの踏切で電車にはねられて死んだ」という知らせがつたわってきた。目撃者の証言などから警察は自殺と断定したという。

あとから耳にしたところでは、小池は「四月から新しい場所で仕事をすることになったが、そこで上手くやっていける自信がない」と家族に漏《も》らしていたそうだ。日ごろの働きすぎにくわえ、大阪への異動の話がかえって重圧となり、精神的に追い詰められていたようだ。俊太は後悔した。助けをもとめる小池のサインに、どうして応《こた》えてやらなかったのか？　死の前夜、飲みに付き合ってくれと誘ってきたとき、行って話を聞いてやっていれば、小池は死を選ばなかったかもしれない。まるで自分が小池を殺したかのような罪悪感をいだかずにはいられなかった。

小池の告別式がすんだのちに、俊太は上司から意外なことを告げられた。死んだ小池の代わりに、大阪へ行ってもらいたいというのである。大阪行きはもちろん名誉なことだが、小池の死がからんでいるので、とっさに何と答えてよいかわからなかった。彼のあいまいな態度を上司は了解の意思表示と受け取った。俊太は自分の気持ちや考えをきちんと整理できないまま、その春、辞令にしたがって新しい赴任先へ移った。

総合研究開発センターは本社のお膝元《ひざもと》だけあって、設備も待遇も格段によかったものの、スタッフたちは短期間に多くの成果をあげるように厳しいノルマを課されていた。俊太は新しいプロジェクトのチームへ編入され、東京にいたとき以上の忙しさに見舞われた。くる日もくる日も、実験室での技術試験やコンピューターを使ったシミュレーション、報告書や会議資料の作成などに追いまくられた。

そんななかで俊太はいつしか、小池のことを頻繁《ひんぱん》に考えるようになっていた。失敗をしたり計画どおりにいかなかったりすると、自分と小池を引きくらべた。小池は自分自身を過小評価していたようだが、優秀な彼ならこんなところでもたもたせず、もっとさきへ軽々とすすんでいったにちがいない。本来であれば、いま自分のいる場所で働いているのは小池のはずだった。俊太の毎日がこんなに大変なのは、小池を見殺しにした罰が当たったのではないか……。

大阪へ行った年の秋口から、俊太は心身に不調をおぼえはじめた。食欲が減退し、夜ぐっすりと眠れなくなった。全身が常時だるく、何をするのも億劫《おっくう》に感じた。会社の仕事を含めて周囲のあらゆるものが色褪《あ》せて見え、それまで楽しいと感じていたことにも興味をもてなくなった。しばらくは義務感だけで職場へ通っていたが、初歩的なミスを犯したり、仕事の締め切りを守れなかったりして、注意や叱責《しっせき》を受けることが増えた。

ある朝からだが動かず、とうとう床から起きあがれなかった。携帯で会社へ病欠の連絡を入れるのにも、ありったけの気力をふり絞《しぼ》らねばならなかった。何日かゆっくり静養すれば治るかと思ったが、おそろしいほどの倦怠感《けんたいかん》はいくら休んでも消えなかった。数日後に足を引きずるようにして近くの総合病院へ行った。内科でくわしい検査をしたすえに心療内科へまわされ、そこで鬱病《うつびょう》という診断をくだされた。

それからも出社できない状態がつづいた。上司がアパートの部屋へ何度かようすを見にきた。最初のうちは理解のあるような口ぶりだった上司も、俊太の欠勤が長引いてプロジェクトの進行に大きな影響が出はじめると、間接的に彼を責めるような言葉を吐くようになった。

自分が無価値の人間のように感じられ、早くよくならなければと俊太は焦《あせ》った。真っ黒な不安や絶望がつねに目のまえに垂《た》れこめ、奈落の底へ沈んでいくみたいな感じがしていた。いっそのこと死んでしまえば楽になれるという考えが、ふっと頭をかすめることもあった。大阪へ単身やってきて半年、相談できる友人も知り合いもいなかった。死ぬまえの小池も、これとおなじ状況だったのではないか。こんな地獄のなかで彼も人知れず苦しんでいたのかもしれない。それを理解してやれなかった自分を俊太は責めた。

去年の初め、俊太はついに退職を決意した。これ以上の迷惑を会社にかけたくなかったし、根本的なところから環境を変えなければ、病気は治らないような気がしたのだ。そのためには大阪をはなれるしかなかった。

会社をやめるのと前後して、俊太の病気のことは佐倉市にいる両親にも知れた。心配した父母が実家へ帰ってこいと勧めてくれたので、快復するまでのあいだその言葉に甘えさせてもらうことにした。生まれ故郷へもどり、地元の病院へ通って辛抱強く治療をするうちに、やっと快方へむかう兆《きざ》しがあらわれた。昨年の終わりには、ふつうに外を出歩いたり人と会ったりできるようになった。今年の春には実家を出て、再就職のために東京へやってきた。

しかし、なかなか動きだせなかった。ネットの求人情報サイトを覗《のぞ》いてみたりするものの、いつもそこで迷って立ち止まってしまう。どんな仕事を選べばいいのか？　これから何がしたいのか？　どんなふうに生きればいいのか？　そういった未来像がまったく思い浮かばない。早く歩きだしたいのに、肝心《かんじん》のすすむべき道が見えてこないのだ……。しかも東京へきてすぐに、あの東日本大震災が起こった。その影響下でのさまざまな騒ぎや先行きの不透明さに煽られるような感じで、今後のことにかんする俊太の迷いや焦燥《しょうそう》はいや増しに募っていった。

今年の十一月で彼は三十歳になる。貯金も残りすくなくなってきたし、のんびりしていられないことは承知していた。佐倉の両親も、そんなそぶりを見せないが、彼のことではずいぶんと気を揉《も》んでいるはずだ。従兄弟の優介が今回のバイトを世話してくれたのだって、社会へ復帰するきっかけを俊太にあたえようという彼なりの気遣いだろう。とはいえ、よく考えてからでないと行動できないのは、彼の性分《しょうぶん》だからしかたがなかった。

時間をかけて考えるうちに、なんとなく俊太にはわかってきた。病気から快復はしたけれど、小池を死なせてしまった罪が帳消しにされたわけではない。あのときの後悔を忘れるのではなく、受け入れて今後につなげていくには、どうすればいいのか？　この答えが得られれば、それが自然と俊太のやるべき仕事につながっていくような気がした。

そんなことに思いをめぐらせていたとき――

「お客様、どうぞ」と声をかけられ、俊太は我にかえった。

コンビニのレジのまえで会計を待つ客の列にならんでいた彼は、いつのまにか先頭まできていた。中年の男性店員が目元にかすかな苛立《いらだ》ちをただよわせて、片手をこちらへ突きだしている。俊太はあわてて商品をレジの台へ置き、ジーンズの尻ポケットから財布を取り出した。

精算をすませてから、サンドイッチと紅茶のペットボトルのはいったレジ袋をさげて、彼はふたたび旧館へもどった。

バイトに通いだしてから毎日、倉庫のなかで昼を食べていたが、今日は梅雨もひと休みしているようだし、気分転換も兼ねて屋上へ出てみようかと考えた。数日前の昼休みに七階を端から端までうろついたとき、廊下の奥に上りの階段があるのを見た。あの上がたぶん屋上だろう。

階段室は照明が消えていて薄暗かった。あがりきった突きあたりの正面と右手に扉があった。ためしに正面の扉のノブをつかんでみる。鍵がかかっていたが、サムターンのつまみをまわせば解錠できた。扉をあけると、そこが屋上だった。

七階建ての旧館は、北側にある十階建ての新館と、道路を隔《へだ》てた南側にある十五階建ての東京交通会館とにはさまれていた。西側はJRの高架線だが、そのむこうには東京国際フォーラムや家電量販店のはいった建物がならび、東側の高速道路と外堀《そとぼり》通りを越えたあちらにも銀座界隈《かいわい》のビルが壁のようにつらなっている。結局、屋上へ出ても大した眺望は楽しめないのだが、俊太としては昼休みをのんびりと過ごしたいだけだから、べつだん何の支障もなかった。

扉を出たところの両側は、高架水槽、空調の室外機、電気関係の設備、そういった装置から伸びだしたパイプやコードなどに占領されていた。機器類のあいだに通路のように取り残された空間を通ってすすんでいったさきには、物置みたいな木造の小屋がいくつか建っている。

小屋の手前のひらけた場所まで行って俊太は、あらためて屋上を見まわした。

出てくるときに抜けてきた扉は、建物の南西の角に突きだした塔屋《とうや》の部分に口をひらいていた。この位置からは見えないが、塔屋のJRの線路に面した側には「明和新聞社」の大きな文字が掲《かか》げられているはずだ。塔屋の上部には棒状の太いアンテナが屹立《きつりつ》している。取材先の移動局との交信に使われる超短波無線の送受信用のアンテナだと推測された。といっても、新館の上にはもっと立派なアンテナが立っているから、旧館のアンテナはとうにその役目を終えているはずだが……。

ペンキの剝《は》がれた木製のベンチが手すりのほうへむけて置かれているのを見つけた。今朝方までの雨を含んでベンチは湿っているが、よごれてもかまわない作業用の服装をしているので、かまわずそこへ腰をおろした。

湿気を帯びた南寄りの風に吹かれながら彼は、袋から出した玉子サンドに齧《かじ》りついた。梅雨雲のあいまから差してきた薄日が、東京交通会館の回転レストランの屋根をほのかに輝かせていた。有楽町駅のホームの発車メロディーや、終着の東京駅へむかって徐行していく新幹線の走行音、路上の車が鳴らすクラクションといった、都会の営みが奏《かな》でる物音が耳元を通りすぎていった。

やがて食事を終えて手持ち無沙汰《ぶさた》になった俊太は、ベンチから立ちあがった。ビジネススーツの男女がせかせかと行き交《か》う街路へ、手すりにもたれてしばらく目を落としていたが、そのうちに彼はからだの向きを変えた。視線はおのずと、屋上の南東のすみにならんだ用途不明の小屋へ吸いよせられた。小屋の正体を調べてみたくなって、足元にひろがる水たまりをよけながら、俊太はそちらへ歩いていった。

木造の小屋は意外と大きかった。外側から金網の張られたガラス窓が、壁の上部にならんでいる。南側へまわっていくと、切妻《きりづま》造りの屋根が合わさる三角形の部分のすこし下にも、やはり小窓があって、窓の直下には幅広い庇《ひさし》のようなものが緩やかな勾配《こうばい》で張りだしていた。その下部も三方が金網張りだ。ずいぶん古い時代につくられたものらしく、全体的に傷《いた》みが激しかった。窓ガラスは黒い煤《すす》でよごれ、壁板も随所《ずいしょ》で割れたり反《そ》りかえったりしている。そして、それとおなじような感じの小屋が、ほかにも三棟あった。どれも古びた状態で、ひと棟は最初の小屋の東隣《どなり》に建っており、いくぶん小さなべつのふた棟は西側に設置されていた。

はじめに見たときは物置かと思ったが、そうじゃないな、と俊太は考えた。近くで見て彼が真っさきに連想したのは、むかし通っていた小学校の校庭にあった兎《うさぎ》の飼育小屋のことである。ここにある建物は、あの飼育小屋とどことなく似ている……。

そのときだった。ふいに俊太は、だれかに見られているような気がして反射的に首をめぐらせた。新館の上の白い小さな影が、目に飛びこんできた。

最上階からひとつ下の階だから、あれは九階だろう。ビルの角のベランダに白い服の人物がいる。俊太のところから新館のベランダまでは優に五十メートル以上はなれているが、その人のかけている黒いサングラスがはっきりとわかった。

社内で噂の的《まと》になっている例の石崎という老人だ。こちらを見おろしているようだ。

そういえば、朝エレベーターでいっしょになった社員たちは、新館九階の第一会議室を使って上条社長が何かしているとか、昨日その会議室にあの石崎老人が社長といっしょにいるのを見かけたなどと話していた……。

今度は背後から突然、ぴたぴたと水を撥《は》ねる足音が近づいてきた。俊太の注意は一転して、そちらへ引きつけられた。

塔屋の出入口の方向から、初老の男が俊太に顔をむけてゆっくりと歩いてきていた。制服風の薄いグリーンの半袖《はんそで》シャツとパンツを身につけ、ＩＤカードをさげている。このビルに勤めている職員だろうか。

俊太はてっきり怒られるものと早合点《はやがてん》して、相手よりもさきに口をひらいた。

「あ、すみません。勝手に鍵をあけて屋上へ出るのは、まずかったですよね？」

初老の男はかすかに笑った。

「いや、いいんだよ。なにね。兄さんはそいつに興味があるのかなと思って、ちょいと来てみただけさ」――「そいつ」というところで男は、正体不明の小屋のほうへ顎をしゃくった。

新館のベランダにいる石崎老人のことは意識のすみに追いやられ、代わって目のまえの男に対する好奇心が俊太の心を捉《とら》えた。

「この小屋が何なのか、ご存じなんですか？」

当然だという態度で男はうなずく。

「鳩舎だよ」

「キュウシャ？」

「そう。鳩小屋のことだ。以前ここでな、伝書鳩が飼われていたんだよ。むかしはどこの新聞社でも飼っていたもんさ。あんた、伝書鳩って知ってるよな？　最近は文書を運ばせるよりもレースをさせるのが主になって、レース鳩って呼ぶほうがわかりやすいかもしれんがな」

「伝書鳩はもちろん知っていますけど、新聞社でも飼っていたんですか？」

「そうさ。若い人には想像もつかないだろうが、つい五、六十年前までは、取材先から原稿や写真を運ぶのに伝書鳩を使うことがあったんだ。ふつうの伝書鳩の場合には百キロ前後、優秀な伝書鳩の場合には二百から三百キロ程度の距離まで、そこそこの帰巣《きそう》成績で通信の役に立ったもんだよ」

男は鳩舎のまわりを移動しながら、しみじみとした口調で語りつづけた。

「最盛期のころは、ここの鳩舎にも三百羽ぐらいの伝書鳩がいてね、朝と夕方に空へ放して運動をさせるんだが、ぱあっと雲みたいな群れをつくって、そこらあたりを飛びまわるようすは、そりゃすごい眺めだったよ……。ほら、鳩舎のあちら側に庇みたいな出っ張りがあるだろう。あれが到着台だ。あの上の窓から鳩を出入りさせたんだ」

「当時のことに、くわしいんですね」

「そりゃそうさ。いまはこうして清掃の仕事なんかやっているけど――」そういいながら男は、首から紐で吊るしたIDカードを指でつまみあげた。「十代の終わりごろには、まさにこの場所で鳩の世話をしていたんだからな」

男が手にしたままのカードへ、俊太はちらりと目をやった。

顔写真のよこに「須山道夫」という名前が読み取れた。

4 永史

昭和三十六年二月八日（水曜日）——午後三時十五分

社会部は八十名を超える記者をかかえる大所帯だが、部員の六割から七割はサツ回りとか、警視庁や中央省庁の記者クラブ詰め、都内の支局や通信局などへ送りだされている。おもに本社へ出勤してくるのは、部長の松坂と清水たち副部長クラスのデスク数名、それに永史や上条のような特定の持ち場をもたない二十名ほどの遊軍記者たちだった。

その遊軍たちも——若手の三等遊軍である上条の場合は電話番として社内に残ることが多いけれど——中堅やベテランともなれば、企画物の取材や手の足りない現場への応援などに出かけることがしばしばである。夕刊制作の終わる昼すぎから朝刊制作のはじまる夕刻ごろまでは、机のあたりは閑散とする。

「坪井さーん、お電話ですよ」と、上条に呼ばれたのは、そんな静けさに満ちた午後の時間帯だった。

その日は永史は外出していなかった。昼食後、屋上へクロノスに会いにいき、三十分ほどでもどってきた。それからあとは部屋のすみの本棚のところで、デスクに割り振られた連載の記事を書くための下調べをしていた。

上条の声を聞いた永史は、手にしていた資料の綴《つづ》りを棚へもどし、社会部の席へ急いで帰った。エボナイト製の黒い受話器を耳にあてると、若い女の声がした。

「坪井さん？　わたし、山岸葉子です」

新宿の映画館で葉子と会ってから一週間以上が経過していた。ロビーで目撃した尾行者のすがたを思い起こすにつけ、なんとなく彼女のことが気がかりで、半分じりじりしながら連絡を待っていただけに、声を聞いて永史はすこし安心した。

「その節はどうも」と永史はいった。「あれから大丈夫でしたか？　まだ見張られているの？」

「ええ……まあ、そちらのほうは相変わらずですけど……」妙な感じで葉子は言葉を濁《にご》した。「ところで、その後たいした進展もないのだけれど、あのとき途中になってしまった話もあるから、またお会いできませんか？」

「もちろん、いいですよ。いつにしますか？」

街なかの公衆電話からかけているのだろう、彼女の声の背後には自動車の走行音や雑踏の喧噪《けんそう》がラジオのノイズのように絶え間なく流れていた。

「来週の月曜の昼過ぎはいかが？」と葉子は提案した。

永史は手帳の日程を確かめた。

「けっこう。場所は？」

「目白《めじろ》駅の西側の坂道をのぼっていくと、突きあたりに古い教会があるの。そこのチャペルで、午後一時に待っています」

「わかりました。では、目白の教会で一時に――」

そのときの電話は、それで終わった。

＊

約束の日――二月十三日、月曜日。

待ち合わせの時刻のすこしまえに、永史はその場所に到着した。山手線の線路を望む住宅地に建つ、こぢんまりとしたカトリック教会だった。

木造の礼拝堂へはいると、内部にはだれもおらず、がらんとした参列者席に窓から冬日が差しこんでいた。ふだん教会に足を運ぶことのない永史は、祭壇の高みに立つ磔刑像《たっけいぞう》を新鮮な心持ちで見あげながら、葉子がくるのを待った。

時間をすぎても葉子はあらわれなかった。

何かあったのだろうか？　もしかすると例の尾行者にまた見張られて、なかなか来られずにいるのでは？　そう考えて、辛抱強く待つことにした。

さらに一時間がたち、それでも葉子がすがたを見せないので、永史はとうとう教会をはなれた。

目白駅へ引きかえすあいだに、煙草屋の店先に赤電話を見つけた。そこから本社の社会部へ電話を入れてみた。そちらへ葉子が何か連絡をしてきているかもしれないと思ったのだ。電話には上条が出たが、とくに永史宛ての伝言はないということだった。短い逡巡《しゅんじゅん》のあとで永史は、用事が長引いているので社会部へあがるのはもうすこし遅くなりそうだと告げて電話を切った。

おなじ赤電話を使い、全学連の藤枝のアパートを呼び出した。それはアパートの住人が共同で使っている呼出電話で、藤枝とはべつの若い男が電話口に出た。藤枝はさっきアルバイトへ出かけたと、男はぶっきらぼうに答えた。アルバイト先はどこかと尋ねると、相手はひどく警戒したようだった。その男も全学連の関係者なのかもしれない。永史のことを刑事ではないかと疑ったらしく、所属先や氏名や藤枝との関係について執拗《しつよう》に追及した。十円硬貨が電話機のなかへ何枚も消えたすえに、やっと信用してもらうことができた。

目白通りまで出た永史は、タクシーをつかまえ、電話の男が教えてくれた池袋《いけぶくろ》の店へむかった。〈サーシャ〉という名の歌声喫茶で、池袋駅西口の繁華街にあった。

二階建ての民家の一階部分を改装した狭苦しい感じの店だった。まだ明るい時間にもかかわらず大勢の客がいた。店に集まっているのは、戦前の〈池袋モンパルナス〉の流れを汲《く》む、椎名町《しいなまち》や要町《かなめちょう》あたりの芸術家たちのようだ。アコーディオンの伴奏に合わせて「ともしび」とか「トロイカ」とかいった歌を合唱していた。トレーを手に行き来する店員たちは、ロシアの民族衣装のルバシカを着ている。

藤枝もルバシカを着て、カウンターのむこうで食器を洗っていた。永史が声をかけると、頬骨《ほおぼね》の張った面長《おもなが》の顔にかすかな動揺の色がひろがった。

「坪井さん……どうしてここがわかったんですか？」

「その程度のことも調べられないで、新聞記者は務まらんさ」と永史は応じた。

藤枝はすぐに、ふだんの無表情にもどった。

「用件は何です？」

「きみが紹介してくれた例の女子学生だが、彼女の連絡先が知りたい」

「なぜ？」

「今日、彼女と会う約束をしていたんだが、待ち合わせ場所にこなかった」

藤枝は蛇口をひねって水道を止めた。店長らしい年配の男に何か耳打ちをしてから、カウンターをまわって出てきた。永史を促《うなが》して店の外へ行き、建物のよこの路地へはいった。そこで永史にむき直り、ようやく口をひらいた。

「店のなかは騒がしくて、ゆっくり話ができないもので……。しかし、ぼくも焼きがまわったもんだな。以前は党の『うたごえ運動』が馬鹿馬鹿しくて、ロシア民謡なんか聞きたくもないと思っていたのに、いまじゃこんな店で働いているんですから」

自嘲《じちょう》ぎみに苦笑したあとで藤枝はいった。

「山岸さんの話でしたね。彼女と会うのは、今日がはじめてだったんですか？」

「いや、もうすでに一度会っている」と永史は答えた。

「そうでしたか。坪井さんに紹介してからあと、彼女が何もいってこないものだから、うまく話がすすんだのか気になっていたんですがね……」藤枝の言葉つきには恨《うら》みがましい調子がこもっていた。「で、今日は山岸さんが約束をすっぽかしたってわけですか」

「まあ、何か理由はあるのだろうが、結果的にすっぽかされたかたちになったな」

藤枝は腕を組み、低く唸《うな》った。

「心配はしていたんだけれど、やっぱりか……」

永史の訝《いぶか》しげな視線に気づいたらしく、取り繕《つくろ》うように彼はつづけた。

「こっちから紹介しておいて、こんなことをいうのも気が引けるんですがね、たまに山岸さんは約束どおりに行動しないことがあるんですよ。前日まではデモに参加するといっていたのに、当日になってあらわれない。あとで訊《き》くと、急用ができたものだからなんて平気な顔でいいわけをする。——それだけじゃありません。ほかにも彼女には付き合いづらい面がありましてね。たとえば、ぼくらが闘争方針をめぐって討論しているときなど、早急に結論にたどり着こうとして彼女はいつも苛立《いらだ》っているんですよ。だれでも話し合いでは自分の主張に熱がはいって、口調がついつい厳しくなるものだけど、山岸さんの場合はそういうのとはちがっていたな。議論そのものを時間の無駄と考えているようなんです。全学連のなかでセクト同士が対立することにも、彼女は批判的でした。人民が幸福に暮らせる社会をつくるという目的はおなじなのに、なぜ分派闘争なんかにエネルギーを費《つい》やさなくちゃいけないのか？　運動をひとつにまとめ上げるべきときに、どうして他派とあちこちの大学でオルグ合戦をやり、学生の駒の奪い合いのようなことをしているのか？　そんな文句をいって、よく指導部ともやり合ってましたよ」

藤枝の口から葉子に対する不満が噴出したことに、永史はすくなからぬ戸惑《とまど》いを感じていた。永史の目に映じた葉子は、たしかに気むずかしくて謎めいたところはあったが、それほどいい加減な人間には見えなかった。

「山岸さんは昨年の秋から活動を休んでいると聞いたが」と永史はいった。「それは、きみがいま話したようなことで周囲と摩擦が生じたせいもあったのかな？」

「むろん、それもあったと思います」と藤枝は答え、ためらうようなそぶりを見せてから付け足した。「あとは、仲間内に流れた妙な噂《うわさ》もあって……」

「彼女が公安のスパイじゃないかという噂です」

永史は眉根《まゆね》をよせた。

「きみはそれを信じたのか？」

「信じたくなかったけれど、一時期はその噂で持ちきりだったんですよ。客観的に見れば、そんな話が出たのも無理のないことだったのかもしれません。というのは、ときとして彼女はとても頑固《がんこ》な秘密主義者になるからです。自分の家族のことや普段の生活について意図的にぼかしているところがあって、必要以上のことを明かそうとしないんです。その態度をまえから快《こころよ》く感じていない人たちもいて、さらに六・一五のときに起きたある出来事が、彼女に対する疑惑の声をあと押しするような格好になりました。――あの夜、山岸さんもデモ隊に混じって国会に突入して逮捕されたんです。彼女は開華女子大の細胞で指導的立場にあったし、事務局にも頻繁《ひんぱん》に出入りして機関誌の編集やチラシづくりを手伝っていたから、警察に面が割れていた。そう考えれば、つかまったこと自体は当然の成り行きでした。問題はそこからさきです。いっしょにパクられた活動家たちは警察署に長々と勾留《こうりゅう》されたのに、どういうわけか山岸さんだけが翌日の朝に解放されたんですよ。山岸さん自身にわけを問いただしても、彼女は黙っていました。それで何だかおかしいということになって、スパイ説が浮上したんです。それからというもの彼女はすっかり孤立してしまいましてね、細胞のキャップの職からも身を引きました」

藤枝の話を聞きながら永史は、新宿で葉子と会ったときのことを思いだしていた。学生運動を休眠していることに触れたとき、彼女は痛みをこらえるような表情を覗《のぞ》かせた。あの表情はこうした経験に根ざしていたのだ。

永史は藤枝を見つめた。

「それでも、きみは山岸さんをぼくに紹介したね。それはどうして？」

「山岸さんにしつこく頼まれたからですよ。それに、もういっぺん彼女を信じたいという気持ちもありました」

「で、どうだった？　山岸さんはきみの信頼に応《こた》えてくれた？」

「いや……。どちらかというと、裏切られたような感じがしますね」暗い怒気を含んだ声で藤枝は答えた。「こちらが全面的に信用しているのに、山岸さんときたら例のごとく秘密主義なんですからね。彼女のもっている情報について尋ねても、具体的なことは何ひとつ教えてくれない。だから坪井さんにも、本人とじかに会って話を聞いてくれとしかいえなかったんです。ぼくが山岸さんから聞いたのは、自分は政府の重大な秘密をつかんだのかもしれないということと、その事実を明るみに出せば安保なんか引っくりかえるだろうという、ただその二点だけでした。公《おおやけ》にするのにもっとも有効な手段は何かと相談されたので、ジャーナリズムの力を借りるのがいちばんだと答えて、ぼくは坪井さんとのあいだを仲介《ちゅうかい》したんです。――坪井さんはもう山岸さんから話を聞いたんでしょう？　彼女がもっているのは、そんなに価値のある情報なんですか？」

「価値のある情報だと信じている」永史は言葉を選んで慎重にいった。「といっても、こっちだって現段階では、全体のおそらく半分にも満たない内容しか教えてもらっていないんだけれどね。きっと彼女には、語りたくとも語れない事情があるんじゃないのかな。だから、あんまり秘密主義と責めるのも酷なように思う」

藤枝は気まずそうに目をそらせた。

「わかりました。とにかく坪井さんは、山岸さんと連絡が取りたいんでしょう。あなたに紹介した手前、ぼくにも責任はありますから、心当たりをさがしてみますよ。彼女の家は品川《しながわ》のほうにあるようですが、いまはそこには住んでいません。去年の春ごろに家を出て、友だちのアパートを転々としているそうです。なんとか彼女をつかまえて、坪井さんに連絡させますよ」

＊

その日の夕刻、永史が社会部へあがると、雰囲気がいつもとちがっていた。記者たちの表情や態度に、ぴりぴりとした緊張感がみなぎっている。大事件や大事故が発生したときのような慌《あわ》ただしさとは異なるが、何かとくべつな事態が生じたことは、新聞社に長く勤めてきた永史にとっては火を見るよりも明らかだった。

当番デスクが真剣な面持ちで電話にむかっている。質問したり説明したり指示したりする声が、断片的に聞こえてきた。

上条の隣《となり》の空《あ》いた席に、永史は脱いだコートと手提《てさ》げ鞄《かばん》を置いて腰をおろした。何かあったのか、と後輩記者に訊いてみる。

「川俣《かわまた》飛行場のようすが変なんですよ」と上条は答えた。

川俣飛行場といえば、神奈川県中部にある在日米軍の基地だ。戦前から戦中は日本海軍の飛行場だったが、終戦に際して近くの厚木《あつぎ》飛行場とともに進駐軍に接収され、サンフランシスコ講和条約後も引きつづき駐留軍、在日米軍の基地として提供されてきた。

「最初に騒ぎだしたのは厚木通信局の記者です」と、上条は説明をつづけた。「その記者が今日の昼すぎ、ある農家の取材で川俣飛行場の近くまで行ったら、周辺の道路が封鎖されていて、目つきの鋭い外国人がうろうろしていたんだそうです。どうしたのかと尋ねても無視されて、封鎖のようすを写真に撮ったらカメラを奪われてフィルムを抜かれ、ついには追っ払われちまったという話です」

「その『目つきの鋭い外国人』というのは、米兵のことか?」

「軍服は着ていなかったそうですが、がっしりとした体格や言葉づかいなどから、どう見てもそっちの関係者じゃないかって……。で、そんなことがあったもんだから、横浜《よこはま》支局から地方部経由で、こっちにも問い合わせがきましてね。うちの担当している範囲で何か変わった動きがないか、急いで確認を取っているところです。もしかすると、またぞろ米軍の飛行機が墜落したのかもしれませんね」

米軍機の墜落。その可能性を永史も考えていた。いまの話から真っさきに連想したのは、二年前の九月に米軍のスパイ機であるロッキードU2が藤沢《ふじさわ》の民間飛行場に不時着した折のことだ。上条から聞くかぎりでは、今回の出来事はU2不時着のときと現場の状況がよく似ている。

「だが、待てよ」と永史はいった。「川俣飛行場は閉鎖同然の状態だと、どこかで聞いたような気がするが……」

「ええ。そういう状態が長くつづいていたようですが、基地から一キロほどの場所の住人に通信局員が尋ねたら、ここへきて急に米軍機を見かけたり爆音が聞こえたりするようになったそうです――」

「お、坪さん」いつのまにか電話を終えた当番デスクが、永史のすがたを目ざとく見つけて声をかけてきた。「いいところへ帰ってきてくれた。忙しくて手が着かない仕事があるから、代わりにちょっと引き受けてくれんか」

記者からあがってきた原稿の文字数を削《けず》る作業を、何本かまとめてデスクは永史によこした。今日は夜勤の当番ではないのだが、そんなこともいっていられない。しかたなく赤鉛筆を手に原稿を読みだしたところで、今度は電話が鳴った。上条はほかの電話に出ているし、残りの遊軍も手一杯のようなので、永史が受話器を取った。川俣飛行場とは関係のない取材先の記者からだった。電話による口頭――いわゆる「勧進帳《かんじんちょう》」で記者が送ってくる原稿を書き取ったりするうちに、永史はすっかり朝刊制作の通常の流れに巻きこまれていた。昼間会えなかった葉子のことや藤枝から聞かされた話は、とりあえず心のすみへ押しやり、目のまえの仕事に集中するほかなかった。

しばらくして、どこかから松坂部長がもどってきた。遊軍記者の居ならぶまえを通りすぎながら、ふと永史に目を留めて立ち止まる。机の上に張りわたした紐《ひも》に紙挟みで留めてあるメモや書類のあいだから、部長の湿り気を帯びた視線が自分の頭部にそそがれるのを永史は意識した。隠密裏《おんみつり》に取材をしていることが早くも松坂にバレたのかもしれない。仕事に没頭するふりをして無視していると、当番デスクが松坂部長を呼んだ。部長は小さな舌打ちの音を残して、デスクのほうへ歩いていった。当座の危機はそれで脱したが、近いうちにひと悶着《もんちゃく》あるだろうことを永史は覚悟した。

机にむかって仕事をしつつ永史は、川俣飛行場の一件の推移にも注意を配った。

そのうちに地方部から当番デスクのところへ続報がはいった。横浜支局が送った応援の記者二名が川俣飛行場に到着したという。道路封鎖はすでに解かれ、米軍関係者らしい人間のすがたも消えている。飛行場の内外に事故などの起きた形跡は認められない。そんな内容の報告が送られてきたらしい。

夕方から宵へ、そして深夜へと時間が経過するにつれて、編集局内にただよう焦燥《しょうそう》感は濃くなっていった。川俣飛行場の異変に気づいたのが明和新聞だけだとしたら、これはスクープを放つ絶好の機会である。なのに具体的なことが何ひとつ把握できないのだ。警察庁や防衛庁を中心に省庁の担当者たちに指示を出し、他紙に悟られないようにさぐりを入れさせているが、関連のありそうな情報はあがってこなかった。当番デスクは電話のさきにいる記者たちを何度も叱咤《しった》し、松坂部長も苛立ったようすで席のまわりを行き来した。

横浜支局や社会部のほかに、政治部でもこの件を調べていた。

外務省詰めの記者がわずかに疑わしい動きをつかんだという話が、社会部のほうへも流れてきた。築地の料亭で官僚たちと会食をしていた外務大臣が途中で席をはずし、どこかへすがたを消したというのである。が、深夜に至るも大臣の居場所は判明せず、中座の理由も確認できていないので、その情報だけでは何の役にも立たなかった。

べつの政治部記者は夕方のうちに、在日米軍の広報部へ直接電話で問い合わせをしていた。先方からは「川俣飛行場について、とりたてて発表すべき事柄はない」という素っ気《そっけ》ない返事がかえってきたそうだ。

午前零時《れいじ》をまわり朝刊の締め切りが近づいてくると、地方部、社会部、政治部のデスクが、整理部のほうで顔を突き合わせて協議した。席へもどってきた当番デスクは、川俣飛行場の件は記事にしないことに決まったと告げた。記事にしないというよりも、事実関係がつかめず、記事にできないというのが正直なところだろう。

やがて最終版が降版され、地下の印刷工場で輪転機にかけられた。

明和新聞の記者たちが見つけられなかった真相を、どこかの新聞社が嗅《か》ぎつけていやしないか？　あれだけ手を尽くしたのに、ほかにあっさりと抜かれてしまうのではないだろうか？　そんな不安をかかえた記者たちは、未明に届いた他社の交換紙を見て、胸を撫《な》でおろした。どの新聞も川俣飛行場のことには一行も触れていなかった。彼らは安堵《あんど》するいっぽうで、「あそこで何かが起こったことはまちがいないんだがなあ」とか「これほど網に何も引っかからないとは……」などとつぶやき、正体不明の出来事に首をひねった。

だが、社会の状況は刻々と変化し、新しい記事のネタがつぎつぎに舞いこむ。二月十四日火曜日の朝をむかえて、川俣飛行場に対する記者たちの興味はしだいに薄れ、その日の午後にはもう、それを話題にする者はほとんどいなくなっていた。

おなじ十四日の夜、午後七時過ぎ――

社会部で夜勤中の永史のもとへ、有楽町駅の公衆電話から藤枝が連絡を入れてきた。山岸葉子のことで話がしたいと彼はいった。

そのときの当番デスクは清水秀輝だった。松坂部長は運よく不在である。永史は藤枝に、外堀通りを渡ったさきにある喫茶店を教え、そこで待っているように頼んだ。電話を切ってから清水デスクのところへ行き、三十分ほど仕事を抜けたいと申し出た。清水は意外そうな表情を浮かべたが、わけも聞かずに外出を許可してくれた。

藤枝に教えた喫茶店は、どこの新聞社からもはなれていた。記者稼業の人間があまり足を運びそうにないから、内密の話をするには持ってこいの店だった。入口の扉を押して店内へはいると、奥まったところの目立たない席に藤枝は座っていた。

「坪井さん、すみません」開口一番、藤枝は詫《わ》びの言葉を述べた。

昨日会ったときに態度の端々に覗いていた怒りが、今日はうそのように消えている。何があったのだろうかという疑問が、永史の頭をすばやくよぎった。

「じつは山岸さんと、まだ連絡が取れていないんです」と藤枝はいった。「彼女の行方《ゆくえ》がつかめないんですよ。――昨日の晩、ぼくは開華女子大の自治会の関係者に連絡を取りました。そして、山岸さんがこの三か月ほどは渋谷の女友だちのアパートに同居していることを突きとめました。で、今朝、そのアパートを訪ねてみたんです。女友だちというのは山岸さんと中学がいっしょで、いまは八重洲《やえす》の商社でタイピストをしている人でした。山岸さんはたしかにその人と同居していたけれど、このまえの日曜日の朝早く出かけたきり、夜になっても帰らなかったそうです。何かの事情でよそへ泊まるときには毎回きちんと連絡を入れてくるし、その後も音沙汰《おとさた》がないものだから、どうしたものかと気を揉《も》んでいたところだと、その人はぼくに話しました」

永史が目白で葉子と会う約束をしていたのが月曜日だから、女友だちのアパートから彼女がいなくなったのはその前日ということになる。胸の奥に不吉な感触がひろがるのを意識しながら、それを振り払うように永史は尋ねた。

「行き先について山岸さんは、何もいっていかなかったのかな?」

「ええ。何も告げず、女友だちが眠っているうちに出かけたそうです。その女友だちは心当たりの何か所かへ電話をかけて山岸さんをさがしましたし、ぼくも今日、思いつくかぎりのところをあたってみましたが、だれひとりとして彼女の行方を知りません」

「何かの事情で、もとの家へもどったということは?」

「ぼくもそう思いましてね、山岸さんの女友だちから住所を聞いて、さっき行ってきたんですよ、品川にある山岸さんの実家へ……。高輪《たかなわ》の丘の中腹に建つ、なかなか小綺麗《こぎれい》な家でした。玄関先から声をかけると、山岸さんのお母さんと思われる人が出てきました。その人には仰天《ぎょうてん》しましたよ。最初は着物の似合う、品のいい美人の奥さんにしか見えなかったんですが、『こちらに葉子さんはいませんか?』と問いかけるやいなや豹変《ひょうへん》しましてね。凄《すさ》まじい形相で怒りだして、『葉子なんて名前は聞きたくありません。あんな親不孝な娘とは、とっくに絶縁している。あんたも学生運動の仲間か!』なんて叫んで、台所から塩を袋ごともってきて、こぶしにガバッと握ったのをぼくに節分の豆撒きみたいにぶつけてくるんですからね。運動をやっている学生のなかには家族との関係がまずくなっている者も多いですが、山岸さんの場合は行き着くところまで行っていたようですね。ぼくも人のことはいえないけれど、彼女はいっぺん警察に引っ張られてますしね」

ウェイトレスが永史の注文していたコーヒーを運んできた。店員がむこうへ行ってしまうと、藤枝はふたたび口をひらいた。

「もしかするとぼくは――いえ、ぼくだけじゃなくて学生運動の仲間もそうですが――ぼくらはみんな、山岸さんにかんして重大な思い違いをしていたんじゃないでしょうか。今日、彼女の実家へ行って、はじめてそう考えるようになりました。ぼくは塩をぶつけられて這々《ほうほう》の体《てい》で逃げだしたあと、すこしはなれた横丁で立ち話をしていた近所の人に、山岸さんの家のことをそれとなく訊いてみたんですよ。相手はいかにもゴシップを好みそうな感じのおばさんたちで、必要以上のことまでいろいろと聞かせてくれました。山岸さんの家庭には、どうやら複雑な事情があるみたいですね」

「複雑な事情？」

藤枝はうなずいた。

「山岸さんのお父さんのことです。お母さんはお隣さんなどに、『うちの夫は貿易会社に勤めていて海外出張に行くことが多く、なかなか家へ帰ってこない』なんて説明しているようですが、実際はそうじゃないらしい。時折あたりが暗くなってから人目を忍ぶように、身なりのいい男性が運転手付きの黒塗りの乗用車に乗ってやってきて、山岸家へはいっていくんだそうです。そして夜も更《ふ》けてから、その紳士は家から出てきておなじ車に乗りこみ、どこかへ去っていく。そんな場面を近所の人たちは何度も目撃しているようです。そこまで話せばピンとくるでしょう？ 山岸さんのお母さんは、どこかの男性の二号さんなんですよ。山岸さんが自分の両親や家のことをくわしく話したがらないのは、そういう事情があるからじゃないですかね。スパイなんかと結びつけて考えたのは悪かったと、ぼくは反省しているんです……。ええと、話がずいぶん脱線しちゃいましたね。まあ、そういったわけで、山岸さんは実家にも帰っていないということがはっきりしました。いったい彼女はどこへ行っちゃったんだろう？」

コーヒーにミルクを入れて掻《か》きまわしながら、永史は考えをめぐらせた。ひと口飲んでから彼はいった。

「山岸さんに尾行がついていたことは知ってる？」

「尾行？」藤枝は顔をしかめ、かぶりをふった。「それは知りませんでした。——あ、そういえば、いっしょに歩いているときなど、山岸さんはよく周囲を警戒するようなそぶりをしていたな。彼女の神経が過敏になっているせいかと思っていたけど、実際はだれかに見張られていたからなのか……。相手はだれです？ 公安の刑事ですか？」

「そこまでのことは、ぼくにもわからない。一度ちらっと見ただけで、正体は見極《みきわ》められなかった」

藤枝は目元をこわばらせて、永史のほうへ身を乗りだした。

「もしかすると山岸さんは警察にパクられたんじゃないでしょうか？　だから、どこをさがしても見つからないのでは？」それから何かに思いあたったように、永史の顔をまっすぐに見つめた。「そうか。彼女がもっている情報のせいですね？　安保条約を引っくりかえせるほどの秘密を山岸さんがつかんでいるのなら、そのせいで国家権力に拘束されたにちがいない！」

「しっ」と永史は、唇のまえに人差し指を立てた。「声がでかすぎる。彼女はまだつかまったと決まったわけじゃないさ」

「でも、その可能性は高いんじゃないですか。だったら、あれはやっぱり、あなたに渡したほうがいいんだな」よくわからないことを藤枝は口走って、隣の椅子《いす》にたたんで置いてあるコートへ手を伸ばした。

コートのあいだから彼が取り出したのは、会社の書類を入れるときによく使う大きさの茶色い角形封筒だった。それを永史に差しだす。

反射的に受け取った永史は、封筒の表に書いてある「明和新聞社会部　坪井永史様」という宛名をながめた。裏がえしてみたが、そのほかには何も書いていない。口は糊付《のりづ》けされている。中身は紙の束のようなものらしく、指に数ミリの厚みが感じられた。

「今朝アパートを訪ねたとき、山岸さんと同居している女友だちから預かったんです。一週間ほどまえに山岸さんが『自分の身に何かあったら、宛名に書いてある人に届けてほしい』といって、その封筒を女友だちに託したんだそうです。どうしていいのかわからないというので、しかたなくぼくがもってきました。ただたんに山岸さんがどこかへ出かけているだけだとしたら、それを坪井さんに手渡すのは時期尚早なので、さっきは黙っていたんですが、いまの尾行の話を聞いて決めました。これはもう、彼女の身に何かあったと判断してもいいですよね?」

永史は封筒にじっと目をそそいだ。

「わかった。受け取っておこう」

藤枝は自分から渡しておきながら、永史が手元に引きよせた封筒へ未練がましいまなざしをむけている。なかにはいっているものが、やはり気になるのだろう。かわいそうだと思ったが、ここで封を切って見せてやるわけにもいかない。気づかぬふりを永史は決めこむしかなかった。

腕時計を見ると、そろそろ会社へもどらなくてはいけない時刻だった。

永史はさらに五分ほど藤枝と話をした。葉子が警察などに捕らえられたという確証はまだ得られていないし、彼女が握っている情報とのからみもあるので、いたずらに騒ぎ立てないでほしいと藤枝に頼んだ。その代わり自分のほうでも全力を尽くして葉子の居所をさぐってみると約束した。葉子が同居していた女友だちの連絡先と、品川のほうの実家の住所も、念のために教えてもらって手帳に控えておいた。

喫茶店を出て藤枝と別れ、新聞社へ帰る道々、渡された封筒の扱いについて永史は思案した。すでに自分の手にある以上、開封してもかまわないだろうという結論に達した。

明和新聞の敷地の高速道路寄りの場所に細長い緑地帯があった。そこの植え込みのかげへ行って、永史は封筒の口をやぶった。

街灯の光のもとで改めると、四つ切りの印画紙に焼き付けたモノクロの写真がはいっている。三十枚から四十枚ぐらいはあるようだ。永史は一枚一枚に目を通し、そこに写っているものが何を意味するのか考えた。

そんなことをしているうちに、清水との約束の時間はとうにすぎていた。あわてて社屋の玄関をはいり、三階の編集局へもどった。

席に着いたところで、留守にしているはずの社会部長の怒声が飛んできた。

「おい、坪井。ちょっと来い!」

窓を背にした自席から松坂はこちらを睨《にら》んでいる。永史が出かけているあいだに、出先から帰ってきたようだ。

永史はとっさに封筒を、机の足元に置いてある自分の手提げ鞄へ押しこんだ。それから松坂部長の席へゆっくりと歩いていった。

部長のまえに立つと、予想どおり叱責がはじまった。

「おまえ今日は夜勤だろう。一時間近くも席をあけて、何を考えているんだ?」

隣の席で清水デスクが顔をあげ、助け船を出そうと身がまえていた。それに気づいた永史は清水にすばやく視線を送り、かすかに首をふって援護は不要だとつたえた。

松坂に対しては「すみません」という言葉を機械的にくりかえす。部長はただ、衆目のまえでことさら大袈裟《おおげさ》に叱《しか》りつけて永史を貶《おとし》めたいだけなのだから、何をどう釈明しようと無駄であった。

「また屋上へ鳩をからかいに行ってたんじゃないだろうな」

「ちがいます」

「じゃあ、どこへ行っていた?」

「私用です」

「私用?」松坂はますます意地の悪い目つきになった。「遊軍だからといって勝手なマネが許されると思うなよ。協調性に欠ける記者は社会部にはいらない。どっかの通信局にでも行って、ひとりでやっていろ」

言外に「おれに隠れて何かこそこそやっていることは知ってるぞ」という意味合いを匂わせているような感じもした。もしも部長が正面切ってその問題をもち出したら、「まだ報告できる段階ではないので、話せるときがきたら話す」といって突っぱねるつもりでいたが、そこまで具体的な台詞《せりふ》は最後まで出なかった。

解放されて席にもどった永史は、いまの一件をただちに忘れた。松坂のちょっかいをいちいち気にする段階は、とうのむかしに通りすぎていた。

清水のおろしてくる仕事を片づけたり電話を取ったりするあいだも、自分に宛てて葉子が残した封筒のなかの写真のことが、永史の頭の一部を占めていた。

やがて朝刊制作の作業が編集局の手をはなれて、ほっとした空気が大部屋にただよいだしたころ、清水デスクが永史の席へ近づいてきた。

「坪井君、さっきはすまなかった。部長があがってきたとき、きみが出かけていることをきちんと報告しとけばよかったんだが、忙しくてつい言いそびれてしまった」

「清水さんのせいじゃありませんよ」といって永史は苦笑いした。

片手をズボンのポケットに突っこみ、もういっぽうの手で煙草をふかしながら、清水はその場にたたずんでいた。しばらくして低い声でいった。

「なあ、坪井君……。部長にはともかく、わたしにはそろそろ明かしてくれてもいいんじゃないか？　追っているネタがあるんだろう？」

銀縁の眼鏡の奥で、清水の瞳が静かな光をたたえている。

永史は即座に決心した。いずれ清水には話すつもりでいたのだ。いまが話すのにちょうどい機会かもしれない。

「ここじゃ何ですから」

葉子の封筒を足元の鞄から出し、永史は立ちあがった。

清水と連れ立って階段をあがり、四階の小さな会議室へ行った。

その部屋で机をはさんで座った清水に、永史はすべてを包み隠さずに語った。藤枝に紹介されて新宿の映画館で山岸葉子と会ったこと。葉子の知り合いが目にしたという、在日米軍による核持ち込みについて記述された報告書のこと。何者かに尾行されていた葉子が、日曜日から行方不明になっていること。葉子が警察などの国家権力の側の組織につかまったのではないかと藤枝は主張していること……。

清水デスクは両手の指を胸のまえで軽く組み合わせ、永史の言葉に耳をかたむけていた。彼は手際のいい仕事ぶりと穏《おだ》やかな人柄とで、上からも下からも信頼され、次期社会部長と目されている。温厚な学者みたいな外見だが、戦時下には明和の従軍記者としてフィリピンやビルマの戦場へ派遣され、激しい戦火をくぐり抜けて取材をしたと聞く。落ち着きのなかに芯《しん》の強さを秘めているような、そんな類《たぐ》いの記者であった。

永史の話が一段落すると、清水は眼鏡を押しあげ、感心したようにいった。

「こいつはまた、すごいネタを引っかけたものだ。しかし完全に釣りあげるには、まずその山岸という女子学生をさがさねばならんな。かりに彼女が何者かに拘束されたのだとして、犯人は日本の組織とはかぎらないんじゃないか。サンフランシスコ講和条約の調印とおなじ年のことだったと思うが、中国共産党とつながりのある作家が米軍に拉致《らち》されて、一年以上にもわたって監禁された事件があったのをおぼえているかね？　あのときの誘拐《ゆうかい》にかかわったのは、ＧＨＱの参謀二部に属する〈キャノン機関〉と呼ばれる諜報《ちょうほう》組織だった。いま現在も日本国内では、反共のためにＣＩＡがあれこれ画策しているようだしね」

「すると、アメリカの諜報機関が山岸葉子を誘拐したのだと？」

「わたしがいいたいのは、そういう可能性もあるということだよ。米国が関与しているとなると、ますます話がややこしくなるが」

清水が煙草に火をつけるのを待って、永史は持参してきた封筒のなかから写真の束を取り出した。それがどのようにして自分の手に渡ったのかを説明しながら、画像の焼き付けられた四つ切りの印画紙を机の上にならべていった。

興味深そうに上体を前方へ突きだし、清水は写真を見わたした。

どの写真にも飛行機が写っている。主翼や胴体の国籍マークは、両側に太いラインのついた丸に白抜きの星。そのほかに「ＮＡＶＹ」の文字も見える。アメリカ海軍の軍用機だった。飛行しているところを仰《あお》ぎ見た構図もあれば、滑走路におりたところをフェンス越しに撮影したものもある。

「裏も見てください」と永史はいい、端に置いた一枚をめくった。写真の裏には青いインクで「S35　12／20　川俣飛行場」と書かれていた。

「撮影した日付と場所ですね。厚木通信局の記者が地元の人から聞いたとおり、長く使われてこなかった川俣飛行場に、最近は米軍機が飛来していたんですよ」

ほかの写真も裏がえしてみると、「S36　1／11　川俣飛行場」とか「S36　1／22　川俣飛行場である。」といった記述が認められた。日付はまちまちだが、撮影場所はどれも川俣飛行場である。

「この写真を見て思いだしたんですが、新宿で会ったときに山岸葉子は『報告書の内容を実証するために自分なりに試みていることがある』といっていました。彼女がそれを口にしかけたところで尾行者があらわれて、具体的なことは聞けず仕舞いになったのですが、彼女がぼくに話そうとしたのは、たぶんこのことだったんですよ」そういって永史は机の上の写真を指し示した。「山岸葉子の知り合いが見たという機密書類には、核兵器を搭載した艦載機が川俣飛行場に離発着していると書かれていたんじゃないでしょうか。それで彼女は、実際に川俣に飛来する軍用機を調べて、核持ち込みの裏を取ろうとしたのではありませんかね」

清水は目を細めて煙草を深く吸いこんだ。紫煙を吐きつつ疑問を呈する。

「しかし写真に収めたところで、核持ち込みの確固たる証拠とするのはちょっと難しい気もするね。核爆弾とわかるものを胴体の下に堂々とぶらさげていれば話はべつだが、やっこさんたちがそんなに簡単にボロを出すとも思えない」

「川俣にきているのが、核兵器搭載可能な軍用機ばかりだとしたらどうです？　軍事の専門家が分析すれば、それはすぐにわかることでしょう？　その事実と抱き合わせにして、核持ち込みの報告書を見たという証言を提示すれば、ただの臆測にすぎないものを疑惑ぐらいのレベルに引きあげることはできますよ」

すこし間を置いて永史は、たたみかけるように語を継いだ。

「そのほかにもこれらの写真は、ある重要なことを物語っています。川俣飛行場のそばで起きた例の謎の出来事。あれともつながってくるんです。山岸葉子が行方不明になったのは日曜日。川俣飛行場のそばの道路が封鎖され、米軍の関係者と思われる連中がうろついていたのが、その翌日の月曜日。ふたつの事件が二日つづきで起こったのは、ただの偶然ではないと思います。——ぼくはこう考えているんです。日曜の早朝に女友だちのアパートを出た山岸葉子は、いつもどおり川俣飛行場へ軍用機の写真を撮りにいった。そしてそこで何かが起こり、彼女は帰れなくなった。月曜に川俣飛行場の周辺が立入禁止になっていたのも、そこで起こった何かのせいじゃないでしょうか」

「たしかにそう考えると、いろいろなことの辻褄《つじつま》が合ってくるな」

短くなった吸いさしを灰皿の上で揉み消してから、清水は大きくうなずいた。

「よし。きみのいった線で調べてみるか？　明日から通常の勤務ダイヤをはずれて自由に動いていいぞ。松坂部長にはこっちから説明しておく。そうだな……とりあえずは、わたしが担当している企画の取材で動いてもらうとでも話しておこうか」

清水の取り計らいに、永史は感謝の言葉を述べた。

「その代わりといっては何だが」と清水はつけくわえた。「女子学生の行方や川俣飛行場のことで何かつかんだら、真っさきにわたしに報告してくれよ」

「もちろんです」と永史は答えた。

＊

清水デスクのお墨付きをもらったのをいいことに、一夜明けた十五日の水曜日から永史は本社へ出勤せず、山岸葉子にかかわる調査に専念した。

川俣飛行場で何かが起きたと考えている彼としては、そこへいちばんに足を運びたい気持ちが強かったが、そのまえに下調べとして押さえておくべき事柄がいくつかあった。

十五日の午前中に永史は、神田の出版社へ赴《おもむ》き、ひとりの編集者と会った。明和に同期ではいった政治部の記者に紹介してもらったのだが、その男は戦記や軍事を専門とする雑誌の編集部に勤めていて、米軍の組織や装備の事情に明るかった。永史は編集者に、葉子が撮影した米軍機の写真を見せた。もちろん写真を入手した経緯などの説明は、最低限に留《とど》めたうえでだ。

　そこに写っているのはアメリカ海軍のジェット艦上攻撃機だと編集者は教えてくれた。Ａ３Ｄスカイウォーリアという機種で、空母に配属されている重攻撃飛行隊《VAH》の所属機らしい。原水爆との関連性について永史がそれとなく尋ねると、Ａ３Ｄは戦術核兵器を搭載する能力があり、機体中央の腹部に爆弾倉があるので、そこに積みこんでハッチを閉じてしまえば外部から爆弾本体を視認することはできないとわかった。その情報を得られただけでも、じゅうぶんな収穫といえた。

　出版社を出た永史は、国電で東京駅へ移動し、葉子が同居していたという女友だちと八重洲口の喫茶店で十二時過ぎに落ち合った。朝早くアパートにいるところを電話でつかまえ、会社の昼休みに会う約束をしておいたのだ。

　ふだん葉子はどんな人間と関わりがあったのか？　川俣飛行場や米軍基地のことについて葉子が何か話していなかったか？　そんな質問を葉子の女友だちにぶつけてみたが、彼女は首をかしげるばかりだった。学生運動の経験がない友人に対して、そちらの関係の話をほとんど葉子はしなかったようだ。その女友だちが永史に語ったなかで、ひとつだけ参考になったことがあった。去年の終わりごろから葉子は、早朝に起きだしてどこかへ頻繁に出かけるようになったという。アパートへ帰ってくるのが夜半になることもあった。運動に関わりのある用事をやっているのだろうと思い、とりたてて追及はしなかったが、もどってきたときの葉子の消耗《しょうもう》ぶりから、遠いところまで通っているのではないかという印象を受けたそうだ。

一時近くに彼女と別れ、今度は渋谷へむかった。

午前中に清水が手をまわして調べてくれたのだが、日曜日以降に警察が逮捕した者のなかに山岸葉子という名前の人間はおらず、そのことを永史はすでに電話で聞いていた。それでも、公安警察が葉子を監視したり、あるいは公式に発表されないようなかたちで拘束したりしたのだとしたら、彼女が転がりこんでいたアパートのある渋谷近辺の警察署の人間が、何か知っているかもしれない。

第三方面のサツ回りをしていたときの顔見知りの警察官を訪ね、永史は世間話をよそおって、「この近くに住んでいる活動家の女子学生が、何日かまえから行方知れずになっていますね」と鎌をかけてみた。かえってきたのは「そんな話は初耳だなあ」とか「署に捜索願は出ているのか？　出ていないのなら、こっちが知るわけがないだろう」などといった、つれない返事だけだった。永史の感触からすると、彼らは知っていて惚《とぼ》けているのではなく、ほんとうに何も知らないようだった。

渋谷署、原宿《はらじゅく》署とまわり、最後に立ちよった代々木《よよぎ》署でも空振りに終わった。

午後七時をまわったころ、永史はいったん湯島《ゆしま》のアパートへ帰ることにした。

いずれにしても、あとは神奈川県の川俣飛行場へ行ってみるしかなさそうだ。そこは鉄道の駅からはなれた場所にあるから、自動車で行くのが便利だろう。

ふつう取材には、社有車や契約しているタクシー会社の専属ハイヤーを使うが、それを手配するには配車伝票に部長かデスクの署名・捺印《なついん》が要《い》る。今回は松坂部長をできるだけ刺激したくないので、目立たぬように自分の車で行こうと永史は決めていた。

湯島のアパートの部屋は、電気冷蔵庫や電気洗濯機やテレビといった当世流行《はや》りの「三種の神器」などは当然なく、殺風景で侘《わ》びしい六畳間だった。

新聞社に泊まったり飲み明かしたりすることが多く、部屋へ帰ってくるのは週に一度か二度である。食事は会社の周辺の飲食店で事足りるし、風呂のほうも有楽町や銀座に銭湯が何軒かあるから平気だ。下着やワイシャツの着替えが底を突き、洗濯の必要に迫られたときぐらいしか、アパートへもどる理由はなかった。

そんな生活を見かねたらしく、大家のおばさんは永史と顔を合わせるたびに、所帯をもったらどうかと勧めるが、永史はそういう気持ちになれなかった。帰宅してもだれもいないから帰らないのではない。たとえ嫁さんがいたとしても、仕事中心のいまの生き方は変わらないだろう。

靴を脱いで部屋へあがった永史は、カメラや防寒具や懐中電灯などを旅行用のボストンバッグに詰めて、川俣行きの準備を整えた。それから、すこし休息するつもりで、コートを着たまま畳の上によこになった。

投げだした足がじんじんと痺《しび》れ、からだじゅうに疲労が蓄積しているのがわかる。すぐに出かけるつもりで石油ストーブは点けていなかった。あまりからだを冷やすと、背中や左腿《もも》に負った戦争の古傷がひどく疼《うず》くことがあるので注意しなくてはいけないのだが、いまこの瞬間は、のぼせたみたいに熱を帯びた頬や額《ひたい》にかえって冷気が心地よい。

しばらく天井を見あげてぼうっとしたあと、首の角度を変えた拍子《ひょうし》に、部屋の端の小さな仏壇が視野にはいった。そこに置かれた両親の遺影を見ているうちに、戦争の前後の記憶が永史の脳裏《のうり》を断片的に流れていった。

ひとりの人物のすがたが、ふいに意識の上に浮かびあがった。

そうか、あの人がいたな……と、心のなかで永史はつぶやいた。

川俣飛行場をおとずれる以外に、思いつくかぎりの場所はすべてあたったつもりでいたが、情報を得られる可能性のあるところが、まだ一か所だけ残っていた。

そうだ。あの人なら、政治や社会情勢の裏側のことに精通しているはずだ。今度の一件について何か知っているかもしれない。

その人物とは、ずいぶん長いこと会っていなかった。永史のほうから意識的に接触を避けてきたこともあり、いまになって手のひらをかえしたみたいに頼っていくのは、いささか図々《ずうずう》しい気もするが、直面している問題の大きさを顧《かえり》みれば、二の足を踏んでいる場合ではないように思えた。

永史は弾《はじ》かれたように身を起こした。旅行鞄を手に部屋を出た。アパートの隣の空き地に駐車してある自動車のところへ行き、荷物を助手席に置いて乗りこんだ。

車のハンドルを握り、ネオンの灯《とも》る夜の街路を走りながら、これから会いにいく人物のことを彼は考えていた。

数十分後、麻布《あざぶ》の住宅地に建つ一軒の屋敷のまえに、永史は車を停《と》めた。

高い塀《へい》にかこまれた洋館だった。スパニッシュ風の屋根瓦が建物の上部を取り巻き、玄関の左右には丈《たけ》の高い棕櫚《しゅろ》の木が植わっている。

門柱には「財団法人極東政経《きょくとうせいけい》研究所」という表札が掲《かか》げられているが、ここが職場を兼ねた、その人の自宅であった。

車をおりた永史は、最後におとずれたときから何の変化もしていない屋敷のたたずまいをちょっとながめてから、ひらいている門を抜けて敷地内へはいっていった。

玄関のベルを押すと、家政婦と思われる女性が出てきた。

永史は姓名を名乗り、数馬直次郎《かずまなおじろう》氏がご在宅ならお会いしたいと告げた。

女性が引っこみ、数分待たされてから今度は、背広を着てネクタイを締めた三十前後の男があらわれた。角張った顔をして、七三に分けた髪をポマードできっちりと固めている。見たことのない男だ。研究所の職員だろうか?

「所長はいま電話中ですが、どうぞお上がりになってお待ちください」男はそういい、靴を脱いでスリッパを履《は》いた永史を奥の応接室まで案内していった。

そのあとも男は部屋に留まっていた。扉のかたわらに立ったまま、ソファに腰をおろした永史に話しかけてくる。

「まえに所長から聞きましたが、坪井さんは明和新聞にお勤めだとか？」

「ええ、明和の社会部にいます」と永史は応じた。「失礼ですが、あなたは？」

「申し遅れました。わたしは所長の秘書をしております佐和田《さわだ》と申します」

男は四十五度に腰を折って、礼儀正しくお辞儀をした。

「まえの秘書の人はどうしました？」と永史は訊いた。「年配の方がいたでしょう？」

「あの人は三年ほど前に退職しました。——坪井さんは所長とのお付き合いが長いんですか？」

「父の代からです。父もぼくも数馬さんには、すっかりお世話になった」

「ほう、そうでしたか……」

受け答えをしながら永史は、佐和田というその秘書のようすが何だかおかしいことに気づいた。あたり障《さわ》りのない笑みを浮かべて、数馬がくるまでのあいだ客の相手をしているように見えるが、口ぶりや態度がどことなく上《うわ》の空《そら》なのだ。間をもたすだけのために会話をつづけているみたいな印象を受ける。出入口のそばから動かないのも妙だった。もしかすると数馬にいいつけられ、永史を部屋から出さないように見張っているのではないか？　そんな疑いをいだきはじめたとき、いきなり扉があいて、和服姿の老人が応接室へはいってきた。数馬直次郎だった。

数馬は永史に片手をあげ、鼻の下にチャップリン髭《ひげ》を生《は》やした顔をほころばせて、「やあ、やあ、やあ」という声を出した。

「ご無沙汰しております」

永史がソファから立ちあがって挨拶《あいさつ》すると、数馬はうなずいた。

「久しぶりじゃないか、永史君。元気だったかね？　まえにきみと会ってから、どれぐらいになるだろうね？」

「前回こちらへ伺《うかが》ったのは、ぼくがまだ前橋の支局にいたころですから、七、八年になるでしょう」

「もう、そんなにたつか」

数馬は肌の色艶《いろつや》もよく、頭髪はわずかに後退しているものの黒々としていた。永史の父とおなじく明治二十三年の生まれだから、七十を越えたぐらいの歳だが、全身にみなぎった精力的な雰囲気は、むかしとぜんぜん変わらない。大正の初めに東京帝国大学の法学部を卒業して農商務省に入省し、十五年戦争のあいだは満州国の建国に参画したり、国策調査研究機関である大東亜文化研究所の運営に携《たずさ》わったり、帝国議会の議員を務めたりした人物である。

永史と彼の両親にとって数馬直次郎は、まさに恩人と呼ぶべき人だった。

——永史が小学生のころ、父の坪井鼎一は、福岡にある九州外国語学校の支那《しな》語科で中国文学を教えていた。当時はちょうど満州事変から日中全面戦争へとむかっていく時代であった。もともとリベラルな思想の持ち主である鼎一は、折あるごとに大陸での日本軍の武力行使に反対する発言をし、学会関係の雑誌などにも戦火の拡大を憂える文章をよせたりしたので、特別高等警察にマークされた。

それでも鼎一は、政府や軍部を批判する姿勢を改めなかった。まわりの者が止めるのも聞かず、ところ構わずに反戦論をくりひろげた。そのあげく、右派勢力が台頭した学内で排斥《はいせき》運動が起こり、父はついに九州外国語学校を逐《お》われてしまった。

職を失った父は、母の末江と永史をかかえて路頭に迷いかけた。そんなときに救いの手を差しのべてくれたのが、ほかでもない、郷里が鼎一とおなじ熊本で、小学校から中学校までをおなじ教室で机をならべて学んだ数馬直次郎だった。数馬の取り計らいで父は、家族を連れて東京の笹塚に引っ越し、数馬の勤務する大東亜文化研究所から中国語の文献や書類の翻訳《ほんやく》の仕事をもらって糊口《ここう》をしのぐことができた。

永史はその後、さらにもう一度、数馬に助けられている。

大陸の病院で終戦をむかえた永史は、戦闘での傷も癒《い》えてきた昭和二十一年のはじめ、ようやく復員船に乗って帰国することができた。東京へもどってみると笹塚の家は焼け、両親の鼎一と末江はすでに死んでいた。前年の五月二十五日の大空襲でやられたのだ。父母は家のそばの防空壕《ぼうくうごう》にいたところを、火災の煙に巻かれて窒息死したという。ふたりの亡きがらは火葬にされ、骨は地元の寺へ預けられていた。

帰るべき場所のなくなった永史は、復員後の数か月、焼けビルの地下室で寝たり木賃宿《きちんやど》に泊まったりしながら暮らした。船をおりたときに渡された復員手当は、たちまち食費に消え、彼は生活費を得るために、知り合いが新宿の闇市《やみいち》に出している露店を手伝ったりした。戦地での暗い経験の記憶を引きずり、これからどう生きてよいのかもわからず、不安と混乱のなかで虚無的な気分に陥《おちい》っていた。

やがて永史は、数馬直次郎のことを思いだした。無事に帰ってきたことを一応は数馬にも報告しておくのが筋だろうと考え、麻布の屋敷を彼はおとずれた。そこに数馬はいなかった。A級戦犯の容疑で逮捕され、巣鴨《すがも》の拘置所に収監されていると、家にいた数馬の妻に教えられた。

そのときは夫人とすこし話をして帰ってきたが、しばらくすると、数馬の秘書を当時務めていた男が、永史の泊まっている宿へやってきた。獄中の数馬から言《こと》づかったといって秘書は、見舞い金という名目のまとまった金を置いていった。

それからあとも数馬は、自分が明日をも知れぬ身だというのに、永史に金銭的な援助をつづけてくれた。秘書を介して届いた数馬からの手紙には、とにかく大学だけは出ておいたほうがいいといった意味のことが書かれていた。その言葉に背中を押されるようにして永史は大学へもどり、昭和二十二年の秋に法学部を卒業した。

翌年の暮れに数馬は、戦犯不起訴となって釈放された。すでに新聞社に就職していた永史は、援助を受けたぶんの金額を何度かに分けて返済しようとしたが、数馬はその金をけっして受け取らなかった。そのわけを永史が問うと、数馬は古い話をした。――子どものころ、からだが小さかった数馬は、近所のガキ大将によくいじめられた。それを永史の父がいつも庇《かば》ってくれた。中学のころには遠泳の最中に溺《おぼ》れかけたところを、鼎一に救われたこともあるという。「きみのお父さんがいなかったら、いまのわたしは無い。鼎一君からの大きな借りを、きみを通じてかえしただけだから、気遣いは無用だ」数馬はそう説明した。前々から永史は、不逞《ふてい》分子のレッテルを貼られた自由主義者の父を、国家に仕える立場にいて思想的にも隔《へだ》たりがあるはずの数馬がどうして助けてくれたのか、そこのところを不思議に感じていたが、話を聞いて腑《ふ》に落ちた。

といっても、それらの貸し借りは数馬と鼎一のあいだに生じたことであり、その事情と無関係な永史は、やはり数馬のおこないに感謝しないわけにはいかなかった。そして自分はこれ以上、数馬に甘えるべきではないと思った。新聞記者の立場からすれば、貴重な取材源として数馬のような人間とのつながりを維持しておいたほうが有利なことは確かだが、そんなふうに数馬を利用する気にはなれなかった。

それが数馬から距離を置くことにした、まずひとつの理由だ。

もうひとつの理由は、その後も付き合いをつづければ、いずれ数馬と対立する日がくるかもしれないという予感だった。

公職追放が解除されたあとも数馬は、第一線から身を引いたままでいたが、いぜんとして政界には確固たる影響力や情報網を保ちつづけているようであった。地方支局にいても噂などを漏《も》れ聞くうちに、数馬直次郎が永田町《ながたちょう》の政界や官界のかげで糸を引く、れっきとした黒幕のひとりであることは理解できた。

近くで数馬を観察していれば、新聞記者として見すごせない事柄が、否《いや》が応でも目に留まるのではないだろうか。たとえば、数馬が立ちあげた極東政経研究所という財団からして、職員が何名いるのか、具体的にどんな仕事をしているのか、そういった実態が不明の得体の知れない組織だった。いったん不都合な事実をつかんでしまったら、永史は数馬の敵側にまわらねばならない。恩人に矛先《ほこさき》をむけるのは忍びなかった。

そういう虞《おそ》れもあって永史は、数馬に大きな恩義を感じつつも——いや、恩義を感じているからこそ、麻布の屋敷からだんだんと足が遠のいていったのだ。数馬のほうも、とくに永史を引き止めるようなそぶりは見せなかった。それ以降、数馬直次郎は永史にとって不可侵の領域になったのである。

だが、今日はその禁断の場所へ、あえて踏みこんできた。山岸葉子をさがすために、川俣飛行場の謎を解くために……。

応接室へはいってきた数馬と入れちがいに、秘書の佐和田はいなくなっていた。

むかいに座った数馬が、永史に尋ねてきた。

「新聞社はどうだね？　面白いかね？」

「骨は折れますが、やりがいのある仕事です」と永史は答えた。

「それはよかった。きみが大学で法学を学んだのも、卒業して新聞記者になったのも、正直にいうとちょっと意外だった。鼎一君のように、中国文学のほうへ行くものと考えていたのでね」

「法学部へすすんだのも、新聞社へはいったのも、具体的に成果が見えるかたちで世の中に貢献したかったからです」

「〈社会の木鐸《ぼくたく》〉というわけかね？」

「そんなに大それたものではありません。ぼくはただ、真実を尊重したいだけです。たくさんの虚偽のなかから真実だけを拾いだし、それを世間に知らしめるのが、新聞記者の役割だと思っています」

永史は数馬に遠慮して、それにつづく言葉を呑《の》みこんだ。——かつて自分たちは戦時統制のもとで、真実を口にすることを許されず、捏造《ねつぞう》された偽りの情報によって操られていた。敗戦後もGHQの占領政策で、プレスコードの束縛を受けた期間があった。そうした時代も過ぎ去り、現在ではもう、ありのままに報道し、国の政策を批判することだってできる。せっかく手に入れたこの自由を二度と失ってはならない……。そんなことを永史はいいたかったのだ。

みなまで告げなくても、数馬は永史の考えを汲《く》み取ったようだ。上下のまぶたの膨らみのあいだから、よく光る目が感慨深そうに永史を見つめる。

「きみは、やはり鼎一君とよく似ているな」

すこし間を置いてから、数馬はからだを反らし、ソファに身を沈ませた。

「ところで永史君、今日はその新聞記者としての用件で、ここへきたんだろう？」

「そうです。数馬さんがもしご存じなら、教えていただきたいことがあります」

数日前に川俣飛行場の近辺に異常があったこと。それとほぼ時をおなじくして山岸葉子が行方不明になったこと。その二点だけを簡潔に語り、永史は数馬に意見をもとめた。とうぜん米軍による核兵器の持ち込みについては触れず、葉子のことは取材を通して知り合った活動家の女子学生とだけ説明しておいた。

数馬は腕を組み、永史の話を聞いていた。

聞き終わると唐突につぶやいた。

「もはや戦後ではない、か……」

何をいいだすのかと、永史は老人の顔を見守った。

「どう思うね、いまの日本の状況を？」と数馬はいった。「このあいだまでは安保で騒然とし、そのあとも極右によるテロルがつづいたりしているが、おおかたの国民にとってそんなのは他人事《ひとごと》だ。新政権が打ち出した所得倍増計画に浮かれて、みんな平和で安泰《あんたい》な未来を夢見ている。『もはや戦後ではない』などという言葉が、巷間《こうかん》の人々の口にのぼるようになって久しい」

数馬は皮肉な笑いを浮かべた。

「冗談じゃない。戦後どころか、この国では新しい戦争が起こっておるよ。目に見えない戦争がね」

「目に見えない戦争？　どういう意味ですか？」

「字義どおりの意味だよ」

そういわれても、永史にはよくわからなかった。新安保条約反対の運動も行動右翼の暴力も、われわれの知らないところで起こっている暗闘が生みだした表面的な現象にすぎないということか？

「相手がほかの人間なら、何も知らんと答えるところだがね、わが親友・坪井鼎一君の子息であるきみだから、とくべつに忠告しよう。これは新聞記者や学生などには、とても太刀《た》打《ち》ちできるような問題ではない。いまの段階では、この件にこれ以上の深入りはしないほうが得策だろう」

「何かご存じなのですね？」

数馬は永史の問いに答えなかったものの、苦渋の色とも取れる表情が目元に覗いていた。

そのとき、だれかが扉をノックした。

数馬が返事をすると、ひらいた扉のむこうから佐和田が顔を出した。

「皆さんがお見えになりました」

「わかった、すぐ行く。所長室のほうへ通しておいてくれ」

佐和田にそう命じてから、数馬は永史に視線をもどした。

「すまんな。いろいろ立てこんでおってな」

相手が面会を切りあげようとしている気配を察して、永史は食いさがった。

「お願いします。何か知っているなら教えてくれませんか？ 部分的にでもかまわないのです。その女子学生が無事でいるのかどうか、それだけでも知りたいんです」

数馬は眉根《まゆね》をよせ、口調をすこし強めた。

「今回は何も訊かずに、わたしの言葉にしたがってほしい。悪いことはいわん。いますぐ手を引くことだ」

数馬は立ちあがり、わかってくれと念じるみたいに深くうなずくと、着物の裾《すそ》をひるがえして部屋を出ていった。

「数馬さん！」

去っていく数馬を永史は廊下まで追いかけたが、どこからともなく出現した佐和田に行く手をさえぎられた。

無言で佐和田は片手を動かし、永史に退去を促す。しかたなく玄関まで移動した。

さきほどは見あたらなかった男物の革靴が五、六足、玄関の三和土《たたき》に脱いであった。永史のくたびれた靴とはちがい、どれもピカピカに磨《みが》きあげられた高級品ばかりだ。しかも、いささか異様なことに、それらの高級靴は乱暴に脱ぎ散らかされているのだ。まるで訪問者たちの慌てぶりを示すかのように。

その有り様を目にした瞬間、「この国では新しい戦争が起こっておるよ」という数馬の台詞が、奇妙な実感をともなって永史の胸に迫ってきた。

たしかにいま、何かが起こっているようだ。何か尋常でないことが……。

＊

数時間後、有楽町に帰った永史は、本社の屋上で清水デスクと会っていた。

松坂部長はすでに退社しているかもしれないが、腰巾着《こしぎんちゃく》を務める者たちにすがたを見られたら松坂の耳にもはいるだろうから、今夜は編集局へ近づかないほうがいいと判断したのだ。そこで公衆電話からあらかじめ連絡を入れ、清水に屋上まで足を運んでもらった。

その日一日の調査にかんして永史が報告し終えると、清水は意味ありげなまなざしを彼に送ってきた。

「ふうん。きみがあの数馬直次郎と旧知の間柄とは知らなかったよ」

多少の後ろめたさを永史はおぼえた。

「すみません……。あの人を取材に利用しないと決めていたんです。だから社内でも、とくに話しませんでした」

「内緒にしていたのを責めているわけじゃないさ」穏やかな態度で清水はいった。「それがきみの流儀なら、周囲があれこれ文句をつける筋合いのことではない。——で、数馬直次郎が何かを知っているのは確実なんだな?」

「はっきりとはいいませんでしたが、あの態度はまちがいないでしょう。これはぼくの勘ですが、面会が打ち切られる直前に複数の人間が訪ねてきたのも、今回の出来事にからんでのことだと思います。麻布の屋敷に張り込んで、出入りする者の顔ぶれを調べれば、何が起こっているのか見当がつくかもしれません」

実際に永史は、数馬邸を追いだされたのち、門のそばに駐《と》めた車のなかに粘って、玄関にあった靴の持ち主たちが屋敷から出てくるのを待った。しかし二時間以上たっても人っ子ひとり出てこず、十時近くになって玄関の明かりが消えた。永史の監視に気づいた数馬が、客たちをこっそり裏門から帰したのかもしれない。

「わかった。数馬邸の張り込みは、こっちで引き受けよう。だれか適当な遊軍を投入するから、坪井君は予定どおり川俣飛行場のほうへ行ってくれ」

そういい置いて、清水デスクは編集局へおりていった。

ひとりになった永史は、冷えきった両手をコートのポケットに突っこみ、有楽町から銀座にかけてひろがるネオンの海をながめていた。晴海《はるみ》通りのビルの上に立つ地球儀みたいな形状をした森永《もりなが》の広告塔の側面に、「キャラメル」とか「チョコレート」とかいった赤い文字が流れている。銀座四丁目の交差点のほうで和光《わこう》の時計塔が、長く尾を曳《ひ》く鐘の音を響かせた。日本劇場の建物のむこうでは、完成して二年ばかりがたつ東京タワーが航空障害灯をまたたかせていた。

なんとしても葉子をさがし出したいと思った。核持ち込みの秘密を暴くという目的もあるが、彼女をさがす理由はそれだけではない。葉子は永史を信じるといったのだ。その信頼を裏切りたくないという気持ちが、永史に強い使命感をあたえていた。

しばらくして屋上の塔屋の出入口から、だれかが出てきた。懐中電灯を手にしたその人物は、鳩舎のあたりをひとまわりしたあと、手すりのまえにいる永史に近よってきた。

「なんだ、坪井さんですか」という声がして、懐中電灯の光線がさがった。

やってきたのは伝書鳩係の青年係員、須山道夫だった。

「よう、どうした？　今夜はきみが宿直当番か？」と永史は尋ねた。

「屋上へ人が出入りする気配がしたもんで、泥棒じゃないかと心配になって……。血統のいい伝書鳩を専門に盗んで、売り飛ばす連中もいますからね」

「ああ、そうか。こいつは人騒がせなことをして悪かった。夜風に吹かれて頭の整理をしたかっただけだよ」

暗がりのなかで須山は、口元に白い歯を覗かせた。ふだんは口数がすくなくて無愛想な感じもするが、思ったより人懐《ひとなつ》こいところがあるのかもしれない。

「そういえば、今日の昼間は一度もきませんでしたね」と須山はいった。

「一日じゅう外にいたんで、こられなかった」

「いまからクロノスと会いますか？」

鳩舎を一瞥《いちべつ》してから永史は首をふった。

「やめておくよ。鳩たちの寝込みを驚かしちゃかわいそうだからな」

ためらうような間のあとで、須山は遠慮がちに口をひらいた。

「あの……坪井さん。まえに佐々木さんから聞いたんですが、クロノスは戦争で死んだ伝書鳩の生まれ変わりなんですってね」

永史は返事に窮《きゅう》し、かすかな苦笑を漏らした。

「まさに生き写しで、生まれ変わりだとしか思えないんだ。すくなくともおれは、生まれ変わりだと信じているよ」

須山が満面に好奇心をみなぎらせて、くわしい話を聞きたそうにしているので、初代のクロノスのことを永史は話してやった。ついでに、首から紐《ひも》でさげている形見の脚環も引っ張り出した。佐々木にすら見せたことのない大切なものだ。それを他人に見せるのは、このとき須山に対してがはじめてであった。

永史がそこまでしたのは、鳩係の青年のすがたに、軍隊で鳩係をしていたころの自分を重ね合わせていたからだ。あの当時の永史と似たような年ごろの須山なら、より深い共感をもって彼の体験を理解してくれそうな気がした。

「うらやましいです」それが永史の話を聞いた須山の感想だった。

「うらやましい？」と永史は訊きかえした。

「失礼な言い方だったらすみません。でも、正直、坪井さんはそんな鳩と出会えていいなあと思ったんです。明和の鳩係がこれからもずっとつづいていくなら、坪井さんにとってのクロノスみたいな鳩と、おれも出会えたかもしれませんけど……」

そうだった、と永史は考えた。ここの鳩舎は今年いっぱいで閉鎖になるのだ。どうあがいても須山は、あと十か月で鳩たちと別れなくてはならない。そんなに鳩が好きなら自宅で飼えばいいという人もあるだろうが、そう簡単にはいかない。繁殖や訓練まで含めて伝書鳩の飼育を本気でやろうとしたら、それ相応の時間と金がかかる。須山みたいな勤労青年には、そのどちらも不足している。

須山の哀しみに釣りこまれて、永史も痛ましい気分になった。

「廃止の決定は、ほんとうに残念だった」

永史がいうと、須山はうつむいた。内心の動揺を押し隠すように、懐中電灯の光線をゆっくりと左右に打ちふった。やがて顔をあげた。

「佐々木さんが、まだ事務室にいますよ。寄っていきませんか？」

「うん。そうしよう」

須山といっしょに永史は事務室へ行った。

机のまえに腰をおろした佐々木は、一升瓶《いっしょうびん》から湯呑みにそそいだ酒を口へ運びながら、帳簿のようなものをめくっていた。

「こんばんは。遅くまで書類仕事ですか？」と永史は問いかけた。

佐々木は恥じるような顔をし、片手で自分の頭をつるりと撫でた。

「いや、なに……。むかしの鳩係の記録を見ていたら、妙に懐かしくてな、ついついこんな時間になっちまった。取材先や支局から鳩が一日に何羽も飛んできていた時代の日誌だよ」

廃止が決まって感傷的になっているのは、佐々木とておなじらしい。

「ところで、何かあったのか？」佐々木が口調を変えた。「こんな時間にくるのは珍しいじゃないか」

「ええ。ちょっと事情がありましてね、今夜は三階に近づけないんですよ」

「それじゃ、どこで寝る？　家へ帰るのか？」

「いえ。近くに自分の車を駐めてあるので、そこで寝ようと思っています。明日、その車で神奈川県の川俣町まで行く用があるんです」

「ほう……」佐々木はうなずき、すこし思案してからいった。「そういうことなら、どうだい？　ついでにひとつ頼まれちゃくれないか？　天気がよければ、車に鳩を乗せていって、むこうで放してほしいんだ。あっちの方面から五十キロ程度の訓練をやりたいのが何羽かいる。川俣あたりなら、ちょうどそのぐらいの距離だろう」

「わかりました。おやすいご用です」と、永史は二つ返事で引き受けた。

「すまんな。旅費が浮くんで係長も喜ぶよ」

それから永史は酒を勧められて、佐々木や須山と深夜まで語り合った。

結局、佐々木は終電をのがし、須山と宿直室に泊まった。

永史も車へは行かず、事務所のなかに椅子をならべてその上で眠った。

5　俊太

平成二十三年七月八日（金曜日）——午後零時三十六分

　アルバイトの昼休み、明和新聞東京本社の旧館の屋上で声をかけてきた初老の男——「須山道夫」と名前の書かれたＩＤカードを首からぶらさげている清掃員——にむかって、俊太は確認のために尋ねた。

「それじゃ、むかしここで明和の社員として、あなたは伝書鳩を飼う仕事をしていたんですか？」

「じつはそうなんだ」と、須山という名の男は答えた。「おれが伝書鳩係に見習いではいったのは、昭和三十四年の秋、十六のときのことだった。残念ながら翌々年の終わりには鳩係が廃止になっちまったから、二年ばかしの期間しかやらなかったけれどね」

「鳩係はどうして廃止になったんですか？」

「そりゃあ、通信の技術が進歩したからだよ。ほら、あそこに見えるのが、そのころ使っていた通信機のアンテナだ」といって須山は、屋上の塔屋の上に立っている太いアンテナをふりかえった。「あれのおかげで鳩たちは仕事を干されちまったのさ」

「鳩係がなくなったあとは、どうしたんですか？」

「鳩は希望する人間にもらわれていったよ。あのころ伝書鳩は愛玩《あいがん》動物として人気があったし、鳩レースもいまより盛んだったからね、みんな喜んで引き取ってくれた」

「係員の人たちは？」

「退職したり異動したり、いろいろだね。おれの場合は制作局へ配置転換になって、刷版《さっぱん》をつくったり輪転機をまわしたりして七年前の定年まで勤めた。そのあと明和グループの人材派遣会社に登録して、こうやって清掃員をやっているわけだ。面白いもんでな、最初は屋上の鳩舎で仕事をしていて、そのあとがずっと地下の印刷工場だろう。定年退職してから、ようやく一階から八階までの真ん中の階で働けるようになった。おれも出世したもんだよ。といっても、この建物はもうすぐ取り壊されちまうから、それまでの話だけどな」

須山はひとしきり笑ってから、真顔にもどり周囲を見わたした。

「しかし、ここへくるといつも思うんだが、新聞社のまわりも都市計画の工事がたびたびあって、むかしとはだいぶん変わっちまったなあ。おれが鳩の世話をしていた五十年前は、まわりに高い建物があんまりなくて、ここからの見晴らしもよかった。会社のまえの東京交通会館のビルは、まだ当時はなくて、その場所には東京都交通局の二階建ての庁舎が建っていた。有楽町駅の側《がわ》には、すし屋横丁っていう狭い繁華街が伸びていて、バラックの飲食店がごたごた軒《のき》をつらねていたっけ。数寄屋橋《すきやばし》のほうの有楽町マリオンのビルがいまあるところには、日本劇場と朝日新聞社があった。東京交通会館のむこうに最近また、丸井《まるい》とかイトシアとかいった新しいビルができて、南側はますます壁にさえぎられたみたいになっちまったけど、むかしは日劇や朝日新聞までまっすぐ見通せたんだ。それから晴海通りや外堀通りには都電が走っていたよ。あ、そうそう。有楽町駅のよこを走っている東海道《とうかいどう》新幹線、あれはまだ開通していなかった。東側の高速道路はすでにあったが、完成したばかりでさ、何年かまえまでは、そこには外堀川っていう川が流れていたんだぜ。その川を埋め立てて高速道路をつくったわけさ。東京オリンピックがひらかれることになって、外国のお客さんがきても恥ずかしくないようにっていうんで、東京じゅうをいじくりまわしている時代だったんだな、あの時分は」

語りながら須山は、からだの向きを変えていった。

「新聞社の北や西には、国鉄の線路をはさんで都庁関係の建物がならんでいた。もちろん明和新聞の新館はなかったし、その奥の白いビル——いまは商事会社が借りているが、まえは都庁の第三庁舎だったやつだが——あれも建っていなかった。東京国際フォーラムができたのも、もっとずっとあとになって都庁が新宿に移転してからだ。東京駅のほうの景色も、旧丸《まる》ビルが新丸ビルに建て替わったりして、あのころとはぜんぜん変わっちまったなあ……」

須山の説明を聞くうちに俊太は、従兄弟の優介が今朝していた話を思いだした。

「そういえば、むかしは明和新聞のほかにも、大手の新聞社がここらへんに集まっていたそうですね」

「ああ。昭和四十年代から五十年代にかけてよそへ移っていったけど、そのまえは全国紙がいくつか有楽町のまわりに東京本社をかまえていたんだ。さっきもいったが、まず数寄屋橋のたもとに朝日新聞があっただろう。それから外堀通り沿いの、いまプランタンがあるところに読売新聞が建っていた。あとは、ほら、あそこ――有楽町駅のむこう側に、以前はそごうデパートが借りていて、十年ぐらい前からビックカメラがはいっている読売会館という建物があるけど、あれの奥に毎日新聞があった」

「いまでも明和新聞だけがここに残っているのは、どうしてでしょうね?」と、試しに俊太は訊《き》いてみた。

「おう。みんな、それを不思議がっているよな……。時代がくだるにつれて会社のまわりもごちゃごちゃしてきて、トラックでの搬入搬出なんかも難しくなってきた。それに対して会社は、分散印刷をすすめて本社で刷る新聞の量を減らしたり、裏にわざわざ土地を借りて鍛冶橋《かじばし》通りのほうへ抜け道をこしらえたりして何とかしのいできたが、ほんとうはよその広い土地へ引っ越せば一発で解決する問題だったんだ」

須山は下唇を突きだし、一拍置いてからいった。

「はっきりしたことはわからんが、ほかへ引っ越さなかった理由は、上条さんがこの場所にこだわっているせいだと聞いたことがある」

「上条さんって、社長の上条さんですか？」

「そうだ。上条さんが代表取締役社長になったのは平成十年ぐらいのことだけど、それよりもっとまえの編集局の幹部だったころから、あの人は会社がよそへ移転しないように上へ働きかけていたらしいんだな」

「なぜ上条社長は、この場所にこだわっているんでしょう？」

「そりゃあ、おそらく有楽町という土地に対する愛着だろうな。明和新聞がこの建物を建てて、創業の地の銀座から引っ越してきたのが昭和十年だろう。それからもう七十五、六年たつわけだが、そのあいだこの場所でさまざまなことがあった。戦時中の空襲で大きな被害を受けたり、復旧したと思ったら今度は戦後の用紙難に見舞われたり、なんとか乗り越えて昭和二十年代の終わりには、読売のあとを追って関西へ進出して全国紙への道を歩きだしたり、と、まあ、ひと口じゃ語り尽くせないほどの歴史をこの有楽町で明和は積《た》み《た》かさねてきたんだ。――新聞社の歴史ばかりじゃない。上条さん自身が叩き上げの記者だからな。おれが伝書鳩係へはいった時代から、あの人は東京本社で働いていたんだ。この土地をはなれがたいという気持ちはよくわかる。これまで旧館を温存してきたのだって、この建物に思い出がたくさん詰まっていて、壊すに忍びなかったからじゃないのかねえ」

心の底でひそかに俊太は、須山の話の信憑性《しんぴょうせい》について吟味《ぎんみ》していた。移転しなかった謎に対する須山の解釈には、なんとなく上条社長の心情というよりも、須山本人の思い入れが反映しているような気がしてならない。それとも、そう感じるのは俊太が上条のことをよく知らないからで、実際には須山が主張したとおりなのか？

俊太の意識は自然と、上条社長がいま会議室を使用しているという新館の九階へむけられた。ここへ須山があらわれる直前に、俊太が目撃した白服の石崎老人は、すでにベランダからいなくなっている。

「そろそろ仕事にもどらんとな」腕時計に目をやって須山がいった。「なんだかひとりでぺらぺら喋《しゃべ》っちまって悪かったね。じゃあな、兄さん。邪魔をしたな」

須山はいったん立ち去りかけたが、すぐに足を止めて俊太を見た。

「あんたはこの建物で働いている人なのかい？」

俊太は、須山とおなじく人材派遣会社に登録し、八月まで倉庫整理のアルバイトをすることになっていると答えた。

「そうか。それじゃ、また会うかもしれないな」

にっこり笑い、今度はふりかえらずに去っていった。

＊

須山が去ったあと、俊太は手すりに両手をのせ、眼下の街を行き来するミニチュアサイズの通行人たちへ視線を落とした。

世の中には、いろいろな人がいるものだと思った。いましがた会った男は、十代のころから半世紀ものあいだ、この新聞社で仕事をしてきて、現在もなお、数か月後に取り壊されるビルのなかをせっせと掃除している。そんな生き方もあるのだ。

しばらくして俊太は顔をあげた。まあ、いい……。他人と自分の人生をくらべてみてもはじまらない。こっちもそろそろ午後の仕事にもどろう。

踵《きびす》をかえして塔屋へ行きかけた、ちょうどそのとき――

虚空《こくう》のどこかから突如あらわれ、自分のほうへむかって一気に迫ってくる黒っぽい影を、俊太は視野のすみに捉《とら》えた……。危ない！　それが何であるかを確かめるよりも早く、無意識のうちにからだが動いて、彼は身をかがめていた。

何かが頭の上をかすめ、鋭い風が通りすぎた。

俊太は急いで目を転じた。高速で波打つ灰色の物体が、空中をすっ飛んでいく。その物体は屋上の床へ斜めに突っこむかに見えたが、波打つのをやめて減速しながら浮かびあがり、南側にならぶ鳩舎のうち手前にあるほうへ接近した。

それは一羽の鳩だった。波打っているように見えたのは、鳩がふり動かす翼だ。なんだ、ただの鳩か、と俊太は思った。驚くほどのことではなかった。

鳩舎の到着台へ、鳩はふわりと降下した。そして、左右にからだを揺らしつつ台の上を移動し、半びらきになった引き戸のあいだから小屋のなかへひょいと消えた。

俊太は首をかしげた。半世紀前に打ち捨てられた鳩小屋は、いまでは土鳩《どばと》の住《す》み処《か》になっているのだろうか？

近よって到着台の下の金網越しに窺《うかが》ってみたが、壁や柱に邪魔されて奥のようすは判然としない。建物をまわっていくと、到着台とは反対の側に人間用の出入口と思われる扉があった。そこのガラス窓から内部を覗《のぞ》くことができた。

暗がりの床の上を、いまきた鳩がひどく興奮したようすで歩きまわっている。首を左右に忙しくむけて、何かをさがしているみたいだ。

上のほうの窓から差しこんだ明かりのなかを鳩がよこぎった刹那《せつな》、脚のところで鈍《にぶ》く光ったものがあった。短い筒のような器具が、鳩の脚に付いている。それを目にしてはじめて、鳩がふつうの土鳩でないことに気づいた。

世の中には伝書鳩を使ったレースを趣味にしている人たちがいて、ときおり競翔会《きょうしょうかい》がひらかれることは俊太も知っている。そういうレースに出場した鳩が道に迷い、たまたま見つけた鳩小屋へ助けをもとめてきたのかもしれない。何かをさがしているように見えるのは、水か食べ物が欲しいのではないのか？　もしそうだとしても気の毒なことに、鳩がたよってきたこの鳩舎は、久しく以前に使われなくなった廃屋だ……。

放っておけば、勝手にまた飛んでいくだろうか？　助けを必要としているのなら、手を貸してやりたい気もするが、どうすればいいのか判断がつかない。

困惑した俊太の頭に浮かんだのは、さっき会った須山という男の顔だった。むかし鳩係をしていたのだから、迷子のレース鳩の扱い方もわかるはずだ。

あの人に相談してみよう。それがいい。

旧館のどこかにいる須山を見つけるために、俊太は小走りに鳩舎をはなれた。

6　永史

昭和三十六年二月十六日（木曜日）——午前七時五分

銀座の街並のむこうから明和新聞の社屋へ、まぶしい朝の光が差してきた。明るさを増していく空には雲ひとつなく、冬晴れの一日になりそうだった。

永史が寝ぼけまなこをこすりながら屋上へ出ていくと、鳩舎のところで佐々木たちが放鳩訓練に出す鳩の準備をしていた。鳩舎のなかから須山が鳩を見つけてきて、それを佐々木が受け取り、体調などをこまかく検査した上で、籐《とう》で編《あ》んだバスケット形の輸送籠《かご》ふたつに分けて入れている。

「今日頼みたいのは、生後八か月の雄鳩六羽だ」と、佐々木は永史に説明した。「三羽ずつ二組にしておくよ。五十キロ台ははじめてだから、それぞれに先導役もつける」

先導役の鳩をつけるのは、佐々木が独自に考案した方法だった。

放鳩訓練のさいに鳩舎からの距離をだんだん伸ばしていくと、三十キロからさき、五十キロあたりまでの帰還率が格段に悪くなることが、鳩の飼育者たちのあいだでは経験的に知られていた。帰還率の低下の理由はよくわからない。伝書鳩は鳩舎への帰巣《きそう》ルートを判定するのに距離や状況に応じて何種類かの能力を使い分けており、それらの能力のどれもが不確実になるのが三十キロから五十キロの範囲なのではないかという仮説も立てられているが、いまのところ明確な答えは見つかっていなかった。

この〈魔の領域〉ともいうべき三十キロから五十キロの訓練に若鳩を送りだすとき、佐々木はとくべつの注意を払った。放鳩する距離を伸ばすごとに、おなじ距離から最低でも三度の反復訓練をさせる。最初の一、二回は原則として単独放鳩はせず、数羽の群れにして集団放鳩する。さらに初回はかならず、その群れにガイドの役割を果たすベテランの伝書鳩一羽をつけるのである。かつて佐々木がこのガイドをつける方法を鳩界《きゆうかい》の専門誌に発表したところ、それだと群れのリーダーにたよって帰還する癖がつくだけで、個々の鳩の発達訓練につながらないという反論がよせられたが、佐々木の考えは揺るがなかった。ベテランの鳩が先頭に立って未熟な鳩たちに手本を示すことによって、難易度の高い距離を帰巣するための感覚や技術や自信を身につけさせ、将来的にそれが単独放鳩したときの帰還率の向上につながるのだと彼は固く信じていた。

適性の低い鳩は容赦《ようしゃ》なく脱落させて淘汰《とうた》し、先天的に優《すぐ》れた遺伝子だけを残せばいいというスパルタ式の訓練がおこなわれるなかで、佐々木のやり方は特異といえた。どんな鳩でもチャンスをあたえないまま見捨てることはできない。可能なかぎり手を尽くして、一羽でも多くを立派な伝書鳩に育ててやりたい。そんな思いが根底に流れている。軍用鳩調査委員会の時代から三十年以上も鳩と付き合ってきた佐々木は、人間のために働いてくれる伝書鳩たちに感謝し、一羽一羽を尊《とうと》いものに感じているのだろう。

群れの先導役の鳩は、佐々木みずからが小屋へはいって選んだ。

最初に鳩係の主任は、〈はやて〉という愛称の灰二引の羽色をした雄鳩を連れてきて、かたほうの籠へ入れた。つぎに奥へ行ってもどってきたとき、彼は口元を緩めていた。

「もうひとつの組には、こいつをつけてやろう」

佐々木がつかんでいる鳩に、永史は目を見張った。クロノスだ！

クロノスも永史を見ると興奮して、佐々木の手のなかで嬉しそうに身動きした。

「いいんですか？」と永史は尋ねた。

笑みを深めて佐々木はうなずく。

「迷い鳩になるようなやつじゃ困るからな。クロノスなら心配はいらん。かならず帰ってくる。——それに前々から坪さんは、一度クロノスを飛ばしてみたいと話していただろう？　待っていても取材じゃ、そういう機会はめぐってきそうもないしな……」

永史は感激し、佐々木に礼をいった。

「でも、クロノスは飛ぶのが速いから、ほかの鳩を置いてきぼりにしませんかね？」

「五十キロ程度であれば、それほど差はひらかないさ。多摩川《たまがわ》のこっち側まで引っ張ってきてくれれば御《おん》の字《じ》だ。ほかの鳩がはぐれても、そこらへんからなら自力で帰ってこられるだろう」

佐々木はクロノスを籠に入れて蓋《ふた》を閉じ、上から目隠しの布をかけた。

携帯用の飲水器や、餌《えさ》のはいった小袋、通信用紙の綴《つづ》り、脚に装着する通信管など、ひととおりの道具を永史は預かった。

「じゃあ、川俣へ着いたら、組ごとに放鳩しますから」

「手間をかけるな。よろしく頼むよ」

車まで送ると須山がいい、両手に籠をさげて付いてきてくれた。

永史と須山は七階からエレベーターに乗り、一階までまっすぐにおりた。時間が早いので、途中だれとも会わなかった。駅前から外堀通りへつづく会社のまえの道も、人影がまばらで閑散としている。

高速道路上の無料駐車場に、永史は車を駐《と》めていた。彼の愛車は、東洋《とうよう》工業が去年発売したＲ３６０クーペという大衆向けの軽自動車だ。三十万円という、ほかの車にくらべたらかなりの低価格で、安月給の彼でも割賦《かっぷ》販売で手に入れることができた。車の機動力の強みは取材を通じて身に染《し》みていたから、いずれ何かに役立つだろうと考えて自家用車の購入に踏み切ったのだが、やはり買っておいてよかった。

R360クーペの後部座席は、人間の大人が乗るには少々窮屈《きゅうくつ》すぎるものの、伝書鳩の輸送籠を積むにはじゅうぶんの広さだった。

籠を積み終えた須山は、作業着の上衣のボタンをいじりながら、まだ何かいいたそうにして車のよこに立っている。

本来なら放鳩訓練は須山の務めだったのかもしれないと、このときになって永史ははじめて気づいた。須山が楽しみにしていた仕事を自分が奪ってしまったのだとしたら、申し訳ないことをしたと反省した。

「ほんとうは、きみも乗せていってやりたいところだが、とくべつの用事があるもんだから。すまないな」

永史がそういうと、須山は浮かない顔でかぶりをふった。

「いいんですよ、そんなことは」足元を見つめ、思い詰めたような調子でいう。「それよりも坪井さん。伝書鳩係がなくなっちまったら、おれ、どうしたらいいんでしょう?」

エンジンをかけたまま、永史はいったん車からおりた。

「佐々木さんとは、もう話したのか?」

「話しました」と須山は答えた。

「佐々木さんは何といっていた?」

「鳩係がなくなったら、どこかべつの部署へ移ることになるだろう。それが嫌ならやめてもかまわない。どちらにするかは自分で決めろって……」

「そうか」

「おれ、鳩を相手にしているのが好きだし、佐々木さんの下でもっと働いていたいんですよ。だから、いまの仕事場がなくなったあとのことなんて考えられないんです」

すこしたってから永史は口をひらいた。

「伝書鳩は飛ぶべき方向をどうやって決めているんだろう？」

須山が顔をあげた。

「え？」

「想像してみたことはあるか？　伝書鳩は見ず知らずの場所へ連れていかれても、鳩舎のある方角を正確に割りだし、長いときには一千キロ以上にもわたる旅をして自分の巣へもどってくる。すすむべき方向を鳩はどうやって知るんだろうか？　不思議だよな。でも、鳩は実際にそれをやっているんだ。たぶん鳩は正しい答えを頭で考えて導きだしているんじゃない。感じ取っているんだと思う。——おれは迷ったり行き詰まったりして答えが出せなくなったときには、伝書鳩を見習うことにしている。考えるのをやめて直感にしたがうんだ。頭をからっぽにして心の声に耳を澄ませば、すすむべき方角がおのずと見えてくることもある。まだ時間はあるのだし、その方法をきみも試してみたらどうかな？」

須山の口元に、じょじょに晴れやかな笑みがひろがっていった。何もいわずに帽子を取り、彼はぺこりとお辞儀をした。

永史は笑いかえした。そして車に乗りこんだ。

窓ガラスのなかから須山に片手をあげ、川俣へむかって彼は出発した。

＊

自動車の運転をはじめて日が浅く、東京周辺の道路を熟知しているとはいいがたい永史は、ときおり車を路肩に停《と》めて、地図で確認しながら運転した。

都内から川俣方面へは、二級国道の二四六号線を使うのがわかりやすいようだった。有楽町から皇居《こうきょ》のお濠《ほり》のわきを通って三宅坂《みやけざか》へ行き、赤坂見附《あかさかみつけ》、青山《あおやま》、渋谷、三軒茶屋《さんげんぢゃや》を経て、二子橋《ふたこばし》で多摩川を渡った。

後部座席にいるクロノスたちのことを考えると、自然と心が弾《はず》んだ。長らく機会に恵まれなかったが、こうして鳩といっしょに出かけるのはいいものだ。

しかし永史は、すぐに気持ちを引き締めた。浮かれてばかりもいられない。今回はピクニックへ行くわけではないのだ。本来の目的はあくまでも、山岸葉子をさがすための手がかりを得ることだ。

川崎《かわさき》市、横浜市を横断し、その近辺で見つけた食堂で朝飯を食べた。さらに大和《やまと》市から綾瀬町《あやせちょう》の米軍厚木飛行場をかすめて海老名町《えびなちょう》へはいり、厚木市へきたところで国道をそれて、ようやく川俣町に到着した。川俣の市街地を抜け、田畑のあいだや森のなかをしばらく走ったところに、目的地の飛行場はあった。

米軍川俣飛行場は滑走路が短く、大型輸送機が離着陸できない上に、周辺に河川や丘陵があって拡張が困難であることから、その使い勝手の悪さのせいで、十数キロはなれた厚木飛行場の補助的な位置づけをされてきた基地だった。朝鮮戦争のころにはそれなりに活用され、日本海の対岸の戦場へむけて戦闘機がひっきりなしに出撃していたが、休戦協定の調印後はそれも途絶えた。昭和三十年代にはいり、基地を根城にしていた部隊がよそへ移動するにおよんで、川俣飛行場は閉鎖に等しい状態に置かれ、それでも返還はされずに無人のまま放っておかれた。

そんな飛行場に最近、米軍機がまた飛来するようになったという。それは何を意味するのだろう？　四方を森でかこまれ、近くに人家がほとんどないここは、秘密の軍事演習をするには打ってつけの基地といえる。葉子の話していた核持ち込みの演習が、現実にこの飛行場でおこなわれているのか？　このまえの日曜から月曜にかけて、いったいここで何が起こったのだろうか？　そして、葉子はどこへ消えたのか？

木々のあいまを抜けて未舗装のでこぼこ道をどんどん走っていくと、正面に有刺鉄線付きのフェンスが見えてきた。その手前のT字路で永史はブレーキをかけた。

時刻はすでに十時をまわっている。車の外へ出て伸びをし、長時間の運転で凝《こ》りかたまった筋肉をほぐした。

基地のまわりに人の気配はなかった。いま走ってきた未舗装路と直角に、乾いた土の道が飛行場の敷地に沿って一直線に伸びていた。フェンスの内側には人の背丈を超える高さの灌木《かんぼく》の茂みがつづいていて、滑走路やそのほかの施設を直接見ることはできない。目隠しの目的で、わざと繁茂するにまかせているのかもしれない。

車にもどった永史は、後部座席に乗っているお客さんたちのことを考えた。あたりをくわしく調べるまえに、佐々木から託された用事を片づけることにした。

道を左に折れ、基地を取り巻くフェンス沿いに車をすすめていくうちに、かたわらの森が切れて野原のようになっている箇所を発見した。そこならフェンスとのあいだに適当な距離をあけられるので、飛行場の側のひらけた空間にむかって放鳩しても、鳩が鉄条網に引っかかる心配はなかった。

まず永史は、〈はやて〉が先導役を務めるほうの籠を車からおろした。なかで暴れて怪《け》我《が》などしていないか一羽一羽ていねいに調べたあと、適量の水を飲ませた。

鳩通信専用の薄葉紙《うすようし》の綴りをひろげ、「一組目、十時二十五分、川俣飛行場付近にて放鳩。坪井」と鉛筆で記した。用紙のあいだにカーボン紙をはさんでおいたので、おなじ文面のものが四通できあがった。それぞれ折りたたんで通信管に入れ、〈はやて〉とほかの三羽の脚に付けた。

永史は鳩のはいった籠をもち、野原の真ん中まで出ていった。

「迷わずに帰れよ。道草を食うんじゃないぞ。隼《はやぶさ》や鷹《たか》に気をつけてな」

そんな言葉をかけながら、地面に置いた籠をすこしかたむけ、蓋を全開にする。

四羽の鳩は両翼を羽ばたかせて籠からつぎつぎに飛びだし、フェンスの上を急角度で駆けあがっていった。

小さな編隊になった鳩たちは、滑走路の上空で旋回した。こんなときに米軍機がやってきたらジェットエンジンに吸いこまれてしまうのではと永史は危ぶんだが、さいわいそんなことも起こらず、彼らは無事に北東の方角をめざして移動しはじめた。

四羽が木々の梢《こずえ》のかげに消えるまで見送ってから、永史は車にもどった。

残りの組の放鳩は多少時間を置いてからにしたほうがいいだろうと考え、車をまた発車させた。あたりに目を配りつつ、ゆっくりと走っていく。

数分がすぎたころ、森のむこうに低い丘があらわれた。――その丘のことは、横浜支局の記者から聞いて知っていた。十三日の封鎖の一件で取材の応援に駆けつけた記者に、永史はあらかじめ電話をかけて、いろいろと前知識を得ておいたのだ。記者は基地のなかを観察するために南東の側にある丘にのぼったと話していた。

丘の近くで車をふたたび停め、旅行鞄《かばん》をもって偵察に出かけた。道路のきわからはじまる緩やかな傾斜をのぼり、丘の頂《いただき》に立った。横浜支局の記者がいっていたとおり、そこからは飛行場の全体が一望できた。

緑地帯にかこまれて灰色の帯のような滑走路が伸びている。それを隔《へだ》てたむこうには丹《たん》沢《ざわ》山地の山々を背景にして、角張った管制塔や蒲鉾《かまぼこ》形の格納庫を含むいくつかの建物がならんでいた。こうしてながめるとたしかに、こちらのほうが厚木飛行場より規模が小さいようだ。離着陸する機影はなく、駐機している機体も見あたらない。鞄から双眼鏡を出して覗くと、建物からすこしはなれたゲート付近に、白い星のマークをつけたジープやトラックが駐車し、武器をもった兵隊が何人かいるのが認められた。

思い立って永史は、その丘の上からの光景と、葉子が残した写真とを見くらべてみた。写真のうちの何枚かは、うしろに写りこんでいる建物や滑走路の角度などが、目の前の景色とほとんどおなじである。ここだ。ここにまちがいない。葉子はこの丘にあがり、基地に飛来する米軍機を写真に収めたのだ……。

永史は丘をくだり、車のところへ帰った。

基地にまつわる謎はひとまずわきに置いて、クロノスが率《ひき》いる組の放鳩の準備をはじめた。輸送籠を車の外に出し、しゃがんで伝書鳩たちの状態を点検する。

クロノスの番がきて永史は、微笑《ほほえ》みながら話しかけた。

「やっと、おまえを飛ばせるチャンスがきたな。ほんとうなら大スクープのネタか何かを運んでもらえたらよかったんだが、残念ながら今回は訓練生の引率《いんそつ》だ。役不足なんてボヤかないで、ヒヨッコたちを鳩舎まで連れていってやってくれよ」

クロノスは「大丈夫です。まかせておいてください」というみたいに、永史の手のなかで軽く身動きをする。

そのとき、地面の小石を踏み鳴らして足音が近づいてきた。

作業の手を止めて、音のするほうへ永史は顔をむけた。

どこからあらわれたのか知らないが、男がふたり、ゆったりとした足取りで歩いてくる。どちらも日本人だ。ひとりは背広姿の三十代ぐらいの男で、頭髪を角刈りにしていた。べつのひとりはもうすこし若く、革のジャンパーを着ていて、数年前にデビューした若手スターの石原裕次郎《いしはらゆうじろう》に目鼻立ちがちょっと似ている。米軍基地には日本人の警備員も雇われているが、服装などから見てふたりは基地の関係者ではなさそうだ。

胸騒ぎをおぼえて永史は、籠のなかへクロノスをもどした。

そばまでくると、角刈りの男のほうが穏やかな面持《おもも》ちで切りだした。

「もしかして、明和新聞の坪井さんじゃありませんか？」

「あなた方は、どなたです？」と永史は問いかえした。

「坪井さんかどうか、こちらが訊いているんですよ」無表情な視線を永史の上に据《す》えたまま、角刈りの男が低い声でいった。

「どうして、ぼくの名前を知っているんだ？」

永史がそう応じるやいなや、角刈りの男は背広の内側へ右手を滑りこませた。外に出てきた手には、黒光りする自動拳銃が握られている。

「おれの指図《さしず》にしたがってもらうよ、坪井さん」打って変わった態度で、角刈りの男は宣言した。

自分にむけられた銃口を永史は見つめた。鼓動が速くなる。男たちを目にした瞬間から、こんなことになるのではないかという予感がしていた。

角刈りの男は立ちあがるように永史を促《うなが》し、銃で小突いて自動車のほうへからだを向けさせた。それからコートや上着やズボンのポケットを叩《たた》いて、入れてあった財布や運転免許証、手帳、万年筆などをすべて取りあげた。腕時計まで奪っていった。

道路を見張っていた革ジャンの男が、焦りと不安の入り混じった目つきで角刈りの男をふりかえった。

「おい、基地の兵隊に勘づかれたら事だ。早くずらかろうぜ」

「落ち着け。大丈夫だ」と角刈りの男がいった。「まさかおれたちがここへもどってくるなんて、アメ公のほうだって考えちゃいないさ。ぶつぶついってないで、そこにあるものを車に入れろ」そういって角刈りは、地面に置いてある鳩の籠へ顎《あご》をしゃくった。

「こんなもん、捨ててけばいいじゃねえか」

革ジャンの男がいいかえすと、角刈りは語気を強めた。

「どこから足が付くかわからないから、証拠を残すなと命令されているんだよ。いわれたとおりに早くやれ」

革ジャンはふて腐れたように下唇を嚙《か》んだが、しぶしぶ籠のほうへ身をかがめた。

「なかに何かいる……何だこりゃ……」

側面の格子《こうし》のあいだから覗《のぞ》けば、すぐに伝書鳩だと察しがつくはずなのに、よく見もせずに革ジャンの男は、籠の蓋をもちあげた。とたんに鳩の一羽が飛びだしてきて、男の顔をかすめて空へ舞いあがった。「うっ」と叫んだ革ジャンは、片手で顔面をかばいながら勢いよくのけぞった。角刈りの注意もそちらへ引きつけられる。

その一瞬を永史はのがさなかった。角刈りの男の右腕につかみかかった。

拳銃を取りあげようと揉《も》み合っているうちに、あっけなく永史は革ジャンの男に羽交《はが》い締《じ》めにされてしまった。角刈りのもつ拳銃の銃把《グリップ》が、鳩尾《みぞおち》に叩きこまれる。永史は腹を押さえて腰を折った。吐き気がして呼吸ができなかった。

「よけいな手間をかけさせやがって」角刈りの男は、苦悶《くもん》する永史に罵声《ばせい》を浴びせかけたあと、革ジャンにむかって怒鳴った。「おまえがぼやぼやしてるから、こんなことになるんだぞ。ほら、さっさと手を動かせ。おれはこいつを連れてさきに行ってるから、さっきの場所までこの車を転がしてこい」

革ジャンはぶつぶついいながらも、鳩の籠をR360クーペのなかへ入れた。

角刈りに腰を蹴《け》られて永史は立ちあがった。銃を突きつけられたまま、その場をはなれ、道路に沿って五十メートルほど歩いていく。そこで方向転換し、右手の森へはいった。

落ち葉を踏んでいくと、車一台がやっと通れる幅の枝道に出た。茂みのよこに隠すようにして、黒塗りのダットサンが駐車してあった。

数分後、革ジャンの男が永史のR360クーペを運転してやってきた。

車からおりてきた革ジャンに、角刈りは拳銃を渡して監視させておき、自分はロープで永史の手足を縛りあげた。永史はさらに目隠しの黒い布も巻かれ、ダットサンの後部座席へよこ向きに寝かされた。

「いいか、よく聞け」頭の上から角刈りの声が響いてきた。「これからドライブをすることになるが、途中でさっきみたいな妙なマネはするんじゃないぞ。これ以上、痛い目に遭いたくないだろう?」

そんなことをいわれなくても、腹に受けた一撃がかなり応《こた》えていて、当分のあいだは抵抗する気力など奮《ふる》い起こせそうになかった。

角刈りは永史の全身に毛布をかぶせた。もちろん、寒くないようにという配慮ではない。窓の外から見えないようにしたのだ。

運転席のドアが閉まり、ダットサンは走りだした。永史の車のほうには革ジャンが乗り、あとからついてきているようだ。

この連中は何者なのか？　葉子もこうして連れ去られたのだろうか？

これからどこへ連れていかれるのかは不明だが、もしかすると、これがこの世の見納めになるかもしれない。

せめて死ぬまえに、一連の出来事の真相だけでも知りたいと思った。

＊

目隠しによって視覚を遮断《しゃだん》され、身動きすらままならない状態で、永史の時間の感覚はじょじょに失われていった。車のなかですごした時間は、一時間ぐらいにも思えたし、三時間以上におよんだようにも感じられた。

走行音や振動を手がかりに、未舗装の道から平坦な舗装路へはいったとか、今度は右に曲がってスピードを速めたとか、そういうわずかな情報は得られたものの、どこをどう走っているのかは皆目つかめなかった。居場所を特定できない心細さが極まり、おのれの存在感すらも希薄になっていくようであった。

永史は自分の置かれている状況が、輸送中の伝書鳩と酷似《こくじ》していることに気づいた。運ばれるとき鳩たちは、狭い籠のなかに束縛され、目隠しの布をかぶせられる。彼らもこんな不安を味わっているのか……。

時がたつにつれて、後ろ手に縛られた手首にロープが食いこんできた。不自然によじった腰や、シートに押しつけられた肩も痛みだした。すこしでも楽な姿勢を取ろうと、可能なかぎりの努力を試みた。

やがて——

田舎道のような凹凸《おうとつ》の多い場所を走っていた車が、速度を落として停まった。

窓ガラスが巻きおろされ、角刈りの男が何者かにむかって報告した。

「例の男をつかまえてきた。うしろのやつは、この男の乗っていた車だ」

車内を覗きこむ人間の気配がした。

「ちょっと待っていろ」と相手はいい、足音が遠ざかっていった。

しばらくして、そいつはもどってきた。

「通っていいぞ」

角刈りが窓を閉めた。車は徐行しながら、また前進した。

走行音に変化が起こった。エンジンの唸《うな》りやタイヤの摩擦音に、ブーンという多少不快な響きがかぶさってきた。周囲に壁のようなものがあり、音が跳ねかえされて反響している感じだ。

そのうちに、ぼたぼたと天井に何かがあたる音がしはじめた。車輪が水を弾《はじ》き飛ばす音も聞こえる。ワイパーが動きだしてフロントガラスを擦《こす》っていた。——雨が降りだしたのか？　いや、川俣ではあんなに快晴だった。急に天候が悪化したとも考えられない。

その状況で、車は何分間も走りつづけたような気がした。

ややあって水音がやんだ。ワイパーのスイッチも切られた。

目的地に到着したらしく、車は完全に停車した。サイドブレーキが引かれ、エンジンの音も消えた。

静寂に満たされたと思った瞬間、車外から突然、金属同士がこすれるような軋《きし》みや、ぶつかり合うみたいな衝撃がつたわってきて、永史はちょっとびっくりした。

運転席からおりた角刈りの男が、後部座席のドアをあけ、永史をおおっていた毛布を剝《は》ぎ取った。ひんやりとした空気が、永史の頰や首筋を包んだ。

永史は車から引き摺《ず》りだされ、目隠しをはずされた。

広々とした洞窟の内部のような空間だった。天井までの高さは六、七メートルほど。左右に通った木材から、いくつかランプが吊《つ》るされ、弱々しい光を放っている。

停車したダットサンの後方には、永史のR３６０クーペが駐まっていた。さらにその背後に立ちはだかっているのは、両びらきの巨大な鉄扉《てっぴ》だった。鉄製の枠《わく》をリベットで打ちつけて補強された頑丈そうな扉である。さきほど永史を驚かせた音は、その鉄扉を閉ざした音だったのだろう。おそらく扉のむこうにも洞窟がつづいていて、そのずっとさきに外界との出入口がある。そこを車で抜けてきたと考えれば、走行音が反響して聞こえたことの説明もつく……。

永史のまわりには角刈りと革ジャンのほかに、自動小銃や短機関銃で武装した男がふたりいた。顔を見るかぎり彼らも日本人らしいが、角刈りたちとは異なり、戦闘服みたいな感じの濃い色の服を身にまとい、略帽《りゃくぼう》のような帽子をかぶっている。その服装は自衛隊の仕様でも米軍の仕様でもなく、もちろん旧日本軍のものともちがう。所属や階級を示すしるしは一切《いっさい》ついていなかった。

「隊長は司令室でお待ちだ」と、戦闘服の男のかたほうが角刈りにいった。

角刈りはうなずきかえし、かまえた拳銃をふって、永史を洞窟の奥へ歩かせた。革ジャンもあとにしたがった。

奥のほうには大型トラックが三台、幌《ほろ》をかぶせた荷台を鉄扉の方向へむけて、よこ並びに駐車している。どのトラックの車体にも民間の運送会社や製鉄会社の名前が書いてあって、兵隊のような格好の男たちとはそぐわない印象だ。

トラックの右手に、明るい光の差しこんでいる箇所があった。そのあたりは自動車を駐めてある場所よりも狭く、天井も低くなっていて、仄《ほの》白《じろ》く発光する水面《みなも》と、それをコの字形にかこむ小さな船着き場のようなものが見えた。船着き場のさきには、予想もしていなかった外部の景色がひろがっていた。思わず永史は歩調を緩め、食い入るようなまなざしをそそいだが、角刈りに背中を押されて、その光景はすぐに視界の外へはずれた。

見まちがいではなかった。永史が目にしたのは海だった。茶色っぽい岩場のむこうに海面がひろがり、かたむきかけた陽《ひ》を浴びて金色に輝いていた。どうやらこの洞窟は、どこかの海べりに位置しているらしい。

洞窟の端までくると、左手にコンクリート製の階段があった。そこをあがり、ところどころにランプの灯《とも》った坑道《こうどう》のような細い通路を抜けていく。

壁を通るケーブルやパイプが途中で寸断されていたり、横穴に錆《さ》びた機械が転がっていたりした。ここが何の施設であるにせよ、とうに廃《すた》れた場所のようだった。

通路の突きあたりで、ふたたび階段にぶつかった。踊り場を折れてのぼっていったところに、またひとり戦闘服を着た男が小銃をかかえて立っていた。

男のわきに部屋の入口のようなものが、ぽっかりと黒い口をあけている。扉がついていないが、以前はあったようで、壁のふちに金属の蝶番《ちょうつがい》だけが残っていた。

角刈りは目線で男に挨拶《あいさつ》し、部屋へはいっていった。

真ん中に古ぼけた木製の机があり、通信機と思われる装置が据えてあった。そのむこうにイヤフォンを耳にあてた、これも戦闘服姿の若い男がいて、角刈りにつづいて入室した永史を無表情に一瞥《いちべつ》した。

中央にぶらさがったランプの光は弱々しく、部屋の四隅には深い闇《やみ》が落ちていた。

「アラキ隊長」角刈りが呼びかけた。「明和新聞の坪井という記者を拘束してきました」

暗がりで何か白っぽいものが動いたように見えた。威厳に満ちた声がかえってくる。

「すべて命令どおりに遂行したろうな?」

「はい、抜かりはありません。川俣基地のそばで今朝から見張っていたら、十時過ぎにこいつがきましたので捕らえました。現場をだれにも目撃されていませんし、証拠となるようなものも残しませんでした」

「よろしい。ご苦労だった」

ランプの光のもとに声の主が出てきた。初老の男だ。頬がこけて頬骨が異様に目立つ風《ふう》貌《ぼう》をしている。頭髪も眉《まゆ》毛《げ》も真っ白で、さっき暗闇のなかで動いたのは、その男の銀髪だったらしい。戦闘服の腰のホルスターから突きだした拳銃の銃把《グリップ》が、照明に反射してぼんやりと輝いていた。

男の立ち居振る舞いからは、有無をいわせぬ威圧感と鞭《むち》のような攻撃性が感じられた。こういった雰囲気をただよわせた連中を、軍隊時代に永史はさんざん見た。旧日本軍の将校たちだ。目の前にいる男も元軍人ではないかと思った。

「嗅《か》ぎまわっていた新聞記者というのは、こいつか」と初老の男はつぶやき、永史を見つめた。

　思い切って永史は口をひらいた。

「そういうあんたは何者だ？　ここで何をやっている？　山岸葉子という女子学生を連れ去り、今度はおれまでつかまえてきて、よほど人にさぐられては困るようなことをしているらしいな」

「おい、貴様……」角刈りが永史の襟首《えりくび》をつかんだ。「言葉づかいに気をつけろ」

「気にせんでもいい」初老の男は角刈りを制し、面白がるような目つきになった。「この記者もまた、マッカーサーと戦後民主主義という慈《いつく》しみ深い養父母に育てられ、新しい価値観を植えつけられた日本人のひとりなのだ。あのコーンパイプをくわえた老兵の表現を借りていうならば、戦争に負けてヨチヨチ歩きの赤ん坊からやり直しを余儀なくされた日本人は、いまやっと十五歳。多少の知恵がついて口答えができるぐらいの年ごろになったわけだ。生意気なのも無理はない。——しかしな、若さは活力にもつながるが、道を踏みはずしかねない危うさをも内包している。ほんとうに危険なのだ、この国の現状はな」

　さらに数歩、初老の男は永史に近よった。

「新聞記者よ。せっかくだから教えてやろう。われわれは自分たちのことを〈維新決死《いしんけっし》隊《たい》〉と呼んでいる。わたしは隊長のアラキだ」

「維新決死隊？　目的は何だ？」

永史が訊くと、間髪を入れず相手は答えた。

「日本をコミュニストの脅威から守り、同時にアメリカの呪縛からも解き放つ。それがわれわれの使命だ。これまでの政府は手ぬるすぎた。だから去年のように、赤色革命の一歩手前というような危機的状況にも陥《おちい》るのだ。このまま行くとアカどもがどんどん幅を利《き》かせて、日章旗の赤は赤旗《せっき》の赤に取って代わられるだろう。そうならなくとも、アメリカ人にいいように牛耳《ぎゅうじ》られて利用されつづける運命だ。永田町にぬくぬくと居すわっている腑《ふ》抜《ぬ》けたちに、もうこれ以上、国の舵取《かじと》りをまかせてはおけない。いまこそ維新の風を興《おこ》して、アメリカにも共産主義にも左右されない、独立した国家のあり方を確立せねばならん」

「つまり、クーデターを起こすということか……。現在のこの国でクーデターなど、そう簡単に起こせるものかな？　決起する人間は何人いる？」

「戦術的に有効な切り札さえあれば、兵隊の数など関係ない」

「かりに国の中枢を制圧できたとして、あとはどうするつもりだ？」

アラキと名乗る老人は、腕を組み、ふふんと鼻で笑った。

「そんなことまで心配してもらわなくともよい。図に乗るな。おまえをここへ連れてきたのは、われわれを取材させて記事を書かせるためではないのだからな。そろそろ口を閉じて捕虜らしくしてもらおうか」

アラキ隊長はあらぬかたへ目をやった。

「この捕虜の処遇についてだが、エノモト副隊長、おまえはどうすべきだと思う？」

「はっ」思いがけず永史のよこ手の暗闇から、低いが明瞭《めいりよう》な発音の声が答えた。「こうして拘束した以上は、いかほどの脅威でもありません。ほかの捕虜と同等の扱いでよろしいかと思います」

エノモトという名前を耳にした永史は、古い記憶を刺激され、からだの芯《しん》をなんともいえない戦慄《せんりつ》が駆け抜けていくのを感じた。闇から聞こえた声にも、どことなく聞きおぼえがあった。とはいえ、まさか、あの柄本であるはずがない。彼は死んだのだから。

「そうだな。よかろう」アラキ隊長が応じた。「こいつを監房へ連れていけ」

角刈りの手が永史の肩にかかり、出口のほうをむかせた。

「自分も同行します」と声がして、暗がりからエノモト副隊長と呼ばれた男がすがたをあらわした。

その顔を見た瞬間、永史は悪い夢でも見ているような気がした。それは永史の知っている柄本にそっくりだった。最後に彼を見てからずいぶんたっているが、この暗さのなかで見ても本人にまちがいないと確信できた。鋭い光をたたえた白目の勝った双眸《そうぼう》。角張った顎。たくましい首や肩の筋肉。何もかもが昔のとおりだ。

あの柄本がなぜここにいる？　クロノスを殺したのとおなじ迫撃砲弾の炸裂《さくれつ》で、柄本軍曹も戦死したのではなかったか……。血まみれになって倒れているところを永史はたしかに目撃したのだ。

部屋を出ると、エノモトと呼ばれた男は先頭に立って歩きだした。銃身でつつかれた永史も、反射的にエノモトのあとについて歩きはじめる。

死んだはずの男の背中をながめながら、そういえば、どことも知れぬこの薄暗い場所には、冥府《めいふ》にふさわしい冷気と陰鬱《いんうつ》さがただよっていると永史は考えた。アラキと名乗る老人やそのほかの戦闘服の連中は、祖国の敗北に悔いを残した軍人たちの亡霊で、そいつらが戦後十五年以上を経過した現在でも大日本帝国の再興を夢見て、維新だのクーデターだのと空騒《からさわ》ぎをやっている。ここはそういう地獄なのだといわれても、いまだったら信じてしまいそうだ。

くねくねとつづく暗い通路をすすみ、階段をくだり、何か所かで折れたさきに、すこしひらけた場所があった。長方形のその空間の右手に、五、六メートルの距離を置いてふたつの扉がならんでいた。

維新決死隊の隊員がそこにもひとりいて、すみの椅子《いす》に所在なげに腰をおろしていたが、エノモトを見ると起立して敬礼をした。

永史とエノモトを追い抜いていった角刈りが、隊員から鍵束《かぎたば》を受け取り、手前にある扉に近づいた。

「そっちじゃない。奥の監房だ」と、すかさずエノモトがいった。

ふりかえった角刈りは、当惑したような表情をしている。

「でも、副隊長、奥のほうには……」

「いいんだ。手前にいるやつらと記者をいっしょにしたくない。念のためだがな」

エノモトの説明を聞いて、ようやく角刈りは納得し、奥の扉へ移動した。

南京錠《なんきんじょう》が解錠され、閂《かんぬき》がはずされて、扉がひらいた。

「はいれ」と角刈りが永史に命じる。

真っ暗な内部のようすを確かめるようにしながら、永史はそろそろと足をすすめた。

そこには、ひとりの先客がいた。毛布にくるまって奥の壁ぎわに座りこみ、驚いたように永史を見あげている。

永史の背後で扉が閉まり、監房のなかの人間も闇に包まれた。といっても、完全な暗黒ではない。扉の上部の目の高さに、ポストの口みたいによこに広い小窓があいていた。監房のまえに吊るされたランプの明かりが、そこから差してきている。

小窓から永史が外を覗くと、エノモトもこちらを見ていた。エノモトは唇の端をわずかにあげて笑ったようだった。全身の皮膚《ひふ》が粟立《あわだ》つのを永史は感じた。

エノモトは角刈りと革ジャンのほうへむき直った。

「おまえたちは、ここの見張りにもどれ」

監房のまえに角刈りたちを残し、最初にいた隊員とともにエノモトは、さきほどの司令室のほうへ引きかえしていった。

扉からはなれて、永史はふりかえった。

監房の暗がりにうずくまっているのは、山岸葉子だった。

7　俊太

平成二十三年七月八日(金曜日)——午後零時五十八分

屋上から七階へおりた俊太は、伝書鳩係の元係員でいまは清掃員をやっている須山道夫のすがたをさがしてまわった。

須山とおなじ薄いグリーンの制服を着た中年の女性が、階段のそばの窓ガラスを拭《ふ》いていた。その人をつかまえて俊太は尋ねた。

「清掃の須山さんは、いま、どこにいるでしょうか?」

「え、須山さん?　一階下じゃないかしら」

俊太は女性に礼をいい、階段をくだって六階の廊下を足早にすすんだ。

モーターの低い唸《うな》りが聞こえてきた。音のするほうへ行くと須山がいた。T字形の長いハンドルのさきに円筒形のモーターと回転式のブラシのついた、ポリッシャーという清掃器具を使って、リノリウムの床を磨《みが》いている。

「お仕事中、すみません」と俊太は声をかけた。

ポリッシャーを停止させて、須山はふりかえった。

「よう、あんたか。何か用かい？」

屋上の鳩舎の廃屋へ舞いこんできた鳩のことを、俊太は手短に話して聞かせた。

「迷子のレース鳩？　そうか。ちょっと行って見てみるかな」

やりかけの仕事を切りのいいところまで片づけた須山は、清掃器具を廊下の端へよせてから、俊太とならんで歩きだした。

「なに。迷い鳩がきたからって、そんなに慌《あわ》てる必要はないんだ。怪我《けが》なんかしていたらべつだが、飛行の能力に支障さえなければ、すこし休んでから自力でまた飛び立っていくこともあるからな」

「もしも飛んでいかなかったら、どうすればいいんですか？」

「ふつうのレース鳩は、所属団体や登録番号の書かれた脚環を付けているから、それで問い合わせをして飼い主へ連絡してもらうことができる。団体の脚環のほかに、持ち主自身の名前や連絡先を書いた私製の脚環が付いている場合もある」

鳩飼いの経験者である須山が落ち着き払っているので、なんとなく俊太も安心し、少々騒ぎすぎたかなと反省した。

屋上に着くと、問題の鳩のいる鳩舎へ俊太は須山を導いていった。須山は入口の小窓からなかを覗《のぞ》き、扉のノブをまわして足を踏み入れた。

俊太もあとにつづき、後ろ手に扉を閉めた。使われなくなって半世紀を経た小屋には、埃《ほこり》と黴《かび》の臭《にお》いがただよっていた。

扉のすぐ内側は、作業場のような感じのよこに広いスペースだ。その奥は中央に壁があって、左右ふたつの部屋に分かれている。それぞれの部屋の両側には、仕切り棚のようなものが作り付けられており、前面に細い格子《こうし》のはまった区画が縦横につらなっていた。

「鳩舎のなかって、こんな構造をしているんですね」

「そうさ」須山は壁ぎわの仕切り棚を指さした。「あそこに学校の下駄箱みたいなやつがあるだろう。あれは巣房といってな、数十センチ間隔《かんかく》で仕切られた小部屋のひとつひとつが、番《つがい》になった伝書鳩の巣なんだよ。あのなかで鳩の夫婦が卵を産んだり抱いたり、孵《かえ》った雛《ひな》を巣立ちまで育てたりするんだ」

説明しながら屋内を見まわしていた須山は、左の部屋の巣房のひとつから止まり台のようなところへひょっこりあらわれた鳩に目を留めた。

「いたいた。あいつだな」

「土鳩じゃないですよね？」

「ああ、土鳩じゃない。伝書鳩だ。土鳩とくらべたら、格段に立派な体つきをしているだろう？　おや、驚いたな。通信管を付けているぞ」

「そうでした。さっき言い忘れましたけど、脚に筒状の器具が……。通信管っていうんですか、あれ？」

「うん。通信文を小さく折りたたんで、あの管に入れるんだ。おなじやつを新聞社でも使っていた。――どうやら、ただのレース鳩じゃなさそうだ。すこしでも速く飛ばせたいレースに、通信管みたいな重荷をもたせて出すはずがない。それにしても、いまどき通信管なんて珍しいよ。わざわざ鳩で通信をしようっていう人がまだいるんだな」

部屋の入口にしゃがみこみ、須山は口笛を吹いた。鳩は首をかしげ、ようすを窺《うかが》うみたいにまばたきしていたが、やがて下へおりてこちらへ歩いてきた。

いきなり須山が、床に両膝《ひざ》を突いて鳩に顔をよせた。

「あれ？　この鳩、まさか……」そうつぶやいたきり絶句する。

「どうしたんですか？」と俊太は訊《き》いた。

「気のせいだ。目の錯覚だよ」なかば自分に言い聞かせるように須山はいったが、すぐに首をふる。「いや、ちがう。錯覚なんかじゃない」

須山はためらいがちに手を伸ばし、背中から両翼へ指をまわすようにして鳩をつかまえた。鳩のからだをよこ向きにすると、左右の脚にひとつずつ金属の脚環がはまっている。

その脚環に須山は瞳を近づけた。

「やっぱりそうだ！」

何か異常なものを見るような目つきで、須山は手のなかの鳩を凝視《ぎようし》した。

「こんなことってあるんだろうか……」

須山の顔はこころもち蒼《あお》ざめている。

事情がよく呑《の》みこめないまま、俊太は尋ねた。

「その鳩を知っているんですか？」

茫然《ぼうぜん》とした感じで須山はうなずいた。

「脚環に小さい文字が刻んであるだろう？」

いわれて俊太は脚環を覗きこんだ。

「ええと、左の脚環には『明和』っていう漢字のあとに、四桁の数字が書いてありますね」その数字を一、三、〇、八、と彼は読みあげた。

「一三〇八。その番号は忘れもしない」と須山はいった。「おれたち係員は、『一散《いっさん》にわが家』っていう語呂合わせでおぼえていたんだ」

「右の脚環には、カタカナで『クロノス』と書いてありますけど」

ふたたび須山がうなずく。

「〈明和一三〇八号〉通称クロノス。——五十年前にこの新聞社で飼われていた伝書鳩だよ。当時うちにいた鳩のなかでは、一、二を争う優秀なやつだった。静岡の山中に旅客機が墜《お》ちたとき、事故現場の写真をいち早く届けて社長賞に輝いたこともある」

「それがこの鳩だっていうんですか？　そもそも鳩って、そんなに長生きしますか？」

「鳩の寿命は、せいぜい二十年が限度さ」

「それなら、これが五十年前の鳩だなんて、あり得ないですよね？」

最後の問いには答えず、須山はいまだ驚きの冷めやらぬ面持《おもも》ちで、なおも鳩を見つめている。その緊張が伝染したのか、鳩が落ち着かなげに身動きした。

鳩を解放してやってから須山は、何かを思いついたように立ちあがった。

「ちょっとここで待っていてくれ」そう俊太に告げると、鳩舎を出て塔屋《とうや》のほうへ駆けだしていった。

十分ほどで須山はもどってきた。両手で何かをかかえている。直径三十センチほどの円筒形をした陶製の器《うつわ》だった。

「むかし鳩係の事務室だった部屋に、古い道具がすこし残っているんだ」と須山は俊太に説明した。「これは飲水器といって、鳩に水を飲ませるのに使う容器だよ」

すでに水を入れてきたらしく、須山はその容器を鳩のまえへ置いた。

飲水器の側面にあいた穴へ頭を突っこみ、鳩は夢中で喉《のど》の渇きを癒《いや》しはじめた。

「水を飲むんだから、鳩の幽霊じゃなさそうだな」須山は低く唸り、両手で頭をかかえこんだ。「からだの灰胡麻《はいごま》の模様といい、頭のうしろの逆毛といい、付けている脚環とい
い、何から何までクロノスとおなじだ。いったいぜんたい、このクロノスはどこからきた

んだ？　何がどうなっているのか、おれにはさっぱりわからない……」

「ねえ、須山さん」脳裏《のうり》にふと湧《わ》いてきた疑いを俊太は口に出した。「これが、だれかの悪ふざけということは考えられませんか？」

須山は顔をあげて眉《まゆ》をひそめた。

「悪ふざけ？」

「たとえば、そのクロノスという鳩とそっくりな鳩をどこかから見つけてきて、おなじような脚環をはめて放したとか」

腕組みをして須山は考えこんだ。

「エープリル・フールじゃあるまいし、そんな手の込んだいたずらをして何の得がある？　――それに、ほら、見てみろ」

須山に指摘されて俊太が目をむけると、いつのまにか水を飲み終えた鳩が、片方の翼だけをひろげ、飲水器のまわりを反時計回りにひょこひょこと歩いてめぐっていた。ひょうきんな鳩のダンス。ふつうの状況でその光景を見たとしたら、俊太は吹きだしていたはずだ。

「あれは、むかし鳩舎のなかでクロノスがよくやっていた癖だ。仮にだれかがいたずらを仕組んだのだとしても、あそこまで鳩にやらせるのは無理じゃないか」

「それじゃ、やっぱり――」

「ああ……」いまだに信じられないといったようすで首をふりながら須山は答えた。「どういうわけかは知らないが、おれたちの目のまえにいるこの鳩は、五十年前にこの鳩舎にいたあのクロノスなんだよ」

一分近くものあいだ須山は鳩を見おろしてから、ぼそっと付け足した。

「よくよくクロノスは、不思議なことに縁のある鳩だと見える」

「まえにも何かあったんですか？」

「じつはクロノスは奇妙な事件とかかわっていてな……。あれについては箝口令《かんこうれい》が敷かれていたんだが、いまならもう話してもかまわないだろう。あんた、聞きたいか？」

「ええ。ぜひ聞かせてください」

「それじゃ話すが、この新聞社の社会部に、坪井永史さんという記者がいた。もとは軍隊で伝書鳩を扱っていた人で、クロノスが大のお気に入りだった。鳩係にしょっちゅう顔を出してはクロノスと遊んでいた。なんでも、坪井さんが軍隊時代に可愛《かわい》がっていて死んだ伝書鳩――その鳩もクロノスという名前だったが――それと明和新聞にいるクロノスとが瓜二《うりふた》つだということで、明和のクロノスが軍隊にいたクロノスの生まれ変わりだと坪井さんは信じていたんだな。クロノスという名前も、軍隊時代の鳩にちなんで坪井さんが命名したものらしい……。で、肝心《かんじん》の事件のことだが、伝書鳩係が廃止になったのとおなじ年、昭和三十六年にそれは起きた。二月の中旬ごろだったと思うが、取材のついでに鳩の訓練を手伝ってくれることになって、坪井さんはクロノスをはじめ八羽の伝書鳩を連れて、神奈川県の川俣町にある米軍基地まで自動車で出かけていった。そして、そのまま行《ゆく》方知《え》れずになっちまった。坪井さんが連れていって川俣で放すことになっていた八羽の鳩のうち、五羽はその日のうちに会社の鳩舎へもどってきたが、クロノスを含む残りの三羽は帰ってこなかった。ここまでが事件の前半だ」

短い間を置いて須山はつづけた。

「後半部分だが、坪井さんがいなくなってから一週間ほどして、また妙なことが起こった。突然クロノスが鳩舎へもどってきたんだ。調べてみるとクロノスは、坪井さんの手紙をたずさえていた。その文面はまるで退職願のような内容で、今日かぎりで明和新聞をやめさせてもらうといったことが書かれていた」

「へえ……退職願を伝書鳩で送ってきたんですか？」

「しかし、その後も坪井さんは行方不明のままで、何があったのかはわからず仕舞いになった。坪井さんは、どんな相手にも媚《こ》びない一匹狼的なところのある記者だったから、社内にはそれなりに敵もいた。社会部長とも仲が悪くて揉《も》めていたので、坪井さんが自分の意志で逐電《ちくでん》したんだと考える連中も多かったよ。あとからクロノスが運んできた手紙も、それを裏づけるような内容だったしな」

「須山さんは、どう感じたんですか？」

「それが、いまでもよくわからないんだ」いいながら須山は、困惑したように額《ひたい》のあたりを指で掻《か》いた。「じつは明和の社員のうちで坪井さんと最後までいっしょにいたのは、おれだった。あの人が出かけた日の朝、おれは伝書鳩を入れた籠《かご》をもって駐車場の車まで見送りにいった。そのせいで、あとでいろんな人から、別れぎわの坪井さんのようすを訊かれたよ。見たかぎりでは、坪井さんにとくに変わったところはなかった。おれの悩み事の相談なんかにも乗ってくれて、それじゃあ行ってくるぞって気軽な感じで、ふつうに出発していった。だから、行ったさきで何かの事件に巻きこまれたんじゃないかと思ったりもしたが、クロノスが運んできた手紙を見ると、そうではないようにも思えた。はっきりとした判断をくだすには、あまりにも不可解な手がかりしかなかった」

話が途切れると、ふたりの視線はおのずと足元の鳩へむけられた。

しばらくして俊太がいった。

「あのう……鳩の脚に付いている通信管ですけど、あれを調べてみたらどうでしょう？なかに手紙がはいっているかもしれませんよね」

「そうか！」須山は右のこぶしで左の手のひらをポンと叩《たた》いた。「どうして、もっと早く気づかなかったんだろう？」

さっそく須山は腰を落とし、手を出しかけたものの、そこで動きを止めた。

「待てよ。おれはもう明和の社員じゃないんだ。これが本物のクロノスだとしたら、会社の通信文を勝手に読むのはまずいんじゃないかな？　だれか社員に知らせるべきだろうか？　鳩係がなくなったいまは、どこの部署へ話を通せばいい？　連絡部か？　総務部か？　それとも警備……ええい、面倒くせえ。おれが代理でやっちまえ」

鳩をつかまえた須山は、元鳩係らしい手際のよさで、その脚から通信管をはずした。通信管はアルミ製らしく、直径が一センチぐらい、長さは四、五センチほどだ。キャップのような形状の部分を引っ張ると、それに付属した内筒が出てくる。小さくまるめた紙がそこに突っこんであった。

「あんたのいったとおりだ。通信文がはいっている」

須山は紙を抜き取り、すばやくひろげた。一読して驚愕《きょうがく》の表情を浮かべる。

「これは坪井さんの手紙だよ！」と彼は叫んだ。「五十年前にクロノスが運んできた退職願とは、またちがう内容だ。坪井さんは、どこかで助けをもとめている」

8　永史

昭和三十六年二月十六日（木曜日）——午後四時二十分

「おい、ブンヤさん。運がいいよなぁ、あんた」と革ジャンの男はいった。「若い娘と相部屋にしてもらえてよ」

扉の小窓から覗《のぞ》きこむ革ジャンの表情は、光を背にしているのでよくわからないが、その下卑《げび》た話し方からすれば、満面にニヤついた笑みを張りつかせているのは確実だった。

「けどよ、変な気は起こすんじゃないぜ。おれたちがちゃんと見張ってるからな」

へへへ……という嘲笑を残して、黒い頭部が小窓から消えた。

さきほどから角刈りと革ジャンは、時間を置いて代わる代わる扉のまえへきて、懐中電灯で監房の内部を照らし、永史と葉子をながめていく。まさか実際に永史が葉子に手を出すなどと考えているのではあるまい。捕虜の脱走を本気で警戒しているふうでもない。たんに暇《ひま》を持て余しているだけなのだろう。

革ジャンがいなくなってから永史は、監房のなかへ目をむけた。闇の奥に葉子の顔がおぼろげに浮かんでいる。彼女が口から吐く息も、寒さのせいで仄白《ほのじろ》く見えた。

腕時計を取りあげられているので正確なところは不明だが、監房へ入れられてから一時間以上が経過したのではないか。

そのあいだに永史はまず、自分のいる場所の状況を把握しようとした。暗闇を手さぐりで歩きまわり調べたところでは、おおよそ四メートル四方の部屋であった。壁も床もコンクリート製。扉のみ木造だが、分厚い板を継ぎ合わせてあるようで蹴破《けやぶ》ることはできそうになかった。

つぎに彼がしたのは、葉子の話を聞くことだった。

葉子がいなくなったのは日曜で、今日が木曜だから、すでに四日間、彼女は囚《とら》われの身でいることになる。防寒用の毛布や食べ物をあたえられ、そのほかの点でも最低限の人間的な扱いは受けているという。健康を害しているようすもないので、すこし安心した。

葉子はここにくるまでの経緯を説明した。

十二日の日曜――葉子が行方不明になった日、やはり彼女は川俣飛行場にいた。そこへ足を運ぶのは、そのときが十数回目だった。いつも鉄道とバスを乗り継いで川俣町へはいり、最寄りのバス停から飛行場までは歩いて通っていた。

そもそも葉子が川俣飛行場に注目したのは、知り合いが見たという例の核持ち込みの報告書に、その名前が出てきたからだ。米海軍の核搭載機による演習には、おもに川俣基地が使われているらしい。そこへ行けば、核持ち込みの確証が得られるかもしれないと考えたのだ。これもまた永史が推測したとおりだった。

毎回かならず米軍機がくるとはかぎらなかった。一機も飛来せずに空振りで終わる日もあった。米軍機がきてカメラで撮影できたときには、東京へもどってから、写真学校生の友人に頼んで現像と焼き付けをしてもらった。

問題の日の午前中、飛行場に到着した葉子は、いつもと同様フェンスの外の丘にのぼって、茂みのあいだから基地を観察した。

川俣飛行場は閉鎖同然の基地で、ふだんは無人の状態だが、いままでの経験からいえば、演習のおこなわれる日にかぎっては米軍があらわれる。管制塔や格納庫のまえに軍用車が駐《と》まり、ゲート付近にも警備の兵士が立つので、遠くからでも一目瞭然《いちもくりようぜん》だった。その日、基地内に人の気配はなかったから、演習もないだろうと葉子は踏んでいた。午後の適当な時間まで待って、何ごとも起こらないようなら早めに引きあげるつもりでいた。

ところが、予想に反して十一時ごろ、東の空に一機がすがたを見せた。後退角《こうたいかく》付きの主翼の下に双発のジェットエンジンを装備した外観から、米海軍のＡ３Ｄスカイウォーリア艦上攻撃機だとすぐにわかった。Ａ３Ｄは基地にむかって降下し、そのまま着陸した。従来の演習なら二機目、三機目がつづいてくるのだが、そのときは一機だけだったので、葉子はちょっと意外に思った。

滑走路の端に停止した機体の下のハッチがひらき、飛行服を着た乗員が三名おりてきた。双眼鏡で覗くと、乗員のうちのひとりが、ほかのふたりに拳銃のようなものをむけている。ますますおかしいと葉子は感じた。

その直後にゲートのほうから、三台のトラックが米軍機へ走りよった。トラックは米軍のものではなかった。そのあたりの道路で見かける日本の民間の車輛《しゃりょう》だった。十人以上の人間がトラックから出てきて、A3Dの機体と乗員を取りかこんだ。

何か異常なことが起こりつつあると察した葉子は、そのようすをカメラに収めようとした。しかし距離がありすぎた。もっと近くから撮影しようと、急いで丘をくだった。フェンス沿いに駆けていくと、草むらから突然、小銃を手にした日本人の男が飛びだしてきて、彼女はつかまってしまった。

男がトランシーバーでだれかと連絡を取った。何分かすると基地内にいたトラックの一台がやってきて、葉子は持ち物をすべて取りあげられ、幌《ほろ》付きの荷台に乗せられた。そこには米軍機の乗員二名が、銃を突きつけられて乗っていた。もうひとりの乗員がどこへ行ったのかはわからない。そしてアメリカ人とともに、葉子はこの場所へ連れてこられた。車に揺られていた時間は、二時間前後だったと思う。永史のように目隠しはされなかったが、幌が邪魔で外の景色は見えず、ここがどこだか見当もつかないと葉子はいった。

ひととおりの話を聞き終えたあとで、永史は尋ねた。

「すると、隣《となり》の監房に入れられているのが、そのとき捕らえられた米軍機の乗員たちなのか?」

「ええ」と葉子は答えた。「はじめのうちは英語で抗議したり悪態をついたりしていたけれど、いまはあきらめたみたいです。昨日あたりから静かになりました」

なるほど、と永史は考えた。角刈りがむこうの房へ永史を入れようとしたとき、エノモトが止めたわけが理解できた。アメリカ人たちと話をして、永史がよけいな知識を仕入れるのを嫌ったのだ。

「ここにいる一味は、何をたくらんでいるのかしら?」と葉子がつぶやいた。

「それについて多少のことはわかった」と永史は答えた。「あの連中は維新決死隊という組織をつくり、クーデターを計画している。川俣飛行場の出来事も、その計画の一部なんだろう。米軍機の乗員を拉致《らち》してきたということは、彼らを人質にして日本や米国の政府へ何か要求を突きつけるつもりなのかもしれない」

「坪井さんは、どうしてつかまったんですか?」

「山岸さんの行方をさぐるために動きまわったのが、目障《めざわ》りだったんだと思う」そこで永史は、自分宛てに葉子が残した写真を見て川俣飛行場へ行き、ふたり組に拘束されたことをかいつまんで説明した。「どういう方法で察知したのかは知らないが、今日ぼくが川俣へ行くことも、連中へ筒抜けになっていたみたいだ」

「わたしが坪井さんを巻きこんでしまったようなものね。ごめんなさい……」

「ぼくは自分の意志でこの一件にかかわったんだ。きみが気にすることはないさ」

——そんな会話をふたりが交《か》わしてから、何十分かがすぎている。

どこかの海辺の地中にあるとおぼしきこの場所は、すきま風がはいってくることはないが、空気はつめたくて湿度が高かった。コートを染《し》み通ってくる冷気に耐え、自分の膝《ひざ》を両腕で抱くようにして永史はうずくまっていた。

「坪井さん、寒いでしょう？」葉子が一度だけ声をかけてきた。「こっちへきて、この毛布を半分かけたら？」

「いや、大丈夫だ」と、さりげなく永史は断わった。ふたりで一枚の毛布にくるまっているところなどを見たら、また革ジャンがちょっかいを出してくるだろう。あいつにからかわれるのは癪《しゃく》にさわる。

寒さを我慢しながら、永史は考えをめぐらせた。

川俣飛行場に一機だけ着陸した米軍機は、葉子の監視している演習に参加したものではなかったのか？　どのような経緯でそこへおりてきたのだろう？　乗員のひとりが仲間に銃をむけていたのは、その兵隊が維新決死隊とグルだったということか？　米兵ふたりが事件に巻きこまれたのに、その事実を在日米軍はなぜ秘匿《ひとく》している？　維新決死隊とのあいだに、すでに何らかの交渉がはじまっているのか？　さきほどアラキ隊長が口にした「戦術的に有効な切り札」とは、拉致してきた乗員のことなのか？　さまざまな疑問が浮かんでは消えていく……。

そのとき小窓から、懐中電灯の光が差しこんできた。

角刈りの声がして、入口のそばに腰をおろしていた永史は、部屋の奥へ移動するようにいわれた。その言葉にしたがうと、錠のはずれる音がして扉がひらき、拳銃をかまえた角刈りと、それにつづいて革ジャンがはいってきた。

「ほら、飯だぞ」そういって革ジャンは、二個の缶詰を乱暴に床へ置いた。蓋《ふた》はあけられており、金属のスプーンが突き立ててある。

「早く食えよ」と革ジャンが急《せ》かした。角刈りも革ジャンもその場にじっと立ち、永史たちが食べはじめるのを待っている。缶詰の蓋や食器を捕虜がくすねて武器として使うのを防ぐために、食事のあいだじゅう監視するつもりなのだと永史は気づいた。念の入ったことである。

ここで意地を張って断食《だんじき》しても消耗《しょうもう》するだけだと判断し、永史は素直に缶へ手を伸ばした。触れると温かみがあった。いったん加熱したのが時間を置いて冷めたのだろう。缶の容器には飾りがなく、市販の食品ではなさそうだ。自衛隊で支給される戦闘糧食《レーション》かもしれない。中身はチャーハンだった。味が濃くて油が鼻についたが、最後まで食べきった。

隣で葉子も黙々と食べていた。

　食事がすんで扉が閉ざされたあと、投げ捨てられた空き缶が床を転がっていく音が、扉越しに響いてきた。永史が耳を澄ませると、革ジャンが文句をいうのが聞こえた。

「捕虜の世話なんてつまらねえ仕事、どうしてさせられなくちゃいけねえんだ？　一応おれたちだって決死隊の隊員だろう？　自衛隊じゃねえからって、あいつら差別していやがるんだぜ」

「まあ、そう腐るな」なだめる調子で角刈りがいった。「実戦部隊の連中とちがって、おれたちは戦闘訓練を受けていないんだ。最初から諜報《ちょうほう》活動や後方支援の役回りという条件で参加したんだから、しかたがないさ」

　維新決死隊の隊員のなかで戦闘服を着ているのが自衛隊からの参加者で、私服の角刈りと革ジャンはよそからくわわった者なのだろう。

「じゃあ、いよいよ作戦開始ってことになっても、おれたちは置いてけぼりかよ」

「しっ……」と角刈りが鋭くいって、革ジャンを黙らせた。

　通路を足音が近づいてくる。小窓から永史は盗み見た。やってきたのはエノモトだった。

「おまえたちは飯を食ってきていいぞ」角刈りたちにむかってエノモトがいった。「そのあいだ、おれがここにいる」

いるようすだ。革ジャンの愚痴《ぐち》が聞こえてしまったのではと心配している節《ふし》もある。

「え……副隊長、いいんですか？」角刈りが訊《き》きかえした。エノモトの真意を計りかねて
「かまわん。三十分したらもどってこい」

角刈りと革ジャンはちらりと顔を見合わせ、そそくさと去っていった。

監房に背をむけていたエノモトが、しばらくしてふりかえった。永史と視線が合う。ゆっくりと歩いてきた。戦闘服におおわれた筋肉質のからだが、扉から一メートルほどはなれた場所で立ち止まった。

「こんなところで会うなんて、世間は狭いな。坪井一等兵」

すこし間を置いてから、永史は応《こた》えた。

「生きていたんだな、柄本軍曹」

扉のむこうにいる男は、悪夢の産物などではない。現実に生きている人間だった。

「ほかの連中の手前、さっきは知らん振りをしておいたが、せっかくだから挨拶《あいさつ》ぐらいしとこうと思ってな。おれが死んでいなかったので、さぞかし残念だろう？　え？」

ガラス玉のように無機質なくせに、妙に力強い光を放つ柄本の両眼に見すえられ、永史は落ち着かない気分になった。――そうだ。柄本軍曹は、こういう目をした男だった。柄本と行動をともにしているあいだじゅう、永史はその目に苦しめられたのだ。

「あの戦闘で、おれはたしかに瀕死《ひんし》の重傷を負った」と柄本はいった。「だれにどうやっ

て助けられ、どこで手当てを受けたのか、そのあたりのことは何もおぼえちゃいない。何か月も生死の境をさまよい、意識がもどったのは戦争が終わったあとだった」

「そこで死に損《そこ》なったあんたが、今度は決死隊の副隊長か？　こんな計画になぜ参加した？」

永史が問うと、柄本の面《おもて》にかすかな喜悦の色がよぎった。

「長いことおれは、自分が死ななかったわけを、敗戦国のみじめな負傷兵として生き残ったことの意味を考えつづけた。自衛隊の幹部学校へ行って教官のアラキさんと出会ったとき、その疑問にようやく答えが得られた。アラキさんの思想に共鳴したおれは、日本をよみがえらせる仕事にくわわることにした。おれが生かされたのは、やるべきことが残っていたからだ。アラキさんの手助けをせよという、それは天の声だったんだ」

「馬鹿な！」我知らず永史は叫んでいた。「クーデターなど起こして、政府を倒して何になる？　新たな混乱を生みだすだけだぞ。大勢の日本人の血が流される時代に、また逆戻りさせたいのか？　武力だけで理想的な世界を築くことができないのは、おれたちが経験したあの戦争で証明済みだろう？」

「変わらんな、おまえは。軍鳩《ぐんきゅう》の相手しか務まらんような腰抜けのくせに、口だけはいつも勇ましかった。さすが記者になっただけのことはある。言論の自由だとか、ペンは剣より強いとかいった気取った理屈をつけて、他人の揚げ足を取ることしかやらない新聞には、まさに打ってつけの人材だよ……。おまえのような甘っちょろい人間には理解できんかもしれんがな、国を売り渡そうとする奸賊《かんぞく》の類《たぐ》いは、一人《いちにん》たりとも残しておいてはならない。どんな犠牲を払ってでも、武力をもって一掃《いっそう》すべきなんだ」

小窓の枠を挟んで、永史は柄本と睨《にら》み合った。柄本のまなざしは錐《きり》のようで、眼底がちりちりと熱くなるのを感じたが、永史はぐっとこらえて目線をそらさなかった。

「あんたたちは狂っている。狂信者に率《ひき》いられた過激派の集団だ」

「狂信者だと？　捕虜の分際で言葉に気をつけろ！　おまえを始末することなど、いつだってできるんだぞ。いいか。アラキ隊長を侮辱することは許さん。あの人は立派な軍人だ。つねに日本のことを考えて行動してきた」

「日本のことを考えている人間がそもそも、ふつうの女子学生をつかまえてきて、こんなところに何日も監禁しておくか？」そういって永史は、監房のなかにいる葉子をふりかえった。「彼女は川俣飛行場にたまたま居合わせた目撃者にすぎない。おれはともかく、彼女だけでも解放してやってくれ」

「そうはいかん」柄本はつめたく言い放った。「その娘は『ふつうの女子学生』などではない。われわれにとっては予備の切り札なんだ」

相手の言葉の意味がわからず、永史は勢いを削《そ》がれるかたちになった。

「予備の切り札？　どういうことだ？」

「なんだ、わからんのか？　それなら本人に訊けばいい。人から話を聞きだすのは得意だろう？」猪首《いくび》の上にのった四角い顔をかたむけ、柄本はせせら笑った。「まあ、いまさら何がわかったところで、われわれの邪魔立てをすることはできんがな……。弾薬の補給を絶たれた兵隊もつらいが、ペンを奪われた記者というのも、なかなか哀れなもんだな」

それが捨て台詞《ぜりふ》だったらしく、柄本は踵《きびす》をかえして反対側の壁ぎわへ歩いていった。あとは永史への興味を失ったようすでそっぽをむき、黙然と煙草を吸っていた。

永史も扉のそばをはなれた。コートの襟《えり》を掻《か》き合わせて監房のかたすみに腰をおろした。葉子が待ちかまえている気配がしたが、どう尋ねていいのかわからず、すぐには話しかけられなかった。

すると、彼女のほうからさきに口を切った。

「いまの人と知り合いなんですね」

「ああ……。偶然だが、兵隊に取られていたときの上官だった」

「あの人がいったことの意味をわたしに訊かないんですか？　知りたいんでしょう？」

永史に対する葉子の態度には、最初に新宿の映画館で会ったときのような突《つ》っ慳貪《けんどん》な感じはなく、口調ももっと丁寧《ていねい》になっていた。

「話してくれるのか？」

葉子はうなずいた。

「坪井さんには、いつか打ち明けるつもりでいましたから。——じつは、わたしの父は久《く》地正芳《じまさよし》といって、外務省の官僚なんです。二年ほど前から情報局という内部部局の局長をしています」

永史は疲労で混濁《こんだく》しかけていた頭が、にわかに冴《さ》えたような感じがした。

そうか。だから「予備の切り札」なのか。維新決死隊が用意した切り札は、あくまでもべつにある。しかし、従来の計画に支障が出た場合などに、補助的な戦略手段として利用できるかもしれないと考え、外務官僚の関係者である葉子を確保しているのだ。

「きみのお父さんのことを連中はどうやって知ったのかな？　きみが話したのか？」

葉子はかぶりをふった。

「わたしは何もいいませんでした。どうしてかは分からないけれど、ここへ連れてこられたとき、あの人たちはもう父のことを知っていたみたいなんです」

「あらかじめ調べてあったんだろうか？　すると、やつらが山岸さんをつかまえたのは、たまたま事件の現場を見られたからではなく、最初から計画のうちだったということになるが……」

「なるほど、そうかもしれない。でも、わたしなんか人質に取ったところで、父が何かの要求に応えるとは思えません。父にとってわたしは、ただのお荷物ですもの……。名字がちがうことからも想像できるでしょうけど、父といっても久地正芳は、戸籍上の正式な父親ではないんです。母は新橋《しんばし》で芸者をしていたころ、すでに妻子がいた父と知り合って、わたしを産みました」

藤枝の調査で、品川の実家に出入りする男のことや、どうやら葉子の母親がその男の愛人であるらしいことはつかんでいたが、口を挟まずに永史は耳をかたむけていた。

「考えてもみてください。学生運動で安保反対を叫んでいるわたしが、当の安保改定を押しすすめている側の人間の娘なんですよ。それを知ったときのみんなの反応がこわくて、わたしはだれにも父のことを話せなかった。もちろん父のほうでも、わたしが運動をしていることに冷や冷やしていた。もし醜聞《しゅうぶん》として報道でもされたら、職場での父の立場はまずくなりますものね。だから去年の六・一五のデモでわたしが逮捕されたときも、父はただちに手をまわしてわたしを釈放させた。まっさきに監獄から出られたことを仲間たちは不審がって問い詰めてきたけれど、わたしは何も答えられなかった。それで警察のスパイじゃないかなんて噂《うわさ》も立てられて……」

葉子は寂しそうに笑い、毛布のなかへ顎《あご》をうずめた。

「そういえば、坪井さんと最初に映画館で会ったとき、わたしを尾行していた人がいたでしょう？　あれは父が雇った興信所の人間なの。父はわたしが何か跳ねあがった行動を取らないか見張らせて、自分のところへ逐一《ちくいち》報告させていたんです。だから、わたしはデモとかアジトへ行くときには、そのたびごとに尾行を撒《ま》く必要があった。ときには撒くこといっぽう母は父との約束を破らなければならないこともありました。——いっぽう母は母で、わたしの運動のせいで父に見かぎられるのではないかと恐れていた。たしかに父は、品川の家へはだんだん寄りつかなくなっていたから、母の懸念は正しかったのかもしれない。思えば、母は気の毒な人です。父の寵愛《ちょうあい》が母の拠《よ》り所《どころ》のすべてなんですものね。でも、わたしは母の価値観に合わせて自分の生き方を変えるわけにはいかなかった。それで早い時期に家を出ることにしました。わたしがいないほうが、父にとっても母にとってもいいと考えたんです」

永史はいろいろなことが腑《ふ》に落ちた。葉子が仲間に秘密主義者だと陰口を叩《たた》かれ、ほかにも何かと誤解を受けつづけたのは、彼女の置かれた苦しい立場から否応《いやおう》なしに生じたことだった。家を出て友人のアパートを転々としたことにも、たんなる家族との衝突を越えた複雑な理由があったのだ。

「ひとついいかな?」と永史はいった。「きみが川俣飛行場から連れ去られたとき、尾行していた興信所の人間はどうしていたんだろう?」

「残念ながら、あそこまでは付いてきていなかったと思います。川俣飛行場へ行くときには毎回、列車を何度も乗り換えて、確実に尾行を撒くようにしていましたから。わたしが川俣へ通っていることが父に知れたら、核持ち込みの演習の情報を得たことに勘づかれてしまうかもしれませんし」

「ということは、その情報の仕入れ先は、外務省の関係者だったわけか」

「そうです。まえに話したとき、秘密の書類を盗み見た人物を仮に『A』と呼びましたけど、その人の本名は谷村《たにむら》といいます。父・久地正芳の直属で働く事務官です。谷村は久地正芳に仕えるうちに、私事の方面で使い走りのような仕事もするようになった。わたしが高校生のころから、父の代わりに毎月の生活費を届けにきたりして、品川の家へよく出入りしていた。日常的に生じるこまごまとした問題の相談にも乗ってくれて、最初はとても親切な人に思えました。ところが何年かたつと、狡猾《こうかつ》でいけ好かない本性をあらわしてきて……。母には誠実そうにふるまうくせに、わたしには馴《な》れ馴れしくなり、そのうちに言い寄ってくるようになったんです」

話がすすむにつれて、葉子の口調は震えるような緊張を帯びていった。

「はじめは戸惑《とまど》いました。でも、そのころもう学生運動をやっていたわたしは、谷村の下心を逆手に取れば、情報源として利用できることに気づいた……。谷村がもってくる話は、おもに安保にかんするものでした。仕入れた情報は出どころを上手にごまかして、指導部のほうへ流していました。――今回の核持ち込みの件では、さすがに谷村も事の重大さを理解していて、すぐには教えてくれなかった。聞きだすのに、とても苦労しました」

そこで葉子はうつむき、口を閉じてしまった。これ以上のことには触れたくないという無言のメッセージが感じられた。監房内にひろがった沈黙のなかで、凍りついたように彼女は動かなかった。その黒い影からは、憎悪や呪詛《じゅそ》にも通じる刺々《とげとげ》しい雰囲気と、傷ついた者の悲しみとが同時にただよってきていた。

核持ち込みに関連した谷村の漏洩《リーク》と引き替えに、葉子がどんな種類の代償を払ったのか、永史は直感的に理解していた。それが彼女自身の意志にもとづく行為だったのだとしたら、痛ましいと考えるのは、かえって葉子への冒瀆《ぼうとく》になるだろう。葉子の勇気や努力を無駄にしてはならないと、彼はそのことのみを心に誓った。

しばらくして永史は立ちあがり、小窓から外を覗いた。

角刈りと革ジャンが見張りにもどり、柄本はすでに去っていた。

＊

伝書鳩たちはどうしているだろう、と永史は考えた。

彼のR360クーペは最後に見たとき、地下施設の入口の洞窟に駐められていた。鳩の輸送籠《かご》はまだあの車のなかに置かれているのか？　あそこは気温が低すぎはしないか、携帯用の飲水器の水は足りているかと、鳩たちの身の上を永史は案じた。

川俣飛行場で革ジャンがうっかり輸送籠をあけたとき、飛んでいったのが一羽いたが、あれはクロノスだったのではないか？　だとしたら、すくなくともクロノスは安全だ。それともあれはべつの鳩で、いまもクロノスは籠のなかにいるのか？

永史にとっていちばんの気がかりは、柄本が何かたくらんだりしないかということだった。さっきここへきた折、柄本はとくに言及しなかったが、永史の車に新聞社の伝書鳩が積まれていることをやつは知らないのだろうか？　角刈りたちが報告を怠った可能性はある。――でも、柄本が自分で車を調べて鳩の存在に気づいたら？　永史への嫌がらせとして柄本は、鳩に危害をくわえるのではないか？　そう考えて永史はぞっとした。

もちろん、危険が迫っているのは鳩たちばかりではない。利用価値のない永史は、いつ処分されてもおかしくないし、やつらにとっての「切り札」である米兵や葉子だって、状況が変われば、どうなるか知れたものではない。

いったい、これからどうなるのか？

維新決死隊のクーデター計画の全貌《ぜんぼう》はいまだ不明だが、アラキや柄本の話を聞くかぎり、現在の政府や政治体制を根こそぎ転覆《てんぷく》させるのが彼らの最終目標であるらしい。昨夜面会したさいに数馬が「この国では新しい戦争が起こっておるよ」といったのは、まちがいなくこの件を指していたのだ。「新聞記者や学生などには、とても太刀《たち》打《う》ちできるような問題ではない」とも数馬は語った。永史はこうして葉子とともに拘束され、図らずもその言葉を証明したかたちになってしまった。

暗がりの底でつめたい床に座り、さきのことに思いを馳《は》せていると、永史の肩や膝は小刻みに震えだした。寒さのせいだと考えたかったが、そうでないことは明らかだ。戦場で命のやり取りをした経験があるとはいえ、人間の本能のなかに死への恐怖が組みこまれている以上、こうした場面になれば、やはりこわいと感じるものなのだ。

自分の恐怖を葉子に悟られないよう、永史は全身に力を入れて震えを押さえこもうとした。目をつぶると、脳裏《のうり》にさまざまな思考や記憶が溢《あふ》れだす。新聞社のこと、伝書鳩のこと、軍隊のこと、戦争のこと……。それらが雑然としたひとつの流れとなって、疲労で混濁した頭のなかで渦を巻いた。

渦のなかから、ひとつの声が響いてきた。

──無理して死ぬこつなかとよ、永史。

父・鼎一の声だ。それは永史が出征する前夜、鼎一が彼にかけた言葉だった。

昭和十八年の秋、永史は東京の私立大学の法学部二年に進級したばかりだったが、新たに公布された在学徴集延期臨時特例によって徴兵検査を受け、その年のうちに学徒兵として召集された。入営の日が迫り、明日は入隊先の兵営がある熊本へ出発するという晩のこと、鼎一と永史は笹塚の家の居間でむき合って座っていた。

「一杯どうだ?」と父がいうので、「じゃあ、すこし」と永史は応じた。

母の末江が熱燗《あつかん》のしたくをして運んでくると、たがいの杯に酒をついだ。

「こんなことなら本籍を東京へ移しておくんだったな。そうすれば、はるばる熊本まで行かずにすんだものを」

そんな後悔を口にする父に、永史は微笑《ほほえ》みかえした。

「いいんです。むこうへ行けば、生まれ故郷の景色をもういっぺん見られますからね」

幾杯か酌《く》み交わしたあとで、鼎一がふるさとの方言でぽつりといった。

「無理して死ぬこつなかとよ、永史」

鼎一はふだんから家のなかでも標準語を使っていたので、それはひさしぶりに聞く父の熊本弁だった。その言葉には、どんな思いが込められていたのか？　その場で永史は確かめなかったし、彼がいないあいだに鼎一は空襲で死んでしまったから、真意を知ることは永久にかなわない。もしかすると父は永史の心を見抜いていたのではなかろうか？　臨時召集令状が届いて以来、自分の思いや考えを永史は明らかにしたことは一度もなかったが、彼が殺し合いを拒否し、敵にわざと撃たれようと目論《もくろ》んでいるのを、そのときの鼎一は察していたのかもしれない。

リベラリストの父の影響を受けて育った永史は、個人の自由や権利を奪う戦争というものに荷担《かたん》するのは意に染まなかった。人を殺すのは悪いことだとか、自国の利益のために適当な口実を設けて他国へ侵攻するのはよくないとか、そういった倫理や道徳の観点から云々《うんぬん》するよりも以前に、永史はまず、自分が正しいと信じることだけを為《な》したい、他人から強要されて望まぬことをしたくないという気持ちが強かった。戦場へ送られたとしても、危険な場所へ早々と出ていって死んでしまえば、自分の信条を曲げずにすむと彼は考えたのだ。それは一種の自死であった。

みずから命を絶つぐらいなら徴兵拒否をすればいいという見方もあるだろう。永史ひとりの問題であれば、たしかにそれでもよかった。しかし彼には家族がいた。永史が騒ぎを起こすと、ただでさえ危険思想の持ち主として特高にマークされている父の立場が、いっそう危《あや》うくなるのは目に見えている。もちろん母にもその害はおよぶだろう。だから、すべてをまるく収めるには、究極の選択しかありえないという結論に達していた。

そういった永史の心の動きを見透《みす》かしたような父の言葉だったので、「無理して死ぬこつなかとよ」といわれたとき、永史はちょっとドキリとした。

翌朝、永史は熊本にむけて発《た》った。静かな旅立ちを彼は希望していた。父母もそれに同意した。幟旗《のぼりばた》や万歳三唱にかこまれた派手な歓送は遠慮し、近所の人たちとは家のまえで別れて、鼎一と末江だけが駅まで見送りにきた。

熊本の部隊に入隊して訓練を受けるうちに永史は、同期の学徒兵たちとともに幹部候補生試験を受けるように命じられた。本来は志願による制度のはずだが、戦場で小隊長クラスの下級幹部の消耗が著《いちじる》しいため、受験資格をもつ者のうち可能なかぎり多くを幹部候補生に仕立てあげて、不足分の補充にあてるという方針を軍は取っていたのだ。

永史はとうぜん受験を拒否した。戦争を望んでいない者が、兵士を統率《とうそつ》する指揮官になれるはずがない。自分には幹部になる資格がないと永史は訴えたが、そんな主張がかんたんに通るわけもなく、上官たちのまえへ何度も引きだされて翻意《ほんい》を迫られた。それでも永史は首をたてにふらなかった。部隊には永史とおなじ大学を卒業した少尉がひとりいて、見るに見かねたのか、最後にはとうとう彼があいだへはいり、こんなにいうのだから本人の希望どおりにしてやったらどうかと上官たちを説得してくれた。

結局、永史は一兵卒のままで中国大陸の戦場へ送られた。学歴の恩恵に浴することができるのに永史が自分からそれを拒《こば》んだことは、配属された中隊ではとっくに知れわたっていて、初っぱなから彼は生意気な兵隊として悪意をもって遇された。出世の誘いを断わるなんてよっぽど苦労がしたいらしいと、古兵たちからしばしば私的制裁を受けた。

なかでも柄本軍曹がいだいている感情が、根の深いものであることを永史は感じ取っていた。柄本はおもに直接的な暴力やしごきではなく、まなざしで永史を脅《おびや》かした。営庭で銃剣術の訓練をしているとき、陣地修理の使役にあたっているとき、望楼の上で立哨《りっしょう》の番を務めているとき、一日の仕事がすんで兵舎のなかでくつろいでいるとき……そうした毎日のときどきに、人の視線の気配を感じて首をめぐらせると、かならずそこに柄本がいてこちらを見ているのだった。そんなときの柄本は一見すると無表情のようだが、注意して観察すれば、爬虫類《はちゅうるい》じみた冷淡な目つきの底に、針の先端みたいに鋭く尖《とが》った嫌悪や憎しみの情をひそませていた。

しかし、周囲からのそんな扱いに永史は平然としていられた。それは近い将来、自分の意志で死を選ぶという決断のおかげだった。そのときはまだ実戦を体験したことはなかったが、敵と交戦する場面になったら、みずから戦死するというあの計画を実行に移すつもりでいたのだ。半分はもう死んだ気でいたから、多少の苦痛にも鈍感でいられた。

中隊へきてひと月ほどがすぎたころ、永史はついに現実の戦闘状態にはじめて身を置いた。分隊とともに駐屯地《ちゅうとんち》をはなれて偵察任務に就《つ》いている最中、森のなかの小道で待ち伏せていた八路軍《はちろぐん》のゲリラと遭遇したのだ。

銃声と同時に「伏せろ!」という柄本の声が聞こえ、分隊の十数名はいっせいに道のわきの木立のかげへ隠れた。むかいの低い丘の上に位置する敵兵と、分隊の兵士たちのあいだに、たちまち火線が交錯《こうさく》し、あたりは硝煙《しょうえん》のたなびく戦場へと一変していた。敵のチェコ機関銃の五発連射の発射音が立てつづけに響き、空気を切り裂いて弾丸が飛んできた。永史の周囲で木肌の破片や草の葉が勢いよく飛び散った。

どさりと音がして、かたわらに何かが倒れてきた。仲間の初年兵だった。彼は目を見ひらいたままで仰《あお》むけによこたわり、微動だにしない。額に指先ぐらいの直径の赤黒い穴があき、後頭部のほうから鮮血が草の上に迸《ほとばし》っている。そのようすに永史の目は釘《くぎ》づけになり、頭のなかが真っ白になった。

初年兵の死体のむこうで、だれかが叫んでいた。言葉の意味が理解できるまでに、かなりの時間がかかった。

「馬鹿野郎！　撃て、撃ちかえせ！」柄本軍曹がこちらを睨《にら》んで怒鳴っていた。

永史は自分が歩兵銃を抱きしめて身をすくませているのに気づいた。反射的に銃をかまえ、訓練で何度も反復してきたように、ボルトを操作して薬室へ銃弾を送りこみ、敵弾が飛来してくると思われる方角へむかって猛然と射撃を開始した。

敵前へ飛びだしていって自分から撃たれるという、あの計画はどうしたのか？　そんな自問がかすかに頭をかすめたが、撃たずにはいられなかった。今朝まで寝起きをともにし、冗談や愚痴をいい合っていた仲間が、ものいわぬ虚《うつ》ろな肉のかたまりと化してすぐそばに転がっているのだ。何もしなければ自分も、それとおなじようになる。そう悟ったときの恐怖と絶望を、永史は一生忘れないだろう。頭では戦争を否定していても、体内に宿った生物としての本能が彼に銃の引き金を引かせていた。

丘の斜面の木の間を駆けおりてくる敵兵の影を、銃身のさきに永史は捉《とら》えた。銃を発射すると、相手がもんどり打って倒れ、斜面をずり落ちてきた。殺した！　生まれてはじめて永史は人を殺した！

射撃の応酬《おうしゅう》がつづくうちに、柄本が数名を率いて道を横断していった。柄本たちは敵に気づかれないようにして側面へまわりこみ、手榴弾《しゅりゅうだん》で相手方の機関銃を沈黙させた。それがきっかけで八路軍の一団は退却し、戦闘は終了した。

その晩、駐屯地の兵舎で床へはいってから、眠れない一夜を永史はすごした。昼間の交戦で死んだ仲間と、自分が撃ち殺した敵兵とが、代わる代わる眼裏《まなうら》にあらわれた。あれほど戦争に荷担すまいと決めていたのに、その誓いをあっけなく破ってしまった。仲間の死に震えあがり、撃てという柄本の命令に操《あやつ》り人形みたいに反応して、永史は撃ちはじめた。自分が弱く卑劣な人間であることを証明したようなものだった。

考えが甘かった。あまりにも無知だった。実際に目《ま》のあたりにした戦場は、頭で想像していたのとまったくちがっていた。そこへ放りこまれた人間がどのように感じ、どのように行動するのか、ほんとうの死の恐怖とはどんなものかを、これまでの永史は知らなすぎた。入隊前に東京で考えていたことは机上《きじょう》の空論、ただの戯《ざ》れ言《ごと》にすぎなかった。よこ殴《なぐ》りの雨みたいに銃弾が飛んでくる場所へ、自分からすすんで撃たれに出ていくなど、鋼鉄のような意志や狂気に近い勇気がなければ到底できることではなかった。

戦場とは、人の理性や思考を無力化し、感覚や本能を剝《む》き出しにさせる場所だった。そこへ連れてこられた者がもとめられるのは、よけいなことは考えずに指揮官の命令どおり、機械のようにすばやく正確に行動することであった。軍が新兵に厳格な服従関係を強《し》いるのも、徹底した訓練をくりかえすのも、ごくふつうの人間を戦場に向いた兵士に改造するためなのだ。永史は熊本の兵営へ足を踏み入れた時点で、戦争という名の巨大な怪物に喰《く》われ、その体内にとっくに取りこまれていたのである。

自分の愚かさと非力さを恥じ、暗澹《あんたん》たる気持ちに襲われるなかで、永史は父の言葉を思いだした。

——無理して死ぬこつなかとよ、永史。

人殺しになるまえに自分の命を絶てなかったことを恥じなくてもいいのですか？　こんなふうになったあとでも生きつづけていいのですか？　かなうことなら、いますぐ父と会って、その質問の答えを聞きたかった。

昭和十九年の初夏、中隊は湖北《こほく》省の駐屯地をはなれ、上位部隊とともに移動を開始した。幹部たちはどこへ何の目的でむかっているのかをわかっているはずだが、永史たちのような兵卒には何の説明もあたえられなかった。

あとで知ったのだが、それは「大陸打通《だつう》作戦」と呼ばれる大規模な軍事作戦だった。中国大陸を北から南へ貫《つらぬ》いて仏領インドシナ方面へつながる陸上輸送路を確保すること。その途上に点在する米軍の航空基地を叩いて日本本土への空襲を阻止《そし》すること。そのふたつがおもな目的で、十五個師団強、五十万人以上の兵力が投入されたという。

ひたすら歩きつづけ、正面にあらわれた敵と戦う。そのくりかえしの日々だった。

永史のまわりでは、連日のように兵隊たちが死んでいった。彼らの命を奪ったのは中国兵ばかりではない。米軍のP38ライトニング戦闘機による爆撃や機銃掃射もあったし、マラリアやコレラや赤痢《せきり》にかかって落命する者もおおぜいいた。

銃を手に人を殺して生きつづけるなかで、できることなら軍隊や戦争に対して一矢《いっし》報いてやりたいと永史は思うようになった。自分はそれらに完全にねじ伏せられたように見えるが、じつはまだ何らかの方法で見かえしてやることができるのではという、漠然とした希望のようなものを彼はもっていた。

思いがけず、その報復の機会はめぐってきた。湖南《こなん》省と広西省の境あたりまできた九月ごろのことだった。

中隊はとある山あいの地に野営していた。東の空がうっすらと白んできた朝まだき、眠っていた永史は岡部兵長に起こされ、野営地のはずれまで連れていかれた。

そこには小隊長や柄本軍曹のほか、数名の将兵が輪になって立っていた。輪の中心にふたりの中国人がいた。三十歳前後の女と、十歳にも満たない年頃の男の子だった。薄汚れた中国服を着た女と子どもは、手を取り合って震えている。

ふたりが林のなかから野営地を盗み見ているのを歩哨が発見し、調べてみると女のほうが鉈《なた》を隠しもっていたので、怪しく思ってつかまえてきたのだという。永史は中国文学者である父から中国語の手ほどきを受けたことがあって、ほかの連中よりはこの国の言葉を上手に操れるので、こういう場合によく尋問の通訳をさせられた。

何をしているのかと中国人の女に尋ねたところ、住んでいる村に戦火が迫ったので避難することになり、夜通し歩いていたのだが、自分たち親子は家族とはぐれて道に迷ってしまった。ここへきたのは偶然で、もっていた鉈は万が一のときの護身用だと、怯《おび》えながら女は答えた。永史はその内容を上官たちにつたえた。

小隊長と柄本たちは五分ほど協議をしていた。最後に小隊長が判断をくだした。

「迷いこんだふりをして、こちらの兵力を偵察していたのかもしれん。口を封じるに越したことはないだろう。方法は柄本軍曹にまかせる」

「了解しました」と柄本はいい、その場にいた兵隊のなかから保科上等兵と永史のふたりを指名した。「おまえたち。林のむこうに川が流れているから、この二名のスパイをそこへ連れていって処刑してこい」

保科上等兵と永史は、いわれた場所まで親子を連行していった。母と子は川べりに膝を突き、観念したように抱き合っていた。保科は蒼《あお》ざめた顔で「坪井一等兵、着け剣」といった。自分も腰から銃剣を抜いて歩兵銃のさきに装着したが、明らかに気のすすまないようすで、ぐずぐずとためらっている。

「こんなことはやめましょう」意を決して永史は保科にもちかけた。「このふたりがスパイなんかじゃないことは、上等兵殿もおわかりでしょう？　この人たちの命を奪ったところで戦局に変化があるとは思えません」

「だが、命令にそむくわけには……」保科が弱々しく反論した。

「自分の気持ちに正直になってください」と永史はいった。「もしもここで無益な殺しをしたら、その記憶に一生つきまとわれますよ」

最後の台詞が効《き》いたようだった。保科上等兵はとうとう折れた。永史たちは母と子をこっそりと、川むこうの山のなかへ逃がしてやった。

すでに朝陽《あさひ》がのぼりかけていた。前夜その一帯で戦闘があり、川岸に敵や味方の兵士の死骸《しがい》がよこたわっていた。永史はとっさに機転を働かせた。彼と保科は、一体のむくろの傷口の乾きかけた血を自分たちの銃剣になすりつけ、わざとその状態のままで野営地へもどった。スパイを処分して川へ放りこんできたと何食わぬ顔で報告し、上官たちの見ているまえで銃剣の血を拭き取った。

柄本軍曹が、銃剣を清める永史を見つめているのがわかった。危うく永史はふりむきそうになったが、このときばかりは我慢した。柄本は疑念をもったのかもしれないが、ほんとうに殺してきたのかと質《ただ》されても、保科と口裏を合わせて白《しら》を切れば、ぜったいに尻尾《しっぽ》はつかまれない。柄本の鼻を明かしてやることができたのは爽快《そうかい》だった。

これが召集から復員までのあいだに永史が唯一、軍隊や戦争に対して一矢報いることができたと思えた瞬間であった……。

そこで永史は目をあけた。

長い回想のなかから、監房の暗闇へ彼はもどってきた。

からだの震えは止まっていた。胸中にあるのは、罪悪感と後悔の念だけだった。

安保の取材で衝突したとき、社会部長の松坂からぶつけられた言葉がよみがえってくる。──おれやおまえのような世代の人間はな、とっくによごれちまってるんだよ。いまさら綺麗事《きれいごと》をならべたって、はじまらねえじゃねえか。

松坂のいうとおりなのかもしれない。罪のない母子の命を救おうと、新聞記者として社会の不正を暴くために闘おうと、おのれの命惜《お》しさに銃を執《と》って人を殺しつづけ、戦争に荷担してしまった過去が消えることはない。その罪の意識をこれまで永史は引きずってきたし、これからも──こんな事件に巻きこまれて、あとどれだけ生きていられるのかしれないが──とにかく生きているあいだは引きずっていくことになるはずだ。

しかし、だからといって、いまさら何をしても無駄だということにはならない。たとえ許される日がこなくとも、罪を償《つぐな》いつづけることに意味があるのではないか……。

そんな考えが浮かんだとき、ふと胸の真ん中に熱を感じて、永史はそこへ手をやった。

何が起こっているのか、すぐに悟った。

脚環が──首からさげた初代クロノスの形見の脚環が、熱を帯びている。六年ほど前に新聞社の鳩舎で、生まれたばかりの二代目クロノスにはじめて触れたときと同様、脚環が熱くなっているのである。

今回の場合は、物理的な原因が何もないのに脚環が熱くなったことよりも、このタイミングで熱くなったことに驚嘆する気持ちのほうが強かった。

これは彼の思考に対してクロノスが送ってくれたサインにちがいない。自分がたどりついた結論にクロノスが賛同し、あなたが取るべき道はまさにそれしかないと、エールを送ってくれているのだ。

そう確信すると、永史の身の内には静かな力がみなぎってきた。

自分のすべきことはわかっていた。本来なら戦争で敵弾のまえへ飛びだして捨てるはずだった命だ。そのときに捨て損ない、いまになって改めて捨てるのだと思えば、恐れる必要は何もないような気がする。やってみよう、命をかけて……。

永史は顔をあげ、葉子のほうへ視線をむけた。

「いま何時ぐらいだろう?」

声をひそめて尋ねると、葉子の低い声がかえってきた。

「さっきのが夕飯だとしたら、夜の八時か九時ぐらいになっているんじゃないでしょうか」

「外のふたりは眠らないのか?」

「いつも交代で寝にいっているみたいですけど」

「夜のあいだは見張りが片方だけになるんだな?」

「もしかして……脱出を考えているんですか?」驚いたようすで葉子がいう。

「そうだ。抜け出して、ここに連中がひそんでいることをだれかに知らせようと思う」

「やりましょう」ささやくほどだが、熱意のこもった口調で葉子は応じた。「わたしもそうしたかったけど、ひとりじゃできなかったんです」

「危険を冒すことになるが、いいのか？」

「ここに残っていても、危険なことに変わりはないでしょう」

「わかった。まずは、どんな方法でやるかだが――」

「何をこそこそ話しているんだ？」

ふいに声がしたので、永史は口をつぐんだ。

小窓に人間の頭部のシルエットがあった。

「仲がよくていいこったな」声は革ジャンのものだ。「ちくしょう、妬《や》けるねえ。おれがブンヤさんの代わりに捕虜になりてえぐれえだよ」

懐中電灯の光線が永史と葉子の上を行き来する。

監房の外から角刈りが何かいったようだった。革ジャンがふりむき、「ちょっとぐらい、かまわねえだろう」と文句をかえしている。おそらく角刈りは、革ジャンが捕虜をからかうのをたしなめたのだろう。

もういっぺん監房のなかを覗き、「けっ」と威嚇《いかく》するような声をあげてから、小窓の枠の外へ革ジャンの頭は消えた。

「あいつ、ほんとうに嫌なやつだわ」と葉子がつぶやいた。

「同感だな」と答えた拍子《ひょうし》に、永史の脳裏にひとつの単語がひらめいた。

嫉妬心《しっとしん》……。

革ジャンは、葉子に対して強い関心をもち、それと裏腹の気持ちとして、葉子とおなじ部屋にいる永史に対して嫉妬心をいだいている。

実際に永史は試したことはないが、伝書鳩の帰巣《きそう》本能を最大限に引きだす手段として嫉妬心を利用する方法があると、軍隊時代に通信隊の鳩班の班長から教わったことがある。番《つがい》の伝書鳩のうちの雄のほうを巣房から出し、そこへ代わりにべつの雄鳩を入れる。取り出した雄に、自分の伴侶の雌がよその雄といっしょに巣房にいる光景をじっくりと見せてから、放鳩地点へ連れていって放す。すると、嫉妬に心を燃えあがらせた雄は、早く帰って雌を奪還しようと、鳩舎をめざして脇目もふらずに飛んでいくのだという。残酷な方法であるが、空腹を利用して食べ物で釣る以上の効果が得られると聞いた。

これは使えるかもしれないと永史は考えた。鳩の嫉妬を利用するように、革ジャンの嫉妬をうまく利用してやれば、あるいは――。

小窓のほうを気にしながら永史はささやいた。

「脱出の計画を思いついた」

「どうするんですか？」と葉子。

「それを実行に移すには、きみの協力が必要なんだが、じつは、その……いささか頼みづらいことなんだ」

「いいです。聞かせてください」

永史は自分の計画を彼女に話した。

すべて聞き終えると、葉子は静かに、しかし毅然《きぜん》とした態度で返事をした。

「そんなこと、べつにかまいません。ここから出られるなら、やりましょう」

＊

とうに真夜中をすぎているだろう。

角刈りがどこかほかの場所へ睡眠を取りにいき、見張りはいま革ジャンひとりだ。さきほど永史が確認したときには、革ジャンは椅子《いす》に腰かけて、眠気をこらえるように両手で顔をこすっていた。

その革ジャンが、監房のなかでしている妙な物音や声に気づいたらしく、扉のところへ近づいてくる気配がした。小窓から懐中電灯が差しこまれた。

監房の奥へ光線がむくと、光の輪のなかに盛りあがった毛布があらわれる。その盛りあがり方は、ひとりの人間をおおっているにしては不自然なほどの厚みがあった。頭からすっぽりとかぶっているので下のようすは見えないが、毛布を押しあげている腕や肩や背中の輪郭《りんかく》のうごめき、漏《も》れてくる吐息などから、わざわざ確認しなくとも、そこで何がおこなわれているのか、革ジャンの目には明らかに思えたはずだ。

「あ、おまえら、何してやがる?」革ジャンの声には、驚きと当惑がにじんでいた。

その呼びかけに反応もなく、いぜんとして毛布の下の行為はつづけられる。

「おい、こら!」戸惑いが焦りと怒りに転じた。

革ジャンの胸には、嫉妬心が湧《わ》きあがっていることだろう。目をつけていた雌に、不届き千万《せんばん》な雄が、自分を差し置いて手を出したのだから……。

永史の思惑どおり、頭に血がのぼった革ジャンは、もっとも手っ取り早い方法で事を解決する道を選んだ。角刈りを起こしにいって相談するとか、直面している事柄をちがう角度からながめてみるとかいった余裕は、もう完全に失われていた。

「くそっ」という叫びのあと、鍵束《かぎたば》が鳴る音と、南京錠が解錠される音が聞こえた。扉がひらき、監房へ革ジャンが飛びこんでくる。左手には懐中電灯、右手には自動拳銃。奥の壁のほうへ大股に近づき、「この野郎!」といいながら、毛布を一気に剝《は》ぎ取った。

毛布の下にいたのは、葉子ひとりだった。彼女は四つん這《ば》いになって、そこにふたりの人間がいるように見せかけ、愛し合っているふうを装っていたのだ。

扉のよこの暗がりに立っていた永史は、革ジャンがはいってくるのと同時に、その背後へ忍びよっていた。策略に気づいてふりむきかけた革ジャンの顔に、まず拳骨《げんこつ》を食らわせる。うしろの壁にぶつかったところへ踏みこみ、思いきり右腕をねじりあげた。手から拳銃がするりと抜けて落ちる。永史は心のなかで快哉《かいさい》を叫んだ。

革ジャンが大声をあげそうになった。空《あ》いているほうの手で永史は相手の口を押さえた。そのまま飛びついて体重をかける。永史と革ジャンはもつれるように床へ倒れた。革ジャンがふりまわした懐中電灯が、永史の背中を打った。ちょうど戦争の古傷のあたりだったので、痛みのあまり悲鳴を出しかけた。背中への打撃はつづく。二回、三回、四回……。永史はそれでも歯を食いしばり、革ジャンの右手と口から手をはなさない。

懐中電灯の光線が乱舞するなか、つんのめるようにして葉子が近づいてきた。あらかじめ毛布の端を裂いてつくっておいた猿ぐつわを、革ジャンに噛《か》ませようとするが、革ジャンは首をふって抵抗する。その鼻っ柱に永史は頭突きをかました。顔をのけぞらせたので、そこを捉えて葉子が口をふさいだ。永史はすかさず革ジャンの左手をつかみ、懐中電灯の攻撃をやめさせた。

あとは葉子とふたりがかりで、じたばたと暴れる男を押さえつけながら、手足を拘束していった。両腕を後ろ手に縛りあげるのには、永史のネクタイとベルトを使った。足のほうには革ジャンのズボンから抜いたベルト。すっかり片がついたときには、永史も葉子も呼吸が荒くなっていた。

休んでいる暇はなかった。動けなくなった革ジャンを、小窓から見えにくい位置に転がす。恨みがましい目つきで睨んでくるのを無視して、毛布をかぶせた。

永史は懐中電灯で床を照らした。革ジャンの拳銃を見つけた。それを拾いあげ、安全装置を確かめてから、コートのポケットに突っこんだ。

無言のうちに永史たちは監房を出て扉をしめた。もとどおりに閂《かんぬき》をかけ、南京錠もロックしておく。これでどれだけ時間が稼げるかわからないが、決死隊のやつらが行方不明の革ジャンをさがしているうちに、すこしでも遠くへ逃げのびなくてはならない。

といってもそのまえに、もうひと仕事残っている。隣の監房にいる米軍機の乗員たちを助けだすのだ。

騒ぎがもちあがったのを察したらしく、すでに監房の小窓には、ふたりのアメリカ人の顔がならんでいた。状況を理解した米兵たちは、押し殺した声で助けをもとめてくる。永史は彼らを落ち着かせ、革ジャンから奪ってきた鍵束のなかから南京錠に合う鍵をさがそうとした。

ところが運悪く、廊下の奥から靴音が響いてきた。監房のまわりには見張りが使っている木製の椅子が二脚あるだけで、身を隠せるような場所はない。ここで撃ち合いになるような事態は避けたかった。相手側のほうが人数も多く、火力が勝《まさ》っているからだ。米兵たちの救出は断念するほかなかった。かならず助けを呼んでくるからという意味のことを早口の英語で告げ、永史と葉子はその場をはなれた。

だれかがくるのとは反対の方角へ、足音を殺して小走りに移動する。そこからさきにはランプが設置されておらず、真の闇がひろがっていた。懐中電灯で照らすと、直交するべつの通路が見つかったので、迷わずそこへ駆けこんだ。

監房のまえまできて革ジャンの不在に気づいたらしい角刈りの「おい、どこにいるんだ？」という声が、谺《こだま》を曳《ひ》いて追いかけてきた。焦燥《しょうそう》感に急かされて永史たちは先へ先へと走った。

時間がたって冷静になると、さすがに真っ暗のなかをやみくもに前進することに不安をおぼえた。耳を澄ましても追っ手が迫っているようすはない。そこで歩調をゆるめ、まわりの状況に気を配りながらすすむことにした。

岩壁に鶴嘴《つるはし》の跡が残る素掘りの地下道が、迷路みたいに分かれたり交差したりしてつづいていた。分岐点へきても、どちらへ行けばいいのかわからない。勘だけを頼りに道を選んだ。アーチ状の天井をした空《から》っぽの部屋を抜けたり、木製の机や角材が打ち捨てられた箇所を通過したりした。行き止まりにぶつかって引きかえすこともあった。

懐中電灯の電池が切れたらと考えると、若干の恐怖を感じた。こんな場所から手さぐりで外へ出るのは、まずもって不可能だ。決死隊に見つかるまでもなく、それで一巻の終わりということになりかねない。

葉子のことを気遣い、永史は何度かふりかえった。わたしは大丈夫というように、彼女はその都度《つど》うなずいてみせた。

永久にこの地下迷宮から抜け出せないのではと感じだしたころ、遠くから機械の音らしい連続した響きが聞こえてきた。音のするほうへ通路をたどった。

暗闇のむこうに、そこだけ四角く切り取ったように、照明の灯った部屋があらわれた。永史は拳銃を取り出し、警戒しながら近づいていった。入口からそっと覗くと、油の臭《にお》いが鼻をつく。室内にはだれもいないようだ。

煉瓦《れんが》積みの壁にかこまれた部屋の中央に、筒やパイプが複雑に突きだした装置がうずくまり、腹に響くような唸りをあげていた。ディーゼル式の発電機らしい。排気管とおぼしきパイプが壁へむかって伸び、部屋のすみに五、六本のドラム缶が置かれている。この地下施設とともに打ち捨てられていた機械を、おそらく維新決死隊が復旧して稼働させ、一部の部屋や通路の照明などに電気を供給しているのだろう。

この発電機を停止するか破壊すれば、施設の内部が停電するから、あいつらを混乱に陥《おとしい》れられるかもしれない。そんな考えが永史の脳裏をよぎったが、アラキや柄本のような人間がその程度のことでクーデターを中止するとは思えなかった。こちらの居どころを教えることにもつながり、かえって危険なので、その計画はすぐに破棄した。

突きあたりの壁に扉があった。そこをあけると、つめたい風が吹きこんできた。頭上には漆黒《しっこく》の夜空があり、無数の星屑《ほしくず》が冴えた光を放っている。——外だ。ついに地下施設の外へ出たのだ。

発電機室の煉瓦積みの壁と、むかいの石積みの壁とに挟まれた、切り通しのような場所だった。地面は膝ぐらいまでの高さの枯れ草におおわれている。

右手の暗がりに、上へあがる石段があった。さきに永史はひとりで階段をのぼり、あたりのようすを窺《うかが》った。

今夜は月が出ていない。付近に人家や街灯などの明かりもなかった。真っ黒な木立の影に取り巻かれていることは辛《かろ》うじてわかった。林の木々が吹きつける寒風に揺れて、騒がしいまでの葉ずれの音をたてていた。

人の気配がないことを確認すると、階段の下で待っている葉子を呼びよせた。

とにかく移動しつづけ、危険からちょっとでも遠ざかるしかなかった。

遠方から発見される虞れがあるので懐中電灯は消した。草むらや茂みを掻きわけ、起伏をあがりおりし、夜陰を透かし見るようにして歩いていった。蔓《つる》や枯れ枝に足を取られて何度もつまずきそうになった。

しばらくすすんだとき前方に、人工的な構造物が仄白く浮かびあがった。そばまで行って、それがコンクリート製のまるみを帯びた建物であることを知った。一階建ての平屋根の上に、手すりをめぐらせた望楼があり、頂《いただき》まで梯子《はしご》が伸びている。

ザーザーいう音と人の話し声が、どこかから微《かす》かに聞こえてきた。

音の出どころをもとめて望楼を見あげた永史は、にわかに緊張した。星の光を背景にして黒い人影が立っていた。肩にかついだ小銃の先端が頭のよこに突き出している。決死隊の隊員にちがいない。隊員はトランシーバーでどこかと交信していた。はっきりとは聞き取れないものの、口調からあわただしい雰囲気が感じられる。永史たちの脱走がもう発覚し、警報が流されたのかもしれない。

永史と葉子は建物から静かにはなれ、逆の方向へむかっていった。

草地のはずれまでくると、吹いてくる風のなかに微妙に潮の香りがした。彼らがいるのは小高い地点のようで、下のほうから波の音がしている。波打ち際までおりられれば、磯《いそ》づたいに逃げられるかもしれないが、今夜みたいな闇夜では、そこへくだるルートを見つけるのは至難のわざだ。

うろうろしているうちに鬱蒼《うっそう》とした藪《やぶ》に行きあたった。迂回《うかい》すると今度は林にぶつかる。林沿いに歩いていったら、さっきの望楼が出現した。どうやら、おなじ場所をぐるぐるまわっているみたいだ。

これでは体力を空費するだけだ。いたずらに動きまわるより、どこかに隠れて明るくなるのを待ち、それから逃げ道をさがすほうが賢明だと永史は判断した。

草地を引きかえし、切り通しへおりる階段を見つけた。発電機室から出てきたときに使ったのとは、またちがう階段だった。おりたところには地下施設の入口があった。

その部屋は半円形に近いかたちをしていた。聞き耳を立てて無人であることを確認してから奥まですすんだ。壁の出っ張りに腰をおろして休息した。動きまわっているあいだには感じなかった寒さや疲労が、じわじわと襲ってくる。

永史は懐中電灯のスイッチを入れた。外へ明かりが漏れないように光線のむきに注意して、室内をひととおり照らしてみる。コンクリートの破片や裂けたベニヤ板などが散らばり、吹きこんだ土がそれらの表面に積もっていた。

懐中電灯の光を受けて鈍く光ったものがあった。そばへ行って見おろした。奇怪なマスクが落ちていた。まるいガラスの目が永史を見あげている。

おそるおそる手を伸ばし、永史はそのマスクをもちあげた。口元から垂れる蛇腹《じゃばら》のホースにつながった錆《さ》びた金属の容器も、いっしょに瓦礫《がれき》のあいだから出てきた。

「ここがどういう場所か、わかったような気がする」永史はいって、手のなかのマスクを菓子のほうへむけた。「これは旧日本軍が使っていた九九式《きゅうきゅうしき》防毒面だ。むかしここには兵隊がいたんだ。軍事関係の施設だったんだよ、ここは……。海の近くにあるから、沿岸防衛のために構築された要塞の跡ではないだろうか」

ほかにも何か落ちていないか、永史は床へ目を凝《こ》らした。ほどなく、小指のさきぐらいの大きさの緑青《ろくしょう》にまみれた筒形の物体をつまみあげた。小銃弾の薬莢《やっきょう》にちがいない。さらに室内を調べていくと、壁に銃眼と思われる四角い穴が穿《うが》たれているのがわかった。コンクリートの壁の厚みもかなりのものだ。

いまになってふりかえれば、ここへ到着したときに目にした施設の入口の頑丈そうな鉄《てっ》扉《ぴ》や、そこからさきに張りめぐらされた地下通路、あちこちに点在する小部屋なども、いかにも要塞の特徴をそなえている。永史たちが収容されていた「監房」と呼ばれるあの部屋も、本来は弾薬か軍需物資の保管庫だったのではないか。

戦時中まだ幼かったはずの葉子は、要塞と聞いても、あまりピンとこないようすだった。

「要塞って、どのへんにあったんですか?」

「東京の近郊でいえば、南房総《みなみぼうそう》や三浦半島だ」と永史は答えた。

「それじゃここは、そのどこかにある要塞跡なのかしら?」

「たぶんね。川俣飛行場から移動に要した時間を考えると、房総半島じゃない。三浦半島のどこかだと思う」

永史は銃眼の外の空が、わずかに明るくなってきたのに気づいた。

「もうすぐ夜が明ける。まわりの景色を見れば、場所をくわしく特定する手がかりが得られるかもしれない。さあ、行こう」

永史と葉子は切り通しへ出た。さきほどまで天にまたたいていた星は、ほとんどすがたを消している。懐中電灯を使わなくても足元が見えた。

階段をあがって周囲をながめわたした。

中央にむかって高くなっていく草地があり、それを取りかこむかたちに常緑樹の黒々とした林がひろがっている。望楼のある建物――要塞の監視所だろう――は高台の中央に位置し、永史たちのいる地点からも意外と近距離にあった。

こうなると草地を移動するのは危険だ。望楼の上の見張りがこちらに背をむけているのを確かめてから、ふたりは身を低くして走り、右手のいちばん近い林へ飛びこんだ。

下草を踏み、茂みを抜けて、林の奥まで行った。木々が途切れ、落ち葉や枯れ枝の堆積《たいせき》した直径十メートルほどの円形の空き地に出た。砲台の跡にちがいない。

砲台跡の正面はくだりの急斜面になっていて、樹木の梢越《こずえ》しに白《しら》んでいく空と、闇の底から浮かびあがってきた濃紺色《のうこんしょく》の海のひろがりが望めた。

とりあえず海には用がない。いま永史たちがさがしているのは、二本の足で歩いていける陸地である。危険な者たちの手からのがれるための逃走経路である。

彼らのいるところは監視所が設置されているぐらいだから、このあたりでもっとも標高の高い場所だと思われた。じょじょに明るさを増していく景色にむかって瞳をめぐらしながら、永史と葉子は監視所の高台を遠巻きにする林のなかを歩き、四方の地形を確認した。

おかしなことに、どこまで行っても下方に見えるのは海ばかりだった。何十分かして気がつくと、林を一周して出発地点の砲台跡にもどっていた。

希望が絶望へと変わった。夜が明けて得たのは、あまりにも残酷な結論であった。

「どういうことなの？」と、困惑を露《あら》わにして葉子がいう。

永史も虚脱したようにつぶやいた。

「三百六十度、全方向が海……。ここは島なんだよ」

＊

下草を踏み分けて足音が近よってきた。

永史と葉子は急いで茂みのかげへ行き、その場にしゃがんで息を殺した。

十メートルほどさきを決死隊の隊員が通りすぎていく。ひとり……いや、ふたりいる。

小銃を腰だめにかまえ、草むらや木立のあいだに鋭い視線をむけていた。

夜が明けてから一時間もたっていないはずだが、脱走した捕虜の捜索がもうはじまっているのだ。

コートのポケットに手を入れ、拳銃をいつでも取り出せるようにしながら永史は考えた。維新決死隊のメンバーはどの程度いるのか？　別動隊の有無は不明だが、葉子から聞いた話や彼自身が見てきた印象では、この島にそれほど大勢の隊員がいるとは思えない。

せいぜい二十名ぐらいではなかろうか。そのうちの何割が捜索にあたっているのだろう？連中の目をのがれて、いつまでこんなふうに逃げまわっていられるか？

一見したところ、ここはあまり大きな島ではない。長さや幅はおそらく数百メートルの単位で測れる程度だ。島の周囲には、樹木におおわれた急な斜面や岩の剝きだしになった断崖がつづいている。隠れられる場所は、地上の森や林のほかには、地下の要塞跡の内部しかなかった。

隊員たちが去ってから、じゅうぶんな時間を置いて立ちあがった。

永史たちはいま、島の中央部の高台をはなれ、森のなかを移動中だった。むかっているさきは、太陽がのぼってきた位置から判定すると島の北側にあたる一帯だ。高台の林を一周したとき、そちらの方向がとくに鬱蒼としているように見えたので、身を隠せる場所が多いのではないかと期待したのだ。

捕食者の徘徊《はいかい》するジャングルに棲《す》む小動物のように、彼らは足音を忍ばせ、細心の注意を払って行動していた。相手はプロの戦闘員だ。小心に徹するしか生き延びるすべはなかった。

右手の木の間には島の東側の海が覗く。彼方に陸地が霞《かす》んでいるものの、それがどこなのかを断定するのは難しい。遠くの海上を航行する大型の船舶もあった。モールス信号でも知っていれば、鏡か何かを使って船にメッセージを送れるのかもしれないが、軍隊で鳩通信の教育しか受けなかった永史は、残念ながらその技術をもっていない。

島の北側の土地は南側よりも幅が狭いらしく、左のほうへ針路を変えていくと、すぐに西側の断崖にぶつかった。

崖の上の灌木《かんぼく》のかげに腰を落とした永史と葉子は、そこから見える陸地を観察した。東側で見た陸地よりもかなり近くにあった。目測したところでは、島から対岸までの距離は二キロ前後というところか。むこう側はこの島と同様、切り立った崖ばかりで人家などは見あたらない。

「しかし、どう考えても変だわ」思いだしたように葉子がいった。「まるで狐《きつね》につままれたよう……」

彼女は萌葱色《もえぎいろ》のタートルネックのセーターに黒いスラックスをはき、まえに新宿で会ったときとおなじ焦茶色《こげちゃいろ》のオーバーコートをはおっている。

「何が変なんだ?」と永史は尋ねた。

「わたしは川俣飛行場からここへ車で連れてこられたんですよ。まわりを見るかぎり橋のようなものもないし、フェリーボートに乗ったような感じもしなかったけれど、いったいどうやって海を渡ったのかしら?」

「そのことは、ぼくも気になっていた。ぼくが連れてこられたときも、船に乗った感じはしなかったからね。ふつうに道を走ってきて検問所みたいなところを抜け、それからすぐに洞窟のような空間へはいり、あの鉄扉のある場所へ着いたんだ。でも、現実に見たとおり、ここは島だ。きっと、われわれの知らない何かの手段があるんだ」

そこまでいって永史は、葉子の背後へ視線をむけ、唐突に黙りこんだ。決死隊の隊員がきたものと勘ちがいしたらしく、葉子が身がまえたが、永史は首をふって傍《かたわ》らの崖を指さした。——断崖のくぼみや樹木の枝に、黒い影が点々と留まっている。それは、おびただしい数の鳥だった。

「あんなにたくさんいる……」ふりかえった葉子がつぶやいた。

「海鵜《うみう》だ。あの崖をねぐらにしているんだな」

切り立った崖の岩肌がけっこうな面積にわたって、白く変色しているのに永史は気づいた。海鵜の糞《ふん》でよごれているのだ。崖の途中に生《は》えた木の幹や枝まで、野ざらしの骨のように真っ白だ。一面に白いその場所を背景に、何百羽もの海鵜が胡麻《ごま》をまぶしたように散らばって翼を休めているさまは、ちょっとした奇観である。

なかには崖をはなれて海上へ出ていき、急降下と潜水をくりかえして魚を獲《と》ろうとしているものもいた。飛びまわる海鵜をながめているうちに永史は、あることを思いついた。

「この島から出なくても、外へ連絡する方法がある」

強い海風になびく髪を片手で押さえながら、葉子は首をかしげた。

「どうするんですか？」

「伝書鳩を使うんだ」と永史は答えた。「決死隊の連中は川俣からぼくを連れてくるとき、車もいっしょに運んできた。その車のなかに、新聞社の鳩を入れた籠がある。あの鳩たちを使えば、有楽町の本社へ手紙を送れる」

「そうすれば、助けを呼べますね」瞳を輝かしかけた葉子が、一転して眉《まゆ》を曇らせた。

「でも、車を置いてあるところまで鳩を取りにいかなくちゃならない」

永史はうなずいた。

「いちかばちか、冒険してみるだけの価値はあるはずだ」

「やるしかないですね」と葉子はいった。「行きましょう」

彼女が立ちあがろうとするのを、永史は手ぶりで押し止《とど》めた。

「きみはここで待っていてほしいんだ」

何か反論しようと身を乗りだした葉子をさえぎり、永史はつづけた。

「足手まといだという意味じゃない。いっしょに行って、ふたりともつかまってしまったら、脱出の努力が水の泡《あわ》になるからね」

本心をいえば、理由はそれだけではなかった。いままでに葉子はこの一件で、じゅうぶんすぎるほどの犠牲を払っている。永史はもうこれ以上、彼女に傷ついたり危険な目に遭ったりしてほしくなかったのだ。

葉子がその気持ちを察したのかどうかはわからないが、ややあって、厳しく結ばれていた彼女の口元がゆるみ、表情がやわらいだ。

「わかりました……。わたし、ここで待っています」

その答えに、永史は安堵《あんど》した。

「捜索にくるやつらに注意して、このへんに隠れていてくれ。太陽が南の空へあがるまでに、もしもぼくが帰らなかったら――そのときはすまないが、自力で島を脱出する方法をさがすんだ。いいね?」

「そんな弱気なことをいっては、いやです」怒ったような口ぶりで葉子は応じた。「坪井さんはやるべきことをやり、無事にここへ帰ってきます。きっとよ」

永史はかすかな笑みを浮かべた。

「そうだな。帰ってくる、かならず」

片手をあげて永史は、葉子のそばをはなれた。

「気をつけて」という葉子の声を聞くと、ふりかえって彼女のすがたをもう一度ながめたくなったが、永史はがまんした。

海鵜の生息地から南へ、西側の断崖の下を覗きこみつつ永史は前進した。

彼の記憶では、車を駐めた洞窟には、海に通じる小さな船着き場があった。あそこから洞窟のなかへ忍びこめるのではないかと考えていた。

島のまわりを調べていけば、船着き場の入口が見つかるはずだ。なにも島をまるまる一周する必要はない。あのとき船着き場のさきに見えた海面は、かたむきかけた陽を受けて金色の帯のように光っていた。ということは、島のおおむね南側から西側にかけての海に面して洞窟は口をあけているはずだった。

葉子のまえでは自信たっぷりにふるまっていたが、これからやろうとしていることには、いくつかの不安な点もある。鳩の籠がいまも車中に置かれたままだとはかぎらない。置かれていたとしても、ひと晩のあいだに鳩たちが衰弱している可能性もある。さらに川俣飛行場で革ジャンが輸送籠をあけたときに飛び去った一羽がクロノスだとしたら、籠のなかに残っているのは訓練中の若鳩ばかりということになる。この重大な任務を半人前の伝書鳩たちにまかせて、無事に帰り着いてくれるかどうか……。

永史は首をふり、悪いイメージを追い払った。車のところへ行ってみないことには何もわからない。すべてはそれからだ。

かなりの時間が経過してから、崖下の磯にそれらしい入口が見つかった。岩場のあいだに人工的に設けた水路があり、断崖の穴へとつながっている。

問題は、水路のよこの岩場に武装した決死隊の隊員がひとりいることだ。さいわい男は海のほうにからだをむけて双眼鏡を覗いている。島に接近してくるものがないか監視しているのだろう。

やるしかなかった。深呼吸して永史は、崖の降下に取りかかった。岩の凹凸《おうとつ》を手がかりや足がかりにして慎重にくだっていく。石でも落として下の男に勘づかれたらと想像すると、生きた心地がしなかった。

　岩場にぶつかる波の音や轟々《ごうごう》と唸る風の音が味方になって、永史の気配を掻き消してくれた。監視の隊員に悟られることなく、穴の入口まで彼はたどり着いた。

　穴の奥には思ったとおり、あの船着き場があった。ボートでも置いてあれば、島から出るのに使えるかもしれないが、コの字形をした岸壁のあたりに船の形状をしたものは見あたらない。

　永史はからだを低くし、幅の狭い岸壁の上を走り抜けた。洞窟のとば口に積んである朽《く》ちかけた木箱のかげへ、いったん身をよせた。

　顔を出して窺うと、洞窟の端の階段の下に隊員がふたりいた。ひとりは階段に腰をおろし、もうひとりは壁にもたれて、何か話しこんでいる。

　洞窟の暗がりに目が慣れたところで、見落としている危険がないか再度たしかめた。それから左手の一角に置かれている自分の車へむかって、おもむろに動きだした。幌付きのトラックがちょうどいい位置にならんでいて、階段の下にいる男たちの目から永史のすがたを隠してくれた。

　R360クーペの近くまで行くと、窓ガラスに顔をよせて後部座席を覗いた。「明和新聞社　伝書鳩係」と記したブリキ板を結わえつけた、バスケット形の輸送籠は、まだそこに置かれていた。側面の格子《こうし》のあいだに鳩の影も見える。ひとまず胸を撫《な》でおろした。

運転席側の扉のまえへかがみこみ、ドアノブの握りに指をかけ、ゆっくりと引く。鍵はかかっていなかった。掛け金のはずれる音がやけに大きく響いたので、永史は凍りついた。すこしのあいだ息をひそめていたが、階段の下の隊員たちに気取られたようすはなかった。ドアをひらいて上半身を乗り入れた。

座席の背もたれ越しに、輸送籠をまず運び出す。なかにクロノスがいるかどうか気になったが、それを調べるのはあとまわしだ。座席の下に落ちていた目隠しの布を拾いあげ、鳩を刺激しないように注意しながら籠にかける。最後に助手席にあった旅行鞄《かばん》を手にした。ドアをしめれば確実に大きな音がするから、指一本ぐらいのすきまを残したままにしておいた。

さて、うまくいった。ここにはもう用はない。早く引きあげよう……。

輸送籠と旅行鞄をもって船着き場のほうへもどっていく。

そこで永史の視線は、駐車されている三台のトラックへ引きよせられた。漠然とした胸騒ぎのようなものを感じて、永史は足を止めた。あのトラックは何か臭う。記者生活で培《つちか》われた直感が、頭のなかで盛んに警報のサイレンを鳴らしている。せっかくここまできたのだから、ついでに調べておくべきだと思った。

籠と鞄を古い木箱のかげに置くと、トラックのほうへ忍びよった。幌のすきまから一台一台の荷台を覗きこんでいく。

右側と中央のトラックの荷台はからっぽだったが、いちばん左に駐めてある前二軸の大型トラックには、シートをかぶせた状態で大きな積み荷が載っていた。

後部のあおり板がさがっていたので、永史はそっと体重をかけて幌の下から荷台へもぐりこんだ。床板に片膝を突き、シートをめくりあげる。

太い木材を組み合わせた台座の上に、細長い流線形をした大きな金属製の物体が、毛布とロープを使って固定してあった。全長は四メートルから五メートルぐらい。もっとも直径のある部分は、大人が両腕をまわしてもかかえきれないほどの太さだ。軍用機が機体の外部につける落下増槽《ドロップタンク》――切り離し可能の追加燃料タンク――と形状が似ているが、すらりと伸びた尾部に四枚の翼が突きだしていることから、それとは異なる目的をもつ物体であるのがわかる。ところどころに継ぎ目の走る銀色の表面には、U字形の吊《つ》り金具のようなものや小さなハッチがあった。まるみを帯びた先端は赤茶色に塗装され、真ん中よりも前寄りに間隔を置いて二本の黄色いラインが引いてある。やや後ろ寄りには、製造番号のような記号とともに「US　NAVY」や「MK7」といった文字が、黒いステンシルで表記されていた。

まさか、これは……。

口のなかが瞬時に乾き、からだじゅうに痺《しび》れるような緊張が走った。

この物体は、川俣飛行場へ着陸した米軍機が積んでいたものではないのか？　アラキのいっていた「切り札」とは、捕らえてきた二名の乗員ではなく、この物体のことを指しているのでは？

そのとき――

荷台の幌の外で予期せぬことが起こった。

だれかが階段をおりてきて、あわただしい靴音が交錯した。

しまった！　見つかったか？　永史は狼狽《ろうばい》し、細くあけた幌のすきまから外のようすを窺った。

「お客がくるぞ。玄関をあけてやれ」柄本の声だった。

ふたりの隊員がトラックのよこを駆け足で通りすぎ、要塞の出入口と思われる例の巨大な鉄扉の左右へ散っていった。彼らが何か操作をすると、扉がゆっくりとひらきはじめた。そのむこうには、こちら側とおなじような暗い洞窟がつづいている。

ほどなく洞窟の奥の闇のなかから、ヘッドライトを灯《とも》した乗用車が一台あらわれた。車の通過後、鉄扉はもとどおりに閉じられた。

はいってきた車は、永史のR360クーペとトラックの中間あたりで停車した。フロントガラスやボディが、まるで雨のなかを走ってきたように濡《ぬ》れている。

エンジンを切った車から、背広姿の男がおりてきた。

その顔を見て永史は愕然《がくぜん》とした。佐和田だ。数馬の秘書の佐和田。おととい数馬の家へ行ったときに顔を合わせたあの男だ。

あいつがどうしてここへ？　考えられる理由はひとつ。佐和田も維新決死隊の連中とグルなのだ……。

柄本が佐和田に近づいた。

さきに口をひらいたのは、佐和田のほうだった。

「ここはずいぶん寒いですね？」と、とぼけたような感じで周囲を見まわす。「こういうところには暖房なんてものはないんですか？」

その質問を無視し、柄本は大きく舌打ちした。

「何の用でここへきた？　どれほど危険なことか理解しているんだろうな」

「もちろんわかっています。〈委員会〉の承認もちゃんと取りましたよ」と佐和田はいった。「わたしは数馬さんの代理できたんです。捕虜と会わせてもらえませんか」

「捕虜？　どの捕虜だ？」

「日本人のほうです。数馬さんは〈委員会〉から、例の外務官僚の娘の使い道について検討するようにいわれましてね、それで本人にいくつか訊きたいことがあるんです。それと、昨日つかまえた新聞記者のほうとも、ちょっと話がしたいのですが」

短い沈黙のあとで柄本はいった。

「じつは問題が起きた。いまの話に出たふたりが今朝方、監房から脱走したんだ」

「おや、そいつは大変だ」

「心配はいらん。どのみち島からは出られない。全力をあげてさがしているところだ。おれも捜索に行くつもりだったが、あんたがきたので足取めを食わされた」

「すみませんでした、忙しいときに訪ねてきて……。さて、しかし、どうするかな？」顎《あご》を撫でながら佐和田は思案した。「待っていれば、ふたりはつかまりますかね？　それまでアラキさんと話でもしていようかな」

「捕虜のことがあったので、隊長はことのほか機嫌が悪いぞ。へたをすれば撃ち殺されるかもしれん。それでもよければ会わせてやる」

「かまいませんよ。覚悟はできています」そういって佐和田はあっけらかんとした笑い声をあげたが、柄本に睨まれると真顔になった。

柄本に促され、佐和田は階段のほうへ歩きだした。

「ところで、例のもの、ほんとうに手に入れたんですか？」

佐和田の言葉に、柄本が立ち止まった。

「見たいのか？」

「ええ、ぜひ」

「しかたがない。こっちへこい」

柄本たちは急に進路を変え、永史がいるトラックへむかってきた。

永史はあわてた。荷台のなかを見まわす。とっさに運転席の側まで行き、積み荷のうしろに伏せてからだをまるめた。

幌が大きくひらかれ、シートがめくられた。彼らが荷台の上まであがってきたら、ぜったいに見つかると思った。

「なるほど。これですか」と、低い声で佐和田がいった。

「こいつの力を利用することに、あんたの上司が反対しているのは知っている。だが、そのことでわれわれにねじこんでくるのはお門違《かどちが》いというものだ」柄本の口調には不快感がにじんでいた。「アラキ隊長は〈委員会〉のお歴々と相談して決めたんだからな」

「承知しています」

シートがもとにもどされ、柄本と佐和田の足音は遠ざかっていった。

積み荷のうしろに隠れたまま、しばらくのあいだ永史は動けなかった。一度にいろいろなことが起こって、立てつづけに緊張と混乱とにさらされ、からだじゅうが熱くなり、心臓の鼓動が脳天までがんがんと響いている。

その状態が治まってくると、怒りや失望がじょじょに湧きあがってきた。

何ということだ。佐和田だけではなかった。数馬までもが——永史が恩人として一目置いていたあの数馬直次郎までもが、今回のクーデター計画に一枚嚙んでいるらしい。

ということは、川俣で起きた事件のことも葉子の失踪《しっそう》のいきさつも、数馬は最初からすべて知っていたのか。彼はそれを計画した一味のひとりなのだから……。そんなこととは知らず、永史はのこのこ数馬の家へ出かけていった。すすんでつかまりに行ったようなものだ。あのとき数馬はそ知らぬ顔で、平和と安寧《あんねい》に浸《ひた》っている現在の日本人を批判し、この国では目に見えない戦争が起こっているなどと語ったが、蓋をあけてみれば何のことはない、その新しい戦争とやらは数馬自身もくわわって起こしたものなのだ。

それから、このトラックの積み荷。

永史は顔をあげ、シートをかぶせられた物体を見つめた。

もっと早くに気づくべきだった。柄本と佐和田のあの会話からしても、まちがいはない。十二日の日曜日に維新決死隊が川俣飛行場へ行ったのは、米軍機の乗員を誘拐《ゆうかい》するためではなく、この物体を手に入れるのが目的だったのだ。連中はこれをクーデターに利用しようとしている。

この物体が永史の想像しているとおりのものだとしたら？

とんでもないことになった。この企てをなんとしても阻止しなくては……。

永史は呼吸を整え、音をたてないようにして慎重に立ちあがった。

さきほどまでと同様、トラックの外は静けさに満ちている。

荷台の後部からおりて腰をかがめ、車体の下を透かして見ると、見張りの隊員たちは階段のほうへもどっていた。トラックの死角を選んで移動し、永史は木箱のところへ帰った。

輸送籠と旅行鞄を取りあげ、船着き場を通って岩場へ行く。水路のわきの隊員は、やはりこちらに背中をむけ、双眼鏡で海をながめていた。

両手が荷物でふさがっているので、さきほどおりてきた崖をあがるのはあきらめた。岩場のなるべく崖に近い位置をつたって、大急ぎで穴からはなれた。

*

二、三十分後、島の高台の安全そうな林へ永史はたどり着いた。護岸の石積みが海へむかって崩れ落ちて斜面のようになっている箇所を見つけ、そこをのぼって崖の上までくることができたのだ。
休む間もなく永史は、輸送籠の目隠しの布をめくりあげた。

籠のなかには、佐々木から預かった伝書鳩の残りの三羽がいる。黒胡麻と栗二引《くりにびき》の若鳩が一羽ずつ。そのほかに、頭のうしろに逆毛のある灰胡麻――クロノスだ！

若鳩たちが不安げに歩きまわっているのに対して、クロノスは籠のすみに静かに立ち、場数を踏んだ勇者の貫禄をただよわせていた。

クロノスのすがたを見ると、ほっとして永史は目頭《めがしら》が熱くなった。

「元気だったか？」と彼はささやく。「よかった、おまえとまた会えて」

クロノスも永史の顔を見ると、うれしそうに背伸びをし、翼を数回震わせた。

籠のなかに入れておいた携帯用の飲水器はすでに空っぽだった。永史は旅行鞄から水筒を出し、飲水器に水を補給した。餌《えき》のほうは、やりすぎると帰巣本能が鈍るので、手のひらにごく少量をのせ、ついばませるに留めた。

鳩たちの食事を終えてから、一羽一羽を籠から出して健康状態を検査した。クロノスはとくに問題なさそうだ。若鳩二羽はすこし元気がないが、病気や不調のはっきりとした兆候は見られない。飛ばしても大丈夫だと判断した。

旅行鞄の中身を調べてみると、失われたものは何もないようだった。それどころか、川俣でつかまったときに奪われた財布や免許証や腕時計といったものまで、いっしょにはいっていた。奪ったあとで角刈りが、そこへ突っこんだのだろう。

鞄のなかから通信用紙の綴《つづ》りとカーボン紙を見つけ、手紙を書く用意をした。

とうぜんのことながら、通信管に入れて伝書鳩に託せる用紙の量には限りがある。明和の鳩係で使っている通信用紙なら二枚までだ。よこ十八センチ、たて十三センチ程度の小さな紙二枚に、何をどう書くか……。

これまで多くの事件や事故の現場で文章を書いてきたが、おのが身を危険にさらしながら、これほど重大な事柄の成り行きについて筆を執るのははじめてだった。いいしれぬ緊張のなかで鉛筆を握り、永史は通信文を書きだした。

宛名は清水デスクにしておいた。あの人なら的確に対処してくれるはずだ。進行中のクーデター計画や自分たちの置かれている状況について、簡潔にわかりやすく記すように心がけた。途中で鳩の身に何かあって、第三者が通信文を拾って読んだとしても、容易に理解できるようにした。

迷ったすえに触れなかった事柄もある。たとえば数馬のことだ。今回の件に何らかのかたちで数馬がかかわっているのは事実のようだが、永史の心の一部はまだ、あの老人を完全な敵と見なすことに抵抗を感じていた。数馬の関与を明るみに出すのは、ある程度の確証を得てからにしたかった。葉子のことも、いろいろと差し障《さわ》りがあるのでボカしておいた。

用紙二枚にわたる文章を書き終えると、鉛筆で記した原本とカーボン紙で複写した二組をそれぞれ折りたたみ、三個の通信管に納めた。

あとは鳩たちに通信管を付けて送りだすだけだが、さきほどから永史は不都合なものの存在に気づいていた。頭上をしきりに黒い影がよぎっているのだ。その正体は隼《はやぶさ》だった。両翼をひろげて凧《たこ》のように風に乗った隼が、空中を滑《すべ》るようにゆっくりと舞っていた。朝から島のなかを逃げまわっているあいだも、あちこちで隼を目にしていた。この島の上空には常時、複数の隼が獲物をさがしながら旋回しているらしい。

鳥類を捕食する猛禽《もうきん》類は、伝書鳩の大敵だ。鳩舎へ帰らない伝書鳩たちの何割かは、隼や鷹《たか》などの餌食《えじき》になって命を落としているのだ。猛禽の巣を覗いたら、伝書鳩の脚環や通信管が大量に見つかったという話も聞いたことがある。

空に隼が待機しているこの場所で、クロノスたちを放すことはできない。隼がおらず放鳩にも適した地点をさがさねばならなかった。永史は手早く荷物をまとめ、周囲の気配に注意を配りながら木立のあいだを歩きだした。

海岸に背をむけてすすむと、監視所の高台が見えてきた。そこを迂回し、林をたどって島の反対側へ出る。そのさきで、海に面してひらけた場所を見つけた。林の途切れるところから断崖のふちまで、草地の緩やかな斜面が十メートルほどの奥行きでひろがっていた。ここには隼も見あたらないし、放鳩地として打ってつけだ。

ただひとつ、正面に広々とした海があるのが心配だ。伝書鳩は大河や海を渡るのを苦手とする。だが過去には、はるか沖合の離島や船から放鳩され、何十キロあるいは何百キロという海を越えて新聞社へ帰り着いた鳩もいる。ここは島といっても数キロさきに陸地があるのだし、きっと飛んでくれる。経験の浅い若鳩たちがたじろいだとしても、ベテランのクロノスが引っ張っていってくれると永史は信じた。

草地の手前で輸送籠を地面に置き、鳩たちを順に取り出して最後の準備をする。

クロノスの左脚に通信管を付けながら、皮肉なものだと永史は感じた。昨日の朝、佐々木から預かったときには、まさかこんな状況下でクロノスを放すことになるとは考えてもみなかった。そういえば、軍鳩だった初代のクロノスを放鳩していたのは戦場だった。どうやら平和とは正反対の場面でしか、自分はクロノスを飛ばせないらしい……。

永史はふいに胸へ手をあてた。ワイシャツの下の皮膚《ひふ》に、あの熱を感じたからだ。初代クロノスの形見の脚環が、また熱くなっている。

彼ははっとした。そうだ、これがあったか！　その脚環はもともと、クロノスを守っていた幸運の脚環だ。軍鳩クロノスは危険の多い戦地の空へ、この脚環を付けて幾度も飛び立ち、傷ひとつ負わずに中隊の鳩舎へもどってきたのだ。

急いでシャツのボタンをはずし、それを取り出す。驚いたことに脚環は、熱を帯びているばかりでなく、陽光のもとでもはっきりとわかる、蛍光灯の光にも似た青白い輝きを放っていた。

脚環の輝きを目にしたとき、永史は確信した。

この脚環には、まちがいなく何らかの不思議な力が宿っている。永史がクロノスにそそぐ愛情と、彼を慕うクロノスの想いが、おそらく脚環の上でひとつに結びつき、そういう力を生みだしたのだろう。そして、この力が永史のもとへクロノスを転生させ、いまもクロノスを守ってくれようとしている。

永史は脚環に通してある紐《ひも》を引きちぎった。戦地での最後の戦闘のときには、脚環が壊れていたせいで初代クロノスを死なせることになったが、今度はそうはさせない。

脚環よ、お願いだ。クロノスをかならず守り通してくれ——そう口のなかで祈りながら、爪《つめ》の先で脚環をひらき、クロノスの右脚に装着して、切れ目をふたたび閉じた。

脚環をはめたとたん、クロノスに変化が起こった。まるで脚環からエネルギーが流れこんでいったみたいに、クロノスはからだを膨《ふく》らませ、二、三度大きく武者震いした。その全身に満ち満ちた活力が、はっきりと永史の手にもつたわってきた。

そうだ、と、胸のなかで永史は叫んだ。これで完璧《かんぺき》だ。どんな障害も乗り越えて、無事に使命を果たしてくれるはずだ。頼んだぞ、クロノス！

クロノスは真珠色の虹彩《こうさい》の瞳に強い意志をみなぎらせ、これから飛んでいくことになる前方の空を見すえている。その決然とした目つきには見おぼえがあった。初代クロノスとおなじ目だ。永史は一瞬、軍鳩クロノスとともに戦場にいるような錯覚をおぼえた。

クロノスたちを入れた籠を手に、永史は草地へ出ていく。

籠から鳩を出し、つぎつぎに空へ放った。

はじめにクロノスを……。

つづいて黒胡麻の若鳩を……。

終わりに栗二引の若鳩を……。

クロノスは両翼をすばやく打ちふり、いったん海のほうへ飛びだしたが、すぐに右手へ針路を変えた。ほかの二羽もあとにしたがう。

鳩たちの軌跡を追って首をめぐらし、永史はこぶしを握り締めた。

――行け！　行って、みんなに危険を知らせてくれ！

だしぬけにある光景が視界に飛びこんできて、彼は息を呑んだ。草地のはずれの木々のあいだから三人の決死隊の隊員が走り出てきたのだ。そのひとりは柄本だった。

柄本が空を指さし、大声で何かいっている。ほかの隊員ふたりが自動小銃をかまえ、飛んでいく鳩たちへ銃身をむけた。

「やめろ！」と、思わず永史は叫んでいた。

発砲がはじまった。硝煙がたなびき、薬莢が宙へ躍《おど》り出す。

柄本がこちらを見た。その手が腰のホルスターから拳銃を抜きかけている。

永史は踵をかえし、林へ逃げこんだ。直後、斜め前方の木の幹で樹皮の一部が勢いよく砕け散った。木のかげへ転がりこんだ永史は、ようやく自分も拳銃をもっていることに気づいた。銃を執って柄本のほうへ何発か撃ちかえす。

すでに柄本だけでなく、ほかの隊員たちも永史へむかって発砲してきていた。彼らは林の入口あたりに身を伏せ、着弾点を確実に近づけてくる。

むこうは三人、こちらはひとり。勝ち目はなさそうだ。

射撃が下火になったときを狙って、永史は腰をあげた。二発ほど発射してから林の奥へ走りだす。柄本たちも追撃してくる。

銃声がするたびに頭をさげたり、茂みへ飛びこんだりしながら、永史は可能なかぎりのスピードで駆けつづけた。

進行方向にコンクリート製の低い堡塁《ほうるい》のような構築物がある。それを乗り越えて、絡《から》み合った腰高の枯れ草を蹴散らし、さらに数歩を踏みだした。

と——

突然、足下の地面の感触が消えうせた。支えをなくした永史のからだは、なすすべもなく前のめりに倒れていく。反射的に伸ばした手がむなしく空をつかんだ。

永史は落下していった……。

9　クロノス

昭和三十六年二月十七日（金曜日）――午前九時四十七分

　永史の手から放たれた瞬間、クロノスは折りたたんでいた翼を一気にひらいた。限界まで巻いた撥条《ぜんまい》がはじけるように爆発的な勢いで宙へ飛びだしていく。力強い羽ばたきをくりかえしながら、みるみる加速して空へ駆けのぼった。

　二羽の仲間をしたがえ、島の断崖に沿って右へ旋回したとき、地上で短い衝撃音が連続して響いた。それと前後して、殺気を帯びた小さな礫《つぶて》がいくつも唸《うな》りをあげてクロノスたちのそばを通りすぎていった。

　背後を飛んでいた若鳩のうち黒胡麻《くろごま》のほうが、ふいに翼の動きを停止した。そのまま黒胡麻は、くるくるまわりながら五十メートル下の海へ墜《お》ちていく。

　危険を察したクロノスは、ぐんとスピードをあげた。残った栗二引《くりにびき》の若鳩もあとを追ってくる。礫がなおも彼らをかすめたが、ある程度まではなれると、いつのまにかその飛来はやんだ。

高度二百五十メートル付近まであがったクロノスは、強い北風が吹くなかで方位判定旋回をはじめた。眼下に曲玉《まがたま》みたいなかたちをした島があった。四囲をかこむ海の広がりにくらべれば、その島は心細いほどに矮小《わいしょう》だ。

島の中央のくびれた部分の端にある狭い空き地から、彼らは飛び立ってきたのだ。その場所では、短い衝撃音がいまだ断続的につづいているようだ。そちらへはなるべく近づかないようにした。

べつの方角には鋭い鉤爪《かぎづめ》をもった天敵——隼《はやぶさ》が何羽も舞っていた。隼の高度はだいぶん低い。クロノスたちを襲おうと上昇してきても、余裕をもって逃げきれるはずだ。

前日と同様、その日も快晴。ほとんど雲はなく空気も澄んでいる。ただでさえ鋭敏なクロノスの視覚は、かなり遠方のものまで捕捉していた。

島の東と西には、真下の島よりもはるかに巨大な陸地が長々とよこたわっている。東寄りの中天を黄色い太陽がじりじりとのぼっていく。

周囲にひろがる世界のどこかに、クロノスの帰るべき場所があった。

どちらだ？　どの方角へ飛べば、そこへたどり着く？

クロノスはからだを傾斜させ、天空に大きな弧状の飛跡を描きつつ、全世界へ感覚の網をひろげた。風の唸《うな》り、地のささやき、天のつぶやきに耳を澄ましているうちに、その一瞬がおとずれた。

大きく明瞭なひとつの声が、頭のなかに天啓のように響きわたった。

帰るべき場所は、ほぼ真北の方角にある、と声は告げていた。

翼の動きをぴたりと止め、すうっと滑空へ移ったクロノスは、北西の方角へ針路を取った。栗二引もついてくる。

声が示した方角からすこし西寄りへむかったのは、とりあえず広い陸地の上へ行くためだ。何の目印もなく、気流が乱れている海上よりも、陸上のほうが飛びやすいことを経験的にクロノスは知っている。

約二分後、陸地の上空へ到達した。そこからすこしずつ北へ向きを変えていく。

高度二百メートル。追い風。

クロノスは翼の面積を巧みに変えて風に乗り、まえへまえへと飛びだしていった。低い山や赤紫色の林が、流れるように後方へ去っていく。

腹の下に引きこんだ左脚では、短い筒状の通信管と「明和一三〇八」の脚環とが、風を受けて小刻みに踊っていた。右脚でもべつの脚環が揺れている。それは左脚の脚環にくらべると粗《あら》いつくりで、明らかに素人《しろうと》の手によるものだとわかるが、表面に刻まれた「クロノス」の文字をなぞるように、ときおり青い煌《きら》めきがまたたき、尋常でない気配を放っている……。

クロノスは飛びつづけた。栗二引の若鳩も斜めうしろで懸命に羽をふっていた。

地上にだんだんと民家や道路が目立つようになり、やがて、湾に面して港をもつ比較的大きな街の上を通過した。左手の山のあたりに猛禽《もうきん》のすがたがあるが、今度も遠いので脅威にはならない。

そこから北へつづく海岸線は、人間の手によって埋め立てられている箇所が多く、複雑に入り組んでいた。クロノスと栗二引はできるだけ海上へは出ず、陸地の端をたどるように飛行した。丘を切り崩した造成地でブルドーザーが動きまわっている。起伏の谷間の線路を赤い電車が走っていた。

前方にふたたび市街地があらわれた。そこはまえの街よりもさらに賑《にぎ》やかで、港にはたくさんの船が停泊している。コンクリートや煉瓦《れんが》造りの立派なビルや、赤と白の段々模様に塗装された鉄骨の塔なども建っていた。もしもクロノスが人間とおなじ方法で世界を認識していたとしたら、特徴のあるそれらの建物が神奈川県庁や横浜市開港記念会館やマリンタワーであり、そこは横浜の街であると言いあてることができただろう。もちろんクロノスは建築物の名前など知らず、地名に関心をよせたりもしない。彼は地上の景色をただ図形として捉《とら》えている。

このあたりでクロノスは心の声にしたがい、すこしだけ北東寄りに針路を修正した。しばらくすると、工場の煙突の林立する街が見えてきた。川崎だった。

東海道線の川崎の駅舎のさきに大きく蛇行《だこう》する河がある。多摩川だ。その河の上空はたいてい気流が乱れていて、伝書鳩を混乱させ、方向感覚をしばしば狂わせる。

このときも局地気流の衝撃に見舞われて、それから抜け出そうと反射的に上流のほうへ反転しかけた。すぐにクロノスはその過《あやま》ちに気づいた。ここで直進しなければ、帰るべき場所へはたどり着けない。風に抗《あらが》い、むりやり頭を北へもどす。

複雑に絡《から》み合う空気の流れに翻弄《ほんろう》されながらも、なんとかその空域を渡ることに成功した。クロノスの先導のおかげで、栗二引もその難所を乗り切ることができた。

安堵《あんど》したのも束《つか》の間《ま》、気流などよりずっと大きな危険が、河のむこうに待ち伏せていた。

上方に何かがいる。風に乗って帆翔《ソアリング》する一羽の隼だ。

狩人《かりゅうど》の鋭い目で隼は、眼下をよこぎる二羽の鳩を認めた。チャンスをのがさず行動に移った。隼の通常の飛行速度は伝書鳩のそれよりも遅く、水平飛行であれば鳩のほうに分《ぶ》があるが、急降下による奇襲となると、さすがの伝書鳩もかなわない。

猛スピードで高空から接近してくる敵の気配を、クロノスは感じ取っていた。いつでも回避できるように身がまえた。

しかし隼が狙いを定めていたのは、クロノスよりも羽色が明るい栗二引のほうだ。自分が狙われていることを栗二引も悟った。若鳩は間一髪で反転し、隼の鉤爪をよけた。

全身に充満する恐怖のなかで栗二引は、生き残る手段をさがしもとめた。彼の頭に浮かんだのは人間たちの存在だった。水や餌《えさ》をくれて甲斐甲斐《かいがい》しく面倒を見てくれる人間は、伝書鳩にとって守護者に等しいものだ。人間たちのそばへ行けば、あるいは助かるかもしれない……。

隼の鉤爪をかわしながら栗二引は、クロノスのそばをはなれ、下方の街へむかって高度をさげた。まもなく人家の屋根すれすれを飛び、ビルのあいだをすり抜けていた。

栗二引の直感は正しかった。人間を恐れている隼は、速度を落として追撃をためらうそぶりを見せた。くるりと旋回し、上昇していく。

そこで栗二引も通常の飛行にもどるか、どこかへおり立って休めばよかったのだ。でも、恐慌《きょうこう》に陥《おちい》った彼はそうしなかった。なおも電線をくぐり、家々の軒先《のきさき》をかすめて突きすすむ。結果的にそれが命取りになった。

ある地点で判断を誤った栗二引は、工場の敷地内に架かる太い電線に接触した。弾《はじ》き飛ばされ、建物の屋根や壁に何度か打ちつけられたすえに、万年塀《まんねんべい》の外の道端に転がった。

そのとき彼にはまだ息があったが、頸骨《けいこつ》を砕かれ、両翼とも折れていた。

衝撃で脚からはずれた通信管は、側溝の汚水の底に沈んでしまった。

そのうちに塀のかげから野良猫《のらねこ》があらわれた。真っ黒な猫は用心深く頭をさげ、瀕死《ひんし》の伝書鳩のようすをじっと窺《うかが》ったあと、忍び足でそちらへ近づいていった……。

＊

クロノスは一羽になった。それでも翼をふり、敢然《かんぜん》と飛行をつづけた。

多摩川を渡って以来、ほぼ無風の状態だ。

高度百五十メートル付近までクロノスは降下していた。

真下に太い帯のように国鉄の線路が通っている。左前方にそびえる東京タワーを除けば、東京の街に抜きん出た建物はない。オフィス街や繁華街にせいぜい五、六十メートルの高さのビルがある程度で、全体に平面的な景色がひろがっていた。

埋め立て地を右に見ながら市街地の上を渡っていくと、彼方に広大な緑の一角が望めた。皇居の森だった。

皇居の右手、国電の高架線と高速道路に挟まれたところに、まるみを帯びた白っぽい日本劇場のビルが見えてきた。日劇のよこに朝日新聞社がある。その奥に、すし屋横丁のごたごたとした家並みと、ロの字のかたちをした東京都交通局の庁舎が隣接していた。

それらのむこうに、薄茶色をした七階建てのビルが建っている。

明和新聞の東京本社だ！　そこが目的地であった。

降下しようと身をひねりかけたとき、クロノスの頭のなかに声が響いた。

——あそこへおりてはいけない。

クロノスは降下を中断して、大きく旋回した。

彼は困惑していた。なぜ、おりてはいけないのか？　あそこには仲間たちがいて、食べ物があって、隼はやってこない。世界でいちばん安らげる我が家ではないか。帰るところは、あそこしかない。

この疑問に、おなじ声が答えた。

——ちがう。帰るべき場所はあそこではない。

その声は、飛ぶべき方角をいつも教えてくれる内なる声とは異なったところから響いてくるようだった。

——今回にかぎっては、あの鳩舎へもどってはいけない。

クロノスはやっとわかった。自分の右脚にはまっている脚環から、声は聞こえてきているのだ。ここへの飛行をはじめる直前に、クロノスがだれよりも愛し信頼をよせているあの人間が付けてくれた脚環だ。それが語りかけてきている。そういうことなら、声のいうことを信じたほうがいいと感じた。

しかし、それではいったい、自分の帰るべき場所はどこなのか？

放鳩地の上空で方位を判定するときと同様、彼はその場で旋回をつづけながら、答えが得られるのを待った。

そのうちに不可解なことが起こった。脚環が青白く光りだし、その輝きはどんどん強まっていった。それとともに陽炎《かげろう》が立ちのぼるように、クロノスを取り巻く世界がゆらめきだした。地上の景色がさざ波に包まれ、ふいに溶けて消える。代わりに螺鈿《らでん》みたいな淡い虹色の輝きが周囲をおおい尽くす……。

気がつくとクロノスは、前も後ろも上も下もない場所にいた。そこでは何の物音も聞こえず、わずかな風も吹いていなかった。真っ白な空間のなかにクロノス一羽がピンで留められたように浮かんでいる。

あちらだ、と、右脚で光っている脚環から声がした。あちらの方角だ。

粘り気を帯びたように空気が重たく感じられた。それでもクロノスは渾身《こんしん》の力を込めて翼を打ちふった。前進している感覚はしないが、ひとつの方向へすすんでいるのは確かだ。そちらの方角でいい、と脚環の声も告げている。

そんな状態で、どれほどのあいだ飛びつづけたのか……。

はるか前方に突如、稲妻《いなずま》が走った。一度だけではない。立てつづけに何度も。閃光《せんこう》がだんだんとクロノスのほうへ近づいてくる。青白いひらめきは間隔《かんかく》をせばめ、連続した輝きとなり、大きな球形の発光体と化した。

光る球体がすぐそばまで迫り、まぶしさのあまりクロノスは瞬膜《しゅんまく》を閉じた。

彼は恐れなかった。それがめざす世界への入口であると、脚環の声が教えてくれたから。

光球の内部へクロノスは突っこんでいった。

すると――

直前までの光景がまぼろしであったかのように、彼のまわりに正常な風景が展開していた。先ほどの有楽町の上空と似ていたが、すぐに似て非なる世界だとわかった。

まず太陽のようすがちがっていた。それは先ほどよりも高い位置にあり、先ほどよりも強いエネルギーを放射している。空気のようすも異なっていた。先ほどまでは冬晴れで乾燥していたのに、いまは雲が多く湿気に満ち、気温もかなり高い。

地表のようすにも変化があった。鉄道や道路、西側にある大きな堀やそのむこうの広大な森といったものの形状や位置関係は、以前とまるきり変わりがないのだが、先ほどは見あたらなかった高層の建造物があちらこちらの街区にそそり立っている。それらはあたかも、クロノスが白い空間へ行っているあいだに大地から生《は》えてきたようであった。

地形の異変は、明和新聞社があるはずの領域においても著《いちじる》しかった。日劇も朝日新聞社もすし屋横丁も東京都交通局も、いまはもうなくなり、べつの見慣れない建物に取って代わられていた。

けれどもクロノスは、その景色のなかに帰るべき場所――明和新聞社を発見した。

新聞社の薄茶色の建物は、先ほどまでと変わらぬすがたのまま、高いビルの谷間にうずもれるようにして建っている。屋上にならぶ四棟の鳩舎も、記憶どおりの佇《たたず》まいだ。南西の端にあるのがクロノスの鳩舎だった。

今度こそクロノスは、明和新聞の屋上の鳩舎めがけて、まっしぐらに飛んだ。

手前にひとりの人間が立っていたが、かまわずその頭上を矢のように通過し、鳩舎の到着台へむかう。両翼と尾羽を使ってブレーキをかけ、台の上にぴたりと着地した。

到着台の正面には伝書鳩用の入口と出口がならんでいた。右側が二重のトラップになった入口だが、いつもとちがって引き戸がしまっている。反対に左側の出口の引き戸があいていたので、そこから鳩舎へはいった。

鳩舎の内部は、おそろしいほどに静まりかえっていた。ふだんなら百羽以上の鳩たちがからだを摺《す》り合わせて動きまわっているところに、一羽の仲間もいない。床の飲水器や塩《えん》土箱《どばこ》までもが消えている。

しかし、帰るべき場所はここなのだ。

脚環の声も、ここでまちがいない、と断言している。

クロノスは小屋のなかを歩きまわり、何かが起こるのを待った。

ややあって、ふたりの人間がやってきた。ひとりがクロノスに飲み水をあたえ、左脚に付いている通信管をはずした。

通信管のなかを改めた人間たちは、にわかに騒ぎだした。

10　俊太

平成二十三年七月八日（金曜日）――午後一時二十八分

「これは坪井さんの手紙だよ！　五十年前にクロノスが運んできた退職願とは、またちがう内容だ。坪井さんは、どこかで助けをもとめている」

驚きを露《あら》わにした須山は、食い入るようなまなざしを手中の紙片へむけている。

屋上に放置された鳩舎の跡へはいりこんだ鳩が、五十年前にこの新聞社にいたクロノスという伝書鳩ではないかということになり、俊太の発案で通信管のなかを調べてみたところ、その手紙が出てきたのだった。

やがて須山は、俊太のほうへ手紙を差しだした。

「いいんですか、ぼくが読んでも？」

俊太が訊《き》くと、須山はうなずく。

「おれはすっかり頭がこんがらがっちまった。それを読んで、何がどうなっているのかわかったら、おれに説明してくれないか？」

受け取った手紙は、B6判ぐらいの大きさの二枚の薄葉紙《うすようし》に書かれていた。折ったりまるめたりして小さな管に押しこまれていたから、こまかな皺《しわ》がたくさん寄っている。その表面にカーボン紙で転写されたと思われる青い小さな文字が、たて書きでびっしりと連なっていた。

手紙の内容に俊太は目を通した。

明和新聞東京本社

清水秀輝様

これは記事原稿ではありません。緊急事態にかんする連絡です。

昨日わたしは神奈川県の川俣飛行場付近で、「維新決死隊」を名乗る一団に拘束され、そこから車で二時間ぐらいの距離にある島へ連れてこられました。この島は無人島らしく、旧日本軍の要塞跡と思われる施設や、海鵜《うみう》の生息地があります。二キロほど西方には、どこかの陸地が見えます。三浦半島あたりにある島ではないかと思うのですが、はっきりしたことはわかりません。

維新決死隊を率《ひき》いているのは「アラキ」という名の初老の男で、自衛隊幹部学校の教官を務めているか、あるいは過去に務めたことのある人物のようです。政府転覆《てんぷく》のクーデターを計画しているとアラキは明言しています。

十二日に維新決死隊は、川俣飛行場に着陸した米軍のＡ３Ｄスカイウォーリア艦上攻撃機と接触した模様。その際に捕らえた乗員二名を島内の地下施設に監禁しています。また、同機が搭載していたと思われる物体を、島の洞窟に駐車したトラックに積んでおり、それをクーデターの「切り札」として利用するつもりのようです。

物体の特徴は、軍用機の落下増槽に似た流線形で、長さは四、五メートル。尾部に四枚の翼があり、側面には「ＵＳ　ＮＡＶＹ」や「ＭＫ７」などの文字が書かれています。これまでの経緯から見て、投下式の爆弾、おそらく核爆弾である可能性が大きいと思います。

拉致《らち》後にわたしは、十二日の川俣の事件の目撃者である女子大生とともに監禁されていましたが、本日未明に彼女と脱走に成功。島から出る手段がないため、現在は島内に潜伏しています。

至急しかるべき機関に通報し、対処をお願いします。

昭和三十六年二月十七日　　坪井永史

読み終えると俊太はいった。

「これって、坪井さんが行方《ゆくえ》不明になったときに書いたものじゃないですか？」

「そうみたいだ」と須山。「最後にある日付も、おれの記憶とだいたい一致している」

「宛名の清水という人はだれです？」

「当時、社会部の副部長をしていた人だ。そのあと社会部長、編集局長と務めて退職した。ずいぶんまえに亡くなっていると思う」

俊太はもう一度、文面を見わたした。いかにも急いで記したといった感じの崩れた筆跡や、行間からつたわってくる緊迫感などから、だれかが悪戯《いたずら》で書いたものだとはとても思えなかった。

眉間《みけん》に皺をよせた須山は、俊太が手にしている手紙とそれを運んできた伝書鳩とを交互に見つめている。クロノスは首を前後にふりながら、飲水器のまわりを行きつ戻りつしていた。

「なんでいまごろになってクロノスが、そんな手紙をここへ運んでくるんだ？」

「さあ……」

答えに窮《きゅう》し、鳩のほうへ視線をむけて、俊太はあることに気づいた。

「おや。何だろう？」

「どうした？」

「鳩の脚のあたりで何かが光ったような……。あ、ほら。まただ」

須山は膝《ひざ》を折り、クロノスのほうへ手を差しだした。鳩は近づいてきて彼の手のひらを嘴《くちばし》でつつきまわす。そこをすばやくつかまえて、クロノスのからだをよこ向きにした。

「何だ、こりゃ?」と、須山は驚きの声をあげた。「脚環が光っているぞ」

右脚の「クロノス」という名前を刻まれた脚環が、ちらちらと青白くまたたいている。神秘的な感じのするその輝きから、俊太も須山も魅入《みい》られたように目をはなせなくなっていた。

「まるで人魂《ひとだま》みたいに怪しげな光じゃないか」須山がつぶやく。

「ええ」と俊太も応じた。「どういったらいいか……とにかく、ふつうの光じゃないですね、これは」

その輝きを見ているうちに俊太は、脚環がひとつの意志をもち、自分たちに何かを伝えようとしているみたいに思えてきた。どうやら、彼らがいま体験している出来事には、科学では解き明かすことのできない領域に属したものが関係しているようだ。須山も同様のことを感じたらしく、口を半びらきにして、しきりと目をしばたたかせていた。

「ええと、その……須山さん」相手の反応を窺《うかが》うようにしながら、俊太はゆっくりと語を継いだ。「突拍子《とっぴょうし》もない話に聞こえるのを承知でいいますが、もしかすると、クロノスは時間を越えてきたんじゃないでしょうか」

「はあ? 時間を越えて?」

「SF映画とかでよくあるでしょう。時間旅行とかタイムスリップとか」

「まさか、そんなのが現実にあるわけないだろ……」

須山は笑いかけたが、その表情はすぐに凍りついた。

「もちろん、ぼくだって信じられませんよ」と俊太。「でも、そう考える以外に、五十年前の鳩がここに存在していることの理由を説明できないじゃないですか」

唇を舐《な》めてから、須山は上ずった調子でいった。

「それじゃ何かい。あんたがいいたいのは、こういうことか？　坪井さんが五十年前にどこかの島から助けを呼ぶために放鳩したクロノスが、時間の流れを飛び越えてここへやってきたと――」

「そうです。どうしてかは知りませんけど、本来帰るべきだった五十年前の新聞社ではなく、五十年後のいまの新聞社へ帰ってきたんですよ」

「だが、最終的にクロノスは、坪井さんの退職願をもって五十年前の新聞社へもどってきたんだぞ。あっちのクロノスはいったい何だったんだ？」

俊太は考え考え、返事をかえした。

「そっちのクロノスも、このクロノスとおなじクロノスなんです。つまり、これからまたクロノスは五十年前へもどるんですよ。そして、そのあとで坪井さんの手紙をもって当時の新聞社へ帰っていくんじゃないでしょうか」

手のなかの鳩がいきなり何十キロも重たくなったかのように、須山は顔をしかめた。

「そんな話、急に信じろといわれてもな……」

「じゃあ、ほかにどんな説明ができるんですか？　たぶん、この奇妙な出来事には、そのへんてこりんな脚環が関係しているんだと思います」

須山は何かいいかけたが、脚環の不思議な光を見おろし、すぐに口を閉じた。ちょっとたってから唇を動かしかけ、また言葉を呑みこむ。そういうことを何度かくりかえしたあとで、ようやくしゃべりだした。

「よくわからんが……あるいは、ひょっとすると、あんたのいうとおりなのかもしれないな……。じつはな、クロノスの右脚で光っているこの脚環は、坪井さんが軍隊時代に初代クロノスのために手作りでこしらえたものなんだよ。鳩が死んでからは形見として、首から紐《ひも》でぶらさげて、いつも持ち歩いていた。その脚環がどういうわけか、坪井さんの退職願を新聞社へ運んできた二代目クロノスの脚に付いていた。ここにいるクロノスにも付いている。坪井さんが拉致されたさきの島から二代目クロノスを放すとき、無事を祈って脚環を付けたのだと考えれば、なるほど、あんたの話とも辻褄《つじつま》が合ってくるが――」

そこで須山は、はっとした表情を浮かべ、俊太のほうへ首をめぐらせた。

「ほんとうにクロノスが時間を越えて坪井さんの手紙を届けてきたのだとしたら、どうすればいいんだ？　おれたちは坪井さんのために何かしなくちゃいけないのか？」

五十年前の伝書鳩が飛来したことの謎ばかりに気を取られていた俊太は、須山の言葉に虚を突かれたような感じがした。手のなかの手紙が、にわかに現在進行形の意味合いを帯びてくる。

坪井記者は手紙のなかで、維新決死隊という集団がクーデターを計画していると書いていた。それも核爆弾のようなものを利用してだ。しかし、昭和三十六年に日本で現実にクーデターが起こったという歴史的事実はない。それはおそらく計画が未然に防がれたからだ。ということは……。

「そうか、そういうことか!」俊太の声のトーンが自然と跳ねあがった。「この手紙を受け取ったからには、ぼくたちは坪井さんを助けるために、何らかのリアクションを起こさなくちゃいけないんですよ」

「五十年前に起こった出来事から、どうやって坪井さんを助けるんだ?」

「それはまだわかりませんが、でも、この手紙で事件を知らされたぼくたちが何か協力をしたから、五十年前のクーデターを防ぐことになったのかもしれない」

「ちょっと待ってくれ」須山はふたたび顔をしかめた。「またわからなくなってきたぞ。あのとき日本でクーデターなんて起こらなかった。おれたちが何をしようとしまいと、その過去は変わらないんじゃないのか?」

「いいえ、そうじゃありません。クーデターが起こらなかった過去がある以上、ぼくたちが何もしないという選択肢はありえないんですよ。ぼくたちはこれから坪井さんを助けるに決まっているんです」

「おいおい……要するに、本人の意志にかかわらず、おれたちの未来の行動が決まっちまってるってわけか？」

「そういうことになりますね」

「何という途方もない話なんだ。それじゃ、もしもだよ、おれたちがこのまま何もしなかったら、どういうことになるんだ？」

「それは、ぼくにもわかりませんけど……。須山さんは何もしないつもりですか？」

俊太に訊かれて、須山はふうっと息を吐き出した。

「そんなこといわれたって、どうすればいいのか、さっぱりわからんよ。――そうだ。こういう場合は、心の声に耳をかたむければいいんだ。むかし坪井さんがおれにいったんだ。迷ったり行き詰まったりして答えが出せなくなったときには、あれこれ思い煩《わずら》うのはやめて、伝書鳩のように直感にしたがって、すすむべき方角を決めろってね」

鳩舎の天井へ顔をむけて、須山はまぶたを閉じた。しばらくその姿勢でいたが、やおら目をひらいて俊太を顧《かえり》みた。

「よし、決まった。坪井さんを助けよう。助けなきゃいけないと感じるんだ。あの人が危険な目に遭《あ》って、救いをもとめているのだとしたら、何もしないでいられるもんか。おれも一肌脱ぐぞ」

俊太も首をたてにふった。

「そうですね。やりましょう」

「で、具体的には何をすりゃいい？　坪井さんの手紙には、適当なところへ知らせてほしいというようなことが書いてあったが」

「おなじ時代の新聞社の人に宛てたメッセージのつもりだから、坪井さんはそう書いたわけですけど、未来に届いてしまったので、そのへんの事情はちがってきますよね。たとえば、ぼくたちがこの手紙をもって警察へ行ったとしても、それが坪井さんを助けることにつながるとは考えられません。こんな話をまともに取り合ってもらえるかどうかも怪しい。とりあえずわれわれだけで、できることからはじめましょう。そのうちに何かいいアイデアが浮かんでくるかもしれない。ぼくはまず、この手紙に書いてある事柄について調べてみます」

「じゃあ、おれは――」須山はクロノスへ目を落とした。「ほかにすることがなけりゃ、鳩の面倒を見よう。こいつ、だいぶん腹ペコのようだから、食わせるものでもさがしてくるよ」

俊太も須山もそのときになって気づいたのだが、あの不思議な輝きが消えて、脚環はふつうの状態にもどっていた。

鳩舎のなかを点検すると、到着台に面した出口の引き戸が壊れていて、半びらきになったまま閉じないことがわかった。そのまま放っておけば、クロノスが外へ出てしまうかもしれない。しかたなく巣房《すぼう》のひとつにクロノスを入れ、止まり木を兼ねた蓋《ふた》をしめておいた。

*

それから、ふたりは鳩舎をはなれた。

七階でひとまず須山と別れて、俊太は倉庫へもどった。

ひとりになると彼は、直面している事態の異常さにあらためて思い至り、まるで自分が現実のへりからはみ出して異次元に落ちかけているような奇妙な感覚に襲われた。伝書鳩が時間を越えて飛んできたなんて、いまでも信じられない気持ちだが、現にそれが起こったのだから信じるしかない。こういう奇跡のような出来事はおそらく、衆目にさらされない世界のかたすみで日夜ひっそりと起こりつづけており、たまたま自分はそれに立ち会う機会に恵まれただけのことなのかもしれない。だとしたら、いまはそれを受け入れて、さきへすすむよりほかにないのだろう。

倉庫にいるのは俊太ひとりで、総務からだれかがようすを見にくることもないから、仕事以外の作業をしても見咎《みとが》められる心配はなかった。俊太は預かってきた坪井記者の手紙を二枚ならべて机の上に置き、文面から思い浮かぶ謎を拾いだしてみた。

一　坪井記者が連れていかれたのは、どこの島か？
二　維新決死隊のリーダーであるアラキとは、どういう人物か？
三　洞窟のトラックに積んであるのは、ほんとうに核爆弾なのか？

これらの謎のうち「一」にかんしては、比較的かんたんに突きとめられそうな気がした。ただし、それは調べるための相応の手段があってのことだ。

俊太の手元には、倉庫の物品をリスト化するために総務から借りているノートパソコンがあるが、もともとLANケーブルでハブにつながっていたのをはずしてもってきたので、現状この場所からインターネットに接続することはできない。総務の部屋へもっていって、もとどおりにつなぎ直せればよいのだが、アルバイトと無関係のことをするのだから、そういうわけにもいかない。

駅のむこうのビックカメラへ行けば、データ通信カードを売っている。それを調達してきてこのパソコンに装着し、すこし設定をいじくれば、たぶんネットを使えるようになるだろう。だが、それにはお金も時間もかかるし、バイト先のパソコンに断わりもなく細工をするのは考えものだ。

最後の手段として俊太は、ジーンズのポケットから携帯電話を取り出した。

かつては電機メーカーに勤めて携帯の端末にかかわる研究をしていたくせに、彼のもっているのは六年以上も前に購入した時代遅れの代物だった。筐体《きょうたい》のデザインが気に入っていて愛着があり、なかなか買い換える気にならなかったのである。その端末にはネットの閲覧機能は一応あるものの、携帯用につくられたウェブサイトしかまともに表示できなかった。とくに会社を辞めてからは、使用料金をできるだけ安く抑えるために携帯でのネット接続は控えているから、そんな旧式の機械でも問題はないのだが、こうして必要に迫られると、やはり不便を感じる。

携帯電話会社の公式サイトをひらき、そこの検索機能を使うことにした。「要塞跡」「海鵜の生息地」「島」などのキーワードを打ち込んで検索をかけた。神奈川県三浦市の城ヶ島《じょうがしま》について記述されたページが、検索結果の頭のほうにならんだ。それらのページのなかで表示できそうなところへ飛んでみた。

城ヶ島には第二次世界大戦末まで旧日本軍の砲台が設置されていて、県の天然記念物に指定された海鵜の繁殖地もあった。しかし、さらに突っこんで調べると、三浦半島から五百メートルほどしかはなれておらず、無人島ではないこともわかった。むかしから景勝地として知られ、戦後は公園として整備し直されて、昭和三十五年には島と陸地を結ぶ城ヶ島大橋という橋も完成している。坪井記者が連れていかれたのは、どうもこの城ヶ島ではなさそうだ。

最初から検索をやり直すと、今度は白壁島という島が見つかった。どこかで聞いたことがある名前だと思い、記憶をたどっていって、俊太はあっと声をあげそうになった。今朝、従兄弟《いとこ》の野間優介と新館の車寄せのところで会ったとき、彼の口にのぼった島の名ではないか。白壁島は旧日本軍時代に要塞だった島だと、たしか優介はそんな話をしていた。その白壁島の要塞跡から見つかった人骨の件で、優介はいま三浦半島へ取材に赴《おもむ》いているのだ。

聞いたばかりの島の名がここで登場するなんて、何か不思議な因縁を感じる。いや、因縁というよりも必然性といったほうがいいだろう。

クロノスが自分の属する時代の新聞社へ行かず、わざわざ時を越えて今日この場所へあらわれたのは、たんなる偶然の成り行きではない。白壁島をめぐる奇妙な一致は、そのことを物語っているように俊太には思われた。それなりの理由があって、クロノスはここへやってきたのではないか？　そしてその理由とは、白壁島に関連したことなのでは……。

白壁島のことをもっとくわしく知ろうとしたが、旧式の携帯では表示できないサイトにつぎつぎと行きあたった。俊太は業《ごう》を煮やし、携帯で調べるのをあきらめた。

会社を抜け出して近くのネットカフェにでも行ってこようかと真剣に考えはじめたと

き、べつの方法を思いついた。——二週間前、優介に新聞社のなかを案内してもらった折、新館の五階で図書室のような部屋のまえを通りかかったのを彼はおぼえていた。あそこへ行けば、何かしらの資料があるかもしれない。

すぐに俊太は倉庫を出た。エレベーターを待つのももどかしく、一気に階段を駆けおりる。連絡通路を渡り、新館の五階へあがった。すこしうろうろして、お目当ての部屋をさがしあてた。

その部屋は、廊下との境が全面ガラス張りで、室内には本の詰まった書架やスチール製のキャビネットがならんでいた。入口の扉には「資料調査部　図書室・記録保管室」と書かれている。はいったところの正面にあるカウンターのむこうに、職員らしい女性がひとり座っているだけで、ほかに人影はなかった。

俊太はまっすぐ書架のほうへ行き、本の背表紙に視線を走らせた。

「あなた、社員の方?」と、背後から声がかかった。

カウンターのなかの女性職員が出てきて、俊太のうしろに立っていた。五十代ぐらいの小太りの人で、ゆったりとした半袖《はんそで》のブラウスを着ている。

「ぼくはアルバイトですけど」

俊太がいうと、彼の首にさがっている入館証をその女性はちらりと見た。

「ボウヤさんじゃないわよね」

優介に教わったところによれば「ボウヤ」というのは、編集局の雑用係のアルバイトを差す業界用語だ。

「ちがいます。旧館で倉庫整理をしている者です」とっさのことなので、つい正直に答えてしまった。

「そういう人はね、ここへは立ち入れない決まりなの」苦笑するような調子で女性職員は指摘した。「ここはおもに記者の人が調べ物にくる場所だし、いろいろと大事な情報もあるから……」

そこに至ってようやく、俊太の頭にまともな言い訳が浮かんだ。

「倉庫の古い品物のリストをつくるのに、調べなくちゃいけないことがあるんですよ。名称がわからなかったり用途が不明のものが、けっこうありますからね。辞典類をすこし見るだけなんですけど、それでもだめですか？」

女性職員はうーんと唸《うな》り、困惑ぎみに目を伏せた。

俊太も視線をそらす。

その拍子に、ガラスの外の廊下にいる男のすがたが、彼の視野へはいってきた。黒縁眼鏡をかけたスーツの人物。よこ目でこちらを見ながら携帯電話を耳にあてている。どこかで見たことのある顔だった。――あれ？　もしかして今朝、車寄せのところで見た男ではないか？　そうだ、まちがいない。ハイヤーからおりてきた謎の老人・石崎を出むかえた、あの奥寺とかいう社長秘書……。

「どこの部署に雇われているの？」俊太の思考は中断された。女性職員が尋ねてきたので、俊太はいった。

「総務です」と彼はいった。

「じゃあ、そっちに確認を取らせてもらうわね」

まずいことになったと俊太は思った。実際には、そんなこまかい点まで調べてリストをつくるようには指示されていない。問い合わせをされたら、嘘《うそ》をついているのがバレてしまう。

担当の係長の名を俊太から聞きだした職員は、内線で確かめるつもりらしく、カウンターのほうへ引きかえしていった。

彼女が電話へ手を伸ばしかけると、その電話がふいに鳴りだした。女性職員は受話器を取った。

「はい、資料調査部です。――え？　はい、はい……」

耳をかたむけているあいだに職員の顔には、驚きと戸惑《とまど》いが入り混じったような複雑な表情がひろがった。

「よろしいんですか？　ええ……はい……」

ちょうどいいタイミングだから、いまのうちに逃げてしまおうと俊太は考えた。通話中の職員に、調べ物の件はもういいですという意味のことを手ぶりでつたえ、部屋を出ていこうとした。

「あなた、ちょっと待って」

送話口を手で押さえた女性職員に、俊太は呼び止められてしまった。

職員はまた電話口にもどった。

「はい、そうします……。わかりました。失礼いたします」

受話器を置いた女性職員は、俊太をじっと見た。

「資料を使ってもけっこうです」先ほどまでとは打って変わった丁重な態度で彼女はいった。

「は？」

俊太はわけがわからず、ぼんやり突っ立っている。

職員がもう一度ゆっくりと告げた。

「確認は取れましたから、辞典でも何でもどうぞご自由にご覧ください。そこのコピー機で資料を複写することもできますから」

「そうですか。どうも……」といって俊太は、ふたたび書架のほうへ近よっていった。職員が通話していた相手がだれで、どういう確認が取れたのかは知らないが、とにかく使ってもいいというのだから使わせてもらうことにした。

さすがに新聞社の図書室だけあって、総記関係の資料は充実している。百科事典や地図のほかに、地誌関係の本などを手当たりしだいにひらき、白壁島についての記述をさがした。何枚かコピーも取らせてもらった。

白壁島は、三浦半島の剱崎の東一・九キロにある小さな無人島だった。

城ヶ島とおなじように、この島にも海鵜の繁殖地が存在する。海鵜は毎年十一月の下旬に白壁島へ飛来し、翌年五月のはじめに北へ帰っていく。昭和四十年代の研究者の調査によれば、そのころ白壁島へ渡って越冬していた海鵜の数は二千羽以上にもおよんだという。島の北西部にある繁殖地の断崖は海鵜の糞《ふん》でよごれ、遠くからでも白い壁のように見えることから、いつしか地元の漁師たちのあいだで白壁島と呼ばれるようになったのだそうだ。

大正時代の後期から白壁島には、東京湾を防衛する拠点のひとつとして要塞が構築された。ワシントン軍縮条約の締結により廃棄処分が決まった戦艦の主砲を転用した砲塔砲台も置かれ、浦賀《うらが》水道を行き交《か》う船に睨《にら》みを利《き》かせていた。要塞の設備は第二次世界大戦後に撤去されたが、砲台の基礎や地下通路は現在でも残っているらしい。

こうやって見ると白壁島には、坪井記者の手紙の内容と一致する点が多々ある。維新決死隊という組織が坪井記者を連行していったのは、この白壁島と考えても差し支《つか》えないのではないか。

ついでに俊太は、維新決死隊のリーダーで、自衛隊の幹部学校の教官をしていたアラキという人間にかんしても調べてみようとした。人物辞典をあたっても、それらしい者はなかなか見つからなかった。

やはり、こういう場合にいちばん頼りになるのは、ウェブのポータルサイトの検索機能だ。ネットに接続されたパソコンが手元にありさえすれば、それを利用できるのに……。

俊太はひどくもどかしい気持ちになった。

カウンターのなかにいる女性職員に頼んだら、どこかのパソコンでネットを閲覧させてくれるだろうか？　しかし俊太としては、人を見下したような当初の職員の態度がなんともいえず気にさわっていたし、そのあとの手のひらをかえしたみたいな言動も不可解なので、できればそれ以上の関わり合いを避けたかった。

すこし迷ってから俊太は図書室を出て、廊下のすみへ行った。携帯電話のボタンを操作し、従兄弟の優介の携帯へ電話をかける。

短いコール音ののちに優介の声がした。

「おう、俊太か。どうした？」

「優介さん、いま話しても大丈夫？」

「ああ、平気だ。ちょうど昼飯を食い終わったところだから」

「白壁島の人骨については、何か収穫があった？」

「午前中に三崎《みさき》警察署の担当者と会って話を聞いたんだが、なんだか風向きが怪しくなってきた。人骨は穴の底の瓦礫《がれき》のなかから見つかったので、状況から見て、戦時中に事故か何かに遭ったまま放置された日本兵の遺骨じゃないかと、これまで警察では推測していたんだ。ところがな、人骨に絡《から》みついていた着衣の残骸《ざんがい》と思われるボロ切れを鑑定にまわしたところ、旧日本軍の軍服とは繊維が異なることが判明したそうだ」

「それじゃ、日本兵の遺体ではないということ？」

「まだはっきりとしないが、その公算が大きい。ことによると、戦後に死んだ人間かもしれない。終戦の日にむけた特集とからめるのは難しくなってきたよ。まあ、これから三浦市の文化財係へ行く予定だから、その結果も含めて、デスクと相談して決めることになるがな」

「白壁島は戦後、どういう状態になっていたのかな？」自分の調査の裏づけを取るようなつもりで俊太は尋ねた。

「なんでそんなこと訊くんだ？」優介はすこし不審そうだ。

「うん……ちょっと興味を惹《ひ》かれてね」

受話口から紙がこすれ合うような音が聞こえてきた。

「ええと、文化財係のプレス・リリースの資料によるとだな、戦後は米軍に接収されたが、昭和三十二年に接収解除になり、日本側に返還されているな。その後は今日に至るまで無人島の状態がつづいている」

俊太は確信を深めた。坪井記者が手紙を書いた場所は十中八九《じっちゅうはっく》、白壁島だろう。

「それと、別件なんだけど」俊太はつづけた。「ここの本社の建物のなかで、インターネットを自由に使える場所ってないかな？　ちょっと調べ物がしたいんだ」

「総務に頼んで使わせてもらえばいいんじゃないのか？」

優介にだけは嘘をつきたくないと俊太は思った。

「じつは、調べたいのは倉庫整理と直接関係のない事柄なんだ。といっても、この新聞社にかかわることだし、とても重要な用件なんだよ」

「重要な用件って何だ？」

「話せば長くなるし、電話ではつたえにくいことだから、優介さんがこっちへ帰ってきたとき、ゆっくり教えるよ」

「なんだか怪しいぞ、おまえ」冗談とも本気とも取れる口調だった。「まさか会社の不利益になるようなことじゃないだろうな？」

「それはないよ、ぜったいに」

返答がかえってくるまでに、すこし間があった。

「わかった。まあ、いいだろう。――ちょっと待っていろ。いま心当たりに問い合わせてみる。すぐに折りかえすよ」

優介はいったん電話を切った。

俊太がそのまま廊下で待っていると、五分もしないうちに約束どおり連絡がきた。「四階の生活情報部に大橋《おおはし》という記者がいる」と優介はいった。「その記者のところへ行ってみてくれ。いま話を通しておいたから、調べ物に協力してくれるはずだ」

「ありがとう。恩に着るよ」

「おれがもどったら、どういうことなのか、ちゃんと説明しろよな」

「はいはい、かならず説明しますよ」

優介との二度目の通話を終えた俊太は、エレベーターにむかって歩きだした。すこしさきに喫煙室の入口があった。透明なガラス扉の内側に、社長秘書の奥寺が立っていた。俊太と目が合うと奥寺は、狼狽《ろうばい》した感じで視線をそらした。さっきは図書室のまえにいて、俊太のほうをちらちら見ながら電話をしていたし、今度はそんな場所に隠れるようにして立っている……。

けれども俊太は、坪井記者の手紙のことで頭がいっぱいで、挙動不審の男に関心を払っている余裕などなかった。変なやつだと意識のすみで考えただけで、喫煙室のまえを足早に通りすぎた。

すぐあとで奥寺が廊下へ顔を出し、ようすを窺いながら俊太のあとを尾行しはじめたが、そのことにも彼はまったく気づかなかった。

＊

生活情報部の部屋を覗《のぞ》いた俊太は、出入口の近くにいる若い女性に声をかけた。

「大橋さんという記者の方、いらっしゃいますか？」

その女性が奥へ声をかけると、ベージュ色のブラウスに濃紺《のうこん》のパンツをはいたべつの女性が、真ん中あたりの席から立ちあがって近づいてきた。

「ああ、溝口俊太さん？　わたしが大橋です。さっき野間さんから電話があって、用件は聞いたわ」

「お忙しいところ、すみません」と、俊太は頭をさげた。

「どうぞ」といって大橋記者は、自分の席まで俊太を案内していった。

昼すぎのこの時間帯、取材に出ている記者が多いのか、室内には空席が目立つ。両隣の席も人がおらず、そのいっぽうから彼女はキャスター付きの椅子《いす》を引っ張ってきて、俊太を座らせた。

机の上に大橋記者のＩＤカードが置いてあった。それを一瞥《いちべつ》してわかったのだが、彼女のフルネームは「大橋友里《ゆり》」というらしい。歳は三十代の半《なか》ばぐらいか。目鼻立ちのしっかりとした健康的な感じのする美人だ。優介とはどういう間柄なのだろう？　いささか気になる。

大橋友里はさりげなく周囲を見まわし、声を落としていった。

「ほんとうは会社の規定で、私用のネット接続は御法度《ごはっと》なの。そういうことにうるさいデスクが、いまちょうど遅めのお昼を食べにいってるから、その人が帰ってくるまでということでお願いしますね」

「わかりました」と俊太は答えた。

書類や本の山のあいだに、画面をひらいたノートパソコンがある。大橋友里はキーボードに手をのせた。

「何を調べればいいのかしら？」

「まず、昭和三十年代のある人物についてなんですが、名前はアラキ。漢字でどう書くのかは不明です。自衛隊の幹部学校の教官をしていたそうですが、もしかすると維新決死隊という名前の集団と関連して何か記録が残っているかもしれません」

友里はブラウザーでポータルサイトにアクセスし、いくつかのキーワードを入力して検索をかけた。記者という仕事柄、調べるのはお得意らしく、ものすごい速さでキーボードを叩《たた》き、タッチパッドに触れて、あちこちのウェブサイトをたどっていく。

「見つからないわねえ……。維新決死隊というのもないです。うちの新聞社のデータベースを見たほうが早いかもしれない。有償で一般公開しているサービスだけど、ここからなら社員専用のサイトを通じて無料で見られるの」

パソコンにつながったカードリーダーに大橋友里が社員証を差し込み、いくつか操作をすると、〈MEDAREON《メダリオン》〉という表題のトップページがあらわれた。名称は「明和新聞データベース・リサーチ・オンライン」の略称だという。

トップページにならぶ「新聞記事データベース」「写真データベース」などといった項目のなかから、「現代人物データベース」のアイコンをクリックした。出てきたページにわかる範囲で検索条件を入力し、検索実行のボタンを押す。自衛隊にかかわるアラキという名前の人物が数名、十秒ほどで抽出《ちゅうしゅつ》されてきた。

「あなたが調べたいのは、昭和三十年代に何歳ぐらいだった人なの？」

「初老というから、たぶん六十歳前後でしょうか」

「だとすると、生まれた年から考えて、この人じゃないかな」

大橋友里が示したのは、荒城竜巳《たつみ》という明治三十二年生まれの男性だった。「職業・肩書」の欄《らん》には「日本陸軍軍人・自衛官」と書かれている。どういうわけか没年のところはクエスチョンマークになっていた。不明ということだろうか？　経歴のどこにも維新決死隊という言葉は見あたらないが、友里の指摘どおり、この荒城竜巳が維新決死隊のリーダーのアラキではないかという感じがした。

荒城竜巳の情報ページのデータを、そばの棚の上にあるプリンターへ友里は送り、Ａ４

の紙に印刷してくれた。

ひとつ思いついたことがあり、俊太は友里に尋ねた。

「さっきトップページに『新聞記事データベース』っていうのがありましたが、あれで古い記事を検索できるんですよね。昭和三十六年ごろ、維新決死隊という集団が何か事件を起こしたという記事はありませんか?」

しばらくパソコンを操作したあと、大橋友里は唇をへの字に曲げた。

「そういう記事はないわね。昭和三十六年前後に限定しなくても、結果はいっしょよ。ほかのサイトと同様、ここでも維新決死隊という言葉では何も引っかかってこない」

「じゃあ、その件はいいです。つぎで最後ですが、やはりおなじ時代のことで、アメリカが保有していた核兵器について知りたいんです。アメリカ海軍の軍用機が搭載していたもので、〈MK7〉という名前の核爆弾があったかどうか……」

「決死隊とか核爆弾とか、ずいぶん物騒な話ばかりね」

そういいながらも友里は、手を休めずに調べつづけている。

「あ、これだ……。そういう名前の核爆弾があったみたい。〈MK7〉というのは〈マーク7〉のことね。いろいろなサイトに出ているわ……。このサイトなんか、けっこうくわしいんじゃない」

よこから俊太はディスプレイを覗きこんだ。

表示されているのは、ミリタリー関係の研究家が作成したと思われるサイトの一ページだった。「米国の核爆弾一覧」というタイトルがついている。広島に投下された〈マーク1〉通称リトルボーイからはじまって、これまでにアメリカが開発・配備した核爆弾や核弾頭が列記され、サイズや重量、威力なども含めて写真付きで詳細に解説されていた。そのページの比較的はじめのほうに、〈マーク7〉のことが書いてあった。

「ほんとうに核爆弾だったんだ」思わず俊太はつぶやいた。「やばいな」

「何がやばいの？」と大橋友里が訊く。

俊太は彼女を見つめた。

「昭和三十六年にクーデターを画策した一団が、在日米軍基地で核爆弾を奪った。そんな話を聞いたら、大橋さんは信じますか？」

「なるほど。そのことを調べていたのね」納得したようすで友里はいった。「そうね。日米のあいだには安保条約にからんだ密約があって、むかしから核兵器を積んだ軍艦なんかが日本へ寄港していたという事実が、現在ではもうはっきりしているから、そんな事件が起こらなかったとはいえないけど。でも、そんな話をどこから仕入れたわけ？」

俊太は迷った。クロノスが運んできた手紙について打ち明けることもできるが、いまはよけいな騒ぎを起こしたくない。どう答えるべきか——

「大橋君、何やってるの？」唐突に声がした。

俊太と友里がふりむくと、青白い顔の痩《や》せて神経質そうな男がいた。

友里はつくり笑いを浮かべた。

「あ、デスク……。子育て支援のほうの原稿は、もうすぐ書きあがりますから」

「あれはべつに夕方までかまわないんだけどさ」男はわざとらしく首をかたむけて、友里のパソコンのディスプレイへ視線をむける。「米国の核爆弾って、それ何の資料なの?」

「えっと、その……」友里はしどろもどろになった。「あ、ちょっと、この人のパソコンが壊れたっていうものですから、それで代わりに……」

「この人って、どこの人よ?」

デスクは陰険なまなざしで俊太をじろじろながめまわした。かなり癖のある上司のようだ。こんな男のもとで働くのも大変だと、俊太は友里に同情した。

友里と俊太が何も答えずにいると、デスクは口元に怪しい笑みを浮かべて、ふいに遠ざかっていった。

パソコンの上に友里は顔を伏せた。

「ああ、まずい。いまのが社則にうるさいデスクなのよ。このままじゃ済まないわ。あなたは、これをもって早く消えて」

先ほどの〈マーク7〉のページをプリントアウトした紙を、友里は俊太に渡した。

「大橋くーん、ちょっといい?」と、奥の机からデスクが叫んだ。

「ほら、きた。――はーい。すぐに行きます」大橋友里は努めて明るい声を出し、上司のほうへ歩いていった。

彼女に礼をいうこともできず、俊太は逃げるように生活情報部を去った。迷惑をかけたことに責任を感じていた。あとで謝らなくてはいけない。

さて……。調べられるだけのことは調べたが、このあとどうするか？　行動するうちにいいアイデアが浮かぶかもしれないなどと、須山には前向きなことをいったが、いまのところ何も思いついていなかった。

俊太は旧館へ帰ると、屋上へあがって鳩舎を覗いた。鳩の餌《えさ》をさがしにいった須山は、まだもどっていないようだ。クロノスは巣房のすみでじっとしていた。さっき不思議な光を発した右脚の脚環にも、とくに変わったようすはない。

巣房のなかの伝書鳩を見ながら俊太は考えた。

どうすれば五十年前の世界にいる坪井記者を助け、そこで起こりかけている事件を食い止めることができるのか？　そうだ。もしもクロノスを使って、彼がいま手にしている情報をむこうへ送りかえすことができたとしたら、どうだろう？

もちろん、放鳩地点から鳩舎まで帰巣するように訓練された伝書鳩が、放鳩地点へもどっていくなどということは、ふつうではありえないと知っている。だが、須山から聞いた話では、最終的にクロノスは五十年前の世界へもどったらしい。どういう力が働いて、クロノスが過去へもどるのかはわからない。過去からきたクロノスはこの時間にいてはならない存在だから、自然の摂理のような作用がくわわって本来いるべき時間、もといた場所へ引きもどされるのかもしれない。あるいは、そういうこととは無関係に、クロノスはこへきたのと同様の方法で五十年前へ飛ぶのかもしれない。

理屈はともかくとして、クロノスが過去へ帰るそのときに、こちらで書いた手紙を通信管に入れて脚に付けておけば、その手紙も過去へ運ばれるはずだ。手紙がうまく坪井記者の手元に届けば、すこしは状況が変わるのではないか？　俊太の集めた情報がはたして坪井記者の役に立つのかどうかは疑わしいが、何もしないよりはマシに思えた。

さっそく俊太は、その準備をはじめることにした。

しかし、初っぱなから壁にぶつかった。

坪井記者の手紙がしたためられているB6判の紙は、和紙のようにすべすべした手触りで、裏面に触れた指の色が透けて見えるほど薄かった。伝書鳩通信専用のとくべつな紙みたいだ。折りたたんで小さな通信管へ入れることができ、なおかつ鳩に負担をかけないためには、その程度の薄さや軽さの紙でなければだめなのだろう。

坪井記者への返信をクロノスに託すのなら、それと似たような紙が必要だ。どこへ行けば、そんな紙が手にはいるのか？　須山の帰りを待って相談するしかないかと思いかけたとき、記憶のなかに何やら引っかかるものがあった。

俊太は鳩舎をはなれ、七階の倉庫へおりた。

総務からの借り物のノートパソコンに保存されている、整理済みの物品のリストを呼び出し、最初から順番に見てみた。ややあって、バイト開始後三日目に打ち込んだデータのなかに、「無地のメモ帳　B6サイズ」という一行を発見した。

番号を確認し、該当する段ボール箱を棚から見つけて床へおろした。箱の蓋をひらいて中身をさぐると、「無地のメモ帳　B6サイズ」の現物が出てきた。白い薄葉紙を一センチほどの厚さに綴《と》じこみ、ボール紙の表紙をつけたものだ。どこにも商品名などの記載がないので、しかたなくメモ帳ということにしてリストに入力しておいたのだ。

坪井記者の手紙の用紙とくらべると、倉庫にあった綴《つづ》りの紙のほうが経年焼けで黄ばんでいるものの、薄さや感触はまさに同一の紙である。俊太がメモ帳としてリストに入れたそれは、じつはむかし伝書鳩係で使っていた通信用紙だったのだ。

問題があっさり解決したので、俊太はうれしくなった。この幸運が正しい方向へすすんでいる証《あかし》のように感じられ、自信すら湧《わ》いてきた。

これで、あとは手紙の文面を練《ね》るばかりだ。

手書きよりもキーボードで文章を書くことに慣れている俊太は、このときもパソコンを使うことにした。そのほうが早くて推敲《すいこう》がしやすいし、小さな紙により多くの文字を入れることができる。ノートパソコンのワープロソフトを起動し、文書サイズをB6に設定した。坪井記者の手紙にならって、自分の返信も二枚に収まるようにした。図書室で見つけた資料のコピーや、大橋友里が印刷してくれたサイトの記述を参考にしながら、白壁島や荒城竜巳や〈マーク7〉のことを書いていった。

二十分ほどで手紙は打ちあがったが、そこではたと気がついた。作成した文書を通信用紙に印刷しなくてはならない。どこでプリントすればいいだろう？　文書をつくるまえに考えがおよんでしかるべきだった。われながら間抜けな話だ。

悩んだすえに俊太は、物品リストを保存しているのとおなじCD－RWに手紙のファイルを入れ、それと通信用紙の綴りをもって本館四階の生活情報部へ足を運んだ。むこうにとっては迷惑だろうが、いま頼れるのは大橋友里しかいない。

部屋の入口からなかを窺うと、上司のお小言からはすでに解放されたらしく、友里は自席でパソコンにむかっていた。彼女が目をあげた拍子に、俊太は手をあげてその視線をつかまえた。意地の悪いデスクが座っているほうを気にしながら、友里は廊下へ出てくる。

最初に俊太は詫《わ》びた。

「さっきはすみませんでした。デスクに叱《しか》られちゃいましたか？」

「ちょっとね……。でも、なんとかごまかせたから」

「それで、申し訳ないんですけど、もうひとつだけお願いしたいことがあって……」

俊太がいいにくそうに切りだすと、友里は眉《まゆ》をひそめた。

「まだ何かあるの？」

「調べ物じゃないんです。これに保存してある文書を二ページだけ印刷させてもらいたいんですよ」

「あなた、デスクに顔をおぼえられちゃったから、部屋へはいると危険よ。しかたがない。わたしが印刷してくるから」

「じゃあ、この用紙に手差しでプリントしてもらえますか。とても薄い紙なので、給紙口にうまくはいってくれるか心配ですけど」

やれやれといった感じで友里は、CD－RWと通信用紙の綴りを俊太から受け取り、自分の席へ行った。パソコンとプリンターのあいだを何度か往復し、作業を終えてもどってきた。彼女の顔いっぱいに怪訝《けげん》そうな表情が浮かんでいる。

「何なの、この手紙？」

「読んじゃったんですか？」

「印刷していれば、いやでも目にはいるわよ」

俊太は顔のまえで両手を拝《おが》むように合わせた。

「どうか、いまは訊かないでください。優介さんが帰ってきたら、ぜんぶ説明することになってます。そのときに大橋さんにも話しますから。ひとつだけ確かなのは、これが人助けにつながるかもしれないということです。そればかりか、日本全体を救うことになるかもしれない。信じてください」

だが、逆に大橋友里は、信じがたいものを見るような目つきで俊太を見ている。きっと彼女はこう考えているにちがいない。この人、頭だいじょうぶかしら、と……。

＊

俊太はしばらく屋上で待ったが、なかなか須山があらわれないので、彼が掃除をやっていた旧館六階の廊下へ行ってみた。

須山はおらず、ほかの男性の清掃員がポリッシャーで床を磨《みが》いていた。その人に尋ねると、須山は急用ができたとかで午後の仕事を休むといいだし、仕事を押しつけて消えてしまったという。

いったい須山は、クロノスの食事をどこまで調達しにいったのだろう？　また屋上へあがったものの、俊太はだんだん不安になってきた。クロノスがいつ過去へ帰ってしまうか予想がつかないのだ。せっかく手紙を用意したのに、それを託すまえにクロノスが消えてしまったらお話にならない。

クロノスの脚から須山がはずした通信管は、鳩舎の物置に置いてある。須山を待つ時間が惜《お》しかった。できるところまで準備をすすめることにした。

坪井記者の手紙に残っている折り目や巻き癖を調べると、通信管に入れられる程度の大きさに用紙をたたんで丸める方法がなんとなく理解できた。俊太は自分で書いた二枚の用紙をかさね、まずふたつ折りにし、つぎに向きを変えてもう一度ふたつ折りにし、さらに三つ折りにして、細長くなったそれを一端からかたく巻いていった。二センチほどの長さの細い筒状になった手紙を、通信管の内筒に入れる。すっぽりと収まった。その内筒を外筒にはめこんで通信管の用意は終わった。

つぎはクロノスの脚に通信管を付けなくてはならない。伝書鳩の飼育経験はおろか、鳩に触れたことすらない俊太には自信のない作業だ。須山にやってもらうほうが確実なのだが、彼がいない以上、俊太が挑戦するしかない。

巣房のまえに彼が立つと、格子《こうし》の奥でクロノスは目をまるくしていた。ひどく警戒しているようすだ。須山がやっていたのを真似して、俊太は口笛を吹いてみた。

「よし、よし。クロノス……」とささやくようにいう。「大人しくしてくれよ。いじめたりしないからな。おまえにちょっと運んでもらいたい手紙があるだけだ」

入口の蓋をひらき、巣房のなかへ手を入れる。クロノスはグーグーという声をあげ、じりじりとよこずさりした。

俊太は一気に腕を突っこみ、鳩の背中を押さえた。そのまま引っ張り出したが、ぱっと翼を打ちふってクロノスは跳躍し、部屋のすみへ逃げていった。俊太をよこ目で睨《にら》んでいる。あわてて彼が近よると、今度はからだを膨《ふく》らませ、毛を逆立てて怒った。

それでも俊太はなんとか鳩をつかまえた。指のあいだにクロノスの脚を固定し、通信管の装着をこころみる。通信管にはアルファベットのCの字のかたちをした金具が二箇所に突きだしていて、それで脚をはさみこむ仕掛けだ。金具を強くしめすぎると鳩の脚を痛めそうだし、緩すぎると抜け落ちそうだ。どの程度に調節すればいいのか迷った。

クロノスが身悶《みもだ》えするので、うまく押さえておけなくなった。いったん解放し、つかみ直すつもりで手をはなしたが、その瞬間クロノスはすばやく飛びあがった。あいている引き戸のすきまから、あっという間に到着台のほうへ出ていく——

しまった、と思ったが、あとの祭だった。

俊太が急いで鳩舎の外へ出ると、クロノスはすでに空中にいた。みるみるうちに上昇し、かなりの高度まであがる。薄曇りの天に大きな円を描いて飛びつづける。

その光景をなすすべもなく俊太が見あげているところへ、息を切らせて須山が帰ってきた。どこかの店のロゴのはいったレジ袋を片手にさげている。

「待たせちまって、すまなかったな……。はじめは小鳥の餌で代用するつもりでさ、銀座のデパートへ行ってみたんだが、最近じゃ屋上のペットショップなんてものは無くなっているんだな。それで結局、家のそばにホームセンターがあるのを思いだしてな、地下鉄で三駅しかはなれてないから、急いでそこまで行って鳩用の飼料を買ってきたんだよ」

須山はひと息にしゃべってから、俊太の浮かない表情にやっと気づいたようだった。俊太から鳩舎へ、鳩舎から空へとすばやく視線を移動させる。

「あれ？　まさか、あそこに飛んでるのは――」

「クロノスです」と俊太はいった。「すみません。うっかりして逃がしちゃいました」

俊太は平謝りに謝り、坪井記者に宛てて書いた返信のことも含めて、何があったのかを説明した。

「うーん、そうだったのか」須山は後頭部を掻《か》いた。「それでクロノスは驚いて高揚がりしちまったわけだな。鳩っていうのはな、穏《おだ》やかで人に馴《な》れやすい反面、とても敏感で臆病な生き物なんだよ。最初にきちんと話しとけばよかったな……。でも、まあ、気にするな。しばらくすれば、おりてくるかもしれない」

鳩舎の近くに人間がいると戻りづらいのではないかと須山がいい、ふたりは塔屋のほうへ移動して、そこからようすを見ることにした。

天を仰《あお》ぎながら須山はいった。

「で、あんたが書いた手紙は、クロノスの脚にもう付いているんだな。しかし、そんなにうまいこと行くかな？　特殊な訓練をすれば、往復通信なんてこともできるが、それとおなじ役割をクロノスが果たしてくれるとは……」

須山の話が尻すぼまりに途切れた。

ただならぬ気配を感じた俊太も、上空へ目をむける。

そこで異変が起こりかけていた。

クロノスの黒い影が、オーロラのような薄い光に包まれている。何だろうと観察する間もなく、鳩はその光とともに瞬時に消えうせてしまった。まるで空間にあいた小さな穴から、どこかよその世界へ吸いだされていったような感じだった。

自分の目の錯覚かと俊太は幾度もまばたきしたが、やはり空のどこにもクロノスのすがたはない。不思議な光が出現してからクロノスが消えるまで、時間にしてみれば、わずか五、六秒の出来事だった。

口をぽかんとあけて空を仰いでいたふたりは、ゆっくりと顔を見交わした。

「いまの、見たよな？」と須山が訊いた。

一拍置いて俊太も答える。

「ええ……もちろん見ました」

「クロノスが消えた」

「たぶん、五十年前へ帰ったんだと思います」

11　永史

昭和三十六年二月十七日（金曜日）――午前十一時五十八分

どこか薄暗い場所に、永史はよこむきに倒れていた。

はるか上のほうを駆け抜けていく複数の足音を聞いた記憶があるが、それはずいぶん前のことだったらしい。朦朧《もうろう》とする意識のなかで彼は、柄本たちが追ってきたのだと理解したものの、それ以上は何も考えられず、からだを動かすこともかなわなかった。

いつのまにか気を失い、しばらくすると意識を取りもどし、起きあがろうと努力する。そしてまた気絶する。そんなことをくりかえしていた。

闇の底から何度目かに浮上してきたとき、暗がりの上方の明るい場所から羽ばたきの音がおりてくるのを永史は耳にした。

そばに何かが着地し、かすかな風がふわりと彼の顔を撫《な》でた。

小さな生き物がしきりと周囲を歩きまわっている。

鳩だ。クロノスにちがいない。自分のことを心配してきてくれたのだ。

クロノスに触れようとしたが、手の自由が利《き》かない。それでも懸命に力を込めてすこしずつ腕をもちあげ、まえの空間をさぐった。

どこだ、クロノス? どこにいる?

永史はそこで薄くまぶたをあけた。彼の目に映《うつ》ったのは、コンクリートの床に散らばる枯れ葉や石ころだった。

低い声でクロノスの名を呼んでみた。鳩の気配はもう消えている。

クロノスがきたと思ったのは、どうやら夢であったらしい……。

左の脇腹と右足の脛《すね》が、じんじんと痛んだ。

低い呻《うめ》きをあげて身をひねり、永史は仰《あお》むけになった。

彼がいるのは縦穴の底だった。何メートルか上に穴の入口があり、植物のあいだから青い空が覗《のぞ》いている。この穴はおそらく、砲台へ弾薬を運びあげるための揚弾井《ようだんせい》か、せり上げ式の探照灯の設備の名残《なごり》ではないか。枯れ草や蔓《つる》におおわれて落とし穴のようになっているところへ永史は落下した。柄本たちはそれに気づかずに通りすぎていったのだろう。

ゆっくりとからだを起こしてみる。足の骨は折れていないようだ。肋骨《ろっこつ》のほうはよくわからない。呼吸をすると鈍痛が走るが、我慢できないほどではなかった。

廃材を捨てたものか、長くて太い角材が数本、縦穴へ斜めに落としこまれている。墜落の途中で永史は、それらの角材にぶつかり勢いを削《そ》がれて、この程度のダメージですんだのかもしれない。

よろめきながら立ちあがった。近くに落ちていた拳銃を拾いあげ、コートのポケットに納めた。代わりに出した懐中電灯は、持ち手の部分がすこしへこんでいたが、スイッチを入れると点灯した。

狭い横穴があったので、懐中電灯で照らしながら抜けていった。アーチ状の屋根の部屋へ出た。奥の階段をのぼったら、そのさきが地上だった。

生《お》い茂った樹木のせいで見通しが利かないが、そこも小さな砲台の跡のようだ。かたわらで藪椿《やぶつばき》が真紅《しんく》の花を咲かせている。

砲台跡をはなれ、周囲を警戒しつつ木々のあいだを行くと、林のむこうに明るい空間があった。断崖のふちに面して、緩やかな草地の斜面がひろがっていた。その場所には見おぼえがある。クロノスたちを放鳩した場所だった。

柄本たちに見つかって逃げだしたときのまま、林の入口には永史の旅行鞄《かばん》が置きっぱなしになっていた。

草地の中央に残された輸送籠《かご》へ目を移し、永史はどきりとした。

籠の上に一羽の鳩が留まり、羽繕《はづくろ》いをしている。

灰胡麻の鳩。ひと目でわかった。クロノスだ。

のか……。

クロノスがなぜここにいる？　何かの事情で新聞社へむけて飛ばずに舞いもどってきた

足を踏みだしかけたが、すぐに立ち止まった。柄本の仕掛けた罠《わな》の可能性がある。永史は林のなかを移動し、あたりのようすを慎重にさぐった。安全だという確信がもててから、ようやく輸送籠のところまで出ていった。

クロノスは永史を見ると羽繕いをやめ、いつものように興奮したそぶりを見せた。つかみあげて調べたところ、とくに怪我《けが》などはしていないようだ。

おかしな点がひとつだけあった。通信管がはずれかけているのだ。それも永史が装着した左脚ではなく、右脚にそれは付いていた。放鳩のあとで永史以外のだれかが手を触れたとしか思えない。柄本がクロノスを捕獲して通信文を読んだのではないか？

永史はクロノスを輸送籠に入れ、林の入口に置いてあった旅行鞄といっしょにかかえて、さきほどの砲台跡まで引きかえした。階段の入口の建屋のかげに身をひそめて、クロノスの通信管をはずし、中身を確認してみた。

折りたたまれた用紙をひらくと驚いたことに、それは永史自身の書いたものではなかった。永史に宛てられた手紙だった。和文タイプライターか漢字テレタイプのような機械で打ったのか、活字の文面である。

坪井永史様
あなたがクロノスに付けて送った緊急の手紙は、社会部の清水副部長宛てでしたが、ある事情で清水さんのもとへは届きませんでした。代わりにわれわれふたりの人間が手紙を読みました。そのうちのひとりは、あなたもご存じの須山道夫さんです。もうひとりがぼくで、溝口俊太といいます。

クロノスは有楽町の明和新聞社へ帰り着くことは帰り着きましたが、それはちがう時代の明和新聞社でした。いきなりこんなことをいわれても信じられないでしょうが、何らかの不思議なことが起こって、クロノスは時間の流れを越え、五十年後の——正確には五十年と五か月後の——未来の新聞社へ帰ってきたのです。

けっして悪ふざけで、こんなことを書いているのではありません。その島で命の危険にさらされている坪井さんたちと、クーデターの危機に直面している日本を救うために、できるかぎりのことをしたいと真剣に考えています。未来にいるぼくたちは、あなたを直接的に助けることはできませんが、あなたの手紙に書いてある疑問について調べ、その答えを教えることはできるかもしれません。調べた結果をこの手紙に記し、クロノスに託してみるつもりです。この情報がうまく坪井さんの手元へ届き、すこしでもお役に立つとよいのですが……。

まず、坪井さんたちが連れていかれた島ですが、旧日本軍の要塞跡や海鵜《うみう》の生息地があること、陸地との位置関係などから見て、そこは白壁島という島だと思われます。三浦半島の剱崎から東へ一・九キロはなれた海上にあり、東西三百二十メートル、南北五百メートル、周囲二・二キロの小さな島です。戦後に米軍に接収され、返還後も無人島として放置されてきましたが、最近では（ぼくたちのいる未来において最近という意味です）自治体や学者によって要塞跡の文化財調査が進行中です。

維新決死隊のリーダー「アラキ」にかんしても、自衛隊の関係者であることを手がかりに調査したところ、この人物ではないかという人間の記録が見つかりました。氏名は荒城竜巳。昭和四年に陸軍大学校を首席で卒業。経歴を要約しますと、明治三十二年、茨城県生まれ。日本陸軍の元軍人です。経歴を要約しますと、明治三十二年、茨城県生まれ。昭和四年に陸軍大学校を首席で卒業。十六年には参謀本部の作戦課長を務めましたが、派閥争いに巻きこまれ、中国戦線へ連隊長として左遷《させん》されたそうです。戦争末期に呼びもどされて東京湾要塞の司令部へ配属、そこで終戦をむかえました。二十六年の公職追放解除後は、警察予備隊（のちの保安隊・自衛隊）へ入隊、幹部学校の教官などを務め、三十二年に退官（最終階級は陸将）。残念ながら、維新決死隊との関係については記録がなく、没年も不明でした。

それから、島の洞窟のトラックに積んである「ＭＫ７」は、坪井さんのおっしゃるとおり核爆弾だと考えられます。昭和二十七年から米軍は〈マーク７〉という名称の核爆弾を配備していますが、おそらくそれではないでしょうか。坪井さんの手紙にあった物体の特徴と、こちらで見つけた〈マーク7〉の資料を照らし合わせると、共通する点が数多くあります。〈マーク7〉は、スカイウォーリアのような艦載機にも搭載できる小型軽量の戦術核兵器として開発されたもので、全長四・六メートル、直径八十センチ、重量七百キロ強。TNT火薬に換算して二十キロトン——広島型の原爆をすこし上まわる程度の威力だということです。

こちらの調べで判明したことは以上です。

クロノスが時を越え、五十年前の坪井さんと五十年後のぼくたちが結びついたことには、うまく言葉にできないのですが、必然性のようなものが感じられます。このような奇跡が味方してくれたのだから、かならずよい結果になると信じます。

坪井さんたちがその島から無事に脱出できることを、須山さんもぼくも心から祈っています。どうか頑張ってください！

平成二十三年七月八日

溝口俊太

興奮のあまり、通信用紙をもつ永史の指は震えていた。

クロノスが帰ってきた。思いもよらぬ返信をたずさえて……。

鳩通信の種類のひとつに往復通信というものがあるが、それは食事鳩舎と棲息《せいそく》鳩舎のふたつの巣を用意し、特殊な訓練をほどこした場合にのみ可能となる方法だ。今回のように鳩舎へむかって飛んだ伝書鳩が、折りかえし放鳩地点へ帰ってくるなどということは、ふつうではありえない。

おまけにクロノスは、未来の新聞社へ時間を越えて飛んだのだという。

手紙の日付のところには、元号らしい「平成」という文字が書かれている。文中には五十年と五か月後とあるから、西暦でいうなら平成二十三年は二〇一一年なのだ。

二十一世紀から届いた手紙！　驚愕《きょうがく》を通り越して、笑いだしたいような気分だった。

クロノスは二十一世紀へ行き、この返事をもって帰ってきた。

とても現実の出来事とは思えないが、信じるほかはない。文中に須山の名前があることも、信頼するに足る根拠だと考えられる。

溝口という男がこの返信に書いているとおり、これは奇跡以外の何ものでもなかった。

永史は籠のなかのクロノスと、右脚にはまっている脚環を見つめた。

そうか！　その脚環だな、クロノス？　不思議な力が宿ったその幸運の脚環が、おまえを未来へ導き、この奇跡を起こしたんだ……。そうだろう？

携帯用の飲水器から顔をあげたクロノスは、とぼけるように小首をかしげている。

だが、永史にはわかった。

ありがとう、幸運の脚環よ。そしてクロノスよ。

クロノス……。おまえがいてくれて、ほんとうによかった。

＊

輸送籠と旅行鞄を両手にもった永史は、灌木《かんぼく》の枝を掻《か》き分け、下草の羊歯《しだ》を蹴散《けち》らし、身を低くして森のなかを駆けた。

太陽はとっくに南の中天を通過している。葉子はまだ海鵜のねぐらの近くにいるだろうか？　それとも、太陽が南中するまでにもどらなかったら自力で脱出の道をさがせと告げておいたので、どこかへもう移動してしまったか？

葉子と別れた崖の上へ到着したが、そこに彼女のすがたはなかった。永史は首をめぐらして、あたりの木の間へ目を凝《こ》らした。葉子は見あたらない。

どうしたらいいのかと、その場へしゃがみこんだとき、崖の下で海鵜がやたらと騒いでいるのに違和感をおぼえた。崖のふちに手をかけて覗いてみると、岩の出っ張りに葉子が危なっかしく身を置いていた。住み処《すか》への闖入者《ちんにゅうしゃ》に驚いた海鵜たちが、彼女のまわりで翼をばたつかせている。

「そこにいたのか」

永史の顔を見た葉子は、泣き笑いのような表情を浮かべた。

「坪井さんだったのね。よかった。人のくる気配がしたので隠れたんです」

手を差し伸べ、永史は葉子を上まで引きあげた。

「大変！　血が出ているわ」

葉子に指摘されてはじめて、額《ひたい》と頬《ほお》の傷に気づいた。穴へ落ちたときのものだろう。

「大丈夫だ。それよりも話を聞いてくれ」

永史は彼女に、別れてからあとに体験したことの一部始終を語った。

洞窟のトラックの荷台で核爆弾を見つけたくだりでは、不安な面持《おもも》ちをしていた葉子も、クロノスが未来から運んできた手紙のことを知り、その現物を見せられると、一転して目をまるくした。

「まさか、伝書鳩が時間を越えるなんて……」

「信じられないかい？」

永史が訊《き》くと、短い沈黙のあとで葉子は首をふった。

「いいえ、信じます。助けてくれそうなものなら、いまは何だって信じる」

未来からの返信をくりかえし読んだあとで葉子はいった。

「それで坪井さん、これからどうしますか？」

「この手紙のなかでもっとも重要なのは、ここが白壁島であるという点だ。その情報さえあれば、維新決死隊の鎮圧に乗りだす連中は、広い範囲を探索しなくても、まっすぐここへやってこられる。だから、ここが白壁島だという事実を一度目の手紙の内容に盛りこんで、もう一度クロノスに付けて送りだしてみようと思う。クロノスが現在の新聞社へ帰ってくれれば――」

そこまで永史がいいかけたとき、葉子が彼の背後を見つめ、切迫した口調でささやいた。

「あいつらがきたわ！」

永史はふりかえった。決死隊の隊員がひとり、油断なく銃をかまえ、南のほうから崖に沿って歩いてきている。

すぐに荷物をまとめて、ふたりは木々のあいだへ飛びこんだ。

崖のきわの隊員と並行して、森のなかをべつの隊員がこちらへむかってきていた。さらに数十メートル東にも三人目の隊員がいる。無闇と歩きまわる捜索の仕方はやめて、ローラー作戦のような方式に変更したらしい。

間隔をあけて前進してくる隊員たちに狩り立てられるようにして、永史たちは後退しつづけた。このままでは島の北端へ追い詰められてしまう。

逃げ場をもとめて右往左往するうちに、崖の上から波打ち際まで枯れ葉の堆積《たいせき》した斜面がつづいている箇所に出くわした。ここしかないと直感した。

クロノスを入れた籠は永史がもち、永史の旅行鞄は葉子がもっていた。あいているほうの手をつなぎ、ふたりは十メートル以上もある斜面をひと息に滑《すべ》りおりた。なんとか転倒せずに磯《いそ》の岩場までくだることができた。

右手に岩屋のような感じの幅の広い穴があった。そこへはいると、崖の上の隊員に発見される心配はなくなった。

岩屋の奥には、波の浸食を受けて形成された複雑な洞窟が伸びている。懐中電灯を取り出し、いくつかの分岐点を通過して、彼らはさきへすすんでいった。

やがて、大きな洞窟に出た。

海につながる穴から、波が白い泡を立てて打ちよせていた。

壁のうろに古びて黒ずんだ木彫りの仏が祀《まつ》られている。たくさんの貝殻《かいがら》がまるで供物のように仏像のまえに積みあげられていた。どうやらこの洞窟は、漁民たちの信仰の場であったらしい。戦前の日本軍の要塞構築から戦後の米軍の接収解除まで、島への民間人の立ち入りは禁止されていたはずだから、人々が祈りを捧《ささ》げにきていたのは、おそらく大正期以前のことだろう。

洞窟のなかを見まわしていると、永史たちがきたのとは反対側の暗がりから、だしぬけに懐中電灯の光が差してきた。光線のあとから、ひとりの男が歩みだしてくる……。ひとまず安全なところへ避難したという安堵《あんど》感と、その空間が醸《かも》しだす特殊な雰囲気に浸《ひた》っていた永史と葉子にとって、まったくのふいを突かれたかたちだった。

永史は急いで拳銃を抜き、男のほうへ突きだした。相手にとっても予期せぬ遭遇だったらしく、男は感電したみたいに身を反らせて飛びすさった。両手をあげて無抵抗の意思表示をする。

「待った――坪井さん、待った！　わたしです。撃たないでください！」

そう叫ぶ男の顔をよく見れば、数馬の秘書の佐和田だった。トラックの置いてある洞窟で見かけたときとおなじ背広姿で、手には懐中電灯を握っているだけだ。

「わたしは味方です。あなた方と話をしにきたんですよ」

「嘘《うそ》をつけ」拳銃をむけたまま永史は険《けわ》しい声でいった。「あんたがやつらの仲間だということは知っているぞ。あの連中におれを拘束させたのも、あんただろう？」

「正直に打ち明けましょう」と佐和田はいった。「わたしはたしかに、坪井さんの情報を維新決死隊に流し、拘束されるように仕向けました。そうしろと数馬さんに命じられたからです」

永史は下唇を嚙《か》んだ。

「数馬さんも、やはりグルなんだな」

「いや……正確にはちがいます」

「どういうことだ？」

「ですから、それを説明したいんですよ」

佐和田はようすを見ながら、あげていた手をじょじょにおろした。

「わたしは今日、数馬さんの指示で、坪井さんと山岸さんを助けるためにここへきました。でも、きてみたら、あなた方が逃げたというじゃありませんか。しかたなく、捜索の手伝いがしたいなんて荒城隊長にわざわざ嘘の申し出をして、こうやってさがしまわっていたんですよ。単独行動はだめだといわれて、ほかの隊員といっしょに出たんですが、途中でわざとはぐれて、ひとりになったんです」

「罠じゃないだろうな？」

「ちがいますってば。まあ、とにかく聞いてください。——数馬さんは、あなたたちの身の安全を確保したいと考えています」

永史は葉子と顔を見合わせた。信用していいのか悪いのか見当がつかない。

「助けたいのに、どうして拘束されるように仕向けた？　矛盾しているじゃないか」

「川俣飛行場のことを調べるために動きまわって、坪井さんは目立ちすぎていました。あなた自身は気づかなかったでしょうが、かなり危険な状態だったんですよ。われわれが何もせずにいたら、べつの者たちが手をまわして二、三日のうちには始末されていたかもしれない。そうなるまえに維新決死隊につかまえさせたほうがいいと、数馬さんは判断したんですよ。つかまえさせた上で、命に危険がおよばないように荒城隊長へ働きかけるつもりでした。そちらの女子学生さんは取り引きの大事な材料だから、差しあたっては安全ですし、ほんとうはふたりとも監房にいてくれたほうが、こちらとしても守りやすかったんですがね……。でも、こうなってしまったからにはしかたがない。維新決死隊がここを立ち去るまで、このまま隠れていてください。あなた方の捜索に大勢を割《さ》けるような余裕はむこうにもないので、逃げきれるかもしれません」

佐和田の言い分があまりにも勝手に感じられたので、永史はかっとなった。

「冗談じゃない！　あいつらの計画を止めなくちゃならないんだ」

「いやいや」と、佐和田は両手で押し止《とど》めるようなしぐさをする。「危険ですから、そっちのほうは、われわれにまかせてください。数馬さんもいま、この状況をなんとかしようと躍起になっているところです」

「いったいぜんたい、数馬さんはどっちの味方なんだ？　もしも本気でこの企《くわだ》てをやめさせたいのなら、あいつらがここに潜伏していることを日本政府か在日米軍に知らせればいいだろう？」

滑《なめ》らかだった佐和田の舌が、ここへきて動きを鈍らせた。

「わけがあってそれはできないんです。何というか……数馬さんの立場はとても微妙でしてね、一筋縄ではいかないんですよ」

「もっと納得がいくように説明しろ」

佐和田は黙っている。代わりに永史がいった。

「隠したって、こっちではいろいろとつかんでいるんだぞ。――たとえば、この島は三浦半島の剱崎から一・九キロ東にある白壁島だな。それから、維新決死隊の隊長・荒城竜巳のこともわかっている。日本陸軍の元軍人で、参謀本部では作戦課長も務めていた切れ者だが、大陸へ左遷されたそうだな。その後、東京湾要塞の司令部へきたというから、この白壁島要塞のことは自分の家の庭のようによく知っているはずだ。それで、今回の計画の隠れ家に選んだわけだ……。荒城が洞窟に駐《と》めたトラックに隠しているのは、このあいだの日曜日に川俣飛行場で米軍機から奪った戦術核爆弾〈マーク7〉。広島型の原爆を上まわる二十キロトンの威力がある。それをちらつかせて政府を脅《おど》し、クーデターを押しすすめるつもりなのか？」

永史が口にした情報は、相手を驚かせて揺さぶりをかけるという点では、案外と効力を発揮したようだった。佐和田の瞳が、わずかに大きく見ひらかれている。

「わたしは坪井さんを少々見くびっていたようだ。いつのまに、そんなことまで調べたんですか？」

「取って置きの情報ルートがあってね」永史は佐和田を睨《にら》みつけた。「さあ、隠し事は無用だ。洗いざらい話してもらおうか」

佐和田は顔をそむけ、溜《た》め息《いき》をついた。

「しようがないですね。あなたをそこまで巻きこみたくなかったんだが。では、話しましょうか。――ひとにぎりの人間たちしか全貌《ぜんぼう》を知りませんが、この日本の国には、政界や財界をかげから操《あやつ》る秘密結社のようなものがありましてね。ひらたくいえば、黒幕《フイクサー》の集まりです」

トラックに隠れているときに永史は、佐和田や柄本の口から発せられた〈委員会〉という言葉を何度か耳にした。

「〈委員会〉というのが、それか?」

「おや。その名称まで知っているとは……。そうです。内輪《うちわ》では〈委員会〉と呼ばれています。数馬さんも〈委員会〉にくわわっているひとりですが、メンバーはほかに何十人もいましてね。内部での上下関係や派閥争いなんかも歴然とあって、なかなか複雑な様相を呈しています。――で、今回のクーデターですが、そもそもは〈委員会〉が計画したことです。といっても、全体の合意というわけじゃありません。昭和三十年ごろに〈委員会〉のなかの一部の勢力が発案し、そのころまだ自衛隊にいた荒城竜巳陸将と組んではじめたんです。数馬さんのように反対しているメンバーも大勢いますが、計画推進派の中心にとりわけ有力な人物がいるので、〈委員会〉全体が引きずられるような感じで、なし崩しに決行の段階まできてしまいました」

入口の岩にぶつかって砕ける波の音が、一定の間隔を置いて洞内に谺《こだま》していた。

いつのまにか永史は銃をおろし、数馬の秘書の話に聞き入っている。

佐和田はつづけた。

「これまでの経緯をすこし話しますと、〈委員会〉からクーデターをもちかけられた荒城陸将は、自衛隊の幹部学校の教え子などから参加者を募りつつ、さまざまなお膳立てをしてきました。米海軍のキャラダイン大尉への接触もそのひとつです。ダニエル・キャラダイン大尉は、第七艦隊の空母レプライザルの重攻撃《VAH》飛行隊に所属するベテランパイロットですが、上官との関係がうまくいかなかったり、長年にわたって転属の希望が叶《かな》えられなかったりして、軍や祖国に対して強い不満や恨みをいだいていました。その大尉の気持ちを荒城陸将はうまく利用し、根気よく工作をして協力者として抱きこんだのです。――そこにいる山岸さんからすでにお聞きになっていると思いますが、このところ米海軍は、実物の弾頭が装塡《そうてん》された核爆弾を空母から基地へ移送する演習をやっていましてね。それは空母がソ連の潜水艦なんかに狙われたときに、核兵器を緊急避難させるための訓練でした。なにも実物を使わなくてもいいような気もしますが、模擬爆弾では士気があがらず、実戦さながらの状況でやってみることにしたのかもしれません……。米海軍のそういう動きに目ざとく気づいたのが、山岸葉子さんだった。演習に使われている川俣飛行場へ彼女は熱心に通い、やってくる軍用機の監視をした」

そこで佐和田は言葉を切り、永史から葉子へ視線を移した。

「じつはですね、学生運動の活動家が川俣飛行場のそばへ足繁《あししげ》くやってきていることには、米海軍のほうでも早くから気づいていたんですよ。もちろん、山岸さんは知らなかったでしょうが」

「何ですって？」葉子はすこし顔を赤らめて身を乗りだした。

「米軍を舐《な》めちゃいけません。彼らにも目はついています。それで、ここ数週間のあいだは、山岸さんが川俣飛行場へ監視にきているときには、隣《となり》の厚木飛行場へ着陸場所を変えて演習をおこなうようにしていたんです。だから、このまえの日曜日も空母レプライザルから発進した艦上攻撃機は、すべて厚木へむかって飛んでいた。――核爆弾奪取のチャンスを長いこと待っていた維新決死隊の荒城隊長にとっては、まさにこのときこそが狙い目でした。川俣飛行場は核兵器移送の秘密演習にしか使われておらず、それ以外のときには警備もいない無人の基地ですからね、邪魔がはいらずに仕事を片づけるには好都合だった。キャラダイン大尉は荒城隊長との事前の打ち合わせどおり、機体の異常を装って自分の操縦する攻撃機のコースをはずれさせ、川俣飛行場へ緊急着陸させた。そして、そこで待機していた維新決死隊と合流し、機内に積んでいた〈マーク7〉と同乗の乗員ふたりを差しだした。引き替えに現ナマを受け取って、その足でドロンですよ。きっといまごろは、海外にでも高飛びしていることでしょうね」

「ちょっと待ってください」と、葉子が口を挟んだ。「つまり、わたしが川俣飛行場の監視をはじめたおかげで、維新決死隊に核爆弾を奪うきっかけをあたえてしまったんですか？」

「結論からいえば、そういうことになりますが……。でも、あなたが気に病む必要はないでしょう。山岸さんが川俣へ通ってきていることは、米軍が気づくまえに、すでに川俣の下見をつづけていた荒城隊長たちが気づいていた。彼らは川俣から帰る山岸さんを尾行し、身元を調べあげ、外務官僚の娘であることまで突きとめたんですよ。その上で、ゲームの駒のひとつとして使うことを思いついた。最初からあなたは利用されていたわけだ。あなたには何の責任もありません」

永史がよこ目で見ると、葉子は茫然《ぼうぜん》として宙を見つめていた。平和や正義をひたすら信じて川俣飛行場の監視をしていたのに、その行動をこんなふうにねじ曲げられたのだ。彼女の悔しさや虚《むな》しさは察《さっ》するに余りある。

だが、いまは葉子を慰《なぐさ》めることよりも、クーデターを阻止《そし》することを優先しなくてはならない。永史は佐和田に尋ねた。

「連中は手に入れた核爆弾をどうするつもりなんだ？」

「東京の某所へひそかに持ち込み、その事実を恐喝のネタにして、現政府の退陣と国会の閉鎖を迫る。〈委員会〉のメンバーに知らされているのはそんな筋書きですが、数馬さんは一部の者しか知らない裏の筋書きがあるという情報をつかんでいます。どうもクーデター推進派は、この国を一身独立した健全な状態にするには、徹底的な荒療治が必要だと考えているようなんです。それで、核爆弾を実際に使用するつもりでいます」

永史は一瞬、時の流れが停止したような感じがした。佐和田の上半身が洞窟の暗がりの波の動きに合わせてまたたく水明かりに照らされて、何かとても禍々《まがまが》しい光景に思えた。なかに仄白《ほのじろ》く浮かびあがっている。

停《と》まっていた時間がゆっくりと動きだすと、永史は言葉を押し出した。

「実際に使用する……。爆発させるという意味か？」

「ええ。起爆のための安全装置の解除方法も、べつのルートで荒城隊長は手に入れてありますから、やろうと思えばできないことはない。いまは国会の会期中です。永田町あたりでドカンとやれば、何もかも一掃できて、だれにも邪魔されることなく新しい国づくりができるという寸法です」

「そんなこと許されないわ！」激高《げっこう》した口調で葉子がいった。「国会や官庁街だけじゃない。まわりの市街地にも大きな被害が出てしまう。十六年前に広島や長崎で起きたことをくりかえすなんて……それも日本人自身の手で……。こんな愚《おろ》かな話がある？　そこまでの犠牲を強《し》いて新しい体制をつくったところで、国民の支持なんかぜったいに得られない。──それに、そうよ。永田町のそばには皇居もあるでしょう。維新決死隊は皇室を傷つけるわけにはいかないはずよ」

佐和田はうなずいた。

「それは当然です。だからこそ彼らは、決行のタイミングを見計らっているんですよ。皇太子ご一家は、今月末まで葉山《はやま》の御用邸で静養しておられます。天皇・皇后両陛下は、つぎの月曜日に公務で奥多摩《おくたま》のほうへいらっしゃる。その月曜日に、おそらく計画は実行に移されるんじゃないでしょうか。――それと、国民の支持の件についていえば、情報操作のやり方次第でそれはどうにでもなります。もしかすると計画推進派は、荒城隊長と維新決死隊だけに、核爆発でもたらされる災禍の責任を負わせようと考えているのかもしれない。一部の狂信的な連中が引き起こした右翼テロということにしてしまえば、新しい政府とは何の関係もないですからね。実行犯にすべての罪を着せて、首謀者たちは安全なところで事の成果に満足する。いかにもありそうな話だと思いませんか？」

「そんなことなら、なおさらこの暴挙を止めなくちゃならない！」食らいつくような勢いで永史はいった。「数馬さんには、なんとかできないのか？」

「できるかぎりの努力はしていますが、思いきった手段はなかなか取れないんです。この計画に数馬さんが賛同しかねているのは、〈委員会〉のなかでは周知の事実ですからね。もしも数馬さんが密告したりすれば、だれがやったかは一目瞭然《いちもくりょうぜん》だ。かりに荒城隊長たちがつかまったとしても、その上にいる黒幕たちは巧《たく》みにのがれて生き残るでしょう。そんなことになれば、数馬さんの身が危《あや》うくなってしまう」

　困り果てたようすで佐和田は、木彫り仏のまえを行ったり来たりした。

「ほんとうのことをいうと、もうあまり時間が残されていないんですよ。川俣の事件があった直後、陸路は監視が厳しくなったので、維新決死隊はいったん核爆弾をこの島に隠して時がくるのを待っていたわけですが、いよいよ都内へ移す気のようです。小型船があと何時間かで到着すると、荒城隊長と柄本副隊長がさっき話しているのを聞きました。その船に〈マーク7〉を積んでいって、品川か芝浦《しばうら》あたりで陸揚げするつもりでしょう。そうなったら、止めるのがますます難しくなってしまう」

「わかった」と永史はいった。「ならば、こっちでやるまでだ。おれたちがだれかに知らせるぶんには、数馬さんがとばっちりを受ける心配はないだろう?」

佐和田がぴたりと足を止めた。

「それはそうですが、あなた方がどうやって知らせるんですか?」

「いい方法がある」と告げて永史は、すこしはなれた岩のかげに置いてある輸送籠のほうへ目をむけた。

そちらへ近よっていった佐和田が、びっくりしたような声をあげた。

「伝書鳩ですか? こんなものをどこで?」

柄本たちは永史が放鳩したところを目撃したが、その事実は佐和田には知らされていないらしい。

「車に積んであったのをこっそり取ってきた。この鳩に飛んでもらえば、うちの新聞社へ連絡ができる」——すでに一度飛ばしてみたこと、それが意外な結果になったことなどは、あえて教えなかった。

永史の言葉を聞いた佐和田は、はっと顔をあげた。

「それはだめです」と、ただちに却下する。

「なぜだ?」

「あなたのところの新聞社には、〈委員会〉の息のかかった人間がいるんです。手紙が届いたとしても、その人間に握りつぶされる虞《おそ》れがあります」

「何だと?」永史は声を上ずらせ、数馬の秘書に詰めよった。「息のかかった人間というのは、いったいだれのことだ?」

永史をじっと見たあと、佐和田は首をふった。

「いまは直接関係ないので、その話はよしましょう。とにかく、明和新聞社へ連絡するのはお勧めできません」

黙りこんだ永史に代わり、葉子が口をひらいた。

「それなら、わたしたち自身がこの島から出ればいいんだわ。——ひとつ訊きたいんですけど、自動車はどうやってこの島へ渡ってくるのかしら? 外の景色が見えない状態で連れてこられたので、わたしたちにはそれが分からないんです」

自分の職場に〈委員会〉の手先がいるという事実にショックを受けていた永史は、葉子の質問で現実へ引きもどされた。その問いの答えに彼も興味があった。

「トンネルがあるんですよ」佐和田はこともなげに答えた。「海底トンネルで対岸の三浦半島とつながっています。要塞の時代につくられた古いもので、あちこち漏水《ろうすい》もしていますが、いまは排水ポンプを使って通れるようにしてあります」

目隠しをされて連れてこられたときに聞いた、こもったような車の走行音やボディにあたる水の音を、永史は思い起こした。

「なるほど……。車を駐めてある洞窟に大きな鉄の扉があるな。あれのむこうがトンネルなのか？」

「そうです。現在、島には一隻《せき》の船もありませんし、ここから出ようとしたら、あのトンネルを使うしかないですね」

「あそこの洞窟には見張りがいる。やつらに気づかれずに、あの鉄扉《てっぴ》をあけることはできそうにないな」

「ほんとうなら、わたしの車のトランクにあなた方をひそませて、島を出られたらいいんですが、それも無理そうです。数馬さんの手下のわたしは疑われていますからね、すくなくともクーデターの決行までは、島の外へは出してもらえないと思います。半分捕虜みたいなもんですよ」

「くそっ」と、永史は悪態をついた。「八方ふさがりか……」

曲げた指を口元へやって考えこんでいた佐和田が、ふと顔をあげた。

「そういえば、ここへくる途中で気づいたんですけれど、海底トンネルの内部のかなり島に近い場所に分岐点があるんです。本道のほうのトンネルは、例の洞窟の鉄扉のところへつながっていますが、もうかたほうは、ヘッドライトが照らしたときにちらっと見たかぎりでは、ずっと先までつづいていました。もしかしたら、そっちのトンネルは島のべつの場所へ通じているのかもしれません」

「どこへ通じているのかわかれば、そこから脱出できるわ」と葉子がいった。

「よし、そいつを調べてみよう」と永史。

「調べられますか？」疑わしそうに佐和田が尋ねる。

「なんとかするしかないだろう」

佐和田は顔をしかめた。

「あなた方を助けなくちゃいけないのに、反対に危険な目に遭《あ》わせることになってしまったようで心苦しいかぎりです。トンネルの三浦半島の側の出口にも見張りがいるので注意してください。無事に脱出できたら、信頼の置ける人間に知らせるんです。――そうだ。いちばんいいのは山岸さん、あなたが外務省の久地正芳氏に電話を入れて、盗まれた核爆弾がここにあると教えることだ」

葉子は驚いた顔で佐和田をながめた。

「わたしが父に？」

「そうです。それがもっとも確実な方法だと思います。久地情報局長は、川俣での核爆弾盗難の件を知っていますからね。政府や米軍とも近い位置にいるし、迅速《じんそく》に対応できるはずだ……。この島からは直接見えませんが、トンネルの出口から一キロほど北に、小さな入り江に面して旅館が建っています。そこへ行けば公衆電話がある。お父さんの職場の連絡先はわかりますか？」

葉子は首をふった。

佐和田はふところから出した手帳に電話番号を書きつけ、そのページを破り取って、何枚かの硬貨といっしょに葉子に渡した。

「では、ひとまずここでお別れですね」佐和田は永史と葉子へ交互に顔をむける。「この洞窟を抜けていくと、小さな砂浜へ出ます。わたしはさきへ行って決死隊の隊員たちのところへもどりますから。ご健闘を祈っていますよ」

＊

佐和田が去ったあと、葉子が永史をふりかえった。

「もうひとつのトンネルの出口がどこなのか、調べる当てはあるんですか？」

「当てはないが、心配はいらない」と永史は答えた。

「どうするつもりです？」

「問い合わせて調べてもらうんだ」そういって永史は、輸送籠のそばへしゃがみこんだ。

「もう一度、クロノスに未来へ行ってもらおうと思う。未来の新聞社にいる溝口俊太という男に通信文を送り、トンネルについて調べてくれるように頼んでみる。五十年後の白壁島では要塞跡の文化財調査がおこなわれていると、彼からの手紙には書いてあった。それなら、トンネルの出口のことだってわかるかもしれない」

葉子はためらいつつも疑問を呈した。

「もしもクロノスが時間を越えないで、現在の新聞社へ帰ってしまったら？」

「いや。おそらく、そうはならない……。これを見てくれ」

輸送籠のなかのクロノスを永史は指し示した。クロノスのからだの下から青白い光がひろがり、鳩の腹部や籠の底をぼんやりと照らしていた。

「クロノスの脚環がまた光っている。もう一度、奇跡を起こしてくれるつもりのようだ。この脚環は行くべきところをわかっている。クロノスをかならず未来へ連れていってくれるはずだ。ぼくはそう信じている」

彼はその場で通信用紙の綴《つづ》りをひらき、未来へ宛てて新たな手紙を書きはじめた。書きあがると葉子に見せ、それから通信管へ入れた。

水筒から携帯用の飲水器に水をついで籠のなかへ置いてやる。クロノスは器の穴に嘴《くちばし》を入れ、逆毛の頭をかすかに上下させながら飲んでいた。

そのすがたを見ているうちに永史は、どうしようもなく切ない気持ちに囚《とら》われた。

一日のうちにこんなに何度も飛ばせて大丈夫だろうか？　三浦半島の劒崎のあたりからだと東京の有楽町までは、だいたい六十キロ程度か……。伝書鳩にとっては短距離の部類にはいるが、くわえて時間の壁を越えるとなると、その体験がクロノスにどれほどの負担をかけるのか？　幸運の脚環が守ってくれているとはいえ、気がかりだ。本音としては、クロノスを送りだしたくない。

だが、捜索の網をかいくぐって永史たち自身でふたつ目の出口をさがすのは非常に危険だし、残された時間のうちに見つけだせるという保証もなかった。ここはクロノスと幸運の脚環に望みをかけて、未来からの情報を得るしか道はないのだ。

「さあ、行こうか」葉子とクロノスの両方へ永史は声をかけた。

荷物をまとめ、木彫り仏の洞窟をあとにする。

奥へ歩いていくと数分後に、佐和田のいっていたとおり明るい砂浜へ出た。

高台の下を抜けて島の東側へきたようだ。島の位置を知ったいまでは、目のまえにひろがる海が浦賀水道であり、彼方《かなた》の陸地が房総半島であることが理解できる。

そこは険しい岩場のあいだによこたわる、わずか三十メートルほどの長さの砂浜だが、地形的な障害物はないし、上空に隼も見えない。ここで放鳩してもよさそうだ。籠のなかからクロノスを取りあげると、羽毛の下に宿る温《ぬく》もりや小さな心臓の鼓動が永史の手のひらに感じられた。

通信管を左脚に装着し、ついでに幸運の脚環がしっかりと右脚に巻きついていることを確かめる。幸運の脚環はいまだに青白く光り、ほのかな熱を発しつづけていた。

クロノスの耳元で永史はささやいた。

「おまえが最後の望みなんだ。どうか無事に行ってきてくれ」

葉子も祈るようなまなざしを伝書鳩へむけている。

ふたりの視線の交わるところでクロノスは、放鳩直前に見せるいつもの決然とした目つきをして、海上の澄んだ虚空《こくう》を見すえていた。

クロノスも自分たちとおなじだな。ふいに永史はそんなことを考えた。永史にしても葉子にしても、個人では抗《あらが》いきれない大きなものに操《あやつ》られ、その挙げ句にこんな苦闘を強いられている。考えてみれば、クロノスたち伝書鳩もそれといっしょだ。人間の都合ひとつで望んでもいない場所へ連れていかれ、そこから独力で鳩舎へ帰り着くことを余儀なくされる。それでも彼らは文句ひとつこぼさずに飛び立ち、希望と勇気を胸に羽ばたきつづける。伝書鳩というものが、これほど健気《けなげ》に、そして哀れに思えたことはなかった。

すまないな、クロノス。でも、飛んでもらわなければならない。おまえの翼に、たくさんの人の命や日本の将来がかかっているんだ。一度目の未来への往復は、いわば試験飛行のようなものだった。これからの二度目の飛行こそが、真の正念場だ。

「信じているぞ、クロノス」

クロノスを信じることは、脚環の力を信じることであり、旅の成功を祈ることにもつながる。

「おまえを信じている。きっと帰ってこいよ」

鳩の背のほうから両翼を押さえるかたちで握っている手を、海上へむけて永史は伸ばした。軽く投げあげるような感じで指をひらく。

ぱっと翼をひろげ、鳩は飛びあがった。

クロノスは、未来への飛翔を開始した——

12　クロノス

昭和三十六年二月十七日（金曜日）——午後一時二十四分

体内の気囊《きのう》にたっぷりと空気を吸い込み、からだの比重をさげたクロノスは、風切り羽のならんだ翼を力強くふり動かして、みるみる高度をあげていった。くっきりとした虹彩《こうさい》に澄んだ輝きをたたえた瞳が、天空の太陽の位置を正確に捉え、眼下の地形を読み取る。その島からの飛行は二度目ということもあって、彼はほとんど瞬時に帰るべき方向を導きだしていた。

初回のときと同様、目的地まで一直線には飛ばず、針路を小刻みに調整しながら飛びやすい場所を選んで飛行する。気流が不安定で、高度や距離の感覚もつかみにくい海上はなるべく避け、三浦半島の上空へ最短距離で渡った。そこからあらためて東京のほうへ向きを変更する。

からだのわりに大きめの心臓が血液を送りだし、たくましく発達した大胸筋と小胸筋が交互に働いて、めいっぱいひろげた翼を押しあげ、空気をはらんで打ちおろす。合間にときおり翼をぴたりと止めた弾道飛行を挟む。呼吸がたちまち増加し、体温もじりじりと上昇していく。

右脚の脚環からも熱く煮えたぎったものが、からだの奥底へそそぎ込まれてくる。その沸騰《ふっとう》するエネルギーに突き動かされて、スピードをぐんぐん速めた。翼をひらめかせながら凄《すさ》まじい速度で飛翔するクロノスを、もしも地上から見あげる人間がいたら、ブーメランか何かと錯覚《さっかく》したかもしれない。

遠い山々にかこまれた広大な平野を、孤高の点となって移動していく。

横須賀《よこすか》の街の上を通過し、やがて横浜を縦断した。そこからは東海道線の線路に沿って飛ぶ。ほどなく川崎へ到達し、多摩川が見えてきた。

この地点までは何ごともなく、順調な飛行だった。

しかし――

河川上の乱気流を越えたさきに、一度目の飛行のさいにクロノスたちを襲ったあの隼《はやぶさ》が、またもや待ちかまえていた。翼を引きこみ、空気抵抗を減らした猛禽《もうきん》は、暗灰色《あんかいしょく》の疾風となって突っこんできた。

もちろんクロノスはその接近を察知していた。捕食者の鋭い鉤爪《かぎづめ》が伸びてきたとき、翼の動きをぴたりと止め、からだを落下させて攻撃をかわした。

隼はあきらめない。小回りをくりかえし、第二、第三の攻撃を仕掛けてくる。クロノスも翼や尾羽を巧みに操《あやつ》り、右へ左へからだをふって逃げつづける。

クロノスと隼は目まぐるしく交錯し、もつれ合い、渦を巻いて、空中に複雑な軌跡を描いた。二羽の翼が触れ合うごとに、羽ばたきに似た、ばさっ、ばさっという音が響く。

執拗《しつよう》に繰《く》りだされる爪をよけながら、クロノスは栗二引《くりにびき》のときと同様、眼下の街へ近づこうとした。さすがに疲労し、機敏さを失ってきている。先へ先へとまわりこまれ、思うように突破口をひらけない。だんだんとクロノスは追い詰められていった。

幾度目かに鉤爪が一閃《いっせん》したとき、クロノスの動きがわずかに遅れた。焼かれるような感覚が背に走る。羽毛と血液が宙に散った。隼の爪は羽毛の下の皮膚をえぐったものの、完全に食い込むところまではいかず、ぎりぎりでクロノスは逃げおおせた。

このままでは、いつか捕らえられてしまう。

そのときだった。これまでにくりかえし力を貸してくれた右脚の脚環から、新たな波動がほとばしった。それは高圧の電流のようにクロノスの体内へ押しよせてきた。とたんに、とくべつな絆《きずな》で自分と結ばれているひとりの人間のすがたが、クロノスの脳裏《のうり》にありありと浮かびあがった。からだの中心で何かが弾《はじ》けるように燃えあがり、新たな勇気が湧《わ》いてくる。クロノスの心は奮《ふる》い立った。

攻撃をそらして相手とすれちがった一瞬、彼は思いがけない反撃に出た。すばやい動作で嘴《くちばし》を隼のほうへ突きだしたのだ。

痛みと驚きとで隼は、反射的に身をひるがえす。その右目が潰《つぶ》れていた。鳩が猛禽に挑みかかるなど、前代未聞のことであった。

動揺した隼はすこし高度をあげて、ようすを窺《うかが》うように旋回した。

すきを突いてクロノスは、羽ばたきと滑空をくりかえし急降下する。

隼がひるんだのは、いっときのことだった。残った左目で逃げていく鳩を睨《にら》みつけると、猛《たけ》り狂って追跡をはじめた。

追いつ追われつするクロノスたちのほうへ、多摩川の下流の方角から轟音《ごうおん》を立てて何かが接近してきた。物体の上部でひらたい棒状のものが高速で回転している。クロノスたちは知る由《よし》もないが、それは人間の乗り物——川崎ベル47G型のヘリコプターだった。

水平飛行してくるヘリコプターと、斜めにおりていくクロノスたちの針路が、前方で交差していた。二羽の鳥と一機の乗り物との距離は、どんどん縮まっていく。

空を切る刃のような回転翼が、クロノスにはくっきりと見えた。

追跡に夢中になっている隼のほうは、直前までヘリに気づかなかったらしい。気づいたあとも、片目をなくしているために目測を誤った……。

ローターの回転面のすみに隼のからだが接触した。短い打撃音。猛禽の影はあっという間に消し飛び、ヘリコプターの風防ガラスに赤い飛沫《ひまつ》が跳ねかかった。

つづいてクロノスにも回転翼が迫ってくる。彼は翼を懸命にふり、上昇して逃げようとしたが、今度の相手は隼よりもさらに敏速だった。

銀色の鎌がクロノスをまさに寸断しようとした刹那《せつな》――

右脚の脚環がにわかに燦然《さんぜん》と輝き、虹《にじ》色の光がクロノスを押し包む。

彼を取り巻く世界が、ぐにゃりと歪《ゆが》んだ。

クロノスの視界からヘリコプターは掻《か》き消えていた。

＊

彼は、例の白い世界にいた。

一度目の飛行の往路と帰路にも通ったあの場所である。

今度の通過ではじめて気づいたが、空白と静寂だけの世界ではなかった。目には見えない何かの気配が、そこには満ち満ちていた。

たくさんの羽音が聞こえたような感じがした。軽《かろ》やかな音をたてて飛び交《か》っているものたちがいる。それは、かつて生き死んでいったクロノスの仲間たちの魂かもしれないし、あるいは、たんにクロノス自身が過去に経験した幾多の飛行の記憶が、幻覚となって投影されているだけかもしれなかった。

まわりが真っ白で、目印になるものが何も存在しないのは心許《こころもと》ないが、それにさえ慣れてしまえば、奇妙に居心地がよかった。ここにいると疲労や空腹や傷の痛みも忘れていられる。もしかすると鳩舎よりもさらに過ごしやすいところなのかもしれない。この場所にずうっと留《とど》まっていてもかまわないという気持ちが、ほんのわずかだが、クロノスの心に芽生《めば》えた。

だが、その感情に呼応するように、ひとつの声が響いた。

——信じているぞ、クロノス。

右足に付いている脚環を通して聞こえてくるその声は、永史のものだった。

——おまえを信じている。きっと帰ってこいよ。

そうだ。いま飛ぶのをやめるわけにはいかない。あの人がいるのだ。

クロノスは重たい翼をむりやり動かしはじめた。

稲妻《いなずま》を発する青白い光の球が、やがて遠くから近づいてきた。

それが視野いっぱいにひろがった……。

と思った瞬間、背と腹を交互に裏がえしながらクロノスは、建物が密集する市街地へむかって落下していた。正気にかえり、すぐさま翼を伸ばした。からだの反転を止めて、飛行のコントロールを回復する。

多摩川付近の上空だった。昭和三十六年二月のそこではない。五十年と五か月後の、電波や排気ガスや騒音が充満し、地上のすがたも一変したおなじ地点である。

差し迫った危機からは脱したものの、クロノスはひどく消耗《しょうもう》していた。地上へおりて休みたい誘惑に駆られたが、彼はおのれに休息を許さなかった。からだの底に残った力を絞《しぼ》り出し、翼で空気をつかみ、じりじりと前進する。

真下を太い帯のように通るJRの線路のさきに、クロノスの帰るべき場所はあった。飛行速度はかなり落ちているものの、あと何百回かの羽ばたきののちには、その場所をじかに目にすることができるはずだ。もうすこしの辛抱だ。

クロノスの帰還を信じて、待ちつづけている者がいる。ひとつの古い脚環によって、彼と切っても切れない絆でつながっている男。その人間の信頼に応《こた》えるために、命のかぎり飛んでいく。

いまや翼のひと振りひと振りが、クロノスの望みであり、絆の証《あかし》であり、存在そのものであった。

13　俊太

平成二十三年七月八日（金曜日）――午後三時五十一分

「あんた仕事中だろう？」須山が声をかけてきた。「そろそろ、もどったほうがいいんじゃないのか？」

「はあ」と俊太は、気の抜けた返事をかえした。

クロノスが消えたあとも、俊太と須山はしばらく屋上で茫然《ぼうぜん》と空を見あげていた。あまりにもあっけなく事が終わってしまったので、納得できないような気持ちだった。

「でも、万が一、クロノスがもう一度くるようなことがあったら……」

「大丈夫だ。おれがここで見張っていてやるよ」

「そうですか。じゃあ、すみませんが、ちょっと下へおりています」

俊太はそう断わって塔屋《とうや》のほうへ歩きだした。

七階の倉庫へ行っても、なかなか仕事は手に着かなかった。クロノスに託した手紙はどうなっただろう？　坪井記者たちは助かったのか？　そんな疑問ばかりが浮かんで、倉庫にならぶ過去の品々へ意識がむかない。

三十分もしないうちに、彼はまた屋上へあがっていった。

鳩舎のそばの手すりに須山はもたれていた。俊太の顔を見ると首をふり、「こないよ」とだけいった。

須山の足元に置かれたホームセンターのレジ袋の口から、「鳩の餌《えさ》」と印刷された包みが覗《のぞ》いているのに気づいて、俊太の心は痛んだ。須山はきっとクロノスの世話をもっとしたかったにちがいない。自分が先走ったことをしたばかりに、須山には悪いことをしてしまった……。いたたまれなくなって俊太は倉庫へ引きあげた。

気分を切り替えるように努力したら、今度は多少集中できた。

段ボール二箱分を整理してから、思い立ってふたたび屋上へ行ってみた。

鳩舎からはなれたベンチに腰をおろし、須山は空を仰《あお》いでいる。そばへ行った俊太がおなじようにして見あげると、その姿勢のまま須山はいった。

「ひさしぶりに伝書鳩係のころを思いだしていたよ。鳩係の佐々木主任も、よくこんなふうにして鳩の帰りを待っていたっけ……。鳩舎の入口には帰ってきた伝書鳩を捕らえておくための二重トラップの仕掛けがあってさ、そのなかへ鳩が飛びこむと事務所でベルが鳴るようになっていたんだ。それなのに佐々木さんときたら、かならず屋上へ出て鳩を待っているんだよ。そうしながらあの人は、無事に帰ってこいと心のなかで祈っていたのかもしれないな」

かすかに笑い、須山は立ちあがった。

「さてと……。もう飛んできそうにないな」

彼は名残《なごり》惜しそうに空から目をおろした。

俊太もそれに倣《なら》いかけたが、何か予感めいたものを感じて、視線をもとにもどす。

天の一角にぽつりと黒い点があらわれた。帝国《ていこく》ホテルのインペリアルタワーの左上を通過し、それはJRの線路の上をやってくる。

シルエットからすると鳩のようだ。まさかクロノスではあるまい。日比谷公園のあたりにいる土鳩だろうか？

けれども、その鳩は有楽町マリオンのあたりから高度をさげ、まっすぐこちらへむかってきた。東京交通会館の最上階の回転レストランをかすめ、俊太たちのいる屋上へ迫ってくる。両翼をめいっぱいひろげた鳩は、速度を殺しつつ鳩舎の到着台へ舞いおりた。そして小屋へはいっていく。

俊太と須山は目を見交《みか》わした。同時にふたりは鳩舎へ駆けだした。

入口から須山がなかを覗く。彼は俊太を外に待たせておいて、さきに戸口をくぐり、床を歩いている鳩を捕らえてから「もういいぞ」と声をかけてきた。

須山は両手で鳩をもちあげ、顔を近よせていた。

「クロノスだ。怪我《けが》をしている。隼《はやぶさ》か鷹《たか》にやられたらしい」

覗きこんだ俊太は、思わず顔をしかめた。鳩の背から翼にかけて長さ十センチほどの裂傷が斜めに三本走り、周囲に乾いた血がこびりついている。首をすくめて半分まぶたを閉じ、一度目にきたときよりも明らかに弱っている感じだ。

「かわいそうに……。大丈夫でしょうか？」

「傷は深いが、たぶん命に別状はないだろう。むかし、もっとひどいのを見たことがあるよ。内臓をはみ出させて帰ってきたやつがいたんだ」

須山はクロノスの通信管を取り、俊太に渡してよこした。

「中身を確認してくれ。おれは薬をさがしてくる」

クロノスを巣房《すぼう》へ入れてから、須山は何かいいたそうに俊太を見た。

その視線の意味に気づいた俊太は、あわてて手をふった。

「わかってますよ。安心してください。もうクロノスには勝手にさわりませんから」

須山は苦笑いし、うなずいて鳩舎を出ていった。

俊太は通信管の内筒をはずして通信用紙を引きだした。

急いでひらいてみると、坪井記者からの新しい手紙だった。

溝口俊太様

先の通信文、拝受しました。

クロノスが時間を越えたとは！　たしかにこれは奇跡です。

しかし、奇跡の助力があったにせよ、伝書鳩が到着したさきの未来の新聞社に、あなたや須山君がいなかったら、こんなふうにうまく事は運ばなかったでしょう。送ってくれた情報は、ある人物から新しい情報を引きだす上で役に立ちました。あなた方の協力と励ましに感謝しています。須山君にも、よろしくつたえてください。

さて、この二通目の通信文をクロノスに運んでもらったのは、新たにお願いしたいことがあるからです。維新決死隊は例の核爆弾を東京へ持ち込み、実際に爆発させるつもりだということが判明しました。わたしたちはなんとしても白壁島を出て、このことをだれかに知らせ、やつらの計画を食い止めねばなりません。そのために島からの脱出路が知りたいのです。

こちらで得た情報によれば、白壁島と三浦半島とのあいだには、日本軍の要塞時代につくられた海底トンネルが存在するとのことです。白壁島に近いところでトンネルは二本に分岐し、一本は島の南西部の洞窟へきています。もう一本が島のどこへつながっているのか、その正確な位置がわかれば、島からの脱出ルートとして使えるかもしれません。あなた方の時代では、白壁島の要塞跡の調査がおこなわれているとのこと。だとすれば、トンネルのくわしい状況もつかめるのではないですか？

クロノスでの返信を待っています。どうかよろしくお願いします。

坪井永史

俊太は目を見ひらいて唇を舐《な》めた。まずいことになったと思った。都内で核爆弾が爆発したらどうなるかは、彼にも容易に想像がつく。なんとかしなくてはならない。

手紙にある海底トンネルについて、とにかく調べよう。

急いで鳩舎をはなれ、七階の倉庫へもどった。図書室の辞典類から複写してきた白壁島の資料が机の上に置いてあった。それを取りあげて、ひととおり読み直してみる。白壁島と三浦半島をつなぐ海底トンネルのことは、どこにも書かれていなかった。

こいつは困った……。インターネットで調べるにしても、大橋友里の協力はもう当てにできそうにないし、どうしたらいいのか？　いい案は浮かばなかった。

もしも、このまま海底トンネルの情報が手にはいらなかったら、どうなってしまうのだろう？　そう考えると急に不安に襲われ、心臓の鼓動が速まった。

突然、頭がくらりとした。おや、と思って周囲を見まわす。

床も棚も天井も、室内にあるものすべてが小刻みに波打っていた。といっても地震ではない。奇妙なことに、俊太を取り巻く空間そのものが陽炎《かげろう》に包まれたみたいに揺らいでいるのだ。同時に、どこかから何千匹もの蜂《はち》が羽を震わせているようなブーンという音が起こって、その唸《うな》りはじょじょに高まってきていた。

なんだ？　何が起こったんだ？　俊太は恐ろしくなり、机のまえに立ちすくんだまま、両手で椅子《いす》の背もたれをつかんだ。

机の上の白壁島の資料が目にはいった。コピー用紙の表面に複写された本のページの文字や写真も、こまかく揺れている。

それは『日本地誌辞典』という本からコピーしてきた見開きのページだった。白壁島の記述のある「東京湾」の項のまえに、「東京」という項があった。そこに掲載されている都心の空撮の写真が、いつのまにか違う写真に入れ替わっていた。振動のためにブレて見づらい写真を俊太は凝視《ぎょうし》し、何が映《うつ》っているのかを見極めようとした。——廃墟《はいきょ》の写真であった。瓦礫《がれき》の山がつづくむこうに、中央から折れて倒壊した東京タワーがある。写真の下には「維新決死隊事件の核爆発により壊滅した東京の中心部」という写真説明が添えられていた。

俊太ははっとした。とたんに天地がくるりと裏がえるような感じがして、空間の揺らぎが治まった。蜂の羽音のような響きも消えていた。倉庫のなかには何ごともなかったように、平常の光景がひろがっている。

机の上の資料のコピーへ目を落とした。写真はもとの東京の空撮になっていた。

俊太は口元を押さえて立ち尽くした。いまのは、いったい何だったのだろう？　まさか、自分が弱気になって白壁島の海底トンネルのことを調べるのをあきらめかけたせいで、歴史が変わりそうになったのか……。そうだ。きっと、そうにちがいない。

昭和三十六年の東京でクーデターが起こったという史実はないのだから、自分たちは坪井記者の要求にかならず応《こた》えられるはずだ、と、いままで俊太は信じていたが、どうやらその考えはまちがっていたらしい。

俊太が坪井記者に島からの脱出経路を示してやることができなければ、五十年前の世界で維新決死隊の計画は成功し、核爆弾が爆発して、昭和三十六年二月以降の歴史は変わってしまう。そしておそらく、いまみたいな「揺らぎ」のもっと激しいやつがきて、俊太の知る現在の世界は消え失《う》せ、べつの新しい歴史に上書きされてしまうのだ！

俊太はパニックに陥《おちい》りそうになった。あわてて深呼吸する。落ち着け、と自分に言い聞かせた。何か方法はあるはずだ。考えるんだ。

――そうだ、優介だ。優介に訊《き》いてみよう。

廊下へ出て、携帯電話で従兄弟《いとこ》を呼び出した。留守番電話に切り替わったので、至急電話がほしいというメッセージを入れた。

屋上へあがって連絡を待つあいだに、須山が帰ってきた。消毒液やヨードチンキや脱脂綿をもっている。本館二階の診療所から借りてきたのだという。

クロノスの傷の手当てをする須山に、俊太は坪井記者の手紙を朗読して聞かせた。

「なんてこった」と、須山も目をまるくした。「それで、トンネルのことは調べられそうなのか?」

「今日、白壁島に関連した取材で、三浦市まで出かけている記者がいるんです。ぼくの従兄弟なんですけど、彼に訊いてみようと思います」

さっき倉庫で体験した「揺らぎ」のことを須山に打ち明けるかどうかで迷っている矢先、携帯に優介からの着信があった。

鳩舎の戸口のほうへ移動しながら、俊太は通話キーを押した。

「もしもし……」

「何か用か?」と優介が尋ねてきた。

「文化財係の取材はもう終わった?」

「ああ。終わって、いま帰りの車のなかだ」

「人骨について何かわかったの?」

「いや。警察で得た以上の成果はなかった」

そこで俊太は単刀直入に切りだした。

「白壁島にある海底トンネルのことについて、優介さんは何か知ってる?」

「海底トンネル? 何だ、それは?」

「こちらで入手した情報によれば、白壁島と三浦半島のあいだには要塞時代につくられたトンネルがあるんだよ」

「そんな話、どこで聞いた？」

「ある信頼できる筋から」

優介はちょっと沈黙してから、いつになく硬い口調でいった。

「あのな、今し方まで大橋記者と電話で話していたんだが、おまえのようすが変だって彼女はいってたぞ。むかしの自衛隊の関係者のことだとか核爆弾のことなんかを調べさせられて、おまけに、だれかに宛てた妙な手紙も印刷させられたとか……。いったい何をやっている？　どうしたんだ？　おまえ大丈夫か？」俊太が精神的に参ってしまったのではないかと優介は疑っているようだ。

「ぼくは大丈夫だよ」と俊太は答えた。「じつはね、大橋さんに印刷してもらった手紙の相手というのが、さっきいった海底トンネルの話のニュース・ソースなんだ」

「それは、どういう人物だ？」

「坪井さんという明和新聞の記者の人」

「坪井？　どこの部の記者だ？」

「社会部……ただし、五十年前の社会部のね」

「五十年前？」優介の声には困惑と苛立《いらだ》ちがにじんでいる。「その人物はいま、どこにい

「遠いところだよ」

「直接話がしたい。連絡先を教えてくれないか?」

「それは難しいと思う。だって、とくべつな方法じゃないと連絡が取れないんだ」

「とくべつな方法って何だ？」

伝書鳩と俊太はいいかけたが、冗談も大概《たいがい》にしろと叱られそうなので、すんでのところで言葉を引っ込めた。

今回の出来事は、ありのままに説明しても信じてもらえるような事柄ではない。どうしたらいいのか？　海底トンネルの件で頼れそうな相手は、もう優介ぐらいしかいないのだ。もしもここで自分があきらめてしまったら、さっき倉庫にいたときに垣間見《かいまみ》たような現象がまた起きて、歴史が変わってしまうかもしれない。

混乱する俊太の目のまえに突然、自殺したかつての会社の同僚――小池の顔がちらついた。小池の苦しみに気づかずに死なせてしまった過去を、自分は悔いているのではなかったか……。そうだ。あんな後悔は二度としたくない！

救いをもとめている人間をけっして見捨てない。あきらめずに可能なかぎりの手段をこころみる。なんとしてもトンネルのことを調べあげ、その情報を過去へ送り、坪井記者たちの命を、そして核爆発の危機にさらされている大勢の人間の命をかならず助ける。彼はそう心に決めた。

深呼吸してから俊太はいった。

「ねえ、優介さん。こんなふうに意味不明のことをいろいろと聞かされたら、信じられないのも当然だよね。でも、信じてもらわなくちゃ困る。人の命がかかっているんだ。さっきいったトンネルの情報は、坪井さんをはじめ、たくさんの人たちにとって、とても重要な意味をもつんだ。もしも優介さんがぼくの立場だったら、おなじ行動をぜったいに取っていると思う。だから、いまはぼくを信じて、白壁島のトンネルについて調べてほしい。お願いします。このとおり」

携帯を耳にあてたまま、俊太は深々と頭をさげた。

やや長い沈黙があった。

「またかけ直す。そのまま待っていろ」と静かにいって、優介は電話を切った。

俊太も携帯を折りたたんだ。はたして優介はわかってくれたのか?

鳩舎の奥で須山がクロノスに餌をあたえていた。会話の内容を小耳に挟み、おおよその状況は察しているようだが、彼は何もいわなかった。

俊太は外へ出て、鳩舎のまえを行ったり来たりした。

五分がすぎ、十分が経過した。

なおも歩きまわりながら、建物の裏に建つ新館へ何気なく顔をむけたとき、俊太の瞳に白いものが映った。九階のガラス張りの内部にそれはあった。

ガラスに映りこんだ手前の景色とかさなり合って、こまかいところまでは判然としないが、白い影は人間の上半身のかたちをしていた。例の白いスーツを着た石崎というブラジル移民の老人が、窓辺に立っているのだと俊太は直感した。

新館に近い屋上の北側へ俊太はゆっくりと歩いていった。屋上の真ん中あたりまできたところで、白い影がふっと見えなくなる。石崎老人は室内へ身を引いたようだ。

そういえば、老人は昼休みにもベランダからこちらを見ていたな。そう考えるのと同時に、今朝から見聞きしたものの記憶が、俊太の脳裏《のうり》に浮かんでは消えた。石崎老人が明和新聞社へ出入りして、上条社長や奥寺秘書と何かこそやっているという話。今日、上条社長は新館九階の会議室を何かの用事で借り切っていて、それには石崎老人もからんでいるという噂《うわさ》。さっき白壁島について調べようと図書室へ行ったとき、部屋の近くをうろついていた奥寺秘書のうろんな振る舞い……。

個々の記憶が結びつき、ひとつの思考をつくりあげた。

石崎老人や上条社長や奥寺秘書は、こっちの旧館の屋上で起こっていることについて何か勘づいているのではないか？

俊太は屋上の端から新館の建物を仰いだ。

九階のベランダの植栽のあいだに設置されているカメラを発見するまでに、それほど時間はかからなかった。カメラは三脚の上にのっているらしく、本体だけが手すりの上に覗いている。全部で三台あった。レンズはすべて旧館の屋上のほうをむいていた。

見てはいけないものを見てしまったような気がした。

旧館の屋上は監視されている。ベランダのよこの、さっき石崎老人がいたあたりが、上条社長の借り切っている会議室なのだろう。その室内から石崎や上条たちは、こちらを見張っているのだ。

クロノスや坪井記者の件を、彼らはどこまで知っているのか？　この出来事にどういうかたちで関わっているのだろう？

すくなくとも俊太には、彼らが味方のようには思えなかった。遠巻きにしてこっそりながめているのは、よからぬことを企《たくら》んでいる証拠ではないか――

マナーモードに設定した携帯が突然、ジーンズのポケットのなかで振動しはじめたので、俊太は飛びあがりそうになった。

携帯をひらくと優介からだ。急いで電話を取る。

優介は前置きもなく、用件だけを話しだした。

「プレス・リリースの資料はもちろんのこと、三浦市のつくった白壁島調査のホームページにも、海底トンネルのことは書かれていない。さっき会った文化財係の係長に電話で確認しようとしたが、外出していてつかまらなかった。それで急遽《きゅうきょ》、東京人文大学の矢作《やはぎ》という教授とコンタクトを取った。矢作教授が要塞跡の調査の指揮を執《と》っているんだ。これから会ってくれるというので、町田《まちだ》キャンパスの研究室へまわることにした。——俊太。最後にもう一度だけ訊くが、さっきのトンネルの話、ぜったいにガセじゃないんだな？」

「もちろん、ほんとうの話だよ」と俊太は答えた。

「よし、わかった。そのトンネルの件を矢作教授にぶつけてみる。いま狩場《かりば》インターのあたりだから、答えが出るまでしばらくかかるが、それまで待てるか？」

「大丈夫だと思う」

「じゃあ、あとでな」

電話が切れたあと、俊太はちらりと新館を見あげ、背をむけて鳩舎へもどった。

優介が海底トンネルについて調べてくれることを須山に知らせたあとで、自分たちが監視されている件も報告した。

「え？　おれたちを上条さんたちが見張っているって？」須山は首をかしげた。「そういわれてみりゃ、上条さんは五十年前、坪井さんの後輩記者として社会部にいたが……。あの人がこの一件にかかわっているとは、ちょっと意外だな……」

「とにかく気をつけたほうがいいと思います」と俊太はいった。「こちらの邪魔をしようとしているのなら、何を仕掛けてくるかわからないですから」

「なに。だれかがクロノスに悪さをしようとしたら、おれがただじゃおかないさ。こう見えても、伝書鳩係へ入れてもらうまえは愚連隊にくわわっていた時期もあってな、そのへんのチンピラなんかにゃ負けないぐらいの暴れん坊だったんだぜ」

須山はこぶしを握り、腕を曲げてみせた。

「へえ、そいつは心強いな。頼りにしてますからね。――ところで、クロノスのようすはどうです？」

俊太は須山のよこに立って巣房を覗いた。

「すこし元気がない」

巣房のなかのクロノスは、じっとうずくまり、羽毛を逆立てている。目にも生気が感じられなかった。

「怪我のせいでしょうか？」

「いや、疲れているんだろう。それと、ここの環境のこともあるかもしれない。ここは五十年前の鳩舎とは状況がちがうからな。荒れ果てているし、仲間の鳩たちもいない。クロノスにとっては勝手がちがいすぎて、心から安らげる場所じゃないんだ」

「クロノスを早くほんとうの鳩舎へ帰してやりたいですね」

従兄弟からの電話を待つことしかできないのが、俊太にはもどかしかった。

それでもしかたがない。優介は自分を信じてくれた。自分も優介を信じて、とにかく待とうと思った。

＊

優介が結果を知らせてきたのは、それから一時間後のことだった。

「すごいぞ、俊太！　おまえのいったとおりだ」

先ほどとは打って変わって、優介の声は明るかった。

「海底トンネルは実在した。矢作教授もはじめは言い渋っていたが、粘ったら根負けして話してくれたよ」

回線を通して優介の興奮がつたわってくる。俊太も携帯を握る指に力がこもった。

「いいか。説明するから、よく聞け」受話口から優介の声がびんびん響いた。「白壁島の南西部に大きな洞窟があって、そこから緩やかな下り坂になって西にむかうトンネルがある。このトンネルは五十メートルほど行ったあたりからさきが水没しているので、どこまで伸びているのかがこれまで不明だった。しかし今週の月曜から水曜までの三日間、ダイバーを潜らせたり小型の無人潜水機を使ったりして調査したところ、その全貌《ぜんぼう》が見えてきたんだ。対岸の三浦半島にあるほかの要塞跡までトンネルはつづいていた。まさに海底トンネルだったんだよ。関門《かんもん》トンネルが建設されたのと同時代に、二キロ近くにもおよぶべつの海底トンネルがあそこに掘られていたわけだ。——近いうちに三浦市と合同で記者発表をする予定だったので、この発見の知らせは関係者のあいだだけに留《とど》められていた。さっき会った文化財の係長も、知っていながら黙っていたんだな。危《あや》うく欺《だま》されるところだった」

「その海底トンネルには、島の側にもうひとつ出入口があるはずなんだけど」

「おう、その話も聞いたぞ。ひとつ目の出入口がある洞窟からすこしはなれた地下施設に縦穴があって、その穴の底にトンネルの枝道が通じているそうだ。じつはその縦穴というのが、先週の木曜日、例の人骨が見つかった穴なんだよ」

「その符合は、何を意味するんだろう？」とっさに浮かんだ疑問を、俊太は声に出してつぶやいた。

「さあな。人骨の身元がわからない以上、そういう謎も解けないだろう……。話をもとへもどすが、今回の一連の調査で白壁島には、いままで考えられていた以上に大規模な軍事施設があったことが判明している。浦賀水道の両側に点在していた要塞群のなかでも白壁島要塞はとくに、東京湾へ侵入しようとする敵の艦船から帝都を守るための第一次防衛拠点として位置づけられていたようだ。小型船舶を使った特攻部隊や毒ガス部隊などが駐屯していた痕跡《こんせき》もある。新たに見つかった海底トンネルも、三浦半島の要塞と連結することによって攻撃力や防御力を高める目的でつくられたものだと思われる。しかし、関門トンネルとちがって突貫工事で急ごしらえされたから、長いあいだに海面下にある部分が漏水《ろうすい》で水没してしまったらしい」

「これまで海底トンネルの存在を、どうしてだれも知らなかったのかな?」

「そのことは矢作教授も驚いていたよ。かつて日本には軍機保護法とか要塞地帯法とかいった法律があって、要塞に関係したことは機密事項として国民には公表されなかった。終戦と同時に軍の記録は焼き捨てられただろうし、それで海底トンネルのことも忘れ去られたんじゃないかと教授はいっている。白壁島を接収していた米軍は知っていたのかもしれないが、返還にあたって日本側にはわざわざ教えなかったのだろう」

「トンネルの出入口がわかる地図はある?」期待を込めて俊太は尋ねた。

「研究室で制作した要塞全体の綿密な図面を手に入れたぞ。その図にトンネルの位置も書きこまれている。すぐに必要なのか?」

「そうだね。早いほうがいいな」

「じゃあ、ファックスですぐに送るよ」

「印刷して坪井さんに送りたいんだけど、データでもらうのは無理かな?」

「入手したのは図面のプリントアウトなんだ……。いや、方法はあるな。同行のカメラマンにこの図面をデジカメで撮影してもらおう。高解像度で撮れば、こまかい部分も潰《つぶ》れずにすむはずだ。その画像データを大橋記者のほうへ送るよ」

「あの人の部署には、うるさい上司がいるみたいだけど、大丈夫？」

「なんとか頼みこんでみるさ」

いったん通話を終えようとした優介は、待ったをかけて付け足した。

「それとな、この海底トンネルの件をうちのデスクにも報告するが、かまわないだろうな？　つまり、新聞の記事になるかもしれないってことだが」

「それは大丈夫だよ。坪井さんはべつに気にしないと思う」

「オーケー。それじゃ、地図の画像を送るからな」

電話を切った俊太はガッツポーズを決め、須山に声をかけた。

「やりましたよ。トンネルの地図が手にはいります」

「よかったな」と須山も笑った。「ただ、今日のうちにクロノスを過去へ帰すのなら、すこし急いだほうがいい。暗くなると鳩は飛ぶのをいやがるからな」

「わかりました」と俊太はいい、屋上の出入口へむかって走りだした。

途中で彼は、新館の九階をちらりと見あげた。――あの人たちに邪魔はさせないぞ。なんとしても坪井記者を助ける。クーデターを阻止《そし》してやるんだ。

連絡通路で新館へ渡って四階へあがり、生活情報部のまえへ行った。

廊下にちょうど大橋友里がいて、携帯でだれかと話をしていた。

「え、また？　勘弁してよ」友里は抗議している。相手は優介にちがいない。「締め切りの原稿だってかかえているし、今日は例のデスクが朝刊の当番なのよ……。え？　三つ星レストランで食事？　頼み事をするときは、いつもそれじゃないの。たまにはちがう手を考えたら？」

大橋友里はからだの向きを変えた拍子《ひょうし》に、うしろに立っている俊太と目が合った。片手で頭を押さえ、観念したように天井を見あげる。

「わかったわ、もういいわよ……。その青山のレストランで手を打つから」

友里は電話を切り、携帯をおろした。

「あなた、いい従兄弟をもって幸せね」これは俊太への台詞《せりふ》である。

「すみません」といいながら、俊太は友里に通信用紙の綴《つづ》りを預けた。「さっきとおなじように、これへお願いします」

「わたしのパソコンへ野間さんが送ってくる地図を、この用紙にプリントすればいいのね。ここで待っていてよ」そう釘《くぎ》を刺して、友里は部屋へはいっていった。

腕を組み、足踏みをしながら俊太は待った。いっこうに友里が出てくる気配はない。

入口からそっと覗いてみる。友里はプリンターのところに、あの青白い顔をしたデスクといっしょに立っていた。書類だか原稿だかを片手にデスクが滔々《とうとう》と語っている。友里はうなずきながら聞いている。

俊太は奥歯を嚙《か》みしめて、廊下の反対側へもどった。

十分以上して友里は出てきた。

「ごめん」困りきった表情で彼女はいった。「受信したことはしたんだけど、プリンターへ送ったらインクの目詰まりが起きちゃって……それを直そうとしてたら、今度はデスクに急ぎの仕事をふられちゃったの。今回は時間的に無理だわ。データをこれに保存したから、印刷はべつのところでお願いできない？」

友里が差しだすUSBメモリーを、俊太はしぶしぶ受け取った。べつのところといわれても、どこへ行けばいいのか？

印刷を頼めそうなところを教えてもらおうとしたとき、唐突に俊太は自分のまわりに流れる不穏な空気に気づいた。

首をめぐらせる。わずか数メートルさきに、社長秘書の奥寺がたたずんでいた。黒縁眼鏡のなかから奥寺は、俊太がもつUSBメモリーを凝視している。

反射的に俊太は後ずさった。

奥寺の目が俊太の顔へむいた。

「きみ……」

社長秘書の手がUSBメモリーのほうへ伸びてくる。

データを奪うつもりだ。とっさに踵《きびす》をかえし、奥寺がいるのとは反対の方向へ俊太は走りだした。

「待ちなさい！」奥寺が叫んだが、俊太は一直線につづく廊下を駆けつづける。

建物の北端のエレベーターホールまで行ってふりかえると、奥寺は追ってきながら携帯電話を耳にあてていた。俊太の逃走を上条たちに知らせているのだろう。

エレベーターの到着を待っている余裕はなかった。奥の階段室へ飛びこむ。三階を通過し、さらに下へくだる。その階段は二階までしか通じていなかった。

二階の廊下には、仮眠室、休憩室、浴室、診療所、喫茶室、銀行のＡＴＭ、旅行代理店などといった福利厚生関係の施設や店舗がならんでいた。昼食をいつも買いにくるコンビニがあったので、客のようなふりをしてはいった。商品の棚のあいだに立ち、乱れた呼吸を整える。

そのときだった。突如、まわりの光景が波打ちだした。

俊太はぎょっとして左右へ首をめぐらせた。

また、あの「揺らぎ」だ。邪魔がはいったせいで、白壁島の地図を過去へ送れる可能性が減り、その影響が出はじめたのだ。

現象に付随《ふずい》した低周波の唸りも、どんどん大きくなる。今度の「揺らぎ」は前回よりも、さらに激しさを増しているようだ。ゆらゆらと振動する陳列棚や壁は、なかば存在感を失い、それらのむこうに外の景色が蜃気楼《しんきろう》のように透けて見える。そこにつらなる街並は、俊太の知っている有楽町界隈《かいわい》とはまったく異なっていた。昭和三十六年の核爆発で一掃され、残留放射能の脅威が去ったあとに再建された、べつの歴史のなかの東京の光景にちがいない。

俊太はあわてて瞼《まぶた》をぎゅっと閉じた。だめだ。こんなふうに変わってはだめだ。自分はなんとしてもこの妨害をはね除《の》け、手に入れた情報をクロノスに託して坪井記者のところへ送るから、どうか歴史よ、変わらないでくれ！　心のなかで何度も何度も、そう念じた。

と——

ふいにブーンという音が聞こえなくなった。おそるおそる目をあけた。もとどおりのコンビニの店内にもどっている。中年の店員がレジのところから不審そうな顔で俊太のほうをながめていた。

俊太は店員に背をむけ、安堵《あんど》の吐息をついた。危なかった。間一髪だった。取り返しのつかないことになるまえに、早く何とかしなくては……。

奥寺がきょろきょろしながら廊下を歩いてきたので、俊太は棚のかげに隠れた。

こうなったら会社の外へ出るしかない。この近辺で出力センターでも見つけて、白壁島の地図をプリントするのだ。

奥寺をやり過ごしてからきっかり三分間待ち、左右を確認して廊下へ出た。西側にある階段を使って一階へおり、玄関ホールへむかう。

ゲートのまえに奥寺がいた。紺色《こんいろ》の制服をきた守衛ふたりと話をしている。柱のうしろへ俊太は身をひそめた。――遅すぎた。出口を押さえられてしまった。俊太の知るかぎり出口は正面玄関のほかに、車寄せのある南通用口があるだけだが、そこへ行くにしてもゲートのまえを通らなければならない。いや、そうだ。三階の連絡通路から旧館へ渡り、あちらの建物から外へ出るという手もある。

階段までもどる途中、天井に設置されている防犯カメラが目についた。その気になれば彼らは、防犯カメラの画像からでも自分をさがしだせる。急がなくては……。

一段抜かしに階段をあがっていくと、三階のフロアにいる守衛と視線が合った。守衛の顔には、明らかな警戒の色が浮かんでいる。

まずい！　俊太はまわれ右をして階段をくだった。二階の廊下をべつの階段めざして全速力で抜けていく。行く手をふさぐように紺色の制服があらわれた。後戻りをして曲がり角を折れる。すこし行ったところに「仮眠室」と書かれた扉があった。とっさに扉をあけて室内へ滑《すべ》りこんだ。

足元に間接照明が灯《とも》るだけの暗い部屋だった。両側に上下二段の寝台が連なっている。いくつかの寝台のカーテンは閉じられていた。手近の寝台の下段へ転がりこみ、カーテンを引いた。

直後に入口の扉がひらいた。カーテンのすきまから窺《うかが》うと、黒い人影がはいってきたのがわかった。俊太は息を殺し、手のなかのUSBメモリーを握り締める。

人影はいったん部屋の奥まで行ったものの、使用中の寝台のカーテンへそっと指をかけて、ひとつひとつ覗きこみながらもどってきた。このままでは見つかる……。

俊太はカーテンをくぐり床へおりた。出口へむかって猛然とダッシュする。仮眠室を飛びだし、また廊下を走る。

ようやく階段へたどり着いて、それをあがった。

二階と三階のあいだの踊り場まできたとき、上からおりてきた人間と出会い頭《がしら》に衝突してしまった。相手の腹に弾《はじ》きかえされて、俊太はその場に尻餅《しりもち》をつく。

「お、これは失敬」相手のほうから詫《わ》びてきた。

上等そうなダブルのスーツに身をつつんだ恰幅《かっぷく》のいい老人だった。体重があるのと手すりをつかんでいるのとで、転倒せずにすんだのだろう。

床に落ちたUSBメモリーと通信用紙を拾って、俊太はすばやく立ちあがった。

「ごめんなさい。お怪我はありませんか?」

「ないよ」老人は人のよさそうな赤ら顔をほころばせた。「きみ、ずいぶん慌《あわ》てているねえ。どうしたの?」

追ってくる者がいないか、階段の下に注意を払いつつ俊太は返事をかえした。

「ちょっと困ったことがあって」

「困ったこと？　わたしで力になれるかな？」

ぶつかったのも何かの縁だと思い、俊太は老人に打ち明けた。

「地図のデータを急いでプリントアウトしなきゃならないんですが、それができる場所がどこかにありませんか？」

「地図のプリントアウトね……」老人は顎《あご》を撫《な》でた。「うん、いいところがある。そこへ行って頼んでみようか？」

老人の言葉に俊太は飛びついた。

「ええ、お願いします！」

「ついてきなさい」

太った老人はからだの向きを変え、階段をのぼりながらつぶやいた。

「いまの人たちは大変だね。仕事をおぼえる以前に、パソコンだのインターネットだのの知識がなけりゃはじまらない。むかしはもっと単純だった。電話のかけ方と鉛筆の削り方さえ知っていれば務まったんだからねえ」

俊太は老人に導かれ、三階の編集局を通り抜けた。さいわい大部屋のどこにも、奥寺や守衛たちのすがたはなかった。

大勢の人間が立ち働いているなかを、すたすたと老人はすすんでいき、パーティションで仕切られた一角で足を止めた。天井からは「デザイン課」という札がさがっている。

「ここの責任者はだれかね?」と老人は声をかけた。

　仕事をしていた者たちの視線が、いっせいに老人へむけられた。

　奥の席から四十前後の男が、かしこまったようすで立ちあがってきた。

「はい、わたしです。何でしょうか?」

「きみね、すまないんだが、この人の頼みを聞いてやってくれないか?」そういって老人は、俊太をまえへ押し出した。

「どういうことでしょう?」と男が尋ねてくるので、俊太はUSBメモリーと通信用紙を示し、自分の望んでいることを説明した。

「わかりました。やってみましょう」

　男はUSBメモリーを機械の接続口に差しこんだ。優介が入手し、同行のカメラマンに撮影させた白壁島要塞の地図が、ディスプレイに立ちあがる。

「これをB6に縮小するとなると、小さな文字が潰れるかもしれませんね」専門家らしく男は指摘した。「真ん中の適当な位置で切って、B6二枚に左右半分ずつ印刷するかたちでもいいですか? それなら実質B5の大きさになりますから、文字も読める程度になるでしょう」

　俊太が承諾すると、男はプリンターの給紙口に鳩通信の用紙をセットし、アプリケーションを操作して、いったとおりの方法で印刷してくれた。用紙は薄くて表面もつるつるしているから、給紙がうまくいかずに一度は失敗したが、男が紙を手で押してやると無事にプリントできた。

俊太は男に礼をいい、二枚に分割して印刷された地図を受け取った。左右につなげて見れば、白壁島の要塞跡の全貌がわかる。ふた股に分かれて島に到達している海底トンネルの位置も一目瞭然《いちもくりょうぜん》だった。申し分のない出来あがりだ。

老人にも礼をいおうと思って見まわすと、彼はいつのまにか消えていた。

「あれ？」と俊太がいうと、女性のデザイン課員が一方を指さした。

「社長だったら、先ほどむこうへ歩いていかれましたよ」

「え、社長？」驚いて俊太は目をむいた。「社長って、いまのが上条社長ですか？」

デザイン課員は、不思議そうな顔をした。

「そうですけど……。ご存じなかったんですか？」

俊太は急いでパーティションのあいだから顔を出したが、上条社長はもう大部屋のどこにもいなかった。

＊

旧館の屋上へもどると、鳩舎のまえで須山が待っていた。

「お待たせしました。あと二、三分で終わりますから」

俊太は倉庫へ立ちよって取ってきたボールペンで、印刷したばかりの地図の余白に短いメッセージを記した。須山にもペンを差しだす。

「何か書いてください」

「おれもか？」

「坪井さん、喜ぶんじゃないですか」

「そうだな……」

ボールペンを握った須山は、すこし考えてから、二枚目の地図の端に小さな文字を書きつらねた。

「よし、できたぞ」

ペンといっしょに須山が地図をかえしてよこそうとするので、俊太はそれを手ぶりで押し止《とど》めた。

「ここからさきの作業は、伝書鳩係におまかせしますよ」

須山はニヤリとし、通信用紙を手際よくたたんで通信管に納めた。それから巣房の蓋《ふた》をあけてクロノスを出す。

「さあ、もうひと働きしてくれ」

通信管を付けたクロノスを須山はかかえ、鳩舎の外へ出ていった。

雲は多いが、陽はまだ出ている。風はほとんどなかった。

あとについていきながら俊太は、ふと思いだして新館の建物へ首をめぐらせた。九階の窓に白い影は見えないものの、きっと石崎や上条たちはこちらを注視しているにちがいない。

上条社長はなぜ手助けしてくれたのだろう？　彼らが妨害しようとしているというのは、じつは俊太の思い込みにすぎず、はじめから敵ではなかったのか？　それなら、どうしてこちらを監視したり追いまわしたりしたのか？

だが、差しあたって、そんな疑問はどうでもよかった。とにかく、こうして坪井記者の依頼に応えることができたのだから。

「行くぞ」と、手すりのそばに立った須山が、俊太にむかっていった。

クロノスへ視線を送ってから、俊太はうなずいた。

須山が手を放すと鳩はいったん羽ばたいたが、すぐにUターンして手すりに留まった。

「だめだ、クロノス」須山はもどかしそうに両手のこぶしを握った。「しんどいだろうが、頑張ってくれ」

クロノスは飛ぼうとして伸びあがった。しかしまた、ためらうように首をさげてしまう。それを幾度かくりかえした。

よく見れば、一度目にきたときに怪しい輝きを発した右脚の脚環が、いまも光っている。しかし、それは前回のような神秘的な底力を秘めた輝きではなかった。クロノスの体調とおなじように弱々しく、切れかかった蛍光灯みたいに明滅しているにすぎない。もともとは坪井記者が初代クロノスのためにつくり、今回の奇跡にも深く関与していると思われるその不思議な脚環が、明らかに力を失った状態にあることに、俊太は不吉なものを感じずにはいられなかった。

「どうしよう？」と、須山が俊太をふりかえった。

俊太は下唇を嚙んだ。今日はやはり無理なのか？　クロノスをひと晩休ませて、明日あらためて飛ばしたほうがいいのだろうか？　だが、奇跡というものがほんの一時の特異な現象であるのなら、いまにも消え入りそうな脚環の光を見てもわかるとおり、その状態がいつまでもつづくとはかぎらない。今日のこのチャンスをのがしたら奇跡の効力は失われて、明日にはもうクロノスは過去へもどれなくなっているかもしれないのだ。そうしたら今度こそほんとうに、五十年前の核爆発を阻止することができなくなり、この世界の歴史は完全に変わってしまう！

「クロノス！」と俊太も叫んだ。「むこうで坪井さんが待っているんだ。おまえが帰らないと、坪井さんもこの日本も、どうなってしまうか分からないんだ」

坪井の名前を俊太が口にしたとたん、脚環の光の明滅が止まった。クロノスにも変化が起こっていた。瞳を見ひらき、翼をせわしなく動かして、手すりの上で小さく跳ねる。それから突然、脚環の光が強まり、ぱっと弾けるように羽をひろげてクロノスは飛び立った。空気を鋭く振動させ、またたく間に遠ざかっていく。

「飛んだ！」俊太は興奮した声をあげた。

心のなかで彼は祈った。途中で死ぬな。無事に帰れよ……。

クロノスのすがたは、南の空の灰色の雲が群れているあたりへ小さくなっていく。影が霞《かす》んでいき、雲のなかに溶けこみかけたとき、その付近でかすかな虹色の輝きがまたたいたように見えた。ふたりはなおも見守っていたが、それっきり何ごともなく、雲の切れ目から黄色い日差しが建ちならぶビルの上へ静かに差しているばかりだった。

「行ったようだな」溜《た》めていた息を吐き出すようにして須山がいった。

「そのようですね」と俊太は応じ、肩の力を抜いた。

クロノスを送りだした安堵感から、彼らの口元には微笑が浮かんでいる。

やがて俊太の笑みだけが、すうっと引っこんでいった。まだひとつだけ気がかりなことが残っているのを彼は思いだしたのだ。

――先週の木曜日、海底トンネルにつながる縦穴で発見されたという人骨。あれはいったい、だれのものなのだろう？

須山によれば、坪井記者は昭和三十六年の新聞社へは帰らず、退職願のような手紙がクロノスに付けて送られてきただけで、本人の行方は杳《よう》として知れないという。

まさか、縦穴の底の人骨というのは……。

須山が俊太のほうを見て、怪訝《けげん》そうに目を細めた。

「浮かない顔をして、どうした？」

「その……じつは——」

白壁島の人骨にまつわる危惧《きぐ》を、俊太は話した。

須山はそれを聞くと、眉《まゆ》をひそめてしばらく考えこんだ。やがて、きっぱりとした調子で首をふった。

「いや、あの人がそんなところで死ぬもんか。さっきクロノスに託した地図が届いて、きっと無事に島を脱出したさ。おれはそう信じるよ」

14　永史

昭和三十六年二月十七日（金曜日）——午後三時八分

洞窟の出口近くの岩壁に、永史と葉子は身をよせていた。そこにいれば、崖の上を通る捜索者の目も、海から吹きつけてくる寒風も避けられた。

穴に落ちたときに打った脇腹と脛《すね》の痛みを気にしながら、永史は砂浜のほうをながめていた。未来からの返信が届く兆しはまだない……。いっぽうの葉子は、彼とは反対の方向をむき、洞窟を通って島の反対側からくる者がいないか見張っている。

海をまえにして何かを待っていると、大陸からの引き揚げのときのことを思いだす。終戦の翌年の二月、敗戦国の兵隊のひとりとして永史は上海《シャンハイ》の波止場《はとば》に立ち、復員船への乗船許可がおりるのを待っていた。

あのとき故国とのあいだによこたわっていた海とくらべたら、いま渡りたいと願っている海は、わずか二キロたらずの幅しかなく、対岸へ手が届きそうなほどだ。それなのに、はるかに遠く克服しがたい隔《へだ》たりのように感じられる。この海を渡れるか否《いな》かは、ひとえにクロノスの運んでくる通信文にかかっているのだ。

頼む、クロノス。帰ってきてくれ。

永史と葉子は、待って、待って、待ち焦《こ》がれた。

どれほどの時間がすぎただろうか――

稲妻のような輝きが突然ひらめき、瞬間的に海面が虹色に映《は》えた。ふり仰《あお》ぐと空の高みから、小さな影が旋回しながら下降してくる。クロノスだ！　クロノスにちがいない！

浜におりた灰胡麻《はいごま》の鳩は、落ちつかなげに砂の上を歩きまわった。

永史は葉子に声をかけ、あたりの安全を確かめてから小走りに浜へ出ていった。

明らかに猛禽《もうきん》の爪痕《つめあと》とわかる傷をクロノスは背中に負っていた。永史はクロノスを回収して洞窟へ引きかえすと、怪我《けが》の具合をまず調べた。それほど深くはなかった。応急の手当てを受けたようで、すでに傷口はふさがっている。処置してくれたのは須山か？　鳩係はとっくに廃止されているはずなのに、五十年後の明和新聞社であいつは何の仕事をしているのだろう？

「クロノス、よくもどってきてくれたな！」

ねぎらいの言葉をかけながら永史は、左脚の通信管をはずした。

その拍子《ひょうし》に、右脚の脚環が目にはいった。もてる限りの力を出し尽くしたといった感じで、弱々しく光っている。

「幸運の脚環よ、おまえもよくやってくれた！　ありがとう」

そのひと言にほっとして気が抜けるみたいに、脚環の表面をおおっていた輝きがすうっと薄れていく。数秒後には消えた。

「ほんとうにありがとう……」

永史はいくら感謝しても感謝し足りないような気分だった。クロノスが無事に帰ってきたことで、快哉《かいさい》の叫びをあげたいほどうれしかった。しかし、自分たちには島からの脱出という大仕事がまだ残っていることを思いだし、口元を引き締めた。

クロノスを輸送籠《かご》に入れ、飲み水と餌《えさ》をあたえてから、通信管の中身を取り出す。幾重《いくえ》にも折りたたんで丸めてある通信用紙をひらき、葉子とふたりで覗《のぞ》きこんだ。

「島の地図だわ！」葉子の瞳が輝いた。

永史は二枚の用紙をならべてみた。

「ほら、こうやって左右につなげて見るんだ」

地図は手書きではなく、きちんと製図されたものだった。どういう方法で通信用紙に印刷したのかは知らないが、五十年後には技術の進歩でこういうことが簡単にできるようになっているらしい。

二枚の用紙のすみに、手書きの文字で短文が書き添えてあった。

トンネルの出入口がわかる地図が手にはいりました。
どうぞお気をつけて！　溝口俊太

こんなかたちで、また坪井さんのお手伝いをすることになろうとは……。
ご無事をお祈りしています。　須山道夫

永史は目頭《めがしら》が熱くなった。もしも生き伸びることができたら、いつか彼らにかならず感謝の気持ちをつたえようと思った。

地図の右肩には「白壁島要塞跡鳥瞰図《ちようかんず》（作成／東京人文大学史学部・矢作研究室）」という表題がついている。島を西の上空から斜め四十五度の角度で見おろしている構図だ。北のほうへむかって細くなっている曲玉《まがたま》のようなかたちの──あるいはコンマの符号を上下逆さまにしたようなかたちの島の上に、旧日本軍の築いた要塞の施設がくわしく描きこまれ、それぞれの地点から伸びた引き出し罫《けい》のさきには個々の名称が記されていた。高台にある砲台や観測所、防空監視所や探照灯、地下にある兵舎や弾薬庫や司令室、それらをつなぐ切り通しや地下通路、はては船着き場や護岸壁、要塞とは直接関係のない海鵜《うみう》の生息地や永史たちが現在いる洞窟まで載っている。その地図と島へきてからの記憶を照らし合わせてみると、自分たちがどこをどう経巡《へめぐ》ってきたのかが理解できた。

肝心《かんじん》の海底トンネルも、地図中にはっきりと示されている。西から伸びてきたトンネルは、島の百メートルほど手前で二本に分岐し、そのかたほうは、すでに判明している南西部の洞窟にある例の鉄扉のところへつながっていた。そして、もうかたほうは、その洞窟からすこし北へ行ったあたりの「縦穴」と記された場所の下部へ接続している。

地図をよく見直すと、その「縦穴」は、監房から脱走したあとで地上へ出るときに通った発電機室からさほど遠くない位置にあった。そうとは知らずに永史たちは、島からの脱出路のすぐそばを通過していたのだ。

ふたりは出発の準備を迅速《じんそく》にすすめた。懐中電灯と拳銃のほかに、最低限必要なものだけをコートのポケットに突っこみ、旅行鞄《かばん》は捨てていくことにした。

クロノスだけは籠に入れて連れていく。放鳩して自力で新聞社へ帰らせる手も考えられたが、これまでの飛行でだいぶん体力を消耗《しょうもう》しているようすだから、へたをすれば帰り着けない可能性もある。クロノスは永史たちのために働いてくれた。つぎは永史たちがクロノスを助ける番だ。

彼らのいる場所は白壁島の北端部の東側で、南西寄りにある「縦穴」のところまでは直線距離にして三百メートル以上。島の中央部を斜めに横切るかたちになる。その付近には望楼の上に見張りが立つ監視所もあるので、用心しなくてはならない。

地図を頼りに砂浜を南へむかい、磯《いそ》づたいに岩場を歩いていった。

しばらくして、水没した船着き場へ出た。高台の上まで切り通しの坂が設けられている。かつて要塞構築に際して、建設資材を運びあげる目的でつくられた運搬路にちがいない。周囲に気を配りつつ、坂をのぼっていく。石積みの壁面はびっしりと深緑の苔《こけ》でおおわれていた。

坂をのぼりきったとき、何十メートルか前方の壁の上に、決死隊の隊員がいきなり上半身を覗かせた。永史と葉子はあわてて身をかがめたが、そのときはもう手遅れだった。見つかってしまったようだ。

落ち葉の降り積もった石段をのぼり、近くの林へ永史たちは駆けこんだ。切り通しのふちをまわって隊員も追いかけてくる。

林の奥でべつの細い切り通しにぶつかったので、ふたりは走り根につかまり、切り通しの底へおりた。地図で確かめたところ、そこから地下通路を何本か経由していけば、発電機室の近くへ出られることがわかった。通路の入口はすぐに発見できた。

懐中電灯を点《つ》けて地下通路を抜けていく。小さな部屋があった。そこの暗がりから、人間のかぼそい声が幻聴のように聞こえてきた。永史はぎくりとし、足を止めた。拳銃を手にして、あたりのようすをさぐる。

壁に穿《うが》たれた伝声管の穴から、その声は漏《も》れてきていた。地上の砲台とこの小部屋を結んでいる伝声管らしい。

「そうだ。脱走した捕虜を見つけた。第三砲台のそばまで追ってきたが見失った。まだ近くにいるはずだ。捜索に出ている連中を、至急こちらへ集めろ」

驚いたことに柄本の声だ。ここの真上の砲台跡にいて、トランシーバーでほかの隊員と交信している。永史たちを見つけて追跡してきたのは柄本だったのだ。何という執念深さか……。

隊員たちがさがしにくる。ぐずぐずしている暇《ひま》はない。足音を立てないようにして、永史たちは先を急いだ。

要所要所で地図にあたりながら、暗闇のなかをくぐり、太陽のもとを横断した。それを何度かくりかえし、機械が轟々《ごうごう》と唸《うな》りをあげる発電機室の外に到着した。めざす「縦穴」まではあとひと息だ。

発電機室のまえを通り越したさきに、長い下りの階段があった。

階段をおりたところは、天井の高い広々とした部屋になっていた。ひび割れて剝離《はくり》した壁のモルタルのあいだに赤い煉瓦《れんが》が露出している。天井近くにならんだ明かり取りの窓のガラスはすべて割れ、そこから侵入した蔓《つる》が梁《はり》や柱に絡《から》みついていた。

「地図によれば、ここに縦穴があるはずなんだが」

永史と葉子は期待のこもったまなざしを室内へ投げた。穴のようなものは、どこにも見あたらない。おかしい……。もう一度、地図と付き合わせてみる。やはりここでまちがいなかった。まさか地図の情報が誤っているのか？

焦燥感《しょうそう》に駆られて、永史と葉子は室内を歩きまわった。ドラム缶や太いチェーンや大小の角材などが、あちこちに放置されている。錆《さ》びついた起重機があった。

起重機のそばまで行くと、足元の床が軋《きし》んだ。ほかの箇所の床はコンクリート製なのに、五メートル四方のそこだけが木製の板張りになっている。湿気のせいで板が腐っているようで、足を置くと不気味な感じに沈みこんだ。

永史は身をかがめ、板の継ぎ目に手のひらを近づけた。間隙《かんげき》からつめたい空気が吹きあがってきている。

「わかったぞ。この床の下だ」

注意して見れば板張りの端に、金属の取っ手のついた上げ蓋《ぶた》があった。床の上を慎重に渡っていき、永史は上げ蓋をひらいた。内部は真っ暗で、どれくらいの深さがあるのか見当がつかないが、思ったとおりの縦穴だ。底へむかって鉄製の固定梯子《ばしご》がつづいている。

葉子を呼びよせて穴を見せようとしたとき、だしぬけに男の声が響いた。

「そこまでだ。ふたりとも動くな！」

階段のほうから、拳銃をかまえた柄本が歩いてきた。

反射的に永史はコートのポケットの銃をつかんだが、それを抜きだすまえに凍りついた。自分と柄本とのあいだには、葉子が立っている。撃ち合いになれば、火線上にいる彼女が巻き添えになってしまう。

柄本は葉子のそばまでくると、武器の狙いを永史に定めたまま、彼女を片手で押しやって永史の隣《となり》へならばせた。それから永史に命じる。

「銃をゆっくり出して、足元へ投げろ」

永史はいわれたとおりにした。ただし、わざと板張りの床の中央部をめがけて銃を落とした。

その銃を拾いあげようと柄本が足を踏みだした。上背があって筋骨もたくましい柄本は、永史よりもはるかに体重があるはずだ。軍用ブーツが板張りのところへ差しかかると、柄本の歩みに合わせて床が、ぎしっ、ぎしっと鳴った。

柄本は足元をながめたが、すぐに永史へ注意をもどす。その瞳に勝ち誇った色が浮かんでいる。――つぎの瞬間、板の割れる音がして、柄本のからだが斜めにかしいだ。片足が腐った床を踏み抜いたのだ。

とっさに永史はまえへ出た。大股で彼我《ひが》の距離を縮める。柄本は板張りへ突いた右手をあげ、永史へ拳銃をむけようとしていた。その腕に永史がつかみかかるほうが早かった。彼らはもつれ合って倒れた。柄本の手をはなれた銃が、どこかへ飛んでいく。

ふたり分の重みに耐えきれず、床板がつぎつぎに壊れて奈落へ落ちていった。肘《ひじ》や膝《ひざ》を突いた場所がたちまち砕け、下からの冷気が耳元をかすめる。板張りの上にそれ以上いるのは危険だった。どちらからともなく格闘を中断した。

永史は泳ぐようにしてコンクリートの床へ這《は》っていった。いつのまにか柄本が先回りしていた。立ちあがろうとした永史に、こぶしが迫ってくる。目のまえに火花が散り、顔がのけぞった。頰《ほお》に二発目がきて板張りのほうへよろめく。

そこでなぜか攻撃がやんだ。体勢を立て直した永史は、葉子が柄本の背後から首にしがみついているのを見た。柄本が腕をひと振りすると、葉子のからだは浮きあがり、あえなく弾《はじ》き飛ばされた。起重機の支柱に頭をぶつけて彼女はくずおれる。

倒れた葉子のもとへ永史は駆けよろうとしたが、行く手に柄本が立ちはだかった。

永史と柄本は無言で睨《にら》み合った。

柄本がふいに歯を剝《む》きだし、笑みを浮かべる。

「あのな、坪井……戦争が終わって何年かしてから、保科と街でばったり会ったぞ。酒を飲ませてやったら、あいつ、戦時中のことをぺらぺら喋《しゃべ》りやがった。おまえの話も出てきた。おまえは保科上等兵をそそのかして、おれが処刑しろと命じた敵のスパイを逃がしたんだってな？」

湖南省と広西省の境で部隊が野営したときの出来事をいっているのだ。

「あれはスパイなんかじゃなかった」と永史はいった。「ただの怯《おび》えきった母と子にすぎなかった」

柄本が真顔になった。

「軍隊ではな、そういう判断をくだすのは一兵卒の仕事じゃないんだよ。兵隊は頭をからっぽにして将校や下士官の命令にしたがっていりゃいいんだ。自分からすすんで兵隊でいることを選んだくせに、一丁前に上官に楯突《たてつ》きやがって……。自分の手をけっして汚さず、それでいて小生意気なことを吐《ぬ》かす。そういう輩《やから》は許せん。——さあ、坪井。かかってこいよ。決着をつけようぜ」

湧《わ》きあがってきた怒りに永史は身をまかせそうになったが、心の冷静な部分がそれを押し止《とど》めた。叩《たた》きあげの職業軍人である柄本は、永史のような人間がまともに戦って勝てる相手ではない。

両手をだらりとさげて柄本は、余裕綽々《よゆうしやくしやく》でかまえている。近くの床に置いてある輸送籠へ首をめぐらせた。

「伝書鳩か……。そういえば、さっき鳩を飛ばしていたよな。新聞社へ連絡したんだろう。それでおれたちを止められるとでも思ったのか?」

永史は何も答えなかった。明和新聞に〈委員会〉の手先がいて、永史の知らせが届いても握りつぶされるであろうことを柄本は承知しているのだ。

「ほら、どうした？　やらんのか？　おれが憎いんだろう？　それとも、やっぱりおまえは、鳩の世話がお似合いの腑抜《ふぬ》け野郎なのか？」

挑発しながら柄本は、残忍そうに唇をねじ曲げた。

「それじゃ、これでどうだ？」

輸送籠へ歩みより、片足をあげてそれを踏みつける。柄本のブーツの下で籐《とう》の籠が歪《ゆが》み、怯えたクロノスが内部で騒々《そうぞう》しい羽音を立てた。

それまで振り子のように揺れていた永史の感情が、一気に加速して振り切れた。全身の血が瞬時に沸騰《ふっとう》する。手足が自然に動きだす。斜め前方の床に転がっている鉄パイプをすくいあげ、それをかまえて突進した。

柄本は永史が繰《く》り出したパイプを軽々《かるがる》とよけた。大柄なわりに驚くほどの敏捷《びんしょう》さだ。幾度もパイプをふりまわしたが、すべてかわされてしまう。永史は巨大な油虫を退治しようとするみたいに、柄本のあとを追って必死に叩きつづけた。かすりもしない。床や柱にパイプが当たるたびに、痺《しび》れるような振動が腕をつたわってくる。

柄本が急に腰をかがめた。毬《まり》のように転がった。それを追って何歩かすすむと、足蹴《あしげ》りが永史の腹へはいった。彼はその場で硬直する。相手のフェイントにまんまと乗せられたのだ。飛び起きた柄本の腕が伸びてきて、永史は胸ぐらをつかまれた。あっと思ったときには、部屋のなかの光景がぐるりと回転し、コンクリートの床に叩きつけられていた。手からはなれた鉄パイプが、けたたましい音をたてて転がった。

仰《あお》むけになった永史に、柄本がのしかかってきた。丸太のように太い腿《もも》が、永史の両腕と胴体をしっかりと組み伏せている。


「おまえにしちゃ、よく頑張ったじゃないか。なかなか楽しかったぞ」

喉元《のどもと》を押さえつけられ、永史は呼吸を奪われた。視界に赤黒い染《し》みがひろがっていく。どこかから魔法のように出現したナイフが、柄本の右手に握られていた。


全身に力を入れて永史はもがいた。ここで負けるわけにはいかない。いま自分が死ねば、すべてが無駄になってしまう。クロノスの命がけの飛行も、あの脚環が起こした奇跡も、葉子のこれまでの努力も……。どうせ死ぬのなら、目的を果たしてからにしたい……。


「お遊びは終わりだ。あばよ、坪井」

柄本の挨拶《あいさつ》とともに、ナイフの刃先がおりてくる。


そのとき――

ゴッ！　硬いものどうしがぶつかり合うような音が響いた。

「うっ」というような短いうめき声があがり、首や胸への圧迫がいきなり消えた。解放された気道を通って肺へ空気が流れこんでくる。深呼吸しようとして永史は咽《む》せた。

彼の上から柄本がいなくなっていた。

片肘をついて顔をあげると、葉子がそばに立っている。その手にあるのは、さきほどまで永史がもっていた鉄パイプだ。

柄本のほうは、壊れかけた板張りの床のところにいた。穴のなかへ下半身を宙ぶらりんにさせたまま、残った横木にしがみついている。額《ひたい》から頬へ筋を引く鮮血。

状況は呑《の》みこめた。葉子が意識を取りもどし、加勢してくれたのだ。

「くそっ」と、柄本は罵りの言葉を吐き、いっぽうの側へ手を伸ばした。からだを保持するための手がかりをもとめているのではない。手を伸ばしたさきには、永史が柄本に命じられて捨てた拳銃が、まだ下へ落ちずに引っかかっていた。

拳銃を柄本がつかみあげた瞬間、板張りのきわまで進みでた葉子が、もう一度パイプを振りあげ、打ちおろした。頭頂部に打撃を受けた柄本は、まなこを見ひらき、喉《のど》の奥から

「ぬおおお……」と獣じみた咆哮《ほうこう》をほとばしらせた。

その拍子に木製の床全体が大きな軋みをあげ、陥没《かんぼつ》するようにして柄本とともに穴のなかへ雪崩《なだ》れこんでいった。凄《すさ》まじい音がし、茶色い埃《ほこり》が朦々《もうもう》と舞いあがる。永史たちは顔をそむけた。

ある程度、埃が収まってから、葉子は自分が手にした鉄パイプを見つめた。パイプのさきには血がついていた。彼女はそれを床へ放りだした。

ふらつきながら永史は立ちあがった。

「逃げなくては……。床が落ちた音をほかの隊員が聞きつけたかもしれない。連中がこないうちに早く」

葉子は動かなかった。

「どうした？」

永史が葉子の腕に手を置くと、彼女はそれをふり払った。両手で顔をおおう。息が荒くなり、肩が小刻みに震えだす。

葉子の背中を永史は撫《な》でてやった。

「頑張ろう。肝心の仕事がまだ残っている。連中がここにいることを、きみのお父さんにつたえなくては。いま投げだすわけにはいかない」

しばらくすると、発作が治まるように葉子の肩から力が抜けていった。乱れていた呼吸も静まってくる。

焦点の合ってきた彼女の目を捉《とら》え、念を押すように永史はいった。

「大丈夫だね？」

葉子はかすかにうなずき、ようやく動きだした。

さきほど柄本に踏みつけられた輸送籠は、中央部が大きくへこんでいたものの、なかにいるクロノスは無事だった。永史は胸を撫でおろした。

籠の持ち手に腕を通し、両手を使えるようにしてから、穴のほうへ近づいた。

床が崩落したときの埃がまだ舞っている。縦穴をおおっていた木製の床は、跡形《あとかた》もなく消えていた。ぽっかりと口をひらいた四角い穴のふちに立って見おろすと、二十メートルほど下に、薄闇にまぎれて床の残骸《ざんがい》がよこたわっている。

永史は固定梯子に手と足をかけ、からだじゅうの痛みをこらえつつ降下していった。すこし遅れて葉子もおりてきた。

穴の底に着くと、懐中電灯でまわりを照らした。

瓦礫《がれき》の下に完全に埋もれているらしく、柄本のすがたは見えなかった。この状況では、おそらくもう生きてはいないだろう。

縦穴の反対側に真っ暗な横穴があった。岩肌が露出した素掘りのトンネルだ。洞窟の鉄扉につながるトンネルとはちがい、こちらは未完成なのかもしれない。

そのトンネルを永史たちはすすみはじめた。

緩やかな下り坂がつづいた。前方から絶え間なくつめたい風が吹いてくる。

小さな明かりがだんだん近づいてきて、べつのトンネルに灯《とも》るランプの光になった。海底トンネルの分岐点へ着いたのだ。木の柵をまたぎ越えたさきは、大型トラック一台がぎりぎり通れるほどの広さの、コンクリートの壁にかこまれたトンネルだ。

何十メートルか置きに取りつけられた照明の光のなかに、天井のあちこちから滴《したた》り落ちる水が、何本もの銀色の線となって彼方《かなた》まで浮かびあがっていた。

奥へ行くにつれて漏水《ろうすい》はひどくなった。雨のように降りかかり、永史たちの髪や衣服を濡《ぬ》らす。凍《こご》えそうに寒かった。早く抜け出さないと、体温を奪われてほんとうに凍死するかもしれない。永史はクロノスの籠を庇《かば》うようにかかえ、葉子の手を引いて足を速めた。

勾配《こうばい》が下りから上りに転じるトンネルの中間点では、足の脛ぐらいの深さまで海水が溜《た》まっていた。維新決死隊が設置したと思われる排水用のホースが、陸地のほうへ伸びている。そのさきのどこかにあるポンプが機能していなければ、このあたりは完全に水没するのだろう。

冷水を吸った靴は重く、爪先《つまさき》がじんじんと痛んだ。

永史と葉子は食いしばった歯のあいだから白い息を吐き、こだまする無数の水音を聞きながら、海底トンネルの出口をめざしてひたすら駆けつづけた。

＊

トンネルの出口は海に近い丘の中腹にあった。

手前からようすを窺《うかが》うと、出てすぐのところに見張り番の隊員がいて、丘の下を通る道路のほうを監視していた。永史たちはトンネルをすこし後戻りして、細い通路からトーチカのような場所へはいり、銃眼を抜けて外の草地へ脱出した。

冷えきった頰にあたる陽光が暖かかった。生き延びたことを永史は実感した。丘の森のなかを北と思われる方角へ走った。トンネルの出口から充分にはなれたあたりで、斜面を滑《すべ》りおりて海沿いの道路へ出る。

右手の海のむこうで白壁島が麗《うら》らかな冬日を浴びていた。平穏そのものの光景。何も知らなければ、核爆弾をもった武装集団がその島にひそんでいるなどとは、だれひとりとして想像できまい……。

小高い丘を道なりにまわりこんでいくと、佐和田に教わったとおり、小さな入り江がひろがっていた。山側の路肩に「磯風荘《いそかぜそう》」という大きな看板が出ている。道をのぼったさきに、二階建ての木造の旅館があった。

旅館の玄関の引き戸をあけて、永史と葉子は三和土《たたき》へ転がりこんだ。

帳場の奥から和服を着た年配の女が出てきた。旅館の女将《おかみ》らしい。ふたりの尋常でないようすに彼女は目をまるくした。

「どうなさったんですか？」

永史は上がり框《かまち》に手を突いて息を整えながらいった。

「公衆電話を貸してください」

有無をいわせぬ雰囲気に気圧《けお》され、女将は人気《ひとけ》のない応接室のすみを指さした。「電話室」と書かれたガラス張りの小部屋がある。

輸送籠を置き、海水を含んだ靴を足からもぎ取るようにして、永史たちは電話室へ走った。絨毯《じゅうたん》に濡れた足形がついたが、そんなことにかまってなどいられない。

赤電話の受話器を取りあげた葉子は、ポケットから出した十円硬貨を投入口へつぎつぎに落としこんだ。佐和田がくれた紙切れを見て、急いでダイヤルをまわす。

永史は入口へ半分からだを突っこんで、事の成り行きを見守っていた。

「もしもし……」と、険《けわ》しい表情で葉子はいう。「山岸といいますが、情報局の久地正芳局長をお願いします。とても緊急の用件なんです……。山岸葉子から電話だといっていただければ、わかるはずですから。とにかく急いでください」

葉子は受話器をもっているのとは反対の手で、電話機の側面をこつこつと叩いた。

そのとき、下の道路から一台の乗用車が猛スピードであがってきた。旅館のまえで急ブレーキをかける。――維新決死隊が追ってきたのか？

永史はコートのポケットに手をやりかけたが、そこに拳銃がないことをすぐに思いだした。柄本との対決のさいに拳銃はなくしてしまっていた。

「あ、お父さん……わたしよ、葉子です……」

彼女の声を背中で聞きながら、永史は玄関のほうへ移動した。

車からおりてきたのは、背広を着た二十代ぐらいの見知らぬ男だった。

玄関へ走りこんできた男は、永史を見ていった。

「坪井さんですよね？」

「そういうあんたは？」用心深くかまえて永史は尋ねた。

「数馬さんの下で働いている者です」

永史はすこし緊張を解いた。

「島であんたの同僚の佐和田さんと会った。彼の口からすべて聞いたよ。数馬さんが今回の件に、どういうかたちで関係しているのかも含めてな」

「ならば、話が早いですね。トンネルの出口を裏の森から見張っていたら、あなた方が逃げてくるのが見えたものですから、こうしてすっ飛んできたんですよ。島からよく出られましたね。佐和田さんはどうしましたか？」

「無事でいるが、しばらくは連中に解放してもらえないだろうと話していた」

男はうなずき、奥で電話をしている葉子へ目を留めた。

「あちらのお嬢さんは、どこへ電話を？」

「彼女の父親だ。佐和田さんと相談した結果、われわれが島を出てあそこへ知らせるのが一番いいということになった」

「なるほど」

一、二分して葉子は電話室から出てきたが、永史たちのほうへ歩きかけたところで、額を押さえてしゃがみこんでしまった。

永史はそこへ取ってかえし、葉子の顔を覗きこんだ。

「気分が悪いのか？」

「大丈夫です。ちょっと目まいがしただけ」まぶたを閉じたまま葉子は答えた。「用件は父につたえました」

「よかった……」永史は安堵《あんど》の吐息を漏らした。

「では、行きましょう」と、若い男がうしろから声をかけてくる。

永史はふりむいた。

「行くって、どこへ？」

「ここはまだ危険です。安全な場所までお連れします。さあ、坪井さん。彼女といっしょに早く車へ」

男はそう言い置いて、帳場のまえに立ち尽くしている女将に近づいた。何か話しながら、ふところから出した紙幣をその手に握らせる。迷惑料を兼ねた口止め料といったところか。

葉子の肩を抱きかかえて玄関のところまで行った永史に、男が追いついてきた。車の後部座席に永史と葉子を乗せ、エンジンをかけて発進させる。

旅館のまえでUターンして下の道へおりた。

海沿いの道を北の方角へ走った。

前方から突如、回転翼が空気を打つバタバタという音が接近してきた。米軍のヘリコプターが何機も編隊を組み、白壁島のほうへ海上を低空飛行していく。

「はじまったようですね」興奮した口調で男がいった。「横須賀からだな。思ったよりすばやい対応だ」

男は高台へあがる道を見つけて、そちらへハンドルを切った。

「検問があるかもしれないので、ここからさきは裏道を通ります」

車が坂道をあがりきってから永史が下をながめると、白い星のマークをつけたジープやトラックが海沿いの道を南へ続々と走っていく。よく見れば沖合にも、何本もの航跡が白壁島にむかって伸びていた。

隣の座席では、自分の肩を両手で抱くようにして葉子がうつむいている。

永史が膝にのせた籠のなかで、クロノスもじっとうずくまっていた。

黙って運転をつづける男に、永史は問いかけた。

「どこへ行くつもりなんだ？」

「まだわかりません」と、そっけない返事がかえってくる。「途中で連絡を入れれば、数馬さんから指示があるはずです」

すこし間を置いてから永史はふたたび質問した。

「どこか適当なところでおろしてくれといったら、そうしてくれるか？」

「すみません。それはちょっと……。あなた方が島から出てくるようなことがあれば、保護するようにと命じられていますので」

「保護？　要するに、おれたちはまだ自由の身じゃないんだな？」

男はルームミラーのなかから永史をちらりと見た。

「あなた方の安全のためなんですよ。数馬さんを信じて、われわれにまかせてください。けっして悪いようにはしませんから」

たとえようもないほどの疲労を感じ、永史はシートの背もたれにぐったりと身をもたせかけた。あちこちに負った傷が、てんでに痛みの悲鳴をあげている。

「どうにでもなれ」と、やけくそ気味につぶやいて、彼は車窓へ目を移した。

西日に照らされた金色《こんじき》の枯れ野が、外を飛ぶように流れていた。

15 俊太

平成二十三年七月八日（金曜日）——午後六時三十四分

屋上にいる俊太の携帯に、優介から電話がはいった。

「どうだ？　さっき送った地図、うまくいったか？」

携帯電話を耳にあてた俊太は、何分か前にクロノスが旅立っていった空を仰《あお》いでいた。

「うん。これで一件落着したと思う。いろいろと助かったよ。ありがとう」

その答えを聞いて、優介は安心したようだった。

「こっちこそ、礼をいわなくちゃならんな。海底トンネルの件を原稿にまとめて、さっきデスクに送稿した。明日の朝刊に載るかもしれん。他紙はどこも嗅《か》ぎつけていないようだから、ちょっとした特ダネだな。最初におまえの話を疑ったりして悪かった」

「いいんだ……。特ダネ、よかったね」

「おれが帰ったら、何があったのか教えろよ」

「わかってます。大橋友里さんにも約束したからね」そこで俊太は口調を変えた。「ねえ、大橋さんてさ、やっぱり優介さんのカノジョなんだよね？」

「馬鹿。つまらん詮索《せんさく》はよせ」あわてた口調で優介はいった。

「そうか。優介さんは、ああいう人が好みなのか……」

「うちの両親には内緒だぞ。おまえのところの伯父さんと伯母さんにもだ。みんなで勝手な想像をして盛りあがられても困る」

「はいはい」俊太は笑った。「で、口止め料は？　ぼくは大橋さんとちがって三つ星レストランじゃなくていいや。この夏のうちに三回ぐらい飲みに連れていってくれれば、大橋さんのことは秘密にしといてあげるよ」

優介も吹きだした。

「そういう抜け目のなさは金儲《かねもう》けに使ったほうがいいぞ。それじゃ切るからな」

「うん、またあとで」

電話を切ってジーンズのポケットに入れた俊太は、須山が座っているベンチのところへ行って腰をおろした。

「須山さん。今日はいろいろとありがとうございました」

あらたまった態度で俊太がいうと、須山は彼の肩をぽんと叩《たた》いた。

「あんたもよく頑張ったな。ご苦労さん」

俊太はほほえみ、あたりの風景をながめた。有楽町のビル街の上にひろがる空は、日没へむけて翳《かげ》りを増してきている。ぽつりぽつりと照明が灯《とも》りだした駅前の広場を、たくさんの人間が行き交《か》っていた。

「坪井さんのもとへ、クロノスは無事に着いたんでしょうか?」

「そのはずだよ」と須山はいった。「あんたの説によれば、クロノスが坪井さんのところへ手紙を届けたからこそ、五十年前の東京でクーデターも核爆発も起きなかったわけだろう?」

「そうですよね。でも、ちょっと心配になっちゃって……。坪井さんが行方《ゆくえ》不明のままだったことが、どうしても引っかかるんです。島を脱出できたのなら、坪井さんはなぜもどってこなかったんでしょう? 事件のあと、どこへ行ったんだと思いますか?」

「うーん。それだけは、釈然としないよな」

「坪井さんはたしか、行方不明になって一週間ぐらいしてから、退職願のようなものをクロノスに付けてここへ飛ばしてきたんでしたよね?」

「そうだ。その手紙をおれも見せてもらった。短い文面でな、『自分は新聞記者としての資格を失ったので、本日かぎりで明和新聞を退社させてもらいます』といったことが書かれていた。おれとしては、その後も坪井さんは新聞記者とはちがうことをしながら、どこかで元気に暮らしていたと思いたいんだが」

「ほんとうに、そうだといいですね」

すこし黙ってから、俊太はべつのことを尋ねた。

「それでクロノスのほうは、坪井さんの退職願をもってここへ帰ってきてから、どうなったんですか？」

須山は目を伏せた。

「クロノスはな、それから半年ばかりして死んだんだ」

意外な答えに、俊太は身をひねり、隣《となり》に座っている男のよこ顔を凝視《ぎょうし》した。

「え、死んじゃったんですか？」

「ああ。伝書鳩係が廃止になる直前のことだ。ある朝、鳩舎を覗《のぞ》いてみると、外の景色が見える散歩台の上に倒れてつめたくなっていた。まるで魂だけが窓を素通りして空のむこうへ飛んでいき、抜《ぬ》け殻《がら》が残っているみたいな感じだったよ。そのときクロノスは六歳と九か月。ふつうの鳩の寿命は十年とか二十年とかいわれているけれど、新聞社の伝書鳩は過酷な飛行をさせられるから早死にするやつも多かった。考えてみりゃ、とくにクロノスの場合は、時間を越えるなんて大仕事をしたんだものな。早死にして当然だよな」

背中をまるめ、足元の暗い水溜《た》まりを見つめながら須山はつづけた。

「クロノスは社長賞をもらった優秀な鳩だっただろう。それに死んだ時期が、ちょうど鳩係の廃止の時期とかさなっていたから、上の意向で剝製《はくせい》にされたんだ。そして会社の玄関のロビーにしばらく展示されていた」

「へえ、クロノスが剝製に？　その剝製はいまでも、会社のどこかにあるんですか？」

顔をあげて返事をしかけた須山が、ふと表情を変え、俊太の肩越しに遠くを見つめた。

つられて俊太もふりかえる。彼はあっと声をあげそうになった。

屋上の出入口からふたりの人物があらわれ、こちらへ歩いてきていた。

ひとりは、さきほど俊太を助けてくれた上条社長だ。歩みをすすめるたびに恰幅《かっぷく》のいい上条のからだが揺れている。

そしてもうひとり、上条のあとからくるのは、白いスーツをまとい黒いサングラスをかけたあの謎の老人——石崎研造であった。

俊太と須山は思わず、ベンチから腰をあげた。

ふたりから二メートルほどの距離を置いて、上条と石崎は立ち止まった。石崎のサングラスに、俊太たちが小さく映《うつ》っている。

十秒か二十秒のあいだ、ひとことの言葉も発せず、二組の人間たちは向かい合って立っていた。

最初に動いたのは石崎老人だった。石崎の右手が顔のほうへあがっていき、サングラスの蔓《つる》をつかむ。サングラスをゆっくりとはずした。

俊太の背後で、須山が大きく息を吞《の》んだのがわかった。

16　永史

昭和三十六年二月二十三日（木曜日）——午前十時十五分

窓から永史がぼんやり外をながめていると、扉をノックする音がした。

永史たちを「保護」してここへ連れてきたあの若い男が、部屋の戸口に顔を覗《のぞ》かせた。

「数馬さんたちが見えましたが、お通ししてもよろしいですか？」

この場所へ数馬がくるのははじめてだ。永史はもちろん面会を承諾した。

白壁島を脱出してから、すでに一週間がすぎている。永史と葉子がいるのは、横浜港を望む高台の上にあるホテルだった。当座の隠れ家として数馬が手配してくれたのだ。

ふたりはホテルの最上階にべつべつの部屋をあてがわれ、新しい衣類などの差し入れも受けて、できるだけ快適な生活を送れるように気配りされている反面、行動を極端に制限されていた。警護と監視を兼ねた人間の付き添いのもと、たまに屋上へ出て日光浴をするほかは、終日部屋のなかで過ごすように指示され、三度の食事もルームサービスで運ばれてきた。客室はふた間つづきで、廊下に近い部屋に常時だれかが詰めているため、勝手に出入りすることはできなかった。

数馬の配下の者たちはさらに、永史が伝書鳩を使ってよけいなことをするのを警戒したらしく、彼の手の届かないところへクロノスを連れ去ろうとした。それだけは強い態度で永史は拒否した。話し合ったすえに、監視役のいるつづきの部屋のほうにクロノスの籠《かご》を置いておくことで、たがいに妥協したのだった。

そんな軟禁に等しい状態で、さきの見通しがまったく立たないまま一日一日が経過してきた。永史はいい加減うんざりしていたから、数馬の来訪を知ったときには、現状から抜け出せることをひそかに期待した。

待つうちに、背広にネクタイを締めた数馬がはいってきた。愁《うれ》いを帯びた目で永史にうなずきかける。

驚いたことに佐和田もいっしょだった。

「無事だったのか?」思わず永史は口走っていた。

「坪井さんたちこそ、ご無事で何よりです」と、佐和田は微笑した。「いやあ……島に米軍が上陸してきたときには、どうなることかと思いましたよ。あなた方と出会ったあの洞窟にしばらく身を隠し、翌日に脱出したんですが、そのときの冒険談はまた今度じっくりとお聞かせしますね」

数馬に遠慮したらしく、佐和田は短い挨拶《あいさつ》をしただけで、つづきの部屋へ引きあげていった。

永史が勧めた椅子《いす》に、数馬はどさりと腰をおろした。

「ほんとうはもっと早くきたかったんだが、いろいろと事後処理があったものでね……。怪我《けが》をしたそうじゃないか。具合はどうだね？」

「だいぶん楽になりました」と永史は答えた。

永史と葉子はこのホテルへはいるまえに、数馬とつながりのあるらしい市内の小さな病院へ連れていかれ、診察と治療を受けていた。——永史は外傷の手当てをされ、レントゲン撮影の結果、脇腹の肋骨《ろっこつ》にひびがはいっていることがわかって、窮屈《きゅうくつ》なコルセットを巻かれた。葉子のほうは、柄本に弾《はじ》き飛ばされたときにぶつけた後頭部に皮下出血が認められたものの、さいわい脳や頭蓋骨《ずがいこつ》に異常はないとのことだった。

「今回の件できみには、ほんとうにすまないことをしたと思っている」と数馬はいった。

その表情や口調には、先日麻布の屋敷で会ったときのような活力は感じられず、彼もまた疲れきっているのがわかった。

永史が尋ねると、数馬はクーデター事件の顚末《てんまつ》について話してくれた。

「維新決死隊は、白壁島に上陸した米軍と一戦交えて、荒城竜巳以下全員が死亡したよ。核爆弾は回収され、捕虜になっていた米軍機の乗員二名も救出された。自国の人間がかけた迷惑の後始末までやらせてしまったのだから、日本政府は当分のあいだ、アメリカには頭があがらんだろう。それから荒城に〈マーク7〉を売り渡したダニエル・キャラダイン大尉だが、彼は昨日、香港《ホンコン》に潜伏していたところを米国の諜報《ちょうほう》機関に捕らえられた」

「クーデター推進派の黒幕たちは？」と永史は訊いた。

「残念ながら、彼らは無傷だ。維新決死隊とのつながりが露見するような証拠は、何ひとつ残していないのでな。ただし、〈委員会〉での彼らの立場は、ひどく微妙なものになったよ。クーデターの計画を蒸しかえすなんてことは、金輪際《こんりんざい》できんはずだ」

むかい側に座っている永史は、老人のほうへ身を乗りだした。

「数馬さん。ぼくを自由にしてくれませんか？　今回の一連の事件が国民の知らないところでひっそりと処理されてしまうのを、このまま見すごすわけにはいかないんです」

悲しげな表情をして数馬は永史を見つめた。

「そういうだろうと思っていたよ。きみはこのまえ、真実を知らせることが新聞記者の使命だと話していたからな。残念ながらその点では、わたしはきみと相反する立場にいる人間だ。国家や国民を守るには、ときとして嘘《うそ》をついたり欺《あざむ》いたりすることも必要だと考えている」

「米軍による日本国内への核弾頭の持ち込みも、その嘘のひとつなんですか？」

「安保改定においては、従来の不平等感を是正する新条約としての体裁《ていさい》を整える上で、核持ち込みに際しての事前協議制を取り決めることが不可欠だった。ところが詰めの交渉で、米国はそれに難色を示した。そこで〈委員会〉は、米国と秘密裏の約束を結ぶように政府へ働きかけたんだ。核弾頭を搭載した艦船や航空機が日本国内の港や基地に立ちよったり、領海や領空を通過したりするのは、『持ち込み』には該当しない、つまり事前協議の必要はないという密約だ……。今回、米海軍が核を搭載した空母を日本近海へよこしたのも、その空母から川俣飛行場へ〈マーク7〉を移送する訓練をしたのも、くだんの密約にもとづく行為だった。――ちなみに、密約のお膳立てで中心的な役割を果たしたのが、山岸葉子君の父親で外務省の官僚である久地情報局長だ。新安保条約の成立後、久地局長はさすがに不安を感じたと見えて、在日米軍の核弾頭の動きを積極的に把握しようとしていた。山岸君はその父親の入手した書類から、川俣での訓練の情報を得たようだな」

「いったい〈委員会〉は、何がしたいんですか?」憤然《ふんぜん》とした調子で永史はいった。「安保改定に久地局長を利用したかと思えば、今度は日本を真に独立させるなどと称して政府転覆《てんぷく》を企《くわだ》て、久地局長の娘を人質に取ったりする。やっていることが支離滅裂《しりめつれつ》だ。まるで人々をゲームの駒のように動かして楽しんでいるだけのように見える」

「永史君、それはちがう。〈委員会〉は遊び半分や支配欲のために日本の社会を牛耳《ぎゅうじ》っているのではない。ましてや私利私欲を追求しているのでもない。メンバーはみな純粋な気持《も》ちでこの国を守り立て、とこしえに存続させようと願っているんだ。行動や方針に一貫性がないように見えるのは、〈委員会〉もまた複数の人間の集まりであるからだ。何が国益につながるのか？　どちらへ舵《かじ》を切れば日本は安泰なのか？　そういった問題は人によって考えが異なる。その時々のメンバーの力関係や駆け引きの相互作用によって、〈委員会〉全体の動きも決定づけられるのだ。まあ、今回の場合は、あまりにも極端な方向へ振れてしまったわけだが……」

「ぼくには理解できませんね。日本の国のためを思っている人間に、どうして東京のど真ん中で核爆弾を爆発させるなんて発想ができるんですか？　国家を生き長らえさせるために国民を傷つけるなんて、そんな馬鹿な話がまかり通っていいはずがない」

「まったくもってそのとおりだ。だからこそ、わたしも今回の計画を阻止《そし》しようと努力したんだ。今後はさらにクーデター推進派の力を削《そ》いで、できるだけ早く彼らを〈委員会〉から追い出さねばならんと考えている」

昂《たか》ぶってくる気持ちをなんとか鎮め、永史は訴えた。

「それならなおさら、ぼくを新聞社へ帰らせてください。彼らの罪を暴けば、追放にむけた加勢にもなるはずです」

膝《ひざ》の上で組み合わせた自分の手へ視線を落とし、数馬は深く溜《た》め息《いき》をついた。

「現段階では、クーデター推進派と正面切って戦うことは困難だ。いぜんとして彼らは大きな力をもっている。かりにわたしが永史君を自由にしたところで、きみは新聞社まで帰り着くことはできんだろう。永史君と山岸君はクーデターを邪魔した張本人として、推進派の怒りを買ってしまった。彼らは血眼《ちまなこ》になってきみたちをさがしている。ふだんの生活圏に近づいたら、たちまち見つかって捕らえられる。今度こそ命はないぞ。わたしのもとをはなれたら、逃げ場はないということを承知してほしい。推進派の構成員は少人数だが、その影響下にいる者まで含めれば相当数にのぼる。彼らは社会のいたるところにいる。ふつうに考えたら対極にあるように思える集団――たとえば右翼と左翼、警察とギャング、官衙《かんが》と民間――それらのどちらにもいて、なかには自分がだれに協力しているのかも知らぬまま、推進派のために働いている連中もおる。きみの勤めている新聞社にだって、そういう人間がいるくらいだからな」

「あなたの秘書が、そんなことをいっていましたね。明和のなかの協力者というのは、だれです？　社会部の松坂部長ですか？」永史は数馬の表情を窺《うかが》った。「そうじゃないんですね……」

編集局の人間の顔を永史はつぎつぎと思い浮かべた。そして、あることに気づいた。永史が川俣飛行場で拘束されたとき、彼があそこへ何の目的で出かけるのかを明確に知っていたのは、社内ではただひとりしかいなかった。

「そうか、清水デスクか……。ぼくをつかまえるように〈委員会〉へ進言したのは数馬さんかもしれないが、先週の木曜日に川俣へ行くことをクーデター推進派へ漏らしたのは清水デスクなんだ。それで連中は、ぼくを待ち伏せることができたんだ」

数馬は何の返事もかえさない。その沈黙こそが、永史の問いに対する如実《にょじつ》な肯定《こうてい》になっていた。

白壁島で佐和田と会ったとき、伝書鳩で新聞社へ知らせても無駄だといわれた理由が、これではっきりした。通信文を送ろうとしていたまさにその相手が、敵方の協力者だったのだ。清水のことを信頼しきっていた永史は、打ちのめされたような感じがした。

がっくりとうなだれた永史を、憐《あわ》れむような目つきで数馬はながめていた。

「もしもここで、きみが無理にすべてを暴露しようとすれば、危険にさらされるのは永史君ばかりではない。きみたちを助けたとわかれば、わたしだってひと捻《ひね》りにつぶされるだろう。そうなれば、とうぜん山岸君の命も危なくなる。――永史君。クーデター推進派の者たちは、わたしが責任をもって封じこめる。今度のようなことは二度と起こさないと約束する。だからいまは黙って、わたしのいうとおりにしてくれんか？　わたしが果たすべきだった仕事を代わりにやってくれたことへの礼として、きみたちが生き延びる手助けをしたいんだ」

ややあって永史は顔をあげた。

「この件にかんして山岸さんとは、もう話をしたんですか？」

「ああ。ここへくるまえに彼女の部屋によってきたよ」

「彼女は何と？」

「最終的には、わたしの提案を受け入れてくれた」

ちょっと考えてから永史はいった。

「ぼくの気持ちを決めるまえに、彼女と話をさせてくれませんか？」

「いいだろう。行ってきたまえ」

＊

永史はそこに数馬を残し、監視役に付き添われて葉子の部屋を訪ねていった。

彼女とふたりだけで話がしたいというと、数馬の配下の者たちはつづき部屋へ引っ込んで扉をしめた。

ワンピースを着た葉子は、窓のそばに立っていた。直前までよこになっていたのか、髪や服の乱れを気にするようなしぐさをしている。

「気分はどうだい？」と永史は声をかけた。

葉子は良いとも悪いとも答えず、かすかな苦笑いのような表情を浮かべただけだった。

「数馬さんと話をしたよ」永史は切りだした。「山岸さんは数馬さんの申し出を呑《の》むそうだね？」

葉子は窓枠に指をかけ、レースのカーテン越しに外の景色を見やった。

「ほかに、どうしようもないんです」

「ほんとうにいいのか？　ぼくたちが沈黙すれば、川俣飛行場や白壁島で起こったことは世間に知られずに終わるんだよ。核弾頭を積んだ米軍の軍艦や軍用機も、日本をおとずれつづけるだろう。その事実を明るみに出したいと、きみは望んでいたんじゃないのか？　ぼくを巻き添えにするのを心配しているのなら、そんなことは気にしなくていい。数馬さんはきみに絶望的なことをいったかもしれないが、何か手はあるはずだ。これまでのことを世間に公表するために、いっしょに闘わないか？」

顔をそむけたままで葉子はいった。

「わたしには、もう闘う資格がないんです」

「資格がない？　どういうことだ？」

「わたしは人を殺したんですよ」

ふりかえった葉子の瞳の奥に、真っ黒な絶望がよこたわっているのを永史は見た。

「あれは、ぼくを助けるためだった。ああしなければ、こちらが殺されていたんだ。きみは何も悪くない。自分を責める必要なんかない」

苛立《いらだ》ったように唇を嚙《か》み、葉子はかぶりをふった。

「一般的な善悪の問題をいっているんじゃないの。これはわたしの心の問題なんです。あの人の頭を棒で叩《たた》いたとき、わたしのなかには恐怖のほかに、たしかに別種の感情があった。あれは自分たちを脅《おびや》かす者に対する憎悪の感情だった。憎しみをもって人を殺したという事実は、どう取り繕《つくろ》ったところで誤魔化《ごまか》しきれるものではない。これから一生涯、わたしは自分の手が他人の血で染まっていることを意識しながら生きるのよ。自分の罪深さは、自分がいちばんよく知っている。他人の罪を糾弾《きゅうだん》しようとすれば、否応《いやおう》なくそれが自分自身にも跳ねかえってくる。いままでどおり平和や反戦のために闘おうとしても、自分はそれに値する人間じゃない、もはや自分の言葉には真実のかけらさえ含まれていないということを思い知るんだわ。わたしの闘いは、もう終わってしまったの」

「それじゃ、これからきみは、何を拠《よ》り所《どころ》にして生きていくんだ？」

「わからない。どうすればいいのか自分でもよくわからないんです……」悲痛な声で葉子はいい、手のひらで顔をおおって背をむけた。

永史は葉子に近よりかけたが、自分が無力であることに気づいて足を止めた。彼自身も戦場で人の命を奪った経験をもつ。しかし、それを話してみたところで彼女を救うことはできないだろう。永史の命を救うのと引き替えに、葉子が闘う望みを失ったということが、なおさら彼にはつらく感じられた。

彼女の震える背中を見つめながら、永史はなすすべもなく立ち尽くしていた。

＊

おなじ日の午後、数馬と佐和田がふたたび永史の部屋へやってきた。

そのとき永史は、クロノスの体調を調べていた。この一週間、せっせと世話をして健康状態にも気を遣《つか》ってきたから、背中の傷もだいぶん癒《い》え、白壁島を脱出した直後にくらべるとクロノスは、かなり元気を取りもどしたようだった。

「ご注文の品物を買ってきましたよ」と佐和田がいった。「これでいいんですね?」

永史は礼をいい、佐和田の差しだしたものを受け取った。鳩通信専用の通信用紙と通信管だった。新聞社からもってきた道具は、白壁島に置いてきてしまったので、手に入れるように頼んでおいたのである。

数馬と佐和田が見ているまえで永史は、通信用紙に短い文面をしたためた。

ある出来事に直面して選択を迫られ、そこでくだした結論によって、自分は新聞記者でいる資格を失った。つらい決断ではあるが、本日をもって明和新聞東京本社を退社させていただきたい……と、そんな趣旨のことを書いた。

その手紙は、自分たちの身を守るために沈黙を選んだことに対する、永史なりのひとつのけじめであった。平和のために闘う資格がなくなったと葉子が考えるのと同様に、永史もすでに記者としての資格をなくしたのだ。

数馬に通信用紙を見せ、内容に差し障《さわ》りがないことを確認してもらった。どことなく面白がっているような顔つきで数馬は手紙をかえしてよこした。いつものように永史のことを、父親の鼎一にそっくりだと考えているのかもしれない。

永史は手紙をたたんで通信管へ入れた。クロノスのはいった輸送籠をもち、数馬や佐和田とともに廊下へ出る。そこでふと、葉子も誘ってみようと思い立った。

数馬の了解を得て、葉子の部屋へ立ちより声をかける。これでクロノスとお別れだというと、葉子は黙って屋上までついてきた。

屋上の真ん中で、永史はクロノスを籠から出し、左脚に通信管を取りつけた。

右脚にはまっている幸運の脚環に、指先で触れてみた。

脚環はもう熱を帯びておらず、光りもしなかった。もやはそこには、いかなる神秘的なものの気配も感じられない。伝書鳩に時を越える旅をさせた脚環は、何の変哲もない古びたアルミ製の脚環にもどっていた。

必要な情報が存在する未来の一点をまるで全知全能の神のようにさぐり当て、クロノスを守護しながら、そこへと導いてくれた脚環……。もとはといえば、そういう不思議な力を脚環にあたえたのは、永史とクロノスの強い結びつきであり、たがいを信じる純粋な気持ちであった。今回の奇跡は、彼らが協力し合って起こしたものなのだ。永史にはいま、そのことがはっきりとわかった。

真昼の日差しのもとでクロノスは、首をかしげて戸惑《とまど》ったようにまばたきしている。

いろいろとありがとう、と、永史は心のなかでクロノスに話しかけた。これから最後のひと働きをしてほしいんだ。今度は未来なんかじゃなくて、いまの時代の新聞社へ帰っていいからな。――ほんとうは、ずっと一緒にいたいんだが、それじゃ、おまえが不幸になるだけだ。おまえの務めはもう終わった。信じられないような活躍をして、おれたちを救ってくれた。心の底から礼をいうよ……。名残惜《なごりお》しいけど、おまえは仲間たちのところへ帰ったほうがいい。もうすぐ新聞社の鳩舎はなくなってしまうが、佐々木さんや須山たちがきっと居心地のいい新居をさがしてくれるだろう。そこで幸せに暮らすんだ。

別れの言葉は告げないでおいた。べつべつの場所にいても、自分とクロノスは太い絆でつながっているのだから。

最初は瞳を曇らせて悲しそうにしていたクロノスも、やがて永史の気持ちを理解したのか、明るく鋭いまなざしで前方を睨《にら》んだ。帰巣《きそう》の意志に満ちあふれた、放鳩直前のいつもの勇姿である。

永史は笑った。そうだ、いいぞ。それでこそクロノスだ。

さあ、おれと山岸さんの代わりに、平和で安らかな場所へもどっていってくれ！

万感《ばんかん》の思いを込めて永史は、クロノスを空へ放った。

伝書鳩はホテルの上を一周してから、北のほうへ頭をむけた。波打つように翼を打ちふり、どんどん小さくなっていく。永史はクロノスとともに自分の一部が遠ざかっていくような気がした。

しまいにクロノスは黒い点になり、その点も薄れていって菫《すみれ》色の空に溶けこんだ。鳩の消えていった方角を、永史と葉子はいつまでも見つめていた。

しばらくして数馬が咳払《せきばら》いをした。

「そろそろ、いいかな？」遠慮がちに声をかけてくる。

永史たちがふりかえると、数馬はつづけた。

「今後のことなんだが、ほとぼりが冷めるまで当分のあいだ、きみたちには海外へ行ってもらおうと思っている。サンパウロの郊外に、知り合いの農園があるんだ。名前を変えて、そこで暮らしてくれないか。山岸君の場合はご両親のことが気がかりかもしれんが、折を見て彼らには事の次第をきちんと報告しておくから、心配はせんでいいよ」

数馬が顎《あご》をしゃくると、佐和田はふたりに小さな冊子を一冊ずつ手渡した。表紙に「日本国旅券」と印刷されている。

自分のぶんのパスポートを永史はひらいた。彼自身の顔写真のよこに偽名が記されていた。

石崎研造——それが永史の新しい名前であった。

終章

平成二十三年七月八日（金曜日）──午後六時五十分

俊太の背後で、須山が大きく息を呑《の》んだのがわかった。

数秒後、心底から仰天《ぎょうてん》したような声が、須山の口を突いて出る。

「まさか！　あなたは……」

石崎老人は静かにうなずいた。はずしたサングラスの下からあらわれたのは、思いのほか優しげな瞳だった。老人の面《おもて》には、あらゆる悩みや苦しみから解放されたとでもいうような至福の表情が浮かんでいる。

「ひさしぶりだね、須山君」石崎老人がはじめて言葉を発した。

何が起こったのか俊太はわからず、とっさに須山をふりかえった。

「須山さん、この人と知り合いなんですか？」

「ああ……」驚愕《きょうがく》の顔つきのまま、須山は返事をした。「会うのは五十年ぶりだが、面影《おもかげ》が残っているよ。この人が、坪井さん――坪井永史さんだ」

「え？」俊太は絶句した。口中に湧《わ》きあがってきた唾《つば》を、ごくりと飲みこむ。この人が坪井永史？　五十年前の白壁島からクロノスに託して、あの手紙を送ってきた坪井記者本人なのか！

「坪井さん」多少きつめの口調で須山が、白服の老人に話しかけた。「あのあと、どうして新聞社へもどってこなかったんですか？　いままで何をしていたんです？」

当然の質問だといいたげに老人は微笑した。

「ほんとうはもどってきたかったさ。けれども、事件に関連して手強《てごわ》い連中を敵にまわしてしまってね、逃亡生活を余儀なくされたんだ。ある人物の手引きで横浜港を出港する移民船にまぎれこみ、ブラジルへ渡った。サンパウロの郊外の日本人移民が経営する農園にしばらく厄介になり、そこで働くうちに結局、ブラジルに永住することを決意した。独立してはじめた砂糖黍《さとうきび》の栽培やバイオエタノールの生産がうまくいってね、それ以降は事業家として暮らしてきたんだよ」

何もかも腑《ふ》に落ちたらしく、須山の口元がゆるんだ。

「そうだったんですか。――でも、よかった。無事でいてくれて。白壁島の要塞跡にある穴の底から古い人骨が見つかったって話を、さっき聞いたところなんですよ。それが坪井さんだなんて思いたくなかったけど、内心ではちょっと心配でした。坪井さんじゃなくて、ほんとうによかった」

「ああ……それはね、維新決死隊の副隊長だろう。島からの脱出を邪魔しようとして、穴のなかへ落ちて死んだんだ」

従兄弟《いとこ》の優介がもとめていた答えが、老人の口からあっさりと出てきたことに俊太は驚き、老人の顔をしばし見つめた。優介が聞いたら何というだろう？

「それにしても、これまで黙っていて申しわけなかった。須山君がここで働いていることは、ずいぶんまえから知っていたよ。できることなら、きみのまえに素顔をあらわして、わたしが生きていることを打ち明けたかった。でも、それをするのは、すべてが終わってからにしたほうがいいと思ったんだ。ようやく話せるときがきた」

石崎研造であり坪井永史である老人は、俊太と須山の顔へ交互に目をむけた。

「あっちの新館から、今日起こったことを見届けさせてもらったよ。過去にいたわれわれは、独力ではとうてい脱出ルートを見つけられなかった。あのタイミングで要塞跡の情報が手にはいらなかったら、どうなっていたか……。きみたちがしてくれたことには……言葉では言い尽くせないほど、わたしは感謝しているんだ……」

感極まったように老人は言葉を詰まらせ、深々とお辞儀をした。

「いいんですよ、坪井さん」あわてて須山がいう。「おぼえてますか？『迷ったときには伝書鳩みたいに直感にしたがって決めろ』っていう、昔あなたがくれたアドバイス。あれにしたがって、正しいと感じることをやったまでです。それに今日は、なんだか伝書鳩係のころにもどったようで、とても楽しかった」

老人は何度もうなずき、須山と固い握手を交わした。それから俊太を見た。

「溝口君。きみもわたしの頼みに応《こた》えて、あれだけのことをよく調べてくれた。これがなかったら――」といいながら老人は、上衣のポケットに手を入れ、たたんだ紙切れを出した。皺《しわ》くちゃになって色褪《いろあ》せてはいるが、俊太たちがつい先ほどクロノスに付けて五十年前へ送りだした通信用紙とおなじものにちがいない。「ほら、この白壁島の地図がなかったら、あそこからの脱出は絶望的だった。きみのおかげだよ。ありがとう」

差しだされた右手を俊太はつかんだ。老人は落ちくぼんだ両眼に湿り気を帯びた光をたたえ、俊太の手を握り締めてきた。高齢の人とは思えないほどの力強い握手だった。

考えてみれば、おかしな話だと俊太は考えた。彼にとっては今日はじめて会った人物なのに、相手のほうは半世紀も前から自分のことを知っているのだ。老人は今朝、新館の車寄せのところで俊太のまえを通りすぎたときには、俊太がだれであるのかも、これから何が起こるのかも、すべて承知していたのである。

そのことに気づいたとたん、おのれの失態を思いだして、俊太は恥ずかしくなった。

「ぼくのほうこそ、お詫《わ》びしなくちゃなりません。いまになってやっと分かりました。最初からあなた方は、ぼくたちを助けようとしていたんですね。それなのに勘ちがいをして、さっきは逃げまわったりして……」

「地図の印刷ができずにきみが困っていたので、社長秘書の奥寺君に手を貸すように頼んだのだが、誤解をさせてしまったようだね。たぶん、わたしの指示がまずかったんだ。わたしは未来で起こるはずの出来事に悪い影響をおよぼすのを恐れていた。それで、目立たぬように慎重に行動してほしいと奥寺君につたえた。しかし、逆にこそこそしているのが、きみに不信感をいだかせたんだな」

「いいえ」と上条社長がいった。「奥寺君に目となり耳となってもらって溝口君の行動を追跡するというのは、わたしの発案ですから、非はわたしにあります。溝口君が資料調査部から追い出されそうになったときには、この方法はうまく機能したんですがねえ」

上条の言葉を聞いて、俊太ははっとした。

「それじゃ、あのとき図書室の職員の人に内線をかけてきたのは……」

「そうだよ。わたしだよ」と上条社長。「奥寺君から報告を受けたわたしが、急いで図書室へ連絡を入れて、きみに便宜《べんぎ》を図ってくれるように指示したんだ。――でも、そこからあとがだめだったね。奥寺君の口の堅さを見込んで協力してもらうことにしたんだが、探偵やスパイみたいな仕事は、やっぱり彼には向いていなかったようだ」

老人は首をふった。

「奥寺君はよくやってくれたよ。それに上条君だって、すぐに駆けつけて臨機応変な対処をしてくれたし……。いや、それればかりじゃない。きみはもっと重要なことをやり遂《と》げたんだ。今日まで変わらぬかたちで存在しつづけるよう、この旧館の建物と屋上の鳩舎を守り抜いてくれた」

「つまり、坪井さんが上条社長に頼んで、この場所をいままで保存してきてもらったわけですか？」

俊太が問いただすと、そのとおりだと老人は答えた。

「ブラジルへ行って二十年ばかりがすぎたころ、わたしはあることに気づいて不安になった。もしも事件から五十年後の未来がくるまえに、新聞社の建物が取り壊されてしまったら、どういうことになるのか？　いずれ時間を越えて過去からやってくるクロノスは、たどり着くべき鳩舎を見つけられず、昭和三十六年のわたしたちが平成二十三年の新聞社から手紙を受け取ったという事実は成立しえなくなる。すると、白壁島からの脱出もクーデターの阻止《そし》もできなかったことになり、実際の経緯とのあいだに食い違いが生じてしまう……。クロノスが未来の新聞社から手紙を運んできたという事実がある以上、放っておいてもそれと矛盾《むじゅん》するような事態にはならないのではないかとも考えた。ところがいろいろと調べてみると、かつて有楽町に社屋のあった毎日も読売も朝日も、すでによその場所へ移転している。どう見ても、近いうちに明和新聞も他社と同様よそへ移り、従来の建物は取り壊されてしまうにちがいないと思えて、わたしは恐ろしくなった」

老人の話を聞きながら俊太は、あなたの心配は正しかったんですよ、と心のなかでつぶやいた。彼のまわりでは空間が揺らぐ奇妙な現象が二度起こり、実際に歴史が変わりかけたのだ。それを体験した俊太には、自分たちがいかに大きな危機を乗り越えたのかがよくわかった。

「結局――」と老人はつづけた。「何をどう考えればよいのか答えは出なかったが、とにかく不安があるのなら行動するしかないと感じた。それでわたしは昭和五十六年に、明和新聞で編集局次長のポストに就《つ》いていた上条君と接触し、何があったかを彼に明かして協力を要請したんだ。それから今日までのあいだ、上条君はとてもよく頑張ってくれた。あちこちに働きかけて会社の移転阻止や旧館の保存に尽力し、老朽化していく鳩舎にも目立たぬように修理をほどこしてくれた。旧館の取り壊しを望む声は年を追うごとに高まってきたが、上条君はなんとか持ち堪《こた》えて、この建物の命を今年の秋までみごとに引き延ばしたんだ」

老人は上条社長へむき直り、その手を取った。

「きみにも長いこと世話になった。ほんとうにありがとう」

手を握りかえしながら、上条は瞳を潤《うる》ませた。

「坪井さんのお役に立てたんだ。それだけで、わたしはもう……」すぐに目元を拭《ぬぐ》い、照れ笑いをする。「それにしても、今日はびっくりしました。実際にクロノスが飛んでくるなんて……。むかし突然あなたがあらわれてこの話をしたときには、正直いうと半信半疑でしたが、こうして現実に目《ま》のあたりにして、ようやく納得できましたよ。こんな不思議なことが世の中にはあるんですね」

＊

溝口俊太、須山道夫、上条肇の三人に礼をいい終えたあと、坪井永史は脳裏《のうり》にふと、ある人物のすがたを思い描いた。――葉子である。新宿の映画館ではじめて顔を合わせ、その半月後に白壁島の苦難をともに切り抜け、ブラジルへ渡ってからは永史の妻になった女性……。ほんとうなら、彼女もこの場所にいるはずであった。

半世紀前、遠い異郷へ落ち延びた永史と葉子は、まるで二羽の迷い鳩が失った巣の代わりに新しい巣をもとめるように自然と結びつき、一男一女を儲《もう》けて家族をつくった。ふたりは地元の日系人社会《コロニア》のなかで懸命に働き、力を合わせて新しい人生を歩んだ。

その日がきたら東京の有楽町へ行って、明和新聞社で起こる出来事をいっしょに見極《みきわ》めようと約束していたのに、いまから七年前、思いがけず葉子は病に倒れた。「残りの歳月をしっかりと生きて、自分のぶんまで見届けてほしい」と永史に告げ、彼女は六十五歳で帰らぬ人となった。

永史はけっして葉子が不幸だったとは感じていない。事件が残した深い心の傷をかかえながらも、彼女は彼女なりに努力してそれを克服し、残りの人生を豊かで有意義なものにしたのだ。葉子を見守りながら四十年以上をかたわらで過ごした永史は、そのことをよく知っている。

それでも彼は考えずにはいられなかった。葉子がもっと生きつづけて、今日ここであったことを見ることができたら、どんなによかっただろうか……。何もかもが無事にすんだ喜びを、彼女と自分とで分かち合いたかった、と。

いつのまにか、陽はすっかり落ちている。旧館の屋上にいる四人は、周囲のビルの窓明かりやネオンに照らされて、薄闇のなかに浮かびあがっていた。

しばらく黙っていた須山が、そのとき唐突に口をひらいた。

「坪井さん。クロノスに会いたいですか?」

俊太と上条は、質問の意図を量りかねたのか、須山へさぐるような目をむけた。

永史だけが期待のまなざしで元伝書鳩係の男を見つめている。須山の思考は永史にも読み取れなかったが、何かとくべつなことが起こりそうな予感がしたのだ。

「もちろん会いたいよ。会えるものなら」

「会えますとも」と須山は応じた。「こっちです。さあ、どうぞ――」

彼は永史を手招きし、自信に満ちた足取りで塔屋《とうや》のほうへ歩きだした。

永史はあとを追った。俊太と上条もついてくる。

須山が案内していったさきは、屋上の出入口のよこにある小さな部屋だった。そのむかし伝書鳩係が事務室として使っていた場所だ。なかへはいった須山が、壁のスイッチに触れた。

蛍光灯の青白い光がひろがる。

旧館保存の画策をはじめてから永史は、上条にお膳立てをしてもらい、屋上の鳩舎をひそかに幾度かおとずれたが、事務室のほうへ立ちよったことはなかった。ここへ足を踏み入れるのは五十年ぶりだ。

かつて窮屈《きゅうくつ》そうに事務机がならんでいた室内は、いまはがらんとしている。部屋の突きあたりに、細長いテーブルと木製の戸棚だけが残されていた。

その戸棚のまえへ須山は行った。最上段の引き戸をあけ、一辺が五十センチほどの小ぶりの木箱を引っ張り出す。

棚のよこのテーブルに木箱をのせ、全体をくくってある紐《ひも》を解《ほど》いて蓋《ふた》をひらいた。内容物を保護するように気泡緩衝材がかぶされていた。それを取り除くと、つやつやした羽毛におおわれた生き物のからだが覗《のぞ》いた。

須山は箱へ両手を入れ、なかのものを注意深くもちあげた。鳩の剝製《はくせい》であった。

「クロノスです」と須山がいった。

永史は瞳を輝かせて、こくりと首をたてにふった。

そのよこで俊太が目を見張っている。つい三、四十分前に生きているところを見たばかりの伝書鳩が、剝製として存在している不思議に、ただ圧倒されているのだろう。

上条も茫然《ぼうぜん》とした面持《おもも》ちで剝製をながめていた。

「須山君……それは最初からここにあったのかね？　じつは長いこと、わたしはそれをさがしていたんだよ。新館が建てられる以前、旧館の玄関ロビーにしばらく展示されていたのはおぼえていたが、坪井さんがブラジルから連絡を取ってきたときには、すでにどこかへ片づけられたあとだった。坪井さんがきっと見たがるだろうと思ったから、社内のあちこちをさがしてみたんだが、どうしても見つからなかった……」

「すみません」と須山は頭をさげた。「坪井さんが上条社長に連絡を取ったのとおそらくおなじ時期だったと思いますが、印刷部の用事で新館の地下のガラクタ置き場へ行ったとき、そこのかたすみに打ち捨てられて埃《ほこり》をかぶっているのをたまたま発見したんです。伝書鳩の過去の功績を知らない社員が、無価値のものと判断して、そんなところへほっぽったんでしょう。伝書鳩係の元係員としては、見すごすことのできない光景でした。クロノスが気の毒で、おれは無性に悲しくなった。それで、自分の手で保管してやろうという気持ちになって、だれにも断わらずに運び出したんです。それからはこの場所にしまって、ときどき布で拭《ふ》いてやったりしてました。――この剝製をふだん見慣れているものだから、今日鳩舎で生きたクロノスを見たときには、ひと目でわかりましたよ。剝製が生きかえったんじゃないかと最初は仰天して、飲水器を取りにきたついでに箱をあけて、なかを確認しちまいましたがね……」

話を聞くうちに、上条は複雑な表情になっていた。

「そうだったのか。クロノスがそんな扱いを受けていたとは……。当時の編集局幹部として謝罪しなくてはいけないな。すまなかった」

須山はうなずいた。

「それにしてもクロノスは、おれたちが思っていた以上にすごい働きをしていたんですね。ほんとうに大した伝書鳩だったんだな、クロノスは」

「まったくそのとおりだ」上条も同意した。「クロノスがいなければ、いまの日本は無かったんだからね」

「そして、ぼくたちが今日ここに集まることもなかった」と俊太がつけ足した。「クロノスが結びつけてくれたんです」

テーブルをかこんだ四人の人間たちは、それぞれの想いを胸にクロノスの剝製を見つめつづけた。

円形の木の台座の上に、翼を折りたたんだ状態で鳩はたたずんでいる。台座に取りつけられた小さなプレートには、「昭和三十年から三十六年まで活躍した伝書鳩・明和一三〇八号（通称クロノス）」と書かれてあった。

「ここにいたのか、クロノス……。また会えたな」

永史はつぶやきながら、指先でそっと鳩の首に触れた。

よく見れば、未来との二度目の往還のさいに猛禽《もうきん》によってつけられた爪痕《つめあと》が、三本の細い線になって背中に残っている。剝製師の腕をもってしても完璧《かんぺき》に消し去ることはできなかったらしい。その傷跡を永史は優しく撫《な》でてやった。

「こんなになってまで、われわれのために飛んでくれて……」

左の方向へこころもち首をむけて無限遠のさきを見つめているクロノスのようすは、これから渡っていく大空の果てにある目的地へ想いを馳《は》せているかのようだ。

いまにも翼をひろげて飛び立っていきそうな気配だと思いつつ、背中をさすってやるうちに、ふいにクロノスの首がぴくりと動いた。

あっと思った瞬間、クロノスが翼を打ちふって永史の腕に飛び乗ってきた。

――クロノス。おまえ、生きかえったのか！　また戻ってきてくれたんだな！

鳩は小さな目に喜びをみなぎらせ、永史の顔を仰《あお》いでいる。「あなたのためなら何度でも生まれ変わって、やってきますよ」と、そう告げているようであった。

うれしくなって永史は、クロノスを抱き締めてやろうとした。

が、彼の手はクロノスのからだをすっと通り抜けてしまった。

まばたきする間に、クロノスのすがたが消えた。視線を移すと先ほどまでと同様、テーブルの上にクロノスの剝製がのっている。生きかえったと見えたのは、永史の願望が生みだした束《つか》の間《ま》のまぼろしにすぎなかったのだ。

永史は下唇を嚙み、あらためて現実へ目をむけた。

クロノスは微動だにしない。もはや永史の手のひらをつつくことも、飲水器のまわりで滑稽《こっけい》なダンスを踊ることも、鳩の群れを率《ひき》いて天翔《あまかけ》ることもない。

剝製の右脚には、あの幸運の脚環が、白壁島で永史がはめたときのままに装着されている。それは粉を吹いたような白錆《しろさび》におおわれ、刻まれた文字もほとんど読めなくなっていた。

脚環を目にした永史は、いま自分がひとつの旅を終えて、目的地に到着したのだということを実感した。長い旅だった。じつに長い旅だった。

中国で軍鳩クロノスとすごした日々にはじまり、戦場での初代クロノスとの別れ、戦後の新聞社での二代目クロノスとの出会いを経て、維新決死隊と闘ったときのことや横浜のホテルの屋上での二度目の別れ、ブラジルへ渡ってから葉子と送った月日……。彼のたどってきたそれらの歳月は、大きくうねる流れとなって、今日この時間この場所へむかって注《そそ》いできていたのである。

永史はおのれの責務を果たし、こうしてクロノスとも会えた。もう思い残すことは何もなかった。

満面の笑みを浮かべた彼の頰《ほお》を、ひと粒の涙が白い髭《ひげ》のほうへ転がり落ちていく。

終わったな、クロノス。すべてが終わった。

そう遠くない将来、おれの魂は肉体をはなれるだろう。そうしたら、やっとおまえといっしょに、天のむこうまで飛んでいける。

それまでクロノスよ、あとすこしだけ待っていてくれ。

＊

二か月後
平成二十三年九月——

俊太はJR有楽町駅のホームで山手線からおりた。大勢の通勤客に混じって階段をくだり、京橋口の改札を出る。

毎朝、彼はここで地下鉄に乗り換え、いまの職場へ通っているのだ。

八月末に明和新聞での倉庫整理のアルバイトを終えた俊太は、在日ブラジル人の生活支援を目的としたあるNPO法人で働きだした。ブラジルの言葉や文化も、すこしずつ独学で学んでいるところだ。はじめたばかりでまだ把握しきれていない部分もあるが、やりがいのある仕事であるのは確かだった。安いが給料も出る。贅沢《ぜいたく》をしなければ、じゅうぶんに暮らしていけるだろう。

その仕事を俊太に紹介してくれた坪井永史は、数か月間におよぶ日本滞在に区切りをつけて、今月の初めにブラジルへ帰国した。俊太は須山や上条とともに成田《なりた》まで見送りにいった。クロノスの剝製のはいった箱を片手にさげ、出発ロビーの奥へほほえみながら消えていった老人のすがたが、いまも脳裏《のうり》にあざやかに焼き付いている。

有楽町駅の改札を出たところで俊太は、腕時計を気にしながら立ち止まり、明和新聞社の敷地のほうへ目をやった。

そこでは旧館の建物の取り壊しがおこなわれていた。解体現場をかこむ仮囲いのあいだから、重機が長い腕を伸ばしてビルの梁《はり》や柱を突き崩しているのが見える。屋上の部分はすでに跡形《あとかた》もなかった。伝書鳩の思い出を封印していた四棟の鳩舎は、この地上から永遠に消滅した……。

しばし感慨に耽《ふけ》っていたとき、上のほうで何か黒っぽいものが動いているのに俊太は気づいた。反射的に視線をあげる。

解体中の旧館の上空で、一羽の鳩が大きく輪を描いていた。

え？　もしかしてクロノス？

急いで目を凝《こ》らしたが、遠すぎるので羽色も何も識別できない。

俊太がふり仰いでいるあいだに、鳩は旋回をやめた。JRの高架線の上を通って西の方角へ飛んでいく。

やはりクロノスではないかと感じた。時間を越えて過去からまた飛んできたのか？　それとも、みたび生まれ変わって、この時代のどこかで生きているのか……。

遠ざかっていく鳩を追いかけたい衝動に駆られたが、俊太はそこで思い留まった。

彼のやるべきことは、ほかにあるのだ。目のまえに新たにひらけた道を、しっかりとたどっていかなくてはならない。

日本はいま、東日本大震災の被害や原発事故の余波でいろいろと大変なことになっている。俊太がNPOの仕事でかかわっている在日ブラジル人のなかにも、震災後の雇用情勢の悪化に苦しんだり、こちらでの生活を捨てて帰国すべきか悩んでいる者たちがいた。

これから、どうなるのだろう、この国は？

そして、この国に暮らす人間たちは？

だが――

どんな状況になろうとも、あきらめなければ希望の光はきっと差してくるはずだ。

鳩のすがたが視界の彼方に見えなくなると、俊太は静かに微笑し、地下鉄の入口のほうへ力強く歩きだした。

主要参考文献

『伝書鳩――もうひとつのＩＴ』黒岩比佐子（文藝春秋 二〇〇〇年）
『伝書鳩の話』東京日日新聞社編（東京日日新聞社・大阪毎日新聞社 一九三四年）
『伝書鳩の飼い方と訓練の仕方』上野修一郎（金園社 一九五五年）
『伝書鳩の飼い方』東京農業大学伝書鳩研究会編（金園社 一九五六年）
『伝書鳩の飼い方と訓練法』駒原邦一郎（愛隆堂 一九五六年）
『伝書鳩の飼育と訓練』土田春夫（青鳥社 一九六〇年）
『レース鳩』駒原邦一郎（愛隆堂 一九六九年）
「養鳩基礎講座」榎本岩郎（『愛鳩の友』一九七二年二月号～一九七三年四月号）
「鳩はどのようにして帰ってくるか――帰巣の神秘を探る」（『愛鳩の友』一九七五年九月号）
「鳩兵と軍用鳩――銃火を越えて結ぶ友情」（『愛鳩の友』一九七五年十二月号）
『新聞記者の現場』黒田清（講談社 一九八五年）
『記者物語』東玲治（創風社出版 二〇〇一年）
『黒田清記者魂は死なず』有須和也（河出書房新社 二〇〇五年）

『毎日新聞社会部』山本祐司（河出書房新社 二〇〇六年）
『我、拗ね者として生涯を閉ず（上）（下）』本田靖春（講談社 二〇〇七年）
『記者風伝』河谷史夫（朝日新聞出版 二〇〇九年）
『新聞を知る 新聞で学ぶ――家庭・学校・社会で役立つNIE』妹尾彰・福田徹
（晩成書房 二〇〇六年）
『読売新聞百年史』読売新聞一〇〇年史編集委員会編（読売新聞社 一九七六年）
『読売新聞百二十年史』読売新聞社編（読売新聞社 一九九四年）
『朝日新聞社史 昭和戦後編』朝日新聞百年史編修委員会編（朝日新聞社 一九九四年）
『毎日新聞百年史』毎日新聞百年史刊行委員会編（毎日新聞社 一九七二年）
『地図物語 あの日の銀座』佐藤洋一・武揚堂編集部（武揚堂 二〇〇七年）
『地図物語 あの日の新宿』佐藤洋一・ぶよう堂編集部（ぶよう堂 二〇〇八年）
『シリーズ20世紀の記憶 60年安保・三池闘争
――石原裕次郎の時代 一九五七―一九六〇』（毎日新聞社 二〇〇〇年）
『樺美智子――聖少女伝説』江刺昭子（文藝春秋 二〇一〇年）
『六〇年安保――メディアにあらわれたイメージ闘争』大井浩一
（勁草書房 二〇一〇年）
『新聞と「昭和」』朝日新聞「検証・昭和報道」取材班（朝日新聞出版 二〇一〇年）

『ゼロからわかる核密約』石井修（柏書房　二〇一〇年）
『核兵器事典』小都元（新紀元社　二〇〇五年）
『世界の傑作機No.一一八　A-3スカイウォーリア』（文林堂　二〇〇六年）
『歴史群像特別編集「日本の戦争遺跡」シリーズ日本の要塞
——忘れられた帝国の城塞』（学習研究社　二〇〇三年）

〈謝辞〉

新聞社の社内や仕事にかんする取材では、読売新聞東京本社の皆様に大変お世話になりました。お礼を申しあげます。

著者

（本書は平成二十三年五月、小社から『クロノスの飛翔』と題し四六判で刊行されたものを改題し、文庫化に際し、著者が加筆・修正を加えたものです。なお、この作品はフィクションであり、登場する人物および団体はすべて実在するものといっさい関係ありません）

解説——「ここ」で「今」を生きる私たちを静かに励ます〝奇跡の物語〟

読売新聞文化部記者　村田《むらた》雅幸《まさゆき》

中村弦《なかむらげん》さんは、「時」をテーマの一つとして物語を紡《つむ》いできた作家だ。日本ファンタジーノベル大賞に輝いたデビュー作『天使の歩廊』は、独創的な建物を設計する男が主人公だったが、彼が造ったのは、「生者と死者が共に暮らせる家」「永久に住めるような建物」という注文に応《こた》えたものだった。第二作の『ロスト・トレイン』も、日本のどこかに誰にも知られていない幻の廃線跡があり、その全線をたどれば奇跡が起きる、という噂《うわさ》をめぐる物語ではあったが、主人公らが次第にとらわれていくのは、過去と現在という「時間」、ここではない「空間」だった。

そして三作目となる本書『伝書鳩クロノスの飛翔』では、昭和三十六年、国を揺るがす謀略に巻き込まれた明和《めいわ》新聞の記者の坪井永史《つぼいえいじ》と、五十年後の平成二十三年を生き、明和新聞でアルバイトをしている溝口俊太《みぞぐちしゅんた》とが、時空を超える力を持った伝書鳩クロノスを通じて〝出会う〟ところから、物語が大きく動いていく。

どれも、現実にはあり得ない話である。当たり前のことだが、時を超えられる人間などおらず、誰も過去には戻れない。未来へ一足飛びに行くこともかなわず、できることといえば、ただ前を向き、一歩一歩進んでいくことだけ。「肉体」は少しずつ、しかし着実に老い、死は、私たち一人たりとも見逃してはくれない。いや、植物も、命を持たぬ建築物のようなものであっても、「形」あるものは、いつか必ず滅びていく。

〈街は移ろうことをやめず、人は生き死にをくりかえす。明和新聞の伝書鳩係が廃止されることも、そうした大きな流れの些末《さまつ》な挿話《そうわ》にすぎないのだ〉

永史が抱《いだ》くこの思いは、現代を生きる私たちにももちろん共通する。街も人も「時」には抗《あらが》えず、同じ場所にとどまることすらできない。個人の意思など、「時」の前では意味を持たないように映《うつ》り、人の一生は、歴史という大きな視点でとらえれば本当に〈些末な挿話〉で、とても儚《はかな》い。

ではなぜ、中村さんは物語の中で「時」から自由になった存在を描くのだろうか。私たちに、読書の間ぐらいは「切ない」現実から目をそらさせ、いっときの逃げ場所を与えるためか。

違うのだ、おそらく。

〝待避所〟という側面が全くないとは思わない。けれど、読んでいて心に強く響くのは、「今」と向き合うことの大切さである。『ロスト・トレイン』では、登場人物らはやがて、「ここではないどこか」があることに気づくが、そこに逃げ込むという選択はせず、もう一度、自身の人生や自分を取り巻く現実と向き合おうとする。本書でも、時を超えられるのはクロノスだけであり、永史も俊太も、自分が「今」できることに懸命に挑む。「ここ」とは違う場所がある、あるいは、時を超えられる存在がいる、と知ったうえで、彼らは己《おのれ》のいる場所で生きることを選ぶ。迷い、戸惑《とまど》いながらも、最後は自分自身で決断をして。その姿は、「ここ」で「今」を生きるしかない私たち読者を、静かに励ます。

作中では、永史と俊太それぞれが抱える罪の意識、後悔の念についても描かれる。あの時こうしていれば、ああしなければ——。そんな思いもまた、人が時を超えられぬ存在だからこそ生まれるものなのだろう。永史は戦場で、俊太は以前勤めていた会社で、悔やんでも悔やみきれない体験をしていた。

〈罪悪感や後悔の念があるからこそ、日本の国や社会を不幸な状態へ逆もどりさせないために新聞記者として何ができるかということに心を砕いてきたつもりだった〉

〈あのときの後悔を忘れるのではなく、受け入れて今後につなげていくには、どうすればいいのか？　この答えが得られれば、それが自然と俊太のやるべき仕事につながっていくような気がした〉

「贖罪《しょくざい》」の思いを抱く二人が、クロノスという「使者」によって結ばれる。永史も俊太も、自分が今後何をしようとも、罪の意識が消えることも、罪が許されることもないと分かっているが、それでも国の危機を前にして、〈あんな後悔は二度としたくない！〉と心を奮《ふる》い立たせ、歩みを進めていく。そんな彼らを追いかけるうち、ああそうか、と気づいた。本書は歴史サスペンスであり、鳩が時を超えるファンタジーでもあるけれど、彼ら二人の心を救う物語でもあったのだと。人間の脆《もろ》さ、強さ、優しさを描く、中村さんらしい作品だったと。

魅力はまだある。クロノスの存在だ。日米安保に絡《から》む特ダネを追ううちに「維新決死隊《いしんけっしたい》」なる一党に拉致《らち》されてしまった永史を救わなければ、俊太が暮らす現代の日本にも甚大《じんだい》な影響が出るという状況で、その命運を握るのが、たった一羽の伝書鳩とあっては、読者は不安で心配で、ページを繰《く》る手を止められないだろう。

二人がやりとりする手紙を運ぶことになるクロノスは、時は超えられるが、ほかには特別な力を持っていない。時を超えるわずかな時間をのぞけば、昭和三十六年か平成二十三年のどちらかの空を、他の鳥と同じように飛ぶだけだ。クロノスを連れて取材に出た永史が監禁されている場所から、目的地の明和新聞までを飛ぶだけでも楽ではないのに、ルートの途中では、隼《はやぶさ》に襲われてしまう。傷つき、疲れ果てても飛び続けるクロノス。その健気《けなげ》さに、頑張れ、頑張れ、と心の中で声援を送らずにはいられない。

ところで、本書を読んで初めて、かつて伝書鳩が新聞社の重要な通信手段だったことを知った人も多いだろう。せっかくなので、日本の新聞社と伝書鳩の関係にも触れておきたい。

新聞各社が本格的に伝書鳩を導入したのは、関東大震災で通信、交通網が寸断されたからだと言われている。読売新聞の場合は震災の二年後、大正十四年ごろから使い、遠方での取材となると、記者やカメラマンは鳩を抱えて出かけた。取材を終えると、原稿はアルミの通信管に入れて鳩の脚《あし》に付け、写真は万年筆大のセルロイド製の通信筒に入れてゴムひもで鳩に背負《せお》わせ、現地から本社に向けて飛ばしたという。

その鳩が社長賞を取ったことがある。昭和十五年七月に三宅島《みやけじま》が噴火した際、読売、朝日、東京日日（現・毎日）、同盟通信の四社が現地から伝書鳩を飛ばした。が、当日のうちに帰ってきたのは読売の鳩だけ。噴火の様子を捉《とら》えた写真が特ダネとして夕刊早版から載り、殊勲の鳩「ヨミウリ807号」に社長賞が贈られた。鳩舎《きゅうしゃ》は、五年後の空襲で社屋と共に焼けたが、終戦翌月には有楽町《ゆうらくちょう》の別館に仮鳩舎が設けられ、すぐに鳩通信を再開。二十四年に本館屋上に移設されると、三百羽もの伝書鳩を飼い、同年だけで二百十一本の原稿を運んだという。

しかし伝書鳩も、時の流れには逆らえなかった。通信機器などの発達で仕事は減り、読売で最後に使われたのは二十九年冬、富士山で起きた遭難事件の取材でのことだった。その後も鳩は約十年間、屋上の鳩舎で飼われたが、最後は愛鳩家《あいきゅうか》らにもらわれていった。

四十年一月の社報で、ある記者が、現場から鳩を飛ばした思い出をこう記している。

〈「頼むぜ」とホオずりをしてパッと放してやる。このかれんな使者は舞い上がると二度、三度大空を旋回したあと方向を定め一直線に帰って行く。途中、タカやトビに襲われ

るなよ、と祈りたい気持ちになるのは、相手が生き物だからであろう〉

そう、彼らは生きている。心も持っている。だから記者は思わず「頼むぜ」と頬《ほお》ずりをしてしまったのだろう。たとえ鳩が、本当は帰巣《きそう》本能によって社に戻るだけだと理解していても、自分の思いが彼らにも伝わると考えたかったに違いない。

永史も心の中で祈る。〈すまないな、クロノス。でも、飛んでもらわなければならない。おまえの翼に、たくさんの人の命や日本の将来がかかっているんだ〉

そして声に出す。

〈信じているぞ、クロノス〉

信じる――。それは中村さんが本書の中に入れ込んだ、もう一つのテーマのように思う。半世紀という時を超えて現代の社屋へクロノスが最初に姿を現した際、俊太らが、脚の通信管に収められていた永史の手紙（当時の上司に向け、窮状《きゅうじょう》を伝えるものだった）を読んでも、書かれていることを信じなければ何も始まることはなく、永史が、「未来」の日本で暮らしているという俊太からの手紙を「嘘《うそ》」だと疑えば、その時点で日本の窮地を救うことは不可能になる。だが、二人は相手を信じた。次に、相手のために自分にできることを探し、全力を注《そそ》いだ。

自分には何ができるのだろうか、と改めて考えることは、自分の可能性を、そして自分の心を信じることでもあるはずだ。時を超えた場所にいる相手を信じ、自分を信じ、二人を時間を超えられなくとも、「心」や「思い」は時間を飛び越えられる。だから奇跡が起きたのだと思えば、クロノスが時を超えられたことにも納得がいくのではないだろうか。

私たちが生きるこの世界でも、実は目に見えづらいだけで、きっといくつもの奇跡が起きている。きょうもどこかで誰かと誰かが出会い、互いの心を通わせ、何かをなしている。確かに、歴史という長い時間で見れば、人間一人ひとりの営《いとな》みは、どれも〈些末な挿話〉にすぎない。でも、それがいくつも積み重なって世界は構築され、続いてきた、とは言えないだろうか。

あなたはもう、自分の「クロノス」を見つけただろうか。もしまだでも、きっとどこかにいるはずだ。本書を読み終えた今、そう感じている。